공명(共鳴)하는 마음들

공명(共鳴)하는 마음들

· 오태호 평론집

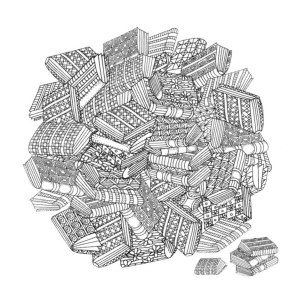

문학의숲

코로나 시대에도 '공명(共鳴)하는 마음들'이 있다

2020년 전세계는 '코로나 19'라는 유령이 장악하고 있다. 신종 감염병의 창궐로 역병의 시대가 도래한 가운데, 인간의 활동이 멈추자 자연의 피돌기가 되살아나는 역설이 펼쳐지기도 한다. 눈에 보이지 않는 바이러스가 인간의 오만과 편견에 경고를 보내는 셈이다. 아직 개발되지 않은 백신이 언젠가는 우리 앞에 선보이며 인간의 감염병 치료에 유용하게 활용되겠지만, 앞으로 코로나 19와 유사하면서도 상이한 연간 200종 이상의 더욱 많은 바이러스들의 침해가 예견되고 있다는 점에서 '코로나 19 시대'의 개막은 2020년 이전과 이후를 분명하게 다르게 구분하는 분기점에 해당한다. 우리는 2020년 이전 초국경시대에 경험했던 '낭만적 자유 여행' 이전의 세계로 결코 되돌아갈 수 없을지도 모른다.

2009년 5월 23일 노무현 전 대통령의 서거와 2014년 4월 16일 세월호 참사를 겪은 이래로 콘트롤 타워의 부재를 경험하며 국가권력의 대개조가 절체절명의 시대적 과제로 부상하였다. 2016년 말과 2017년 초 연인원 1,600만 명의 촛불혁명을 겪으면서 시민주권이 제기한 '정의와 평등과 공정'에 대한 민주주의적 질문과 성찰이 지속되고 있다. 2018~19년에는 남북미 정상회담이 여러 차례 개최되면서 한반도 평화체제에 대한 기대감이 증대되었다. 2020년 전세계적인 신종 감염병의 대유행 속에 '마스크 쓰기'라는 생활방역과 함께 일상적 만남을 유예하며 '사회적 거리두기'를 실천해야 하는 '비정상의 일상화'를 경험하고 있다. 지난 10여 년 동안 대한민국은 정치사회적 대격변의 시대를 관통하고 있는 셈이다.

총체적인 위기의 시대, 문학은 '잠수함 토끼'처럼 시대적 전조를 예감한다. 그리하여 지난 시기의 인간이 범해온 오류와 한계를 성찰한다. 올해 초 알베르 까뮈의 『페스트』(1947)를 새로이 읽으며, 21세기를 예견하는 문학적 상상력의 탁월성을 징후적으로 독해한 바 있다. 전 시대의 전범적인 텍스트와 다르게, 동시대 문학을 호흡하는 재미는 공시적인 우울과 공감을 공유한다는 점에도 있지만, 텍스트 내부의 과거를 현재의 전사(前史)처럼 읽어내기도 하고, 텍스트 내부의 상상세계를 미래에서 온 메신저로 읽어내기도 한다는 점에 있다. 좋은 문학 텍스트는 과거와 현재와 미래가 삼투합하는 경연장으로서 오늘의 다층적 의미를 새로이 되새김질하게 한다. 그런 점에서 이번 평론집에 함께하는 텍스트들은 2010년대 이전의 흔적이자 2020년대의 거울이며 2030년대의 전조처럼 기능한다.

2016년 『허공의 지도』 출간 이후 4년 만에 출간하는 다섯 번째 평론집이다. 2001년 등단 이후 20년 만에 출간하는 평론집이니 4년에 한 권씩 평론집을 상재한 셈이다. 글쓰는 능력이 부족하다는 면구스러움을 매번 출간할 때마다 자인했다. 덜 민망하기 위해서 빨간 펜으로 나름대로 수정한다고 했는데도 불구하고 시뻘겋게 화형당한 교정지를 보면서 깊은 자괴감에서 벗어나기 힘들었다. 다음에는 더 잘 써야겠다는 다짐으로 번번이 부끄러움을 무릅쓰고 책을 마주했다. 다행인지 불행인지 이번에는 교정지에 붉은색 덧칠이 예전만큼 많지 않았다. 내 문제의식이 원고를 작성할 때와 크게 달라지지 않았을 수도 있고, 최근 작업한 원고들이라 흠결이 선명하게 잡히지 않았을 수도 있으며, 문장의 염결성에 대해 나름 감각이 무뎌졌을 수도 있다. 무엇보다 많이 뻔뻔해진 것이 아닌가 싶어 자못 조심스러워진다.

1부 '서사의 가치'에서는 주제론적인 성격의 비평문을 묶었다. '황석영 문학의 세계성'을 '공동체적 가치, 제3세계적 시각, 사랑의 서사'로 읽어낸 글, '일상성, 이미지성, 대중성'을 핵심 키워드로 추출하며 권여선의 『안녕 주정뱅이』, 한강의 『흰』, 김언수의 『뜨거운 피』 등을 의미화한 글, '이면적 진실과 망자의 애도를 탐문하는 서사'로 김영하의 『오직 두 사람』과 김애란의 『바깥은 여름』 등을 주목한 글, '한일 관계의 복원 가능성'에 대해 '독도, 조선인 피폭, 청소년 교류' 소설을 중심으로 역사성의 직시를 점검한 글, 문재인 정부의 문화예술 정책에 대한 시론으로 '사람이 있는 문화'의 '자율성, 다양성, 창의성'을 살펴본 글 등을 탑재했다.

2부 '진실의 추적'에서는 작가론과 작품집 해설을 모았다. '상실의 사랑에서 기억의 회복'으로 서사적 변모를 진행하고 있는 김인숙론, '비애적 일상' 속에 '노동과 애욕의 바다지리학'을 펼친 이상섭론, '작가적 수인(囚人)의 삶'을 '시간과 언어와 분단의 감옥'으로 표상한 황석영의 『수인』론, 21세기 대한민국의 문화사회학적 풍경을 채록한 최광 단편집론, '허난설헌'의 몸종을 주인공으로 포착하여 '요절한 천재 시인의 삶'을 애도한 이진의 역사소설 『하늘꽃 한송이, 너는』론, 반전 서사의 진실을 추적하는 박초이 단편집론 등을 엮었다.

3부 '공명하는 마음들'에서는 장편서사와 단편집의 힘을 주목하였다. '상실의 마음과 공감의 상상력'으로 생의 동력과 존재의 의미를 찾아가는 김금희의 『경애의 마음』, '폭력의 대물림' 속에서 해체된 가정의 연원을 찾아가는 정용준의 단편집 『우리는 혈육이 아니냐』, '벌거벗은 투명인간'을 강제하는 시대의 모순을 풍자한 성석제의 『투명인간』, 폐허와 죽음의 현장에서 노동과 생명의 가능성을 의미화한 이인휘의 단편집 『폐허를 보다』, 21세기적 관점에서 '20세기의 여명(黎明)'과도 같은 19세기말의 동학을 주목한 황석영의 『여울물 소리』, 우울증을 강요하는 사회에서 타인의 고통에 공명하는 태도를 묘파한 최은영의 단편집 『쇼코의 미소』 등을 착목하였다.

4부 '타자의 목소리'에서는 필자의 마음에 와닿은 매력적인 중단편 서사를 분석하였다. 원자력발전소 추가 건설과 방사능 오염 피해를 서사적으로 고발한 김종성의 「하얀 불꽃」, '미래의 백지'에 새길 '궁극의 한 문장'을 탐색하는 구병모의 미래소설 「오토포이에시스」, 성불사의 '소리의 연원(淵源)'이 전하는 '감각의 풍경'을 집적한 구효서의 「풍경소리」, 사랑의 생장소멸을 주목하며 모성과 동성의 존재론적 이중주를 펼쳐낸 박상영의 「우럭 한 점 우주의 맛」, 초국경시대에 타자화된 여성들의 목소리를 착목한 박민정의 「세실, 주희」, 벼랑 끝 실존의 불안과 공포 속에서도 타인의 통증에 공감하는 감수성을 의미화한 조해진의 「산책자의 행복」, 밤빛을 우려내는 '깊은 우물'의 이미지를 서사로 포착한 박범신의 「향기로운 우물이야기」, 작은 서사의 울림 속에 '예의 바른 우울증 미소의 치유력'을 선보인 최은영의 중편 「쇼코의 미소」 등을 주목하였다.

2016년 『허공의 지도』 출간 이후 내 삶의 정신적 지표였던 두 분이 돌아가셨다. 한 분은 육체의 기원인 아버지이고, 또 한 분은 정신적 스승인 조해룡 선생님이다. 아버지는 2018년 4월 중순 국립의료원에 난생 처음 종합건강검진을 받으려고 입원했다가 뇌출혈로 쓰러져 중환자실로 옮겨진 지 2주 만에 생을 마감하셨다. 급작스레 유명을 달리하셨기에 장례를 치르는 내내 마음이 몹시 우울하고 힘겨웠던 기억이 난다. 그나마 아들 녀석이 더 늦기 전에 '대학 선생'이 되었다고 여한이 없다고 하신 점이 다행이라면 다행이고, 중환자실로 옮겨지기 전 일요일에 두 손자 녀석에게 용돈을 주시면서, 형제간에 우애 있게 지내고 책 많이 읽고 공부 열심히 하라는 당부를 전한 것이 유언처럼 남겨져서 더욱 다행이라면 다행일지도 모르겠다.

2020년 6월 19일에는 조해룡 선생님이 돌아가셨다. 2019년 10월 이래로 경희의료원 중환자실에 의식 불명인 채로 입원해 계셨으니 근 8개월 만에 유지를 남기지도 못한 채 세상을 떠나셨다. 작년 5월에 다리 수술 이후 퇴원 직전 고인환 선배와 함께 선생님의 정정하신 모습을 뵌 지 불과 5개월 만에 생사의 갈림길에서 고투하다 조용히 마지막 길을 가셨다. 유족의 뜻도 있었고 코로나 19의 여파도 있어서 문상객이 많지는 않았지만, 장례 일정 내내 선생님의 뜻을 따르는 지인과 제자들이 함께할 수 있어서 다행이었다. 기성 제도와 질서에 대해 불편감과 거부감을 지녔던 분이기에 성대하지 않고 조촐하게 치러진 장례식 풍경이 마음에 드셨을지도 모르겠다.

2020년 10월 현재 내 삶의 지표였던 두 분의 빈 자리는 몹시 크다. 앞으로 그 허전한 마음들을 어떻게 채워갈지 고민이다. 남원에서 무일푼으로 상경하여 청계천 등지에서 공장 생활 등을 하면서 자수성가한 아버지와, 만주에서 출생한 이후 한국의 대표적인 1970년대 작가로 활약한 조해일 선생님은 나에게 올바른 삶의 태도와 견지해야 할 문학의 자세를 가르쳐주셨다. 그 가르침은 내 인생과 문학 안에서 영원히 함께할 것이다. 일상을 살아내야 하는 범인(凡人)이기에 늘 마음을 내지는 못하지만, 부지불식간에 떠오르는 아버지와 선생님의 육성과 존재 의미가 '나는 누구인가, 지금 여기에서 무엇을 어떻게 할 것인가'에 대한 자성을 던지게 한다.

2019년 1월 14일(월) 오전에 갑자스레 심한 어지럼증과 함께 이명과 난청이 밀려왔다. 만취 상태보다 더 심각하게 땅이 흔들리면서 제대로 걸을 수가 없을 정도였고, 오른쪽 귀로는 한여름날 매미떼가 달라붙어 고성을 지르는 듯한 굉음을 감당해야 했다. 겨울 계절학기 수업이 종강을 앞둔 무렵이었고, 용인으로 이사한 지 2주 정도밖에 되지 않았을 때였다. 나중에야 이비인후과에서는 '미로염', 신경과에서는 '전정신경염'이라는 염증성 질환으로 불린다는 사실을 알게 되었지만, 초기 2개월 동안은 병원을 이리저리 다니면서 힘겨운 사투의 시간을 보냈다. MRI까지 난생 처음 찍어보았지만 결과적으로 외상은 없었고 '원인 불명' 판정을 받았다. 피로와 스트레스가 원인일 수 있다는 상투적인 진단 속에 휴식과 숙면, 운동이라는 처방을 받으며 무조건 쉴 수밖에 없었다. 그나마 다행인 것은 2019-1학기 강의를 시작하면서 정도가 다소 완화되었고, 무리한 뒤에는 반드시 쉰다는 생각으로 음주를 줄이고 '걷기'를 지속하면서는 체력이 조금씩 회복되기 시작했다. 여름 이후 가을이 되면서 증세는 거의 사라졌지만, 아직도 피곤하면 이명 현상이 다시 되살아나기도 해서 살얼음판을 걷듯 조심하는 날들이 2년 가까이 계속되고 있다. 대학원 공부를 시작한 이후로 정신적 사유를 강조하던 내가, 인간은 육체성을 지닌 한계적 존재임을 자각하는 계기가 된 셈이다.

나이 오십이 넘어 하루하루 최선을 다하는 태도, 그것이 내가 이 세상에 기여하는 방식임을 이제야 비로소 조금이나마 알게 되었다. 올해에는 '코로나 19'의 역설로 인해 '일상의 소중함'이 더 중요하게 느껴진다. 이제 가장으로서의 나, 선생으로서의 나, 글쟁이로서의 나, 동료로서의 나, 남편으로서의 나, 친구로서의 나, 연구자로서의 나, 선배로서의 나, 후배로서의 나, 낯선 이로서의 나, 낯익은 사람으로서의 나 들의 표정을 잘 숙지하며 그때그때 나와 그들에게 최선을 다하는 삶, 그게 내 삶의 버킷리스트이다.

오늘 하루, 청명한 가을 하늘과 그림 같은 구름이 함께하고 있다. 기쁘다. 이게 나의 행복이다. 앞으로도 사소한 그리움으로 힘겨운 날들을 견뎌내는 사람과 서사와 서정을 애인 삼아, 함께 공명하는 마음으로 따뜻하게 오래도록 인연을 이어가고 싶다. 그것이 찰나를 영원으로 빚어내는 사유와 시간의 존재 방정식이기 때문이다.

2020년 10월 용인 서천마을에서
필자

■ 머리말 5

1부 서사의 가치

한국소설을 읽는 세 가지 키워드 : 일상성, 이미지성, 대중성
— 권여선의 『안녕 주정뱅이』, 한강의 『흰』, 김언수의 『뜨거운 피』론   •17

공동체적 가치, 제3세계적 시각, 사랑의 서사
— 황석영 문학의 세계성   •36

이면적 진실과 망자의 애도를 탐문하는 서사
— 김영하의 『오직 두 사람』, 김애란의 『바깥은 여름』론   •55

'사람이 있는 문화'의 표방 : 촛불 감성 담아내기
— 자율성, 다양성, 창의성의 가치 실현   •72

한일 관계의 복원은 역사의 직시로부터 시작된다
— '독도, 조선인 피폭, 청소년 교류' 소설을 중심으로   •87

2부 진실의 추적

상실의 사랑에서 기억의 회복으로
– 김인숙론 •101

비애적 일상, 노동과 애욕의 바다지리학
– 이상섭론 •122

21세기 대한민국의 문화사회학적 풍경
– 최광론 •140

시간과 언어와 분단의 감옥, '작가적 수인(囚人)의 삶'을 스스로 기록하다
– 황석영의 『수인』론 •159

요절한 천재 시인의 삶, 애도하는 몸종
– 이진의 『하늘꽃 한송이, 너는』론 •171

서사의 본령, 진실의 추적
– 박초이론 •184

3부 공명하는 마음들

21세기에 돌아보는 20세기의 여명(黎明), 19세기말의 '여울물 소리'
– 황석영의 『여울물 소리』론 •209

'벌거벗은 투명인간'을 강제하는 시대
– 성석제의 『투명인간』론 •217

폐허와 죽음의 현장에서 노동과 생명의 가능성을 보다
– 이인휘의 『폐허를 보다』론 •228

폭력의 대물림, 해체된 가정의 연원 찾기
– 정용준의 『우리는 혈육이 아니냐』론 •242

우울증 강요하는 사회, 타인의 고통에 공명하기

— 최은영의 『쇼코의 미소』론 •255

상실의 마음과 공감의 상상력, 생의 동력과 존재의 의미를 찾아서

— 김금희의 『경애의 마음』론 •266

4부 타자의 목소리

밤빛을 우려내는, 깊고 향그러운 우물

— 박범신의 『향기로운 우물이야기』론 •279

원자력발전소 추가 건설과 방사능 오염 피해의 고발

— 김종성의 「하얀 불꽃」론 •284

성불사의 '소리의 연원(淵源)'이 전하는 '감각의 풍경'

— 구효서의 『풍경소리』론 •291

작은 서사의 울림 : 예의 바른 우울증 미소의 치유력

— 최은영의 중편 『쇼코의 미소』론 •301

벼랑 끝 실존의 불안과 공포, 타인의 통증에 공감하기

— 조해진의 『산책자의 행복』론 •311

초국경시대, 타자화된 여성들의 목소리

— 박민정의 「세실, 주희」론 •322

'미래의 백지'에 새길 '궁극의 한 문장' 찾기

— 구병모의 『오토포이에시스』론 •331

사랑의 생장소멸, 모성과 동성의 존재론적 이중주

— 박상영의 「우럭 한 점 우주의 맛」론 •339

1부

서사의 가치

• 한국소설을 읽는 세 가지 키워드 : 일상성, 이미지성, 대중성
  - 권여선의 『안녕 주정뱅이』, 한강의 『흰』, 김언수의 『뜨거운 피』론

• 공동체적 가치, 제3세계적 시각, 사랑의 서사
  - 황석영 문학의 세계성

• 이면적 진실과 망자의 애도를 탐문하는 서사
  - 김영하의 『오직 두 사람』, 김애란의 『바깥은 여름』론

• 사람이 있는 문화'의 표방 : 촛불 감성 담아내기
  - 자율성, 다양성, 창의성의 가치 실현

• 한일 관계의 복원은 역사의 직시로부터 시작된다
  - '독도, 조선인 피폭, 청소년 교류' 소설을 중심으로

한국소설을 읽는 세 가지 키워드 :
일상성, 이미지성, 대중성
― 권여선의 『안녕 주정뱅이』, 한강의 『흰』, 김언수의 『뜨거운 피』론

1. 다성적인 목소리

2016년 11월 광화문 광장은 '박근혜 하야'의 목소리로 출렁거린다. 9월 이후 터져 나온 '최순실 게이트'가 '박근혜 게이트'로 번지면서 광장에 다시 촛불이 켜졌다. 광장은 민주공화국인 대한민국의 민주주의를 학습하는 열린 공간이다. 2014년 세월호 참사, 2015년 메르스 사태, 백남기 농민 물대포 중태, 일본군 위안부 굴욕적 합의, 개성공단 폐쇄, 역사 국정교과서 강행, 2016년 사드 배치 결정, 한일군사정보보호협정 추진, '박근혜 최순실 게이트' 등등 2012년 대선 이후 박근혜 정권이 국가를 사유화(私有化)한 결과로 국민은 온통 참담하다. 대한민국이 민주공화국임을 새삼 성찰하는 2016년 11월 '박근혜 하야(下野)'의 목소리가 높아져 가고 있다. 1960년 4월 혁명과 1987년 6월 항쟁을 합친 것보다도 더욱 크게 성난 민심이 국가 개조를 외치고 있다. 한국 사회는 광장의 호흡을 통해 민주주의를 복기하고 있는 셈이다. 광장의 언어는 대한민국의 붕괴된 공공성을 확보하고 갱신하기 위한 최소한의 몸짓을 보여준다. 밀실의 음모에 광장이 질식할 것인가,

광장의 개방성이 밀실의 음모를 공정한 개방으로 견인할 것인가? 절체절명의 위기이자 기회인 공간이 열리고 있다.

2016년 현재, 한국소설을 읽는 세 가지 방법이 있다. 그것은 텍스트에서 펼쳐지는 서사의 일상성과 이미지성과 대중성을 향유하는 것이다. 권여선의 소설집 『안녕 주정뱅이』(창비, 2016), 한강의 소설 『흰』(난다, 2016), 김언수의 장편소설 『뜨거운 피』(문학동네, 2016) 등이 그 대표적 표정을 보여준다. 이 세 권의 소설은 한국소설이 다차원적으로 수행하는 현재진행형 서사의 양상을 보여준다는 점에서 소중한 작업이다.

먼저 권여선의 소설집 『안녕 주정뱅이』는 2016년판 '술 권하는 사회(현진건)' 속 주정뱅이들의 안녕하지 못한 일상의 속살을 들여다본다. 그 공간에서는 술이 배경이나 전경, 매개로 활용되면서 다양한 증상들의 이야기가 펼쳐진다. 그 증상은 때로는 알코올 중독증 환자로, 밤샘 술 친구들의 여행으로, 술취한 노숙자의 모습으로, 비인칭의 주체로, 지독한 불행의 원인으로, 언어의 오류 등으로 변주되면서 삶의 오류를 관통한다. 이렇듯 생을 견뎌내는 존재들에 대한 위무는 "'호모 파티엔스'에게 바치는 경의"(신형철)로 요약된다.

『채식주의자』로 2016년 맨부커 인터내셔널상을 수상한 한강의 신작 소설 『흰』은 2010년대에 쓰여진 전작 장편소설들인 『바람이 분다, 가라』(2010), 『소년이 온다』(2014)의 뒤를 잇는 이미지 소설이다. '나, 그녀'의 이야기를 통해 '흰 것'의 이미지를 집적하면서 죽은 자에 대한 애도를 표명하는 소설에 해당한다. 광주항쟁을 다룬 『소년이 온다』에서 '광주'가 여전히 현재적인 애도의 공간이듯, 『흰』에서는 나치에 의해 학살당한 도시이자 이국의 도시인 '바르샤바'에서 '애도'의 표정을 보여준다.

김언수의 장편소설 『뜨거운 피』는 『캐비닛』(2006)과 『설계자들』(2010)에서 보여준 재담(才談) 능력을 여전한 장광설로 쏟아낸 '한국형 느와르 대

중소설'이다. "구암의 건달은 아무도 양복을 입지 않는다."라는 문장으로 시작하면서 거침없이 쏟아지는 입말의 향연에 독자들은 첫 페이지를 여는 순간 작품의 끝까지 손에서 책을 놓지 못하며 이야기의 매력에 빠져든다. 1993년 봄과 여름 '항구 부산' 인근의 '구암 바다'를 배경으로 '냉소적 건달과 냉혹한 폭력, 생계형 창녀' 등의 이야기가 어우러지며 손에 땀을 쥐는 서사적 결말을 향해 나아간다.

2016년을 수놓는 이 세 작가의 소설들은 한국문학의 현재적 수준을 보여준다. 권여선의 단편소설들은 우연과 필연 사이에서 알코올을 윤활유 삼아 세계를 미끄러지며 차연(데리다)적 삶을 살아가는 내성적 인간들을 보여준다. 한강의 소설은 소설이 이야기로서만 기능하는 것이 아니라 사자(死者)에 대한 애도(哀悼)라는 하나의 주제를 향해 다성적인 이미지의 집적으로 드러날 수 있음을 보여주는 실험 소설에 해당한다. 김언수의 소설은 '깡패와 창녀'라는 캐릭터를 활용하여 한국식 '폭력과 성(聖+性)스러움'의 비속화된 순정을 보여준다. 이들의 소설의 지향점은 각각 우연적 일상성의 착목, 다성적 이미지의 채집, 대중적인 요설의 수사학 등으로 서로 다르다. 그러나 그럼에도 불구하고 이들의 작품은 소설이 '小說'인 것을 증명하면서, 말들과 이미지의 결합으로서의 서사적 집적체가 결국 '소설'임을 보여준다.

2. 억압된 무의식의 귀환 – 권여선의 『안녕 주정뱅이』(2016)

권여선의 소설집 『안녕 주정뱅이』는 술과 사람이 어우러져 우연인 듯 필연처럼 펼쳐지는 인생의 다채로운 풍경을 집적한다. 제목에서의 '안녕'은 이중성을 내포한다. 즉 만날 때도 사용할 수 있으며 헤어질 때도 건네는 말일수도 있기 때문에 '만남과 이별의 양가적 전언'이 된다. 결국 작품 제목은

'주정뱅이와의 만남과 이별'을 암시하고 있는 것이다. 권여선의 '서사적 알코올'은 만남과 이별을 경험하는 존재론적 불안의 매개체로 기능하면서, 일상 세계에서 만나는 부조리한 죽음과 우연적 필연과 억압된 무의식 등의 세 가지 표정을 호출한다.

먼저 알코올이 죽음 이미지를 호출하는 작품으로는 「봄밤」을 들 수 있다. 「봄밤」에서는 '요양원 커플'로 불리는 영경과 수환의 만남과 사별을 통해 죽음을 앞둔 존재의 고독과 교감을 주목한다. 늘 만취해서 술자리를 작파하는 55세 영경은 "넋이 나간 듯 텅 비어 있는 가면의 표정"을 짓고 살아간다. 류머티즘 환자인 수환과 알코올 중독 환자인 영경은 요양원에서 '알류(알코올 중독 환자+류머티즘 관절염) 커플'이 되어 '위험한 동거'를 시작한다. 하지만 고위험 환자군에 속하는 수환은 자신의 삶이 분모가 무한대로 늘어나면서 점점 숫자 0에 수렴되어가고 있음을 직감한다. 국어교사였던 영경 역시 '중증 알코올 중독, 간경화, 심각한 영양실조'가 겹쳐 술독에 빠져 살게 된다.

하지만 수환의 죽음을 예감한 영경은 모텔로 외박하여 술을 마시며, 김수영의 「봄밤」을 외우다 쓰러진다. 결국 모텔 주인의 신고로 의식불명의 영경이 요양원의 앰뷸런스에 실려 왔을 때는 수환의 장례가 다 끝난 후이다. 영경이 알코올성 치매로 인한 금치산 상태에 놓여 있음을 알게 되자, 요양원 사람들은 그동안 영경에게 품었던 "단단한 적의"를 "깊은 동정과 연민"으로 바꾸게 된다. 수환의 죽음을 마주하는 것이 두려운 나머지, 온전치 못한 정신으로나마 수환이 세상을 떠날 때까지 죽을힘을 다해 견뎠다는 사실을 뒤늦게 알았기 때문이다. 권여선의 「봄밤」은 "술에서 깨어난 무거운 몸"으로서의 '봄'을 노래하고, "절제여, 나의 귀여운 아들이여, 오오, 나의 영감이여"로 마무리되는 김수영의 시 「봄밤」에 대한 서사적 오마주를 보여준다. 두 중증 환자의 만남과 사별을 통해 알코올이 타인의 죽음을 배려하면서

'죽음으로서의 생'을 견인하는 매개체라는 서사적 이미지를 새로이 덧붙이고 있는 것이다.

두 번째로 알코올이 일상의 배경으로 활용되면서 우연적 필연을 강조하는 작품들이 있다. 「이모」에서는 1주일에 소주 1병을 마시며 살아가는 췌장암 걸린 시이모와 "여보셔흐"라고 소리치는 술취한 노숙자의 이미지가 겹쳐지면서 '상처 입은 손바닥'의 유사성을 통해 술과 함께 삶을 이어가는 존재들의 애환이 펼쳐진다. 「카메라」에서는 술이 후경화되면서, 주인공 문정의 집으로 향하다 '우연인 듯 단단한 필연'으로 사망에 이르게 된 옛 애인 관주의 카메라를 2년 만에 누나인 관희로부터 받으면서 인연이 내포하는 우연적 필연을 회고한다. 「삼일행」이나 「이모」, 「카메라」 등은 술이 단순한 기호품이 아니라 우리네 일상을 가로지르는 필수품처럼 활용되는 매개체임을 보여준다. 이러한 양상을 대표적으로 보여주는 작품이 지독한 불행의 결말을 내장한 「실내화 한 켤레」이다.

「실내화 한 켤레」는 여고 동창생 3인(경안, 혜련, 선미)의 14년 만의 만남에서 밤샘 술자리를 통해 '원시(遠視)'를 가진 혜련이 우연한 성관계 이후 '지독한 불행'에 빠지는 이야기를 다룬다. 그리하여 "어떤 불행은 아주 가까운 거리에서만 감지"(혜련과 선미)되고, "어떤 불행은 지독한 원시의 눈으로만 볼 수 있"(혜련)으며, "어떤 불행은 어느 각도와 시점에서도 보이지 않"(선미)기 때문에, 결국 "어떤 불행은 눈만 돌리면 바로 보이는 곳에 있지만 결코 보고 싶지가 않은 것"(경안)(176쪽)임을 통해 불행의 네 가지 표정을 보여준다.

시나리오 작가인 경안에게 고교시절의 혜련과 선미는 "싱그럽고 은은한 행복감을 주는 꽃이나 노을 같은 존재"로 기억된다. 선미는 항공기 조종사 남편과 쌍둥이를 키우며 살고, 혜련은 의사 남편과 살지만 아기가 없다. 14년 만에 재회한 셋은 R호텔 나이트클럽에 갔다가 방배동 까페에 가서 한잔을 더 하면서, 레드와인, 양주, 맥주, 보드카 등을 마신다. 더구나 카페 언니의 애인이라는 30대 중반의 남자가 회까지 떠와, 경안의 원룸에서 남아 있던 소주까지 함께 마신다.

다음날 아침, 선미는 그 남자가 자궁이 녹아내리게 할 정도로 지독하고 무서운 성병에 걸렸다면서 혜련이 걱정된다고 말한다. 지독한 원시의 불행이 닥친 것이다. 경안은 선미네 집에 가서 선미 오빠 둘이 어렸을 때 죽은 이야기를 듣는데, 남편과 쌍둥이 얘기를 할 때 지었던 비슷한 표정을 보면서 두 켤레의 축구화에 모래알 하나 묻지 않았음을 본다. 눈에 보이지 않는 비가시적 불행이 선미의 가정을 장악하고 있는 것이다. 결국 선미에 의해 혜련의 불행이 자초된 것임을 경안이 알면서 선미의 병적 징후를 포착하게 된다. 이렇듯 「실내화 한 켤레」는 세 친구의 14년 만의 조우를 통해 불행이 도처에 산재한 우리네 일상을 추적하고 있는 것이다.

세 번째로 술은 억압된 무의식을 호출한다. 「역광」은 미스터리 구성의 작품으로 주인공이 원래 실재하지 않는 존재인 '번역가이자 소설가인 위현'과의 술자리를 통해 '알코올의 메시아적 기운'을 주목하는 작품이다. '예술인 레지던스'가 처음인 신인 소설가 그녀는 위현과의 낮술을 통해 알코올의 해방적 기능과 부정적 역할에 대해 의견을 교환한다. 40대 초반의 남자인 위현은 훌륭한 번역가로서 '미증유의 선망'과 질투를 불러일으키는 존재다. 하지만 3년 전부터 약시 증상이 생기면서 점차 눈이 멀어지게 된다. 그런 위현과 낮술을 하면서 그녀는 위현으로부터 날이 저물 무렵이 되자 '점점 더 어두워지리라는 공포'와 '모든 것이 어둠속에 파묻히고 말리라는 환희'가 격렬하게 교차한다는 말을 듣는다. 그때 다른 작가인 '달'이 위현에게 잔인한 인간이라면서 과거의 상처를 끄집어내자, 위현은 '과거'가 "무서운 타자이자 이방인"이며, "수정이 안 되는 끔찍한 오탈자, 씻을 수 없는 얼룩, 아무리 발버둥쳐도 제거할 수 없는 요지부동의 이물질"이라고 말한다. 선망의 대상이었던 번역가 위현에게 '과거'는 무섭도록 거부하고 싶은 끔찍한 얼룩

과도 같은 '사적 트라우마'의 원형적 상처로 내면화되어 있는 것이다.

> "이를테면 이 정도 전작을 한 후에 위스키를 마시게 되면 말입니다."
> (중략)
> "매초 매초 알코올의 메시아가 들어오는 게 느껴집니다."
> (중략)
> "나는 점점 비인칭이 되어가고 있습니다. 내가 보지 못한다고 아무도 나를 주체로 여기지 않아요. 그걸 받아들이는 게 아직도 때로는 분하고 힘이 들어요. 하지만 가끔은 여전히 명랑한 주체인 양 거울을 보고 명령합니다. 내 안의 장님이여, 시체여, 진군하라!"
> (중략)
> "강도처럼 내게서 차분한 체념과 적요를 빼앗으려는 당신은 누굽니까? 은은한 알코올 냄새를 풍기면서 내 곁을 맴돌고 내 뒤를 따르는, 새파랗게 젊은 주정뱅이 아가씨는 대체 누굽니까?"(172~173쪽)

낮술이 길어지면서 위스키를 마시던 그녀는 위현에게서 만취 상태에서의 위스키가 "알코올의 메시아"로 음용된다면서 스스로 '비인칭적 존재'로 되어간다는 말을 듣는다. 위현이 "내 안의 장님이여, 시체여, 진군하라!"고 외치는 것은 억압된 무의식을 깨우는 디오니소스적 주술에 해당하는 것이다. 그때 위현은 그녀에게 "강도처럼 내게서 차분한 체념과 적요를 빼앗으려는 당신은 누구"인지 "은은한 알코올 냄새를 풍기면서 내 곁을 맴돌고 내 뒤를 따르는, 새파랗게 젊은 주정뱅이 아가씨"가 누구인지 묻는다. '젊은 주정뱅이'에게 체념과 적요를 빼앗긴다는 것은 자신의 억압된 무의식의 진실된 표정이 노출된다는 것을 의미한다. 하지만 작품 말미에 사무실 직원으로부터 전해진 사실은 위현이 올해 아예 입주 신청을 하지 않았다는 것이다. 결과적으로 위현과의 낮술은 모두 '그녀의 상상'이 지어낸 허구가 되며, 그 허구는 그녀의 무의식적 진실을 드러낸다. 즉 알코올로 인해 이성의 눈을 잃으면 장님이 되어 '공포와 환희'의 교차 속에 비인칭적 주체가 될 수밖에 없다는 것은 위현의 시각을 빌린 그녀의 속내인 것이다. '내 안의 장님과 시체'는 결국 알코올에 의해 표출되는 무의식의 타나토스적 표정을 보여준다. 술에 취하면 합리적 이성은 사라지고, 억압된 무의식의 어둠이 '공포와 환희' 속에서 깨어나는 것이다.

권여선의 『안녕 주정뱅이』는 주정뱅이들의 일상을 조망한다. 거기에는 합리성의 시선에서 비껴 있는 증상들이 자리한다. 죽음에 대한 사색, 우연적 필연의 전개, 억압된 무의식의 귀환 등이 곳곳에서 전개된다. 그리하여 우리네 생이 술과 함께 일상 속에서 이성과 무의식의 경계를 배회하는 것임을 보여준다. 술을 매개로 다양한 증상들이 펼쳐지는 풍경들 속에서 만남과 이별을 거듭하며 우연인 듯 필연인 듯 자신과 타자와 세계를 경험하는 비인칭적 주체들이 '안녕한 주정뱅이'들의 세계를 구성하고 있는 것이다.

3. 사자(死者)에 대한 애도(哀悼) - 한강의 『흰』(2016)

한강의 『흰』은 사자에 대한 애도를 위해 '흰 것'의 이미지를 추적하고 의미화하는 '이미지 소설'이다. '나, 그녀, 모든 흰' 3부로 구성된 작품은 작품집 곳곳에 사진을 배치함으로써 추상화된 시각적 이미지가 문자 언어의 형상화와 함께 병주되어 활자와 사진의 변주를 통해 작품 속 '흰 것'의 이미지를 집적하는 상호 상승 작용을 꾀하고자 시도한다.

먼저 1부 〈나〉는 "흰 것"의 목록을 적는 것으로 시작한다. 그리하여 "강보, 배내옷, 소금, 눈, 얼음, 달, 쌀, 파도, 백목련, 흰 새, 하얗게 웃다, 백지,

흰 개, 백발, 수의" 등을 적는다. 마치 일종의 '버킷리스트'에 해당하는 이 이미지들은 한강의 초기 소설에서부터 지속적으로 천착해온 다양한 이미지의 현재형에 해당한다. 『바람이 분다, 가라』에서도 폭설에 대한 이미지로 시작하듯, '흰 것'의 집착은 한강 소설의 본성적 이미지에 해당한다. 화자는 폴란드 바르샤바에서 생활하면서 "익숙하고도 지독한 친구 같은 편두통" 때문에 알약들을 삼키다가 "어딘가로 숨는다는 건" 불가능하다는 사실을 깨닫는다. 편두통을 앓을 때면 "날카로운 시간의 모서리"(=시시각각 갱신되는 투명한 벼랑의 가장자리)에서 겨우 앞으로 조금씩 나아갈 뿐이다. '흰 것'의 이미지는 강보나 배내옷에서 시작하여 백발과 수의로 마무리되면서 인간의 탄생과 성장, 소멸의 과정을 함축하는 이미지로 호명된다.

화자는 자신의 어머니가 낳은 첫 아기가 태어난 지 2시간 만에 죽었음을 기억한다. 달떡처럼 얼굴이 흰 여자아이였고, 8개월 만의 조산이지만 예뻤다고 전해진다. 23세의 엄마는 초겨울 무렵 혼자 아기를 낳고 탯줄을 자른 뒤, 피 묻은 조그만 몸에 배내옷을 입히면서, "죽지 마라 제발"이라고 되풀이해 중얼거리지만, 1시간쯤 흘러 아기는 죽는다. 이 죽음이 사후 태어난 화자로 하여금 '흰 것'의 이미지에 집착하게 만든다. 그리하여 '흰 것'은 생명의 탄생과 연결되는 이미지를 '죽음의 이미지'로 연상하게 된다.

1945년 봄 미군 항공기가 촬영한 바르샤바의 영상을 보면서, 화자는 1944년 10월부터 6개월 여 동안 도시의 95%가 파괴된, "유럽에서 유일하게 나치에 저항하여 봉기를 일으킨 도시" 바르샤바를 들여다본다. 영상에서는 모든 건물이 무너지고 부서져, "돌로 된 잔해들의 흰빛 위로, 검게 불에 탄 흔적"이 끝없이 이어진다. 붕괴된 도시의 건물에서도 '흰 것'의 이미지를 포착하는 것이다. 화자는 2016년 현재 도시의 공원과 병원, 미술관 등을 걸으며 "이 모든 것들이 한번 죽었었다."는 사실을 깨닫는다. 그러면서 "도시와 같은 운명을 가진 사람, 한차례 죽었거나 파괴되었던 사람, 그을린 잔해들 위에 끈덕지게 스스로를 복원한 사람, 그래서 아직 새것인 사람. 어떤 기둥이나 늙은 석벽들의 아랫부분이 살아남아, 그 위에 덧쌓은 선명한 새것과 연결된 이상한 무늬를 가지게 된 사람"을 떠올린다. 죽음과 파괴, 복원과 새로움, 죽음과 연결된 새 삶의 이미지 등이 '흰 이미지'와 함께 도시와 인간의 숙명을 떠올리게 하는 것이다.

화자는 '죽은 그녀' 대신 그녀 "자신의 삶과 죽음을 닮은 도시로" 왔다고 생각한다. 역사적 상흔을 지닌 도시의 애도를 위해 초를 태우면서 화자는 "지척에 모여 있던 유령들"을 향해 "이제 당신에게 내가 흰 것을 줄게. 더럽혀지더라도 흰 것을, 오직 흰 것들을 건넬게. 더 이상 스스로에게 묻지 않을게. 이 삶을 당신에게 건네어도 괜찮을지."라며 독백을 한다. 깨끗하고 순결한 첫 이미지로서의 '흰 것'을 애도와 추모의 이미지로 전달하고 싶은 내면을 고백하는 것이다.

2부 〈그녀〉는 태어난 지 2시간 만에 '죽은 흰 여자아이'의 내면을 지닌 여동생이 주인공이다. '죽은 그녀(=언니)'의 이름에 '설'자를 아버지가 넣어 주었음을 기록하면서, 그녀는 만년설이 보이는 방에서 살고 싶다고 생각한다. 그리고 '성에, 서리, 안개, 하얀 나비, 눈, 만년설, 겨울바다, 진눈깨비, 흰 개, 눈보라, 재, 소금, 달, 흰 새, 손수건, 백목련, 각설탕, 흰 돌, 흰 뼈, 백발, 구름, 백열전구, 백야, 넋' 등의 '하얀 이미지'를 연상한다. 그 연상 속에서 어머니의 뼛가루가 담긴 유골함을 작은 절의 납골당에 남동생과 함께 모신 기억을 떠올린다. 그리고 "상처에 소금을 뿌린다"라는 표현이 지닌 고통의 감각을 확인한다. 그러면서 "하얗게 웃는다"라는 모국어 표현이 "아득하게 쓸쓸하게 부서지기 쉬운 깨끗함으로 웃은 얼굴이나 웃음"이거나, "조용히 견디며 웃으려 애썼던 어떤 사람이나 자신 안의 무엇인가와 결별하려 애쓰는 어떤 사람"에게 쓸 수 있음을 확인한다. 결국 '하얀 웃음'은 '아득하고 쓸쓸하여 부서지기 쉬운 깨끗함'이며 생을 견뎌낸 존재 혹은 내면에 아로새겨

진 어떤 존재와의 결별을 감행하려는 자의 표정임을 보여준다. '하얀 웃음'
은 아득한 결별을 내포한 깨끗하고 씁쓸한 표정인 것이다.

'하얀 죽음'의 이미지에 착색된 그녀는 25세 때에 24세의 대학 동기 둘
이 비슷한 시기에 버스 전복 사고와 군부대 사고로 죽자 기금을 모아 백목
련 두 그루를 심는다. 나무를 통해 "생명-재생-부활"을 기원하기 위해서다.
그녀는 이야기 속에서 칠삭둥이로 태어나 자라게 된다. 그녀는 23세 어머
니가 첫 서리가 내린 날 준비 없이 산통 끝에 낳은 아이인 것이다.

> 넋이 존재한다면, 그 보이지 않는 움직임은 바로 그 나비를 닮았을 거라고
> 그녀는 생각해왔다.
>
> 그렇다면 이 도시의 혼들은 자신들이 총살된 벽 앞에 이따금 날아들어, 그
> 렇게 소리 없는 움직임으로 파닥이며 거기 머무르곤 할까? 그러나 이 도시의
> 사람들이 그 벽 앞에 초를 밝히고 꽃을 바치는 것이 넋들을 위한 일만은 아니
> 라는 것을 그녀는 안다. 살육당했던 것은 수치가 아니라고 믿는 것이다. 가능
> 한 오래 애도를 연장하려 하는 것이다.
>
> 그녀는 자신이 두고 온 고국에서 일어났던 일들을 생각했고, 죽은 자들이
> 온전히 받지 못한 애도에 대해 생각했다. 그 넋들이 이곳에서처럼 거리 한복판
> 에서 기려질 가능성에 대해 생각했고, 자신의 고국이 단 한 번도 그 일을 제대
> 로 해내지 못했다는 사실을 깨달았다.
>
> 그리고 그보다 사소하게, 그녀는 자신의 재건에 빠진 과정이 무엇이었는지
> 도 알게 되었다. 물론 그녀의 몸은 아직 죽지 않았다. 그녀의 넋은 아직 육체에
> 깃들어 있다. 폭격에 완전히 부서지지 않아 새 건물 앞에 옮겨 세운 벽돌 벽의
> 일부-깨끗이 피가 씻겨나간 잔해-를 닮은, 이제 더 이상 젊지 않은 육체 속에.
>
> 부서져본 적 없는 사람의 걸음걸이를 흉내 내어 여기까지 걸어왔다. 꿰매지
> 않은 자리마다 깨끗한 장막을 덧대 가렸다. 결별과 애도는 생략했다. 부서지지

않았다고 믿으면 더 이상 부서지지 않을 거라고 믿었다.

그러니 몇 가지 일이 그녀에게 남아 있다;

거짓말을 그만둘 것.

(눈을 뜨고) 장막을 걷을 것.

기억할 모든 죽음과 넋들에게-자신의 것을 포함해- 초를 밝힐 것.(109~110
쪽)

「넋」이라는 소제목 하의 인용문에서 넋의 움직임은 나비를 닮았을 것으
로 짐작된다. 그리고 도시의 혼들은 소리없이 움직여 총살된 벽으로 날아
들었을 것으로 상상된다. 그 벽 앞에서 초를 켜고 헌화를 하는 것은 넋을
위한 행위에 해당한다. 그들의 죽음이 수치가 아니며, 애도를 오래도록 지
속하려는 의지의 표명인 것이다. 하지만 화자는 고국에서 죽은 자들이 여
전히 애도받지 못한 상황에 처해 있음을 이미 알고 있다. 넋들이 여기처럼
광장에서 기려질 가능성이 고국에서는 거의 없는 것이다. '넋으로서의 그
녀'는 '죽지 않는 몸'을 지녀 아직 육체에 깃들어 있는 것으로 상상된다. 벽
돌벽의 잔해를 닮은 '젊지 않은 육체' 속에서 '거짓말과 장막'을 거두고, 결
별과 애도를 위해 '초를 밝히는 일'이 넋으로서의 그녀에게 남은 일이라고
다짐한다. 그녀는 저녁밥을 준비하기 위해 걸으면서, 가방 속에서 흰 쌀들
이 고요하고, 방금 지은 밥을 담은 그릇에서 흰 김이 오르고, 그 앞에 기도
하듯 앉을 때의 감정을 확인하고 싶어한다. 저녁밥으로서의 '흰 쌀과 흰 밥'
이 생명이 기거하는 따뜻한 원천임을 알기 때문이다.

3부 〈모든 흰〉에서는 첫 딸아이(그녀)를 잃은 이듬해에 어머니가 두 번
째로 사내 아기를 조산했음이 기록된다. 결국 화자는 사산된 두 아이가 아
니었다면 화자와 남동생이 태어나지 않았을 것이라고 짐작한다. 화자는 태
어나서 죽기 전에 언니를 향해 던져진 "죽지 마. 죽지 마라 제발"이라는 말

을 중얼거린다. 그리고 최선의 작별의 말이라고 믿으면서, "죽지 말아요. 살아가요."라는 말을 백지에 힘껏 적는다. 결국 화자는 지금까지 태어난 뒤 2시간 만에 죽어, 아주 짧게 생명의 흔적을 남기고 죽어간 '죽은 언니'에 대한 작별과 애도를 수행한 셈이다.

〈모든 흰〉
　당신의 눈으로 흰 배춧속 가장 깊고 환한 곳, 가장 귀하게 숨겨진 어린 잎사귀를 볼 것이다.
　낮에 뜬 반달의 서늘함을 볼 것이다.
　언젠가 빙하를 볼 것이다. 각진 굴곡마다 푸르스름한 그늘이 진 거대한 얼음을, 생명이었던 적이 없어 더 신성한 생명처럼 느껴지는 그것을 올려다볼 것이다.
　자작나무숲의 침묵 속에서 당신을 볼 것이다. 겨울 해가 드는 창의 정적 속에서 볼 것이다. 비스듬히 천장에 비춰진 광선을 따라 흔들리는, 빛나는 먼지 분말들 속에서 볼 것이다.
　그 흰, 모든 흰 것들 속에서 당신이 마지막으로 내쉰 숨을 들이마실 것이다.
(129쪽)

　'흰 배춧속의 가장 깊고 환한 곳에 자리한 어린 잎사귀, 낮에 뜬 반달의 서늘함, 빙하의 거대한 얼음에서 느껴지는 신성한 생명감, 자작나무숲의 침묵, 겨울해가 드는 창의 정적, 겨울 햇빛에 드러나는 방안의 먼지 분말들' 등은 '죽은 언니(=당신)'가 내쉰 숨들로 빚어진 "모든 흰 것들"에 해당한다. 순결하고 서늘하며 신성하고 고요한 정적에서 만나는 경이로운 존재감이 바로 "모든 흰 것"의 시야에 확보된 이미지들이다. 결국 '흰 것'은 사자의 순결한 시각으로 확인하는 '넋'임을 주목한 것이다.

결국 한강의 『흰』은 화자의 어머니가 23세와 24세에 낳은 아이가 죽은 뒤, 새로 태어난 동생이 죽은 형제자매의 넋을 애도하는 제의적 소설에 해당한다. 이국의 도시이자 학살의 도시인 바르샤바를 거닐면서 화자는 결별과 애도의 이미지로서 '흰 것'을 추억하면서 사자에 대한 애도를 마무리하고자 하는 것이다. 그리하여 당신과 나, 그녀와 그녀의 넋이 하얀 입김이 되어 날숨과 들숨으로 만나기를 기도하는 이미지 소설이 된다.

4. "씨발놈이 이기는" 세상에 대한 비판의 장광설 – 김언수의 『뜨거운 피』(2016)

작가의 말에 의하면 작품 축의 중요한 공간적 배경인 '구암'은 실제로 존재하지 않는 동네지만, 소년 시절의 작가가 살아낸 고향 부산의 풍경을 고스란히 담고 있다. 그러므로 소설 속 '구암'은 현실 속에서는 존재하지 않는 가상의 공간이지만, 실재의 기억을 바탕으로 재구성됨으로써 실체적인 공간인 것처럼 존재감을 뿜어낸다. 소설은 '1부 봄'과 '2부 여름'으로 나뉘어 1993년 봄부터 여름까지의 짧은 기간을 배경으로 부산 만리장 호텔 지배인 '깡패 희수'와 완월동 '창녀 인숙'의 러브 스토리를 밑면에 깔고 이권을 위해 물고 물리는 폭력의 연쇄고리가 전개된다. 결국 "씨발놈이 이기는" 세상에 대한 냉소를 바탕에 깐 소설은 김언수의 기존 장편소설들인 『캐비닛』과 『설계자들』에서 보여준 언문일치체 문장을 전면에 내세우며, 추리소설 같은 가독성과 흡입력을 보여준다.

"구암의 건달들은 아무도 양복을 입지 않는다."라는 문장으로 시작하는 『뜨거운 피』는 구암 암흑가 두목인 손영감의 일장연설을 통해 '건달정숙론'을 내세운다. 식민지, 미군정, 박정희, 전두환 때 잡혀간 놈들이 다 양복쟁이 건달들인 것을 알기 때문에 "폼은 잠시고 감옥은 평생"이라는 신조로 건달은 그저 쥐죽은 듯 조용히 지내는 것이 "성숙하고 아름다운 자태"라는 말을 전하는 것이다. 그것은 18세 이후 50년 동안 구암의 바다에서 "매춘, 밀수, 물건 도둑, 불법도박장, 청부 살인" 속에서도 살아남은 손영감이기에 가능한 체험적 진실이다. 그리하여 희수에게 '여리박빙(如履薄氷)'의 삶을 살아가야 한다고 강조한다. 건달은 항상 "얇은 살얼음 위를 걷듯이 조심해야 한다"는 것이다. 손영감은 여동생의 아들인 조카 '도다리'를 유일한 혈육으로 인정하면서 희수에게 만리장 호텔의 반이 희수 거라면서 도다리와 합심해서 지내라고 말한다. 하지만 희수는 아무 일도 하지 않으면서 호가호위하는 '도다리'가 손영감 사후에는 누구한테든 칼을 맞을 것이라고 짐작한다.

작품의 주인공인 희수는 전과 4범으로 40세다. 도박장의 바카라로 심심풀이 일상을 견뎌대는 그는 만리장 호텔 지배인으로 4억의 빚이 있는 중간 보스다. 18세 이후로 한 번도 자기집을 가져본 적이 없으며 만성위장병과 우울증 진단으로 항우울제와 항불안제를 먹으면서 '40세'가 깡패짓을 하기에는 너무 많은 나이라는 자의식을 가진 채 살아간다. 그러한 자의식은 "기무사, 경찰, 사채업자, 도선사" 출신 등의 노인 4명과 손영감이 구암 바다의 모든 유흥업소로부터 상납금을 받으며 지분을 나누어 지배권을 행사하고 있기 때문에 형성된다.

40세 희수는 한때 완월동 창녀였던 인숙을 여전히 사랑한다. 인숙이 어머니와 함께 동생 7명을 데리고 13세에 모자원에 들어왔을 때 그 감정이 시작된다. 둘은 모자원에서 자라면서 서로 간의 애정을 느낀다. 특히 16세에 인숙이 엄마와 인숙이가 함께 포장마차를 할 때, 희수가 도왔던 시절이 둘의 연애 기간에 해당한다. 하지만 인숙은 어머니 사후인 17세부터 7명의 동생을 건사하기 위해 '완월동 창녀'가 된다. 희수가 27세 건달일 때 아미와 함께 셋이 소풍을 다녀온 날 인숙이 청혼을 하지만 희수는 마음 속에서 열등감과 모멸감이 올라오면서 거절한다. 결국 40세에 결혼의 꿈을 이루지만 그것 역시 짧게 끝날 수밖에 없는 운명이다.

> 사람들은 이 거리를 월농(月弄)이라고 불렀다. 달을 희롱한다는 뜻이다. 큰
> 길 하나를 사이에 두고 월농의 건너편엔 완월동(玩月洞)이 있다. 뭐 비슷한 뜻
> 이다. 그것 역시 달을 완상한다는 뜻이고, 달에 익숙해진다는 뜻이고, 달을 가
> 지고 논다는 뜻이다. 그리고 어렴풋이 달을 사랑한다는 뜻도 있다. 이름만 들으
> 면 우아하고 풍류 가득한 동넨데 실제론 달을 찢고, 달을 때리고, 달을 괴롭히
> 고, 달을 울리는 동네에 가까웠다.
> 완월동은 사창가였고 월농은 술집들이 모여 있는 곳이었다. 대체로 그렇고
> 그런 술집들이었다. 월농의 술집들은 대부분 완월동에서 은퇴한 늙은 창녀들
> 이 운영했다. 뒤에 물주가 있고 여자는 그냥 얼굴마담으로 앉아 있는 곳도 있
> 었고, 여자가 직접 술집을 차린 경우도 있었다. (156쪽)

작품의 주인공인 희수와 인숙의 운명을 좌우하는 공간은 '월농+완월동'과 '구암의 바다'이다. 먼저 월농은 술집이고 완월동은 사창가로서, 도시 하층민들이 어우러져 음주와 폭력이 일상화된 공간에 해당한다. 원래 작명한 의도를 생각한다면 '달을 희롱하고(월농), 달을 완상한다(완월)'는 낭만적 공간에 해당한다. 하지만 '달을 희롱하고 완상하며 익숙해져서 즐긴다'라는 식의 낭만적 의미는 퇴색된 채 실제로는 음주와 폭력 속에 '달을 찢고 때리고 괴롭히고 울리는 동네'라는 의미를 내포한다. 결국 월농과 완월동은 '창녀 인숙'의 인생을 압축하는 공간이 된다.

두 번째로 '구암 바다'는 희수에게 더러운 죄의식을 강요하는 공간으로 인식된다. 그리하여 '구암 바다의 상징'이 "소금기와 썩은 물비린내를 가득 담고 있는 더러운 안개"라면서, 그 안개에서 "성병 걸린 성기에서나 날 것

같은 역하고도 묘한 냄새"를 감지한다. 어느 목사가 "죄의 냄새"라고 명명하는 것에 동의하듯 희수 역시 그 냄새가 영원히 사라지지 않을 것이라고 짐작한다. 생계와 생활과 생존을 위해 불법과 폭력이 난무하는 공간이 '구암의 바다'이기 때문이다.

부산 영도의 남가주 회장으로부터 "눈빛이 묵직하면서도 감성이 살아있"는 "21세기형 건달"로 평가받는 희수는 만리장 호텔의 전 지배인이었던 양동으로부터 "씨발 정신이 없다."는 말을 듣는다. "세상은 멋있는 놈이 이기는 게 아니고 씨발놈이 이기는" 법인데, 희수는 "똥폼"을 잡기 때문이다. 결국 양동의 권유를 받아들인 희수는 손영감으로부터 독립하여 성인오락실 사업을 시작하면서 7억 빚을 탕감하고, 인숙이와 결혼을 하고, 아들인 아미와 연인 제니 등 4인의 동거 생활이 시작된다.

하지만 결혼 생활은 오래 가지 못한다. 남가주 회장의 용의주도한 계획 하에 용강, 호중, 월농 박가, 양동, 철진, 황 등이 전쟁을 벌이면서 조폭들 간의 싸움으로 아미가 죽고 인숙이 떠난다. 마약 사업을 하는 용강은 손영감만 사라지면 모두가 행복해진다면서 희수에게 손영감을 제거할 것을 제안한다. 손영감의 조카인 도다리가 남가주 회장의 꼬임에 넘어오면서 시작된 일이라면서, "남가주 회장은 항구를 얻고, 천달호는 월농을 얻고, 구암 노인들은 주머니가 두둑해지고, 희수가 구암 바다의 주인이 된다"고 제안하지만, 희수는 거절한다. 결국 희수 역시 죽을 고비를 맞지만, 교통사고로 죽을 위기를 가까스로 넘긴 손영감이 호적에 희수를 아들로 올리면서 목숨을 부지한다.

작품 말미에서는 배신과 배신의 점철 속에 '멍텅구리배'에서 희수가 천달호와 손을 잡고 남가주 회장, 양동, 30년 지기 철진을 권총으로 살해한다. "씨발놈이 이기는" 세상이기 때문이다. 손영감의 장례를 치른 후 1주일 뒤 희수의 취임식이 개최된다. 희수는 "방파제의 더러운 이끼 사이에서 출렁거리는 바닷물에 얼굴을 씻"고, "소금기와 강렬한 태양 때문에 이 여름의 모든 죄가 소독되는 느낌"을 받으면서 취임식이 열리는 만리장 호텔로 들어서는 것으로 작품은 마무리된다.

『뜨거운 피』는 구암 바다와 월농(+완월동)을 둘러싸고 폭력배들의 이권다툼을 밑면에 깔면서 희수와 인숙의 낭만적 사랑을 통해 바닷가의 일상과 사랑이 '폭력과 섹스'를 통해 과잉 해소되고 있는 현실을 보여준다. 작품 전반부는 손영감의 조카인 '도다리'와 희수의 갈등 구도, 희수와 인숙의 낭만적 사랑 이야기가 핵심을 이루고, 작품 후반부는 구암보다 더 큰 폭력조직인 영도 세력과의 전쟁 속에 이권다툼을 위한 폭력배들의 배신 이야기가 보태지면서 냉정한 폭력의 서사가 펼쳐진다. 결과적으로 손영감이 사망하고 도다리를 제거하면서 희수가 만리장 호텔 사장으로 취임하기 때문에 해피 엔딩이라고 볼 수 있지만, 아내인 인숙도 떠나고 아들인 아미도 죽었다는 점에서 희수의 건달 인생은 실패작일지도 모른다. 하지만 그들의 인생을 둘러싼 작가의 빼어난 입담은 천의무봉(天衣無縫)의 문체에 실려 독자의 시선을 사로잡게 된다.

5. 일상성과 이미지성과 대중성의 분출

2016년의 소설은 다양한 표정으로 발화한다. 권여선의 소설은 술을 배경으로 활용하면서 일상에서 마주치는 다양한 우연과 필연을 탐색하는 '일상성'을 보여주며, 한강의 소설은 '흰 것'과 관련된 이미지 추적을 통해 사자(死者)에 대한 결별과 애도(哀悼)를 고요하게 표명하는 이미지성을 채집하며, 김언수의 소설은 '건달과 창녀'를 주인공 삼아 폭력과 섹스가 생계의 도구인 '항구도시'의 이야기를 가독성 높은 문체로 추적한다.

소설의 독법은 따로 존재하지 않는다. 권여선의 소설에서 만나듯 우리네 일상과 흡사한 캐릭터를 통해 공감이나 반발감을 표출하는 방식이 일종의 독법에 해당할 수도 있다. 한강의 소설에서처럼 '흰 것'의 이미지의 범람 속에 아득하고 쓸쓸하고 서늘한 기운에 압도되는 것도 또 다른 교감의 방법이 된다. 김언수의 소설을 읽으면서 내가 중간 보스인 희수이거나 희수의 낭만적 사랑의 대상인 인숙이 되어 소설 속에서 활보할 수도 있다.

그러나 올바른 소설 독법은 존재한다. 텍스트의 문면을 읽어내는 것에만 그치는 것이 아니라, 작가의 의도를 파악하며 시대적 분위기를 호흡하고, 독자의 능동적 상호 작용이 개입될 때 텍스트의 의미가 오롯이 작가로부터 독자에게 전해지며 양방향 의사소통으로서의 대화가 가능해진다. 그런 점에서 우리가 만나는 것은 텍스트에 불과하지만, 텍스트 안에는 작가와 작가가 만난 세계, 작가의 의지와 태도 등이 다양한 인물군에 투영되어 2016년 한국 사회의 축도를 보여준다. 그러므로 올바른 소설 독법이란 텍스트를 매개로 작가와 독자의 상호 교감이 다차원적으로 전개될 때 비로소 형성될 것이다.

2016년 한국소설은 2015년 신경숙의 표절 시비와 2016년 # 문단 내 성폭력 사건으로 추락한 신뢰도를 재고하기 위해 분투 중이다. 2016년 한강의 맨부커 인터내셔널상의 수상은 한국문학의 부활을 예고하는 신호탄에 해당한다. 이제 우리는 광화문 광장에서 분출되는 광장의 분위기를 내면화하고 외화할 때이다. 2014년 4월 16일 세월호 참사 이래로 뜨겁게 열망했던 국가 재개조 사업이 2016년 박근혜·최순실 게이트에 의해 새로운 목소리로 변주되고 있다. 한국의 소설은 일상과 이미지와 대중들의 호흡을 앞서거니 뒤서거니 하면서 그 목소리들의 내면을 깊이 있게 성찰할 때이다. 그것이 시대와 대화하는 소설의 길이기 때문이다.

(『양평문학』, 2016년 겨울)

공동체적 가치, 제3세계적 시각, 사랑의 서사

– 황석영 문학의 세계성

1. 황석영 문학은 세계문학이다

황석영의 문학은 세계문학이다. 1980년대부터 그의 작품이 해외로 번역된 이래로 30년이 넘도록 '세계문학 속의 한국문학'으로서 이미 세계문학에 기입되어 세계문학을 견인하는 대표적인 한국 작가에 해당하기 때문이다. 구체적으로 「객지」, 「삼포 가는 길」, 「한씨 연대기」 등의 1970년대 단편들과 더불어 『장길산』(1985), 『무기의 그늘』(1988) 등의 장편소설이 1980년대부터 중국과 일본에 번역된 이래로 최근작인 『해질 무렵』(2015)에 이르기까지 황석영의 작품들은 미국, 프랑스, 독일, 영국, 스웨덴, 폴란드 등 전 세계적으로 가장 많이 번역, 소개되고 있다. 뿐만 아니라 2000년대 이래로 시인 고은과 더불어 한국 작가로서 '노벨문학상에 가장 근접한 작가'[1]라는 평가는 그가 '세계문학 공간'에서 한국문학을 대표하는 현대문학의 거장임을 증명하는 대목이다.

---

1) 윤지관(한국문학번역원장), 대담 장승욱, 『새국어생활』, 국립국어원, 2006년 여름호.

2016년 한강의 『채식주의자』가 영국에서 번역되어 '맨부커 인터내셔널 상'을 수상한 이후 한국문학의 세계화에 대한 관심이 더욱 확산되고 있다. '세계문학'에 대한 개념 정의나 담론들은 논자마다 다르지만, 대체로 '1) 서구문학의 정전으로서의 세계문학, 2) 번역문학으로서의 세계문학, 3) 비교문학으로서의 세계문학, 4) 괴테·마르크스적 기획으로서의 세계문학'[2]으로 유형화되거나, '1) 세계 각국의 문학으로서의 세계문학, 2) 세계 명작이나 고전으로서의 세계문학, 3) 개별 국가 문학 중 보편적 인간성을 추구한 문학(괴테의 세계문학), 4) 세계 시장에서 소비되는 세계문학'[3] 등으로 분류된다. '서구'라는 수식어만 제외한다면 황석영의 문학은 '세계문학적 조건'을 모두 충족한다. 즉 황석영의 문학은 번역문학을 거치며 '문학의 정전, 번역문학, 비교문학, 보편적 인간성 추구, 세계 시장에서의 소비' 등을 통해 1980년대 이래로 현재에 이르기까지 다양한 방식으로 전세계의 독자들과의 만남을 진행하고 있는 것이다.

2000년대 들어 영문학자들을 중심으로 '세계문학 담론'이 백가쟁명하고 있다. '보편적 이념과 기획으로서의 세계문학'은 괴테와 마르크스에 의해 구상되는데, 먼저 괴테는 1827년 1월 31일 〈에커만과의 대화〉에서 '세계문학의 시대'를 언급하며, 복수의 민족문학들이 서로 대화하고 공존함으로써 특수한 차원을 뛰어넘어 보편적인 것이 되는 세계문학의 도래를 말한 바 있다. 마르크스는 1848년 『공산당 선언』에서 세계 시장의 형성과 세계문학 가능성의 연관성을 언급하며, 세계문학의 보편성이 지역적이고 민족적인 문학의 편협성과 지엽성을 뛰어넘는 인류 공동의 자산이 될 수 있음

2) 유희석, 「세계문학의 개념들:한반도적 시각의 확보를 위하여」, 김영희·유희석 엮음, 『세계문학론─지구화시대 문학의 쟁점들』, 창비, 2010, 48~72쪽.

3) 이현우, 「세계문학 수용에 관한 몇 가지 단상」, 김영희·유희석 엮음, 『세계문학론─지구화시대 문학의 쟁점들』, 창비, 2010, 211~225쪽.

을 강조한다. 이후 20세기 후반 이래로 프레드릭 제임슨(「다국적 자본 시대의 제3세계 문학」(1986)), 프랑코 모레티(「세계문학에 관한 견해」(2000)), 파스칼 카자노바(「세계로서의 문학」(2005)) 등은 '중심과 주변의 투쟁과 간섭, 위계화' 속에서의 '세계문학론'을 주창하고, 최근 엔리케 두셀(「트랜스모더니티와 인터컬추랠러티」(2012))은 주변부 타자들의 억압된 풍부한 문화적 가치들을 통해 서구적 근대성을 비판하고 횡단하며 극복하는 작업을 '트랜스모더니티(transmodernity)'로 정의하면서 '횡단적 다원 보편성(pluriversality)'을 언급한다.[4] 이외에도 댐로시나 빌라시니 쿠판의 '유동성과 가변성(=가능성)을 강조하는 세계문학론[5], 두리쉰의 '상호문학적 과정으로서의 세계문학(2013)' 등의 논의는 "민족문학과 세계문학 간의 중간지대가 갖는 다층적 관계를 체계화하는 작업"[6]이 되고 있다.

이러한 '세계문학론'을 통해 볼 때, '세계문학'은 서구 중심의 이분법적 세계화를 넘어서 다양한 타자성이 분출되는 '유연한 문학장'으로서의 외연을 확장하고 있는 이념이자 현실이고 과정인 문학담론이 되고 있다. '괴테·마르크스적 기획' 이래로 '서구 중심적인 보편적 이념'으로서의 세계문학의 시대는 가고, '다중심적인 글로컬적 현실'로서의 세계문학의 시대가 오고 있는 것이다. 우리는 그 현상을 한강의 『채식주의자』와 데보라 스미스의 번역 소설 『The Vegeterian』을 통해 현실로 목도하고 있다.

소설가 한강 이전부터 황석영은 한국문학의 세계화에 앞장서고 있다는

---

4) 김용규, 「세계문학과 로컬의 문화 번역」, 김경연·김용규 엮음, 『세계문학의 가장자리에서』, 현암사, 2014, 35~77쪽.

5) 박성창, 「최근 세계문학론의 쟁점과 의미」, 『한국민족문화』 37집, 부산대학교 한국민족문화연구소, 2010. 7, 469~475쪽.

6) 김용규, 「체계로서의 세계문학」, 『코기토』 79집, 2016. 2, 부산대학교 인문학연구소, 210~250쪽.

평가를 받아 왔다. 특히 2000년대 초중반 출간된 『손님』, 『심청』, 『바리데기』 등의 '동아시아 3부작'은 서사, 인물, 공간, 문체, 주제의식의 측면에서 황석영 문학의 새로움으로 평가받으며 세계문학화의 첨병 역할을 수행하고 있다. 그리하여 '『손님』이 지닌 미학적 발상의 탁월성, 『심청』의 동아시아적 서사의 편력기, 『바리데기』의 기층문화의 형식에 담아낸 세계적 현실' 등이 주목되면서 황석영의 미학적 실험들이 새로운 '하나의 출발'로서의 의미[7]를 지닌다고 평가받는다. 뿐만 아니라, 황석영의 소설적 행보가 한국문학의 보편성을 창조적으로 확대하는 길에 있다면서, "북녘땅에 틈입한 외래 모더니티의 참상(『손님』), 근대이행기 동아시아 민중의 수난(『심청, 연꽃의 길』), 이산과 대립이 격화되는 세계화의 파괴적 그늘(『바리데기』) 등 긴박한 현실의 문제를 한반도의 테두리를 넘어서는 큼직한 시야"[8]에 담아내며 '진지노 귀굿, 심청전, 바리데기 무가' 등의 고유한 전통적 서사 형식을 활용하였다고 분석한다.

이렇듯 황석영의 문학은 한반도의 모순을 중심에 두면서도 동아시아 문제를 응시하며 세계사적 인식과 현실을 환기하면서 번역을 통해 '다른 세계문학들'과 함께 호흡한다. 특히 2000년대 들어 『손님』이 쎄븐스토리즈에서 출간되었으며, 『오래된 정원』도 영미권에서 출간되었고, 서평 웹싸이트인 '컴플리트 리뷰'에서도 황석영은 고은 등과 함께 B+ 등급을 받아 "예외적으로 탁월(A)하지는 않지만 읽을 만한 가치가 있다"라는 평가를 받고 있다.[9]

7) 전성욱, 「세계문학의 해체」, 김경연·김용규 엮음, 『세계문학의 가장자리에서』, 현암사, 2014, 316~343쪽.

8) 정홍수, 「세계문학의 지평에서 생각하는 한국문학의 보편성」, 김영희·유희석 엮음, 『세계문학론―지구화시대 문학의 쟁점들』, 창비, 2010, 105~124쪽.

9) 윤지관, 「한국문학 세계화를 둘러싼 쟁점들」, 『세계문학을 향하여―지구시대의 문학』, 창비, 2013, 175~176쪽.

최근작인『여울물 소리』(2012)와『해질 무렵』(2015) 등도 영미권에 동시적으로 번역되어 소개될 정도로 황석영의 문학은 동시대적 세계문학의 한 페이지를 당당히 장식하고 있다.

황석영 문학의 세계성은 크게 '공동체적 가치의 추구, 제3세계적 시각의 확보, 사랑의 서사' 등 세 가지로 나누어볼 수 있다. 먼저 '공동체적 가치의 추구'는 1970년대 이래로 도시 성장담이나 노동소설, 도시 빈민층의 애환 등을 담아내며 더 나은 세상을 기획하려는 '혁명적 낭만주의'로 변주되고 있다. 두 번째로 '제3세계적 시각의 확보'는 한반도의 분단 문제, 한국전쟁과 베트남전쟁의 중첩, 전통 서사 모티프 등을 활용하여 리얼리즘적 인식을 토대로 새로운 형식 실험을 가미함으로써 한반도의 모순과 동아시아적 가치의 확인 속에 세계사적 인식과 실천을 모색하고 있다. 세 번째로 '사랑의 서사'에서는 하층민의 동류적 사랑의 순수성, 성적 욕망의 양가성, 시대적 중첩으로서의 사랑 등이 드러나면서 인간 사랑이 지닌 보편적 감수성을 주목한다. 특히 이 대목은 "영원히 여성적인 것이 우리를 구원하리라"는 괴테의『파우스트』의 마지막 대목을 환기하게 한다. 여성성이 새로운 세계를 구원할 가능성이자 현실성이라는 공유를 통해 19세기 괴테의 세계문학적 기획이 21세기 황석영의 세계문학적 실천으로 변주되고 있는 셈이다.

2. 공동체적 가치의 추구 – 성장담과 하층민의 동류의식

황석영 문학의 세계성은 첫 번째로 등단작인「입석부근」(1962)을 필두로 '우리' 의식을 강조하면서 공동체적 가치를 지향하는 것에서 확연히 드러난다. 특히 1970년대 이래로 청소년의 성장담과 노동자의 노동소설, 도시 빈민의 목소리 등을 통해 하층민의 연대의식과 보편적 인간애에 대한 질문을 수렴하고 있다는 점에서 '괴테와 마르크스의 19세기적 기획'을 실현하고 있다고 판단된다.

1) 성장담을 통한 '공동체성'의 문제제기

개인의 사회화 과정 다룬 성장소설들 중 먼저 「입석부근」(1962)은 훈육을 강요하는 가정과 학교라는 제도로부터 이탈하려는 고교생 화자가 산속 동굴생활과 '암벽타기' 모티프를 통해 실존적 고뇌와 함께 남성적 상승의지와 '우리'라는 공동체적 연대감을 확인하는 작품이다. 「아우를 위하여」(1972)는 군에 입대한 아우에게 보내는 편지체 글로서 초등학교 교실에서의 불합리한 폭력 구조와 그것을 '윤리적 관심과 정의의 잣대'로 극복하게 해준 여교생 선생님의 '진보와 사랑'의 가치를 성찰하는 내용을 다루고 있다.

이 단편소설들에서 나타난 문제제기는 『개밥바라기별』(2008)로 집약되어 7명의 다중시점을 통해 '유동성과 가능성으로서의 세계문학'적 특성을 보여준다. 작가는 유준의 진솔한 자기 고백과 여러 친구들의 증언을 통해, 우울한 1960년대를 살아낸 젊은이의 내면을 입체적으로 조감함으로써 다면체적 정체성을 지닌 존재로 형상화한다. 유준은 '개인 황수영'이 60년 이상 지나온 삶의 숱한 흔적이 조합되어, '작가 황석영'의 40여 년 공력이 모여 빚어낸 젊은 날의 자화상이 된다. 그 초상은 청소년에서 청년으로 변모하는 숱한 청춘들이 여전히 가정과 학교와 사회의 울타리 안에서 '계몽적 합리성'이라는 미명 하에 강제적 규율로 제도화와 사회화의 과정을 겪어내고 있기 때문에 세계인의 공감대를 자극한다. 『개밥바라기별』은 황석영의 초기 작품이 지닌 비판적 사실주의 색채 이전에 치열하게 자아를 탐색했던 허무주의적 태도, 실존주의적 경향, 초월적 상징주의 미학이 존재했음을 보여주는 자전적 성장소설에 해당한다.

2) 하층민의 저항과 연대 − 노동자의 저항과 도시 빈민의 연대

1970년대 한국 노동문학의 효시로 평가받는 중편 「객지」(1971)에서는 노동 인권의 문제가 그려진다. 간척지 공사장에서 벌어지는 노동력 착취의 현실 속에서 일용직 노동자들의 열악한 노동조건이 그려지면서, 결말 부분에서는 1970년 전태일 열사의 분신 사건을 소설로 전유한 동혁의 자폭 투쟁이 배치된다. 마지막 부분에서 "꼭 내일이 아니라도 좋다"라는 동혁의 다짐과 투쟁은 '혁명적 낭만주의'의 전조로서 절망적 노동 현실에 대한 전복적 결단을 상징적으로 보여준다. 「야근」(1973)에서는 공장 노동자의 죽음을 필두로 사용자와의 적극적 투쟁을 형상화하면서 자본가 권력에 저항하는 노동자의 결속력을 강조한다.

하층민의 힘겨운 세상살이를 형상화한 중편 「돼지꿈」(1973)에서는 고물을 주워 생계를 유지하는 넝마주이 강씨네 가족(+산재노동자가 된 아들 근호, 양아치에게 시집가게 된 임산부 딸 미순 등)을 중심으로 도심에서 밀려난 하천 건너편 공터의 '보신(=개잡이) 축제'를 통해 '때 아닌 싱싱한 활기'를 접하는 공동체의 모습 속에서 하천변 무허가 판자촌의 비애와 환희, 절망과 희망의 공존 양상이 드러난다.

이렇듯 황석영의 중·단편소설은 하층민의 집단적 결속력을 강조한다. 1970년대 현실 체험의 세계에서 획득한 절망과 비애를 그림으로써 건강한 생명력과 인본주의적 연대감의 회복을 희구하는 리얼리즘의 세계를 보여주는 것이다. 결국 도시화와 산업화가 야기한 인간 소외의 현실 속에서도 그것을 극복하고자 노력하는 소외 계층의 생생한 육성과 인간적 의지, 공동체적 윤리의식 등을 하층민의 생활 공간과 탈향의 떠돎 속에서 그려내고 있다는 점이 황석영 문학의 세계성을 보여준다.

3) 의적의 역사와 군사독재 현실의 중첩

대하소설『장길산』(1974~1984)은 17세기 조선 숙종시대의 과거사를 현재적 우화로 읽어냄으로써, 1970~80년대 한국 사회의 모순을 응시하고 독재체제를 극복하려는 비판적 작업의 소산이다. 서두의 〈장산곶매〉 전설과 말미의 〈운주사〉 전설의 배치에서 알 수 있듯, 결과적으로 대동세상을 향한 민중의 꿈은 실현되지 않는다. 하지만 장길산, 마감동 등의 작품 속 주인공들은 빈부와 귀천의 차별 없는 세상을 선취하기 위해 절망적 현실 속에서도 희망과 낙관으로 끊임없이 도전한다. 그리고 작가는 민요나 판소리체 등의 전통 문화 양식을 활용하여 17세기 조선의 근대적 민중저항의 모습을 형상화함으로써 1970~80년대 한국 사회에서 군부독재 권력의 폭압에 대한 민중의 저항을 우회적으로 그려낸다. 결국 요원한 미륵세상을 선취하기 위한 민초들의 치열하고 처절한 몸부림이 착취와 억압의 역사를 변화시킬 변혁의 동력임을 주목하면서 '혁명적 낭만주의'의 세계관을 보여주는 것이다.

4) 남한 자본주의의 역사와 욕망의 축도

『강남몽』(2010)은 1995년 6월 29일, 1,500여 명의 사상자를 낸 삼풍백화점 붕괴사건을 시작으로 1970년대 개발 독재시대의 욕망과 치부를 묘파한 작품이다. 특히 백화점 붕괴로부터 시작하여 자본주의 100년의 한국 근현대사를 빠르게 스케치하면서 '강남의 욕망'이 보여주는 자본과 권력의 흥망성쇠를 압축적으로 제시한다. 1장 "백화점이 무너지다"로 시작하여 5장 "여기 사람 있어요"라는 소제목으로 마무리되는『강남몽』은 '강남 상류층 여성' 박선녀, 일제 강점기 이래 영리한 처세술로 살아남은 대기업 회장 김진 등을 중심으로, 부동산 개발업자 심남수, 조직폭력배 홍양태 등과 더불어, 백화점 매장 직원으로 성실하게 살아가는 임정아 등 5명의 인물을 통해 '강남몽'의 허상을 뒤쫓는다. 일제 강점기의 3.1 운동 직후부터 해방

이후 분단에 이은 한국전쟁, 1960~70년대 박정희 군부독재를 거쳐 1990년대 중반에 이르기까지의 역사적 사건을 씨줄로 삼고 5명의 유형화된 인물들의 삶을 날줄 삼아 한국식 자본주의의 음화를 추적한다. 그리하여 '강남'이 자본과 권력의 다층적 욕망을 압축적으로 환기하는 판타지적 공간임을 증명한다.

5) 쓰레기 매립지에서의 생존과 성장

『낯익은 세상』(2011)은 아버지가 삼청교육대에 끌려간 뒤 딱부리네 모자가 흘러든 '꽃섬'이라는 쓰레기 매립지 이야기를 통해 대도시 소비 사회의 민낯을 보여주는 작품이다. 하루 종일 쓰레기를 뒤적거리며 살아가는 '꽃섬'의 모습은 화려함 이면에 감춰진 소비사회의 실상을 보여줌과 동시에 쓰레기가 돈이 되는 자본주의적 소비 문화의 허상을 비판한다. 10대 소년인 딱부리와 땜통은 꽃섬에서 옛날부터 농사를 지으며 살아온 김 서방네 가족(=귀신)과 초자연적으로 소통할 수 있는 유일한 인물들이다. 그들을 통해 쓰레기 매립지 이전의 꽃섬이 자연친화적인 농촌이었지만, 인간의 탐욕에 의해 오염된 공간으로 변질되었음이 드러난다. 도시 빈민으로 길러지는 딱부리는 주변부 매립지로 밀려난 서러움, 땜통의 허망한 죽음, 투박한 어른들의 세계 등을 경험하고 '빈곤과 풍요'의 역설을 깨달으면서 성장해가는 존재로 그려진다.

3. 제3세계적 시각의 확보 – 전쟁과 평화의 저항 담론, 전통 서사의 새로운 기입, 동아시아적 특수성의 활용

두 번째로 살펴볼 황석영 문학의 세계성은 분단 체제로서의 한반도의 문제를 중심에 놓고, 동아시아적 관점과 세계사적 시각을 지속적으로 환기함으로써 지역과 세계를 횡단적으로 연결하는 '글로컬적 문제의식'을 작품 속에 기입하고 있다는 점이다. 초기 단편인 「탑」(1970)에서부터 『바리데기』(2007)에 이르기까지 한반도의 문제를 동아시아적 시각에서 바라보면서 세계사적 맥락에 접목하려는 시도가 돋보인다.

1) 전쟁의 참혹성과 평화의 구상

첫 번째 부류는 한국전쟁과 베트남전쟁을 겹쳐보면서 한반도의 분단 모순과 민족모순을 예각화함으로써 전쟁의 참상과 평화의 구상을 형상화한 작품들이다. 먼저 베트남전쟁의 참전을 다룬 소설로는 「탑」(1970)을 들 수 있다. 「탑」에서는 베트남전에 참가한 한국군이 베트남 문화의 상징물인 '탑'을 결사항전으로 사수하지만 미군이 이튿날 그 탑을 허무하게 밀어버림으로써 한국군의 탑 사수 노력이 허사로 종결되는 내용을 통해 제국주의 대리전에 참가한 한국 용병의 무기력한 존재감을 보여준다. 「돌아온 사람」(1970)에서는 베트남 전쟁과 한국전쟁의 중첩 속에 폭력과 살인을 정당화하고 강제하는 전쟁의 광기적 본질을 천착하며, 「낙타누깔」(1972)에서는 베트남전쟁에 참전했다가 정신질환으로 귀환한 화자를 통해 제국주의 전쟁의 참혹성과 물신화된 성적 욕망의 허상을 성찰한다. 이러한 단편소설의 문제의식들이 집대성되어 장편소설 『무기의 그늘』로 집적된다.

2) 제국의 물리력과 시장 자본력의 그늘

『무기의 그늘』(1988)은 한국문학의 수준을 세계문학의 수준으로 격상시켰다[10]는 평가 속에, 베트남의 '다낭'을 배경으로 한국군 시장감시원 안

---

10) 정호웅, 「베트남 민족해방투쟁의 안과 밖」, 『외국문학』, 1990년 봄.

영규와 베트남 민족해방전선 투신자 꽘민 등을 두 축으로 삼아 베트남 전쟁의 이면에 깔린 미 제국주의의 장사 논리를 형상화한다. 세계사적 맥락에서 발생한 제국주의 침략 전쟁의 하수인 역할을 담당한 한국군의 모습을 통해 한국 사회의 분단 모순을 객관화하며, 베트남의 현실과 한국의 현실이 지닌 역사적 유사성과 현실적 비극을 주목함으로써 진보적 민족의식의 투영으로 세계문학적 담론을 이끌어낸 작품이다. '베트남'은 아시아적 가치와 제국주의적 가치가 대립하는 양상 속에서 세계 자본의 힘을 자각하는 제3의 공간으로서 한반도의 민족문제를 고민하고 반성케하는 근대적 공간이 된다. '베트남전쟁'에서의 '미국 문제'(자본과 무기)와 '분단 문제'(외세와 민족모순)를 통해서 베트남이 한반도의 분단과 외세 문제를 성찰적으로 재조명할 수 있는 세계사적 공간으로 인식될 수 있음을 입증한 작품이다.

3) 분단시대 반공 체제의 비극성

1970년대 초에 한반도의 분단 비극을 다룬 중편 「한씨연대기」(1972)는 한국전쟁이라는 광기의 시공간을 거치며 양심적 의사인 한영덕이 월남한 이후 반공 이데올로기에 의해 남한 사회에서 부적응자로 내몰린 끝에 영혼과 심신이 훼손되고 파멸되는 과정을 '비극적 일대기'로 적실하게 보여준다. 「잡초」(1973)에서는 소년 화자 수남의 시선을 통해 해방기와 한국전쟁을 거치면서 식모 누나인 태금이가 인민군에 협조한 이후 '미친 여자'가 되어 거리에서 조롱과 폭력의 대상이 된 비극적 형상을 그려내면서 '땡볕과 잡초'로 환기되는 전쟁의 광기를 보여준다. 이러한 분단의 비극성을 양민학살 사건으로 장편화하면서 해원을 모색한 작품이 바로 『손님』이다.

4) 기독교와 마르크시즘 사이의 해원

제임슨이 루쉰의 텍스트를 언급하며 "이 끔찍한 '억압된 것의 회귀'가

서사의 주목할 만한 장르적 변형을 결정한다"[11]라고 분석한 바 있듯이, 끔찍하게 억압된 것의 회귀를 통한 해원을 주목한 작품이 황석영의 『손님』(2001)이다. 한국전쟁 시기 황해도 신천에서 벌어진 양민학살 사건을 조망하는 이 작품은 부정풀이에서부터 뒤풀이까지에 이르는 지노귀굿의 열두마당 형식을 차용하여 반세기전 기독교와 마르크시즘 사이의 이념적 갈등이 낳은 질곡의 역사를 응시한다. 그리하여 '산 자와 유령들과의 대화'라는 환상적 요소를 통해 찬샘골이라는 폐허의 자리를 화해와 새 희망의 제의적 공간으로 전환하는 작업을 시도한다. 학살의 기억과 상처를 똑바로 응시할 때 비로소 역사와의 화해와 상처의 치유가 진행될 수 있기 때문이다. 작가는 기독교와 마르크시즘을 대면케 하여 이데올로기에 의해 호명된 주체가 얼마만큼 극단적 폭력을 야기할 수 있는가라는 문제를 명백하게 보여준 황해도 신천 학살 사건을 조망하면서, 기독교적 주체인 요섭의 화해 노력과 유령의 조력, 산 자의 성찰 등이 더해져 양대 이데올로기에 의해 희생된 망자들을 향한 진혼제의를 상상적으로 구성한 셈이다.

5) 관음보살의 동아시아 유랑기

파스칼 카자노바는 피에르 부르디외의 '장' 개념을 인용하여 '문학장' 개념으로 활용하면서 '세계문학 공간'의 특징을 '위계질서와 불평등성, 상대적 자율성' 등으로 설명[12]하는데, 황석영의 『심청』(2003)은 심청의 유랑하는 삶을 통해 '타자성의 공간'을 배회하는 관음보살의 현신을 보여준다. 이 작품은 불교의 윤회설적 인식을 배면에 깔고 '효'의 상징인 심청을 관음보

---

11) 프레드릭 제임슨, 「다국적 자본주의 시대의 제3세계 문학」, 김경연·김용규 엮음, 『세계문학의 가장자리에서』, 현암사, 2014, 78~120쪽.

12) 파스칼 카자노바, 「세계로서의 문학」, 김경연·김용규 엮음, 『세계문학의 가장자리에서』, 현암사, 2014, 121~152쪽.

살의 헌신으로 전유하여 매춘 여성의 표피를 씌워 19세기 동아시아를 유목적으로 떠돌게 한다. '심청'은 근대적 격랑기에 남성들의 성적 착취의 노예가 되어 밑바닥 체험을 겪는 매춘 여성에서 영주 부인이라는 신분 상승에 이르기까지 계급적 신분이 변화되지만, 자신이 자신의 삶과 운명의 주인임을 결코 포기하지 않는다. 여성의 성매매를 강요하는 폭력적 현실 속에서 '심청의 기표'는 '렌화→로터스→렌카'로 변주되지만, 관음보살의 현신이라는 '심청의 기의'는 분열적 회의감 속에서도 자기 동일성을 견지한다. 작가는 남성 중심 서사에서 희생을 강요당해온 여성의 역사를 전통적 공간의 기표인 '심청'을 호출하여 재창조함으로써 19세기를 응시하며 21세기적 주체성으로서의 여성성과 모성성을 검토함과 동시에 서구적 근대의 남근주의적 폭력성을 비판하고 있는 것이다.

6) 세계화의 그늘과 희망의 생명수 구상

작가의 영국생활이 녹아 있는 『바리데기』(2007)는 한국적 특수성이 담겨 있는 독특한 무가 형식을 세계사적 현실에 담아냄으로써 세계문학적 특성[13]을 보여주는 텍스트로서, 무속적 존재인 '영매 바리'가 국경을 이동하는 삶의 곡절 속에서 영육 분리로 생명수를 찾으려고 노력하는 모습을 형상화한다. 전체 12장으로 구성된 작품은 6장까지는 북한과 중국을 떠돌던 이야기이고, 7장부터 12장까지는 다인종국가인 영국을 무대로 생명수에 대한 탐색이 그려진다. 파키스탄인 압둘 할아버지는 북한에서의 할머니의 환생처럼 느껴지면서 7장 이후 바리 생의 멘토 역할을 담당한다. 이때 바리는 영국 생활에서 이동과 이주, 국경과 탈주의 문제를 질문하면서, 가난과 차별, 분단과 분쟁을 낳는 '국경'의 문제가 더 이상 어느 한 지역의 특수한 문

---

13) 양진오, 「세계문학으로서의 한국문학, 그 위상과 전망-황석영의 『바리데기』를 중심으로」, 『한민족어문학』 제51집, 한민족어문학회, 2007. 12.

제가 아니라 세계사적 보편성을 띠는 문제임을 직시한다. 탈북민 바리의 '생명수 이야기'는 신자유주의적 현실이 강제하는 빈부의 양극화와 이주노동자 문제를 외면할 수 없는 작가의 현실적 낭만주의자로서의 세계관을 보여준다. 작가의 태도는 세계화의 그늘에 놓여 있는 사회적 약자에 대한 배려 속에 결코 희망과 생명의 끈을 놓지 않아야 된다는 다짐으로 이어진다.

4. 사랑의 서사 – 연민과 사랑과 욕망의 중층성

『오래된 정원』(2000) 이래로 다양한 경로를 우회하긴 하지만, 황석영 문학의 세계성을 대표하는 21세기적인 키워드는 '사랑'이다. 『오래된 정원』에서의 오현우와 한윤희, 『심청』에서의 심청과 정인들, 『바리데기』에서의 바리와 알리, 『여울물 소리』에서의 연옥과 이신통, 『해질 무렵』의 민우와 순아(= 민우와 우희) 등의 사랑은 다양한 표정의 연민과 욕정, 욕망과 순애보 속에 황석영 문학의 세계성의 표정이 '21세기적 사랑'에 닿아 있음을 보여준다. 그 맹아적 이야기의 골격은 1970년대 단편 서사의 백미인 「삼포 가는 길」에 담겨 있다.

1) 연민으로서의 사랑

1970년대 산업화 시대의 음화로 형성된 소외된 주변인들의 정서적 교감을 다룬 「삼포 가는 길」(1973)과 「몰개월의 새」(1976) 등은 '보편적 인간애로서의 연민'를 내장하고 있다는 점에서 세계문학적 특성을 담지한다. 서정적 비애미의 절정으로 평가 받는 「삼포 가는 길」은 도시의 하층민인 술집 작부 백화와 일용직 노동자 영달과 정씨가 고향을 잃어버린 상실감 속에서도 귀향 의지를 내장한 동류적 존재임을 확인하면서 상호 연민의 감정을 교감하는 모습을 그려낸다. 「몰개월의 새」 역시 전장으로 나가는 군인과 순정을 지닌 술집 작부 미자와의 '근친적 교감'을 통해 사회적 약자들의 공감과 연민이라는 동류의식을 보여주면서 주변인적 타자들이 내포한 욕망의 순수성을 보여준다.

2) 욕망의 양가성

「삼포 가는 길」 등에서 하층민의 동류의식이 '순정한 사랑'으로 형상화되고 있다면, '몸의 교환가치'를 강제하는 자본주의적 욕망의 거래는 「섬섬옥수」(1973)와 「장사의 꿈」(1973)에서 선명하게 드러난다. 「섬섬옥수」는 여대생 박미리와 수도수리공 상수의 위계화된 계층적 차이를 전제로, 두 사람이 벌이는 욕망하는 주체와 타자의 관계 역전을 통해 욕망의 물신성과 전복 가능성을 형상화한다. 「장사의 꿈」 역시 주인공 일봉이 '씨름선수→때밀이→포르노배우→성매매 남성'으로 직업을 전전하면서 욕정을 탕진하는 모습을 통해 자본의 미시적 권력이 남성 주체의 욕망을 재구성하는 방식을 풍자적으로 상징화한다.

3) 불연속적 서사, 중첩된 일상의 사랑

『오래된 정원』(2000)은 『무기의 그늘』 이후 10여 년 만에 작가가 제출한 '사랑의 서사'다. 1970~80년대 한국 사회의 저항적 시대 현실과 1990년대의 후일담 풍경이 함께 형상화되고 있지만, 기본 골격은 오현우와 한윤희의 사랑이 서사의 중핵에 해당한다. 18년 동안의 감옥 생활을 마친 오현우의 출감 이후 일상으로의 복귀를 돕기 위해 한윤희는 변혁의 시대인 1980년대와 일상의 시대인 1990년대를 꼼꼼히 기록한 '편지와 노트'를 현우에게 남기고 세상을 떠난다. 그리고 오현우는 사랑과 일상의 흔적이 담긴 갈뫼라는 '오래된 정원'이 도피와 죽음의 은둔지가 아니라 새 삶의 교두보가 되어

가꾸어질 때 미래적 전망이 열린다는 인식을 갖게 된다. 1980년 5월 광주 항쟁으로부터 시작하여 1980년대 변혁운동, 분단 문제와 반공 이데올로기, 북한과 독일의 통일 등 다양한 공간과 서사적 장치가 동원되어, 1990년대 격변하는 세계사적 현실을 함께 포착하고 있다는 점에서 세계문학적 특성을 보여준다. 작품은 오현우와 한윤희의 사랑과 투쟁, 일상을 통해 '오래된 정원'이 '우리'가 견뎌내고 버티고 싸워온 일상에서 비롯된다는 '오래된 세계사적 진실'을 보여준다.

4) 19세기 동학혁명의 역사와 사랑의 중첩

『여울물 소리』(2012)는 서녀 연옥과 서얼 이신통의 사랑을 바탕에 깔면서 19세기말 한반도의 격변기를 통해 외세에 둘러싸인 21세기의 고민을 우회적으로 담보하고 있는 작품이다. 작가는 '작가의 말'에서 19세기의 역사적 현실에서 발생한 "근대적 상처'의 잔재"가 21세기에도 여전하기 때문에 "고통과 상처투성이의 '근대'가 마감되었으면 하는" 바람으로 동학혁명을 주목했음을 기록한다. 보국안민과 척양척왜를 내세우며 패퇴했던 동학농민군의 비극의 역사가 분단체제 하의 남북 대결 국면 속에서 여전히 현재적 상처의 맹아라는 인식이 드러난다. 작품은 엄격한 유교적 신분질서를 뚫고 '사람이 하늘이다'라는 선언과 함께 출현한 동학을 근대적 시공간에서의 '하나의 돌올한 사건'으로 인식한다. 하지만 작가의 시도는 여전히 '서사의 갱신과 퇴행 사이'[14]에 놓여 있는 것으로 판단된다.

5) 회한과 자조로서의 사랑

『해질 무렵』(2015)은 60대에 접어든 건축가 박민우의 기억과 '달골'에 남

---

14) 권성우, 「서사의 창조적 갱신과 리얼리즘의 퇴행 사이-황석영의 『바리데기』론」, 『한민족문화연구』 제24집, 한민족문화학회, 2008. 2.

겨진 첫사랑 차순아의 회고를 중심으로 청년 세대의 현재 이야기를 덧붙인다. 그리하여 생의 마무리에 접어든 '노년 세대의 회한'과 생존의 불안을 경험하고 있는 '청년 세대의 자조'를 함께 고찰함으로써 두 세대의 존재론적 질문을 동시적으로 던진다. 박민우와 차순아의 대조적인 인생 행로가 기성 세대의 두 부류를 보여준다면, 실패의 점철 속에 비극적 자살로 생을 마감한 '순아의 아들 김민우'와 그의 연인이었던 29세 연극연출가 정우희가 편의점 아르바이트로 생계를 이어가는 모습은 불투명한 현재를 살아가는 '헬조선 사회'의 청년 세대의 모습을 보여준다. 자살한 아들 민우의 장례를 치른 뒤 우희에게 "우리 민우 좀 사랑해주지 그랬어"라고 전하는 차순아의 고백과 "나는 길 한복판에서 어느 방향으로 가야 할지 몰라 망설이는 사람처럼 우두커니 서 있었다."라는 박민우의 고백을 통해 이 작품이 사랑과 실존을 향한 두 기성 세대의 고백임을 보여준다. 작가의 말대로 "개인의 회한과 사회의 회한은 함께 흔적을 남기"는 것이며, 그러므로 이 작품은 "희미한 옛사랑의 그림자"를 추억하는 21세기형 러브 레터가 된다.

5. 황석영이라는 세계문학

2017년 현재 황석영은 한국문학의 거목이자 세계문학의 첨병 역할을 수행하고 있다. 1962년 「입석부근」 이래로 2015년 『해질 무렵』에 이르기까지 노익장이라는 말이 무색하리만큼 왕성하고 정력적인 활동으로 시대의 문제작을 지속적으로 생산하고 있기 때문이다. 이미 문학사에서는 그를 1970년대에는 「객지」 등의 중·단편소설로 산업화 시대를 대표하는 비판적 사실주의 작가로, 1980년대에는 『장길산』과 『무기의 그늘』로 독재시대를 우회적으로 증언한 작가로 기록하고 있다. 그리고 '돌아온 작가'가 되어 『오래된 정원』(2000) 이래로『해질 무렵』(2015)에 이르기까지 2000년대 이후 새로이 9권의 장편소설을 출간할 정도로 제2의 전성기를 구가하고 있다.

지난 50여 년 동안의 황석영의 문학은 일용직 노동자, 도시 빈민, 군인, 술집 작부, 소시민 등의 주변인적 존재들을 위무하는 단편소설들로부터 시작하여 분단과 독재시대의 질곡을 조선 숙종조와 베트남 참전 이야기를 통해 극복하려는 장편소설로 외연을 확장해왔다. 그리고 2000년대 이래로는 1980년대와 1990년대를 향한 중첩적 시대인식, 1950년대 분단 문제의 해원, 19세기 동아시아의 근대성 탐색, 21세기 세계화 시대의 모순, 자전적 성장소설 등의 장편소설을 상재하며 동아시아적 관점과 세계사적 문제제기를 지속해 왔다. 다시 2010년대 이후 1970년대 '강남' 형성사, 1980년대 쓰레기 매립지 '꽃섬', 19세기 동학혁명의 비극, 21세기 현재와 20세기 회고담 등을 서사화하면서『여울물 소리』와『해질 무렵』에까지 이르고 있다. 이러한 문학적 외연의 확장과 내포의 깊이는 당대 현실을 읽어내는 작가의 체험적 촉수가 그의 개방적 상상력과 맞닥뜨리면서 '사랑의 서사'로 이어지고 있기 때문에 가능한 것이다.

황석영의 문학은 작가의 혁명적 낭만주의와 함께 현실적 허무주의를 바탕에 깔고 있다. 2000년대 초중반에는 전통 굿의 차용, 유령과의 대화, 영육의 분리, 국경과 생사를 초탈한 환상성의 기입 등을 통해 동아시아를 비롯한 신자유주의적 세계화 현실의 모순을 주목한 바 있다. 생사와 빈부, 국경을 횡단하면서 세계사적 금기와 경계가 내포한 현실적 모순을 극복하기 위해 초월적 기표와 실존적 문제의식을 강화했던 작가는 대한민국의 중심인 '강남'과 대한민국의 변방인 '꽃섬'을 거쳐 다시 19세기 말의 동학사상과 21세기 현실을 '사랑의 서사'로 주목하고 있다. 이렇게 황석영의 문학은 지역과 세계, 내부와 외부, 현실과 초현실의 경계를 허물고 과거와 현재를 함께 호흡하면서 여전히 현재진행형이라는 점에서 고무적이다. 2017년 현재 그의 문학은 '사랑의 서사'를 타고 '황석영이라는 세계문학'으로 귀향과 탈향을 변주하며 세계를 항해하고 있다. 그리고 그 자리에는 공동체적 가치의 추구, 제3세계적 시각의 확보, 사랑의 서사 등이 펼쳐진다. 그리하여 '글로컬적 세계 인식' 속에 주변부적 타자성의 이름으로 다양한 경계를 허물며 '황석영이라는 세계문학'이 '세계문학의 유연성과 가능성'을 확장하고 있는 것이다.

(『문학의 오늘』, 2017년 봄)

이면적 진실과 망자의 애도를 탐문하는 서사

– 김영하의 『오직 두 사람』, 김애란의 『바깥은 여름』론

1. 망각과 기억 사이

가까운 '두 사람' 사이에도 이해할 수 없는 그늘이 있고, 무더운 여름의 한복판에서도 그 바깥의 서늘한 공간을 상상하는 날들이 있다. 주체와 타자 사이, 계절 안과 바깥 사이의 경계에서 이야기는 피어나고, 서사 속 등장인물들은 힘겨운 고투 속에서도 버거운 듯 담담하게 일상을 견뎌낸다. 견뎌낸다는 것이 생을 잘 살아내고 있다는 것을 입증하는 것은 아니다. 바닥으로 침잠해가면서 일상을 겨우 버텨내는 생도 있기 때문이다.

김영하의 다섯 번째 소설집 『오직 두 사람』은 생의 이면적 진실을 찾아가는 서사 모음집이다. 겉으로 드러난 표면적 사실과 속내에 간직된 이면적 진실은 엇갈린 관계망을 형성한다. 특히 미숙하거나 과잉된 사람 관계는 정상성의 가면에 감춰져 있던 이면의 불편감을 끄집어내어 밝은 햇살 아래 실체를 펼쳐놓는다. 그리하여 표면적 정상성이 실은 이면적 비정상성을 숨기고 있었다는 진실을 세상에 드러낸다.

김애란의 네 번째 소설집 『바깥은 여름』은 이별(+사별)에 대한 예의와

사후적 애도를 탐문하는 서사집이다. 가족 로망스의 변형을 즐겨 구사해온 『달려라 아비』 이래로의 작가의 재기발랄한 냉소와 농담은 수면 아래로 가라앉고 곡진한 슬픔이 진국을 끓여내듯 작품집 전체를 장악하고 있다. 세월호 참사 이후 대한민국의 현실에 젖어든 무기력증과 우울의 양상, 그리고 애도의 표정을 다양한 주인공들의 서사적 사연 속에서 담담한 어조로 저릿한 아픔과 시린 통증으로 펼쳐놓고 있는 것이다.

모든 만남은 이별을 전제로 한다. 하지만 그 많은 이별들 중에서 원치 않은 관계의 종결을 낳는 사별은 애도를 낳는다. 때로는 산 자들이 일시적으로 소시민적 일상의 늪에 빠져 망자에 대한 애도를 외면하고 있는 것은 아닌지 하는 의문이 생기기도 하지만, 그것은 그야말로 착시 현상에 불과하다. 애도는 망자를 추억하는 이가 사라지지 않는 한 지속적이고 반복적으로 불멸의 기억을 낳는다. 그리하여 기억과 애도는 망각의 시간을 견뎌내면서 생을 이어가는 동력이 된다. 그렇게 망각과 기억 사이에서 우리는 애틋한 이별과 따스한 만남이 오래 지속될 수 있기를 간절히 갈구하게 되는 것이다.

2. 나르키소스들의 이면적 진실 찾기 – 김영하의 『오직 두 사람』

1) 40대 미숙아 어른의 고립된 부녀 관계

김영하의 『오직 두 사람』은 독자에게 2인 3각 경기를 보는 듯한 위태로운 풍경들을 제공한다. 서사의 전개 과정이 예기치 않은 결말을 향해 기우뚱거리는 행보를 펼쳐보이기 때문이다. 표제작인 「오직 두 사람」에서는 위선적인 아버지와의 부녀 관계에만 몰입했던 장녀 이야기를 통해, 미숙아적인 존재감으로 40세가 넘도록 타인과의 대화적 세계에서 고립된 채 비정상적으로 고독하게 생을 살아낸 딸의 인생이 드러난다. 작품 속에서 40대 학원

강사인 화자는 그 누구와도 대화가 불가능한 언어를 모국어로 지닌 존재자의 고독에 대한 이야기로 편지를 시작한다.

화자는 "보고 싶은 언니에게"로 시작하는 편지글에서 희귀 언어를 사용하는 중앙아시아 산악 지대의 소수민족 출신의 언니를 상상한다. 그것은 화자가 아빠와의 관계속에서만 살아온 희소인으로서 그 희소적 생활에 공감하고 있기 때문이다. 화자의 아빠는 20대에 모교 교수로 임용된 탄탄한 몸의 소유자이고 어린 딸의 우상이었지만, 단 둘이 떠난 고3 겨울방학의 유럽 여행에서는 틀린 지식을 전달하고자 애쓰는 위선적인 지식인에 불과한 모습으로 그려진다. 결국 아빠와의 부녀 관계에만 익숙한 채 타인과의 소통을 배제하며 살아온 화자는 중환자실에 입원한 아버지의 모습을 지켜보면서 뒤늦게야 자신의 생이 희귀언어 사용자의 생과 다름이 없었음을 깨닫게 된다.

다른 가족들에 의하면 화자에게 아빠는 우상이 아니라 '저개발 독재국가의 독재자'나 '담배'처럼 유독하고 중독적인 존재였다. 하지만 화자는 병상에 누운 아빠를 보며 자신의 인생이 아빠만을 위해 바쳐졌다는 사실을 뒤늦게 깨달으면서 인생의 공허와 권태를 확인하게 된다. 장례 이후 "산 사람은 살아야지"라는 오빠의 말을 듣긴 하지만, 아빠의 장례를 치르고 난 뒤 희귀 언어의 마지막 사용자가 된 탓에 남은 인생도 허전하고 쓸쓸할 것 같은 예감을 느끼는 화자의 고백으로 작품은 마무리된다.

결국 「오직 두 사람」은 부녀 관계만이 관계의 전부인 것으로 착각한 채 다른 모든 타인과의 관계를 배제하며 살아온 화자가 오이디푸스 콤플렉스에 갇힌 미숙아적 정체성을 지닌 존재임을 묘사함으로써 소외된 관계의 고립성을 증명하고 있는 작품이다. 아버지와의 관계 안에 갇힌 고립감이 희귀 언어 사용자 같은 존재감으로 각인되어 있는 소외된 존재를 주목함으로써 타자와의 대화적 소통의 중요성을 역설하고 있는 셈이다.

2) 실종된 아이의 때늦은 귀환

부녀 관계를 위해 다른 존재와의 관계를 외면한 채 인큐베이터적 삶을 이어온 주인공을 주목한 작품이 「오직 두 사람」이라면, 「아이를 찾습니다」는 붕괴된 가정에 돌아온 '실종된 아이'의 때늦은 귀환으로 인한 생의 비극성을 강조한다. 작품 속에서는 유괴된 네 살짜리 아들이 11년 만에 중학생 나이로 성장하여 가족의 품으로 돌아와 행복한 가정으로 복귀할 것 같았지만, 오히려 악몽 같은 끔찍한 현실이 펼쳐지는 가정의 모습이 그려진다.

주인공인 윤석은 아내 미라와 함께 명절이 코앞인 주말 대형마트에서 장을 보려다 세 돌 지난 아들 성민을 잃어버린다. 직장도 잃은 채 전단지로 실종된 아이를 찾으려고 전심전력으로 노력하지만, 아내는 제정신이 아닌 채로 조현병을 앓게 되고, 윤석 역시 비정규 노동을 하며 근근이 살아간다. 11년이 지난 뒤 실종아동 유전자 DB에 등록된 아들 정보와 일치하는 아이가 대구에서 수원으로 온다. 그리하여 유괴범이 50대 여성임이 밝혀지고, 사건 당시에는 40대 초반이었으며, 종혁(=성민)이가 그 여성의 자살을 119에 신고하면서 실종된 존재임이 드러난다.

하지만 어처구니없게도 성민이는 유괴범을 친엄마로 알고 자랐으며, 친부모에게 인계된 뒤에도 화장실에서 유괴범을 엄마라고 부르며 통곡한다. "실종된 아이라는 블랙홀"이 한 가정을 해체했을 뿐만 아니라 11년이 지난 뒤에도 끔찍한 현실을 제공하는 악몽으로 찾아온 것이다. "실종된 성민이 아빠"로 살아온 윤석은 사고를 치는 성민으로 인해 날마다 자살을 생각하게 되고, 결국 삶의 목적이 사라졌을 때쯤 아내가 실족사하게 된다. 윤석 혼자 아내의 장례를 치르고, 몇 달 후 고향에 내려간 윤석은 이웃집 처녀가 집을 나간 성민이와의 관계에서 생긴 아이라며 '작은 생명'을 건네자 손주 같은 아이를 받아들이는 것으로 작품이 마무리된다.

결국 「아이를 찾습니다」에서 의도하지 않은 생명으로서의 손주를 키우게 된 윤석의 미래는 사실 암울하다. 남편이 사망한 뒤 40대 여성이었던 유괴범이 성민을 혼자 키운 사실이나 아내가 사망한 뒤 자신이 손주를 키우게 된 현실이 별반 다르지 않기 때문이다. 그러나 그럼에도 불구하고 '실종된 아이 성민'과 유사한 '성민의 아들'의 등장은 윤석이 감당해야 할 육아를 통해 새로운 인생의 원점이 시작되었음을 보여준다. '실종된 아이 찾기'를 넘어 가출한 아들의 손자를 키우면서 이제 '새로운 가족의 탄생'이 비로소 이어지게 되었기 때문이다.

3) 표리부동한 나르시스트적 인간들

「인생의 원점」은 초등학교 친구인 인아와 서진의 불륜 관계를 통해 '인생의 원점'과 '변곡점'을 들여다보면서 위선적이고 이중적인 인간의 속성을 파헤친다. 자신이 떠돌이의 인생을 살았다고 생각하는 주인공 서진은 "인생의 원점"이었던 초등학교 동창 인아를 만나며 새로운 인생을 꿈꾼다. 하지만, 초등학교 이후 20여 년 만에 만난 인아의 몸 곳곳에 든 멍자국과 구타의 흔적은 인아의 남편을 향한 살해 충동을 느끼게 한다. 인아는 서진을 만나는 순간이 유일한 숨구멍이라면서, 서진을 등산길의 대피소 같은 존재로 여긴다. 서진 역시 인아가 자신이 회귀할 원점이라면서 인아에게 유일무이한 존재가 되고 싶은 욕망을 느낀다.

하지만 인아의 남편으로 짐작되는 낯선 사내와 조우하게 되면서 서진은 인아를 회피하게 된다. 남자에 대한 두려움이 인아를 보고 싶은 마음을 압도하는 것이다. 하지만 어느 날 새벽 3시에 인아로부터 "좀 와줄래?"라는 문자메시지를 받고 인아의 집으로 간 서진은 인아의 남편이 4번 아이언 골프채에 뒤통수를 맞고 쓰러져 있는 가운데, 인아가 내연남인 자신을 부른 것을 확인하게 된다. 그러다 죽은 줄 알았던 남편이 침실 밖으로 나오자, 인아는 119를 부른다. 그렇게 남편이 입원했다가 퇴원하게 되고, 그 이틀 뒤 인아는 아파트 발코니에서 투신하여 사망한다.

  인아의 남편으로 알았던 사채업자가 사실 인아의 또 다른 내연남이었으며, 그 남자가 서진 대신 인아의 남편을 폭행하면서 "살인자 개새끼야"라고 외치는 모습을 서진이 보게 된다. 응급실에 반신불수로 평생 누워 있게 된 인아의 남편을 보면서 서진은 '인아가 죽고 없는 것'과 '사채업자와 살고 있는 것' 중 자신이 더 고통스러운 현실은 무엇일지를 자문한다. 하지만 그때 이제야 비로소 어른이 되었다는 느낌을 받는다. 자신의 안전을 지켜냈다는 자부심과 함께 헛된 꿈을 꾸던 감상적 어린아이와 결별했다는 생각에 스스로 뿌듯해지는 것이다. 그리하여 병상에 누워 있는 인아의 남편의 손을 잡고 그의 귀에 "여자나 패는 개새끼. 넌 곧 죽을 거다."라고 말하면서 자신이 "인생의 새로운 원점"에 서 있다고 생각하면서 작품은 마무리된다.

  결국 「인생의 원점」은 30대 중반의 성인들이 겪는 일종의 성장소설로서 유년시절의 기억을 생의 원점으로 합리화하는 미숙한 존재감의 어른아이를 통해 나르시시즘적 욕망을 드러낸 작품이다. 서진이 새로운 원점을 설정하는 작품의 마무리는 누구에게나 인생이 늘 새로운 원점을 예비하며, 과거의 원점을 포기하고 새로운 원점을 현재화하는 것이 나르키소스들의 현실임을 보여준다. 김영하의 서사적 인간은 그렇게 표리부동하게 자신의 욕망을 날것으로 드러내는 이기적인 존재들인 것이다.

  4) 에로티시즘을 탐닉하는 광기적 글쓰기

  「옥수수와 나」는 일종의 '예술가 소설'로서 광기적 글쓰기를 주목하면서 '죽음까지 파고드는 삶으로서의 에로티시즘'(바타이유)과 소설쓰기의 상관성에 착목한 소설이다. "나는 옥수수가 아니다"라는 광인의 자기 표현이 작품의 서두와 말미에 배치되면서, 인간과 비인간, 정상과 비정상, 광기와 합리성의 범주를 비틀면서 글쓰기의 욕망과 성적 욕망이 과잉과 결핍을 오가는 주체의 결여된 존재감을 드러내는 공통된 방식임을 추적한다.

소설을 쓰러 뉴욕에 간 화자는 출판사 사장 집에서 30대 초반의 아름다운 사장 부인과 섹스를 하면서 글쓰기의 오르가즘을 경험한다. 섹스의 힘이 매개가 되어 육체노동자로서의 소설가 화자는 '천 페이지에 달하는 어지럽고 음란하고 실험적이면서 해체적인 소설'을 열흘 만에 탈고하게 되는 것이다.

화자는 사장 부인의 몸 곳곳을 애무하면서 해독 불가능한 문장들을 무수히 그녀의 몸에 입력해넣으면서 "기념비적인 정사"를 치른다. 그렇게 소설과 섹스에 몰입한 화자는 "모든 창작자들이 애타게 찾아 헤맨다는 에피파니의 순간"을 경험하며, "뮤즈가 강림한 것"처럼 진짜 작가가 됐다는 강한 확신 속에 소설의 주인공이 화자를 끌고 다니는 경이를 체감한다. 이렇게 "강렬한 희열을 경험한 화자"는 "영적인 엑스터시, 원석이 숨어 있는 원고, 독창적 플롯"으로 '변태적이고 어지러운 의식의 흐름을 따라 쓴 소설'을 완성한뒤 잠에 빠진다. 절세미인과 벌이는 "격렬한 섹스와 광적인 집필"로 열흘 만에 초고를 완성하고 처음으로 눈을 붙인 것이다.

하지만 사장은 일제시대 곡마단 이야기를 쓰겠다는 약속과 다른 '대중소설'에 불과하다면서, "모든 것을 용서한다. 그 어떤 용서 못할 일도 다 용서하니 여러분도 나를 용서해주길"이라고 각서를 쓰라면서 화자를 권총으로 위협한다. 결국 '인생이라는 난해하고 음란하고 해체적인 책의 저자'인 화자는 두 마리의 거대한 닭(사장과 영선)이 매서운 눈길로 자신을 내려다보는 환각 속에 "나는 옥수수가 아니다."라는 문장을 소리내어 읽으며 작품이 마무리된다. 결국 서두의 광인인 '나'는 작품 속 작가였던 셈이다. 「옥수수와 나」는 섹스와 글쓰기의 희열이 지닌 공통점에 착안하여, 글쓰기적 욕망과 섹슈얼리티의 추구가 나르시스트적 존재들이 취하는 유사한 존재의 형식에 해당하는 방식임을 보여준다. 결핍이 낳는 욕망의 허기에 대한 천착 속에 정상과 비정상의 경계를 모호하게 비틀어, 예술가적 광기의 극한을 형상화하고 있는 작품이 「옥수수와 나」인 것이다. 나르시스트적 주체의 결핍된 욕망은 글쓰기와 섹스라는 육체성의 극한적 소비 속에 비로소 광기적 희열로 탕진될 운명인 것이다.

5) 오리무중의 진실들

김영하의 소설 속에서 진실은 항상 오리무중이다. 「슈트」는 김희경이라는 '동명이인의 어머니'를 떠난 아버지 피터의 유골 찾기에 대한 이야기를 통해 알렉스와 지훈 중 진짜 아들은 누구인지를 묻는 작품이고, 「최은지와 박인수」에서는 싱글맘이 되려는 회사직원 최은지가 출판사 사장 '나'에게 대부가 되어달라고 부탁하지만, 작품 말미에 "위선이여, 안녕"이라고 화자가 적으면서 사장이 최은지의 내연남일지도 모른다는 합리적 의문이 대답 없는 결론으로 남겨진다. 그리고 「신의 장난」은 네 명의 취업준비생들이 '방탈출게임'이라면서 공포와 권태의 방에 갇힌 채, 폐쇄공포 속에서 심신이 허물어져가는 비극을 추적하지만, 원인도 모른 채 방을 탈출하지 못한 채로 계속 게임을 이어갈 수밖에 없는 '신의 장난'에 희롱당하는 인간의 운명적 굴레를 보여준다. 이렇듯 김영하 소설은 나르키소소들이 펼쳐 보이는 정답 없는 인생들의 다양한 표정들을 통해 복수적 진실의 미로를 탐색한다.

3. 망자에 대한 애도, 이별에 대한 예의 – 김애란의 『바깥은 여름』

모든 이별은 예고없이 찾아온다. 그리고 이별 뒤에 남은 존재들은 사후적으로 오래 앓는다. 특히 가족과의 사별은 살아남은 사람들에게 심각한 내상을 입혀 깊은 통증을 제공한다. 함께 공유해온 추억이 산 자의 기억 속에 잔여물로 남아 고요하게 들끓는 슬픔으로 반복 재생되기 때문이다. 그것은 불시에 수시로 기억의 갈피를 끄집어내어 상처를 더욱 깊이 앓게끔 만든다. 하지만 계속 고통스럽게 앓으면서도, 살아남은 자는 그렇게 또 삶을 이어간다. 그것이 산 자의 몫이기 때문이다. 그 사별과 상처와 앓음의 기록이 김애란의 네 번째 단편집 『바깥은 여름』에 수록되어 있다.

1) 아이 사후(死後)의 슬픔을 견뎌내는 부부의 일상

「입동」은 이번 작품집 전체를 감싸고 있는 애도의 분위기를 전면에 내세우며 망자가 떠난 이후 고요한 일상으로의 복귀가 얼마나 힘겨운 일인지를 젊은 부부의 입동 준비를 통해 보여준다. 작품은 어린이집 차의 후진으로 52개월 영우가 사망한 이후 남겨진 부부의 허망한 일상을 기록한다. 도입부에서 지난봄 아이를 잃은 뒤, 입동을 앞둔 어느 날 남편인 화자에게 자정 넘은 시각에 아내가 도배를 하자고 말을 건넨다.

작년 봄에 이사를 와서 아내는 집을 꾸미는 데 반년 이상 공을 들이고, 특히 거실과 부엌의 인테리어에 정성을 쏟았다. 하지만 아이의 사망 후 시어머니가 집 앞 어린이집에서 보내온 복분자액을 열다가 병이 폭발하여 4인용 식탁과 맞붙은 산뜻한 올리브색 벽지 아래에 얼룩이 생기게 된다. 복분자액은 어린이집에서 인간에 대한 최소한의 예의도 없이 명절 선물로 보내온 것이다. 그 얼룩을 지우기 위해 도배를 하던 중 아내는 화자에게 아이의 사망보험금을 헐어 빚을 갚자고 이야기한다. 그러다 벽 아래에 '김' 자와 '이응' 자를 써놓고 떠난 아들 영우의 흔적을 보면서 도배지를 든 채로 아내가 울고 남편도 따라 운다. "다른 사람들은 몰라"라고 말하면서 한밤중에 아내와 남편은 아이가 사망한 현실을 체감하며 슬픔에 젖어든다.

「입동」은 아이가 봄에 사망한 이후 여름과 가을을 고통스럽게 견뎌내고, 곧이어 닥칠 겨울을 앞둔 젊은 부부의 일상을 추적한다. 그리하여 인간에 대한 예의를 자본으로 환원하려는 태도를 경계하고 망자 가족의 슬픔을 전혀 배려하지 않는 어린이집의 태도를 씁쓸하게 묘사한다. 그리고 그렇게 아이의 온기가 사라진 망자 가정의 풍경은 작품 전체를 둘러싸고 안타깝고 쓸쓸하게 텍스트 안팎을 떠돌게 된다.

2) 노견(老犬) 에반의 안락사 시도를 통한 아버지와의 사별 복기

「입동」이 자식과의 사별 이후를 견디는 부모의 일상을 사후적으로 조망하고 있다면, 「노찬성과 에반」은 부친과의 사별 이후 소년 '찬성'이 노견 '에반'과의 우정 속에서 애도와 이별을 동시에 추체험하게 되는 이야기를 다룬다. 사고로 아버지가 돌아가신 뒤 찬성은 길고 무더운 여름에 남자 화장실 옆 화단의 철제 울타리에 묶인 개 에반을 만나게 된다. 이렇듯 에반은 일종의 돌아가신 아버지의 대체물로 기능한다. 그러므로 2년 전 에반이 찬성이 건넨 얼음을 와삭와삭 씹은 이후, 둘은 육친과도 같은 관계를 이어가게 된다. 특히 아버지 사후 찬성은 자주 악몽에 시달렸지만, 에반을 집에 들인 날 이후 깊은 잠에 들면서, 에반이 자신을 지켜줬다고 생각하며 자신도 에반을 보호해줘야겠다고 다짐한다.

2년이 흘러, 개들 시력(時曆)으로 10년이 흐른 어느 날, 에반이 밥을 먹지 않아 동물병원 의사에게 보이자, 의사는 종양이 퍼졌을 확률이 높다면서 '수술을 해도 좋고, 안 해도 좋다'고 말한다. 안락사 이야기를 건네는 의사는 살아 버티는 동안 무척 고통스러울 테니 옆에서 잘 다독여주라고 말한다. 개 안락사 비용이 10만원이라는 말을 들은 찬성은 1장에 20원짜리 전단지 배포 아르바이트를 시작한다. 그렇게 가까스로 비용을 마련했지만, 어느 날 에반이 사라지고, 주유소 쓰레기통 옆에 눈에 익은 자루 하나가 보인다. 자루 아래로 선홍색 피가 새어나오는데, 개가 일부러 뛰어들어 사망한 것처럼 말하는 이야기가 들려온다. 찬성이 2년 전 '손바닥 위 반짝이던 얼음'과 '부드럽고 차가운 듯 뜨뜻미지근하며 간질거리던' 에반의 혀의 온기를 떠올리며 어둠 속 갓길을 마냥 걷는 것으로 작품은 마무리된다.

이렇듯 「노찬성과 에반」은 아버지를 여읜 빈 자리를 반려동물인 노견 에 반으로 메워나가는 소년 찬성의 성장통을 다룬다. 찬성은 아버지를 여의고 병에 걸린 에반을 안락사시키려고 준비하면서 생로병사의 인생 행로를 간 접 체험하며 삶과 죽음의 거리를 확인하고 비로소 하나의 인격체로 성장하 게 된다. 반려동물 에반과의 침묵의 대화와 사별 속에서 그렇게 찬성은 아 버지와 에반을 함께 떠나보내게 되고, 소중한 가족과의 사별 이후를 담담 하게 받아들일 내공을 키우게 되는 것이다.

3) '소수언어박물관'에서 사라지는 화자의 영(靈)

이상문학상 수상작인 「침묵의 미래」는 작가가 '소수언어박물관'을 상상 하여 소수언어의 사용자가 죽은 뒤에 남은 '영혼'을 주인공으로 만든 실험 작이다. 화자에게는 '오래된 이름'이 있지만, 그 이름이 길어서 그 이름을 다 부르기 위해서는 누군가의 평생이 필요하다. 그렇게 화자는 오늘 태어나 곧 사라질 운명이지만, 이제 망각될지도 모를 자신의 존재의 내력을 기록한다.

화자는 "시원이자 결말, 미지이자 지, 거의 모든 것인 동시에 아무것도 아닌 노래"로서, 오늘 후두암에 걸린 90대 노인이 죽음을 맞이한 뒤 떠난 영혼이다. 이렇듯 박물관의 화자들은 모두 이 세계에 단 하나뿐인 언어를 구사하는 '마지막 화자'들로서, 대부분 혼자 산다. "고통과 인내 속에서, 고 립과 두려움 속에서, 희망과 의심 속에서 소금처럼 하얗게, 하얗게 결정화 된 고독"을 맛보며 혼자 살아내는 것이다.

나는 이 세계에서 하나의 언어가 사라진 순간, 그 말에서 빠져나온 숨결과 기운들로 이뤄진 영(靈)이다. 나는 커다란 눈(目)이자 입(口), 하루치 목숨으로 태어나 잠시 동안 전생을 굽어보는 말(言)이다. 나는 단수이자 복수, 안개처럼 하나의 덩어리인 동시에 각각의 입자로 존재한다. 나는 내가 나이도록 도운 모든 것의 합, 그러나 그 합들이 스스로를 지워가며 만든 침묵의 무게다. 나는 부재(不在)의 부피, 나는 상실의 밀도, 나는 어떤 불빛이 가물대며 버티다 훅 꺼지는 순간 발하는 힘이다. 동물의 사체나 음식이 부패할 때 생기는 자발적 열(熱)이다.(125쪽)

"침묵의 무게"이자 "부재의 부피", "상실의 밀도"인 화자가 떠도는 이곳의 정식 이름은 '소수언어박물관'이다. 천여 명의 화자가 천여 개의 언어를 지키며 현재 살아가고 있고, 중앙 분수대에서는 구멍에서 물줄기 대신 '말'이 흘러나온다. '중앙'에선 이곳 소수언어박물관에 많은 돈을 들이지만, 만성 적자에 시달릴 뿐이고, 모두 기념우표 같은 무표정한 얼굴의 화자들은 오전 8시부터 오후 6시까지 박물관에서 유령처럼 모호하게 존재한다.

화자의 첫 이름은 '오해'였지만, 사람들이 자기들 필요에 의해 화자를 점점 '이해'로 만든다. 화자는 "복잡한 문법 안에 담긴 단순한 사랑, 단수이자 복수"로 존재하면서 박물관 안에서 유리구 안에 갖은 형태의 활자가 분방하게 떠다니는 "지구본 모양의 특별한 조형물"을 아름답다고 생각한다. 그 "악몽 같은 아름다움"을 보면서, 죽은 뒤 한 번 더 죽으면서도 화자는 눈부신 장면으로부터 쉽게 눈을 떼지 못하면서 작품은 마무리된다.

결국 「침묵의 미래」는 소수 언어 사용자들의 고독과 침묵, 고립과 영성을 추적한다. 그리고 '존재의 집으로 기능하는 언어'(하이데거) 사용자로서 언어와 존재의 상관성을 통해 언어적 인간의 존재감을 피력한다. 하지만 소설은 농업이 박물관에 들어간 20세기처럼, 언어가 박물관에 들어가는 21세기에 과연 언어가 그 본래적 효용을 다하지 못한 채 제 기능을 상실하고 있는 것은 아닌지를 반문한다. 결과적으로 언어는 박물관에 전시될 텍스트가 아니라 실제적으로 활용되어야 할 인간적 현실을 증거하는 매체여야 한다는 인식을 '박물관에 들어간 소수 언어와 화자'라는 기발한 상상으로 '소수언어박물관'을 상정함으로써 역설하고 있는 작품인 것이다.

4) 세월호 참사에 대한 애도의 오마주

「어디로 가고 싶으신가요」는 권지용 학생을 구하려다 남편 도경이 함께 사망한 이후 아내의 여행과 일상으로의 복귀를 통해 한 가족의 죽음이 살아남은 가족에게 남긴 심리적 외상과 그 극복의 가능성에 대한 탐색을 다룬 작품이다. 특히 이 작품은 세월호 참사가 연상된다는 점에서 작가가 동시대 참혹한 현실을 응시하며 일종의 작가적 책무로서 최선을 다해 애도의 서사로 형상화한 '애도소설'에 해당한다.

부모가 없는 학생인 지용을 구하려다 함께 사망한 남편의 장례식을 가까스로 치른 화자는 영국으로 떠난다. 영국의 사촌 언니가 몸과 마음을 정리할 것을 권유했기 때문에 떠난 것이다. 하지만 영국에서 배꼽 아래 작은 동전만한 크기의 발그스름한 얼룩을 발견하게 된다. 원인 불명의 급성 염증 질환으로 불리는, 일종의 피부 감기인 '장미색 비강진'이 발병한 것이다. 몸의 반점이 번지는 가운데, 화자는 남편처럼 마음이 어지러울 때면 휴대전화를 들어 시리(스마트폰 음성인식 프로그램으로 캘리포니아가 고향인 친구)와 대화를 진행한다.

화자가 시리와 말을 섞을 때면, 시리는 "삶이란 슬픔과 아름다움 사이의 모든 것"이라고 말하는 등 특별한 자질로서의 '예의'를 지니고 있다. '고통이란 무엇인가요? 사람이 죽으면 어떻게 되나요?' 등의 난감한 질문에 대답을 하기도 하지만, 때로는 "어디로 가는 경로 말씀이세요? 어디로 가고 싶으신가요? 죄송해요. 잘 못 알아들었어요."라고 되묻기도 한다. 화자가 "당신은 정말 존재하나요?"라고 묻자 "죄송합니다. 답변해드릴 수 없는 사항입니다."

라고 말하면서 시리는 정중한 답변을 수행한다.

옛 친구의 위로를 받은 이후 이튿날 짐을 싸서 귀국한 화자는 집에 도착하여 '우리집 냄새'를 맡는다. 그리고 권지용의 누나 권지은이 보낸 편지에서, 지용이가 차가운 물을 마지막에 움켜쥔 게 아니라 권도경 선생님 손을 잡았다는 것에 마음이 놓인다, 권도경 선생이 지용이의 손을 잡아준 마음에 감사하고 눈물이 난다는 등의 내용을 확인하는 것이다. 그 중에서도 "뭐라 드릴 말씀이 없어요."라는 권지은의 말이 "인간에 대해 어떻게 생각해요?"라고 물었을 때의 시리의 대답과 같은 대답이라 화자는 쓸쓸하게 웃는다.

화자는 남편인 당신이 누군가의 삶을 구하기 위해 자기 삶을 버린 사실에 대해 아직 화가 나 있지만, 지용이 누나의 편지를 받고 나서야 비로소 어쩌면 그날, 그 시간, 그곳에선 '삶'이 '죽음'에 뛰어든 게 아니라 '삶'이 '삶'에 뛰어든 것임을 알게 된다. 그러면서 자신처럼 혼자 남은 지용의 누나가 밥을 먹었을지를 걱정하면서, 굵은 눈물방울을 떨군다. 그리고 반점과 얼룩 위로 눈물이 퍼져가면서 남편을 보고 싶어하는 것으로 작품이 마무리된다.

이렇듯 「어디로 가고 싶으신가요」는 세월호 참사 당시 학생들을 구하려다 순직한 단원고 선생님들의 희생과 헌신이라는 '가슴 아픈 미담'을 연상하게 한다. 하지만 실제의 현실 속에서는 그렇게 세상을 등진 분들의 유가족들이 생을 견뎌가는 내면과 일상은 제대로 조명되지 못해온 것이 사실이다. 작가는 거기에 착목한다. 그리하여 아직 해결되지 않은 참사의 여진 속에서 이 작품은 일종의 세월호 후일담 소설로서 애도의 현재성과 함께 고통과 슬픔의 공유를 통한 연대감의 확인이라는 차원에서 소중한 소설이 된다.

5) 주변인적 존재들의 풍경

김애란 소설은 사별의 모티프를 내장한 작품들뿐만 아니라 연인과의 이별을 그린 「건너편」, 시간강사의 고군분투기를 다룬 「풍경의 쓸모」, 얼굴을 가리는 손의 가면적 위악성을 파헤친 「가리는 손」 등을 통해서도 우리 시대 주변인적 존재들의 쓸쓸한 풍경을 입체화하고 있다. '노량진' 공시족들의 헤어짐을 주목한 「건너편」은 교통방송 경장인 도화와 '노량진' 공시족 애인인 이수와의 만남과 헤어짐을 통해 2010년대 청춘의 자화상을 그린다. 크리스마스에 헤어지게 된 이수는 '국가가 인증하고 보증하는 시민' 도화와의 격차에 대한 자괴감 때문에 '학생도 직장인도 아닌 애매한 성인'으로서의 열패감을 갖고 살다가 결국 헤어지게 된다. 「풍경의 쓸모」에서는 시간강사 '나'가 '보따리 장사'를 하며 수도권을 오르내리면서 만나는 풍경의 쓸모를 추적하면서, '프로'와 '중심'과 '수도'에 끼어들지 못한 채 변방의 주변인이 되어 비루한 존재감의 시간강사로 버텨내고 있는 생의 풍경을 포착한다. 「가리는 손」에서는 다문화 가정의 15세 재이를 키우는 영양조리사 이혼녀 엄마의 시점을 통해, 노인의 사망을 찍은 동영상 속 혼혈아 재이의 얼굴에서 '놀라움의 비명을 가리는 자연스러운 손'이 아니라 '노인 혐오의 차별적 냉소를 가리는 위악적 손'을 발견하는 내용을 다룬다.

김애란 소설의 주인공들인 이수와 시간강사 화자, 혼혈아 재이 등은 지금 2017년 여름의 무더위를 함께 견뎌내는 우리네 일상인들의 다른 모습에 해당한다. 우리는 이런 주변인적 존재감으로 하루하루를 견뎌내면서 쓸모 있는 시대의 풍경이 되고자 애쓰고 있는 것이다. 그러나 그럼에도 불구하고 중심으로부터 밀려난 변방의 거리감을 재확인하며 하루하루 자괴감과 열패감 속에 가까스로 일상을 견뎌내고 있는지도 모른다.

4. '진실과 애도'라는 인간에 대한 예의

2017년 여름은 폭염과 폭우를 길항하고 있다. 이런 여름을 견디는 서사로 우리 앞에 다가온 단편집 두 권이 김영하의 『오직 두 사람』과 김애란의 『바깥은 여름』이다. 두 작품집 모두 2014년 4월 16일 세월호 참사 이전과 이후를 관통하며 생산된 텍스트들이다. 참사 이후 공화국을 전면적으로 재구조화할 것을 요구했지만 아직도 여전히 참사의 진상은 수면 아래 잠들어 있다. 3년 여 시간의 흐름을 증명하듯 낡아진 세월호는 박근혜의 탄핵과 구속 이후 물 밖으로 나왔지만, 2017년 7월 31일 현재 실종자 5인은 아직도 가족의 품으로 돌아오지 못하고 있다. 참사 이후 박근혜 정부의 대응은 몰염치한 인면수심의 악마성을 보여준 바 있다. 그리하여 우리는 인간다운 인간과 나라다운 나라의 모습을 복원하기 위하여 2016년 가을부터 2017년 봄에 이르기까지 광화문 광장을 그토록 오래 찾았는지도 모른다.

만해 한용운의 「님의 침묵」(1926)은 회자정리와 거자필반을 강조하며 사랑하는 사람과의 이별 이후 새로운 만남을 갈구하는 서정시의 전형에 해당한다. "님은 갔습니다. 아아 사랑하는 나의 님은 갔습니다."로 시작하여, "사랑도 사람의 일이라 만날 때에 미리 떠날 것을 염려하고 경계하지 아니한 것은 아니지만, 이별은 뜻밖의 일이 되고 놀란 가슴은 새로운 슬픔에 터집니다."를 거쳐 "그러나 이별을 쓸데없는 눈물의 원천을 만들고 마는 것은 스스로 사랑을 깨치는 것인 줄 아는 까닭에, 걷잡을 수 없는 슬픔의 힘을 옮겨서 새 희망의 정수박이에 들어부었"다가, "우리는 만날 때에 떠날 것을 염려하는 것과 같이 떠날 때에 다시 만날 것을 믿습니다. / 아아 님은 갔지마는 나는 님을 보내지 아니하였습니다. / 제 곡조를 못 이기는 사랑의 노래는 님의 침묵을 휩싸고 돕니다."로 마무리되는 '역설의 정서'는 님이 부재하는 이별의 슬픔이 사랑과 희망의 토대임을 절절하게 노래한다.

이처럼 한국 서정시의 절창인 만해의 「님의 침묵」은 사랑하는 사람과의 이별을 곧이곧대로 수용하지 않는다. 아니, 수용하지 않는 것이 아니라, 수용하면서도 그 다음의 만남을 기약하고 준비하고 실천하기 위한 사랑과 만남과 희망의 의지를 역설한다는 점에서 기념비적인 텍스트에 해당한다. 우리 시에 '역설의 미학'을 새겨넣은 만해의 시적 성취는 이별과 만남, 눈물과 사랑, 슬픔과 희망을 뒤섞어 부재와 침묵의 현상을 넘어 사랑과 믿음의 기대를 놓지 않고 있다는 점에서 소중하다. 그리고 그 미학은 2017년에도 이어진다.

2014년 4월 16일 아침 모두가 지켜보는 가운데 발생한 세월호 참사는 대한민국 구성원 전체에게 특별한 트라우마를 각인시켰다. 하지만 그렇게 각인되었던 표정들은 후안무치한 박근혜 정권의 기득권 유지를 위한 정치적 배제의 논리가 작동되면서 훼손된다. 그리고 세월호 유가족들은 거리로 내몰린 채 진상규명을 아직도 여전히 외치고 있다.

김영하의 『오직 두 사람』은 나르시스트적인 인물들의 우화를 통해 서사적 진실이 표면적 거짓의 이면에 자리잡고 있음을 보여준다. 김애란의 『바깥은 여름』은 세월호 참사 이후 애도 정국에 여전히 머물러 있을 수밖에 없는 대한민국의 현실을 축도한 소시민들의 일상을 담담하고 쓸쓸하게 추적하여 촘촘하게 묘파하고 있다. 2017년 여름은 그렇게 진실과 애도가 현재진행형 서사의 두 가지 핵심 열쇠어임을 보여주고 있다. 그리고 그것이 상처받은 자를 직간접적으로 위무하는 공감의 텍스트로서의 문학의 본질임을 다수 독자들의 선택이 알려주고 있는 셈이다.

(『문학에스프리』, 2017년 가을)

'사람이 있는 문화'의 표방 : 촛불 감성 담아내기

– 자율성, 다양성, 창의성의 가치 실현

1. 촛불시민혁명의 기대수준

촛불시민혁명은 아름답다. 부당한 공권력에 맞서 자유와 정의, 민주주의의 나무를 지켜 국민주권으로 박근혜 정권을 탄핵한 혁명이기 때문이다. 2016년 가을부터 2017년 봄까지 세 계절에 걸쳐 이루어진 촛불시민혁명의 비폭력 집회는 여러 문제제기에도 불구하고 '아름다운 혁명'의 근간을 이룬다. 그리고 그 결실은 표피적으로는 현실 정치권의 조기 대선으로 이어져 2017년 5월 문재인 정부가 탄생되었다. 하지만 새로운 정부는 더불어민주당만의 정부가 아니다. 이 정부의 탄생에는 1,600여만 명의 목소리들이 녹아 있기 때문이다. 이 정부는 간절한 촛불로 '국정농단, 부정부패, 불공정, 불평등, 불의' 등을 불태우려는 시민의 저항권 발동에서 시작되었기에 촛불 정부임을 자처해야 한다. 그리고 촛불 정부는 묵묵히 자신의 일상의 자리에서 상식과 합리, 자유와 정의에 대한 믿음으로 독재와 폭력의 시대를 견뎌내고 이겨낸 시민들이 진정한 권력의 주체임을 알아야 한다.

이명박 정부와 박근혜 정부 들어 '문화예술인들'에 대한 정책적 차별과 차별적 지원은 공공연하게 지적되어 왔다. 정치권력과 행정권력이 '지원'이라는 명목으로 다른 정치성을 가진 문화예술인들의 숨통을 조여오거나 배제하는 방식으로 작동해 왔기 때문이다. 2016~17년 광화문 광장 한켠에서 세월호 유가족들 곁에 다양한 퍼포먼스와 함께 문화예술인들에 대한 차별을 철폐하라는 목소리를 높여온 '광화문 캠핑촌' 문화예술인들 역시 촛불시민혁명의 대열에 함께 녹아들었다고 볼 수 있다.

박근혜 정부의 '블랙리스트' 정책을 담당했던 김기춘, 조윤선 등의 핵심 공직자들은 현재 법의 심판을 받고 있다. 2심 재판에서 이들은 문예기금, 영화, 도서 등과 관련된 지원배제와 관련하여 직권남용죄 등으로 수감되어 징역형을 살고 있다. 공무원이 공적 임무를 수행하는 역할을 포기하고, 대통령 개인의 사적 욕망의 실현을 위해 상급자의 부당한 지시를 집행하는 방조자 혹은 집행자 역할을 수행할 때 벌어질 수 있는 최악의 상황이 박근혜 정부의 문화정책에서 비롯되었음을 확인할 수 있다.

'문화예술'은 예술로서의 문화(음악, 미술 등)와 삶으로서의 문화(음주, 여가 등), 과정으로서의 문화(청년, 세대 등)를 포함한다. 그러므로 전문예술인, 순수예술인, 예술동호인 등을 가르는 것만이 아니라 문화창조의 생산자와 소비자로서의 시민적 기대를 아우르는 문화예술 주체의 참여와 공유, 향유가 중요한 요소로 대두된다. 금기와 억압으로 문화 주체의 욕망을 재단할 것이 아니라 자유와 해방, 상상과 놀이의 문화예술 경험을 누적함으로써 인간의 문화적 욕구를 충족시키면서 더 나은 인생과 세계를 기획할 수 있어야 한다. 문화의 사각지대에 놓인 시민들에게도 문화적 경험의 햇살이 자연스레 스며들 수 있어야 진정한 문화 민주주의를 실현할 수 있기 때문이다.

현재 문재인 정부에서의 문화예술 정책의 변화는 〈문화기본법〉[1]의 이념을 준수하는 것으로부터 발원한다. 즉 제2조 '이념'에는 이 법이 "문화가 민주국가의 발전과 국민 개개인의 삶의 질 향상을 위하여 가장 중요한 영역 중의 하나임을 인식하고, 문화의 가치가 교육, 환경, 인권, 복지, 정치, 경제, 여가 등 우리 사회 영역 전반에 확산될 수 있도록 국가와 지방자치단체가 그 역할을 다하며, 개인이 문화 표현과 활동에서 차별받지 아니하도록 하고, 문화의 다양성, 자율성과 창조성의 원리가 조화롭게 실현되도록 하는 것을 기본이념으로 한다."라고 적시되어 있다. 개인적 삶의 질 향상과 국가 발전의 토대가 '문화'에 있으며, 국가나 지자체 등의 공동체가 개인의 표현의 자유를 보장하고 문화적 주체가 다양성과 자율성, 창조성의 원리를 조화롭게 실현하게 하자는 것이다.

문재인 정부의 문화예술 정책은 크게 볼 때 '적폐 청산과 비전 수립'의 두 가지[2]로 요약된다. 과거의 잘못된 문제를 바로잡고 해소해야 비로소 미래의 전망을 기획할 수 있기 때문일 것이다. 하지만 '블랙리스트진상조사위원회'의 활동(2017. 7 ~ 2018. 4)이 아직 마무리되지 않았으며, '새문화정책준비단'의 활동(2017. 10 ~ 2018. 3)과 '새정부 예술정책 수립 TF'의 활동(2017. 10 ~ 2018. 3)이 아직 종료되지 않았기 때문에 명확하고 구체적인 문화예술정책의 변화를 확인하기는 어렵다. 다만 그 기조와 의제는 지금까지 발표된 보도자료와 중간보고, 공청회 자료집 등을 통해 짐작해볼 수 있다.

촛불시민혁명은 1919년 3.1운동, 1960년 4.19 혁명, 1980년 광주민주화

---

1) 문화체육관광부 홈페이지 〈문화기본법〉(시행 2014.3.31, [법률 제12134호, 2013.12.30., 제정]) 참조.

2) 박영정, 「새정부 문화예술정책 수립 방향과 전망」, 『2018 문화예술 혁신 대토론회』, 적폐청산과 문화민주주의를 위한 문화예술대책위원회, 2018. 1. 30, 34~44쪽.

운동, 1987년 6월항쟁의 저항 정신을 계승한다. 하지만 아직 그 혁명의 결과물은 기대만큼 아름답지 않다. 적폐청산 작업이 명쾌하고 적실하게 이루어지지 않고 있기 때문이다. 이 글에서는 문재인 정부에서 수행하려는 문화정책의 큰 그림에 대해 2018년 1월말 현재 '적폐청산의 현황'과 '문화비전의 전망'이 갖는 함의를 살펴보면서 총론적 문제의식의 공유와 각론적 실현가능성을 점검해 보고자 한다.

2. 블랙리스트 넘어 문화 민주주의 실현하기 – 적폐청산의 현황

아직 박근혜 정부에서 진행된 불법적인 문화예술계의 누적된 적폐는 청산되지 않았다. 청산되지 못한 역사가 미래의 발목을 잡은 사례를 우리는 근현대사의 고비마다에서 확인할 수 있었다. 박근혜 정부의 '블랙리스트 파문'에서 확인되는 불법과 위법, 탈법적 문제들은 반드시 청산되어야 할 적폐의 핵심에 해당한다. 주지하다시피 이명박 정부의 〈문화권력 균형화 전략〉(2008. 08)과 박근혜 정부의 〈문화예술계 건전화로 '문화융성' 기반 정비〉(2013. 03)는 정치권력에 비판적인 문예 주체에 대한 차별과 배제 정책의 산물일 뿐만 아니라 친정부적인 관변 주체에 대한 선택과 육성으로 문화예술을 국가권력의 예속적 도구로 만들었다. '균형화와 건전화'라는 미명 하에 청와대와 국정원, 문체부를 활용하여 문화예술계를 국가권력의 입맛에 맞게 부당하게 통제하고자 기획했던 것이다.

이원재에 따르면, 문화정책의 관점에서 블랙리스트 사태의 의미는 '문화정책의 이념화, 예술검열의 정책화, 문화사업의 사유화, 지원정책의 통치화,

문화국가의 무력화'에 있다.[3] 결국 공공 행정을 통치 수단화하면서 발생한 이념적 편향과 문화행정의 사유화가 블랙리스트 사태의 핵심에 해당하는 것이다. 따라서 블랙리스트 사태 이후 제도 개선과 재발 방지 대책은 필수 불가결하다. 일차적으로는 블랙리스트 사태에 대한 철저한 진상규명과 원인분석, 재발방지 방안을 수립하는 것이 급선무인 셈이다. 이후 예술의 사회적 가치를 공유하고 의미화하는 다양한 제도개선 방안을 수립하는 것이 필요하며, '자율, 분권, 협치'의 원리에 기반하여 국가 동원 체제를 해체해야 비로소 문화 다양성의 정책을 입안하여 문화 민주주의를 제대로 실현할 수 있을 것이다.

'블랙리스트 범죄 관련 서울고등법원의 항소심 판결 주요 내용'[4]을 보면 '예술위 책임심의위원 선정과 문예기금 지원배제 관련 직권남용 일부유죄' 등을 포함하여 김기춘 징역 4년, '문예기금 지원배제와 영화 관련 지원배제 관련 직권남용 일부 유죄' 등을 포함하여 조윤선 징역 2년, 유사한 혐의로 김종덕 징역 2년, 김상률 징역 1년 6월형, 김소영 징역 1년 6월형, 신동철 징역 1년 6월형, 정관주 징역 1년 6월형 등을 선고받은 것에서 확인할 수 있듯, 문화예술계 지원배제 행위가 지닌 위헌과 위법성이 명백히 드러나고 있다.

문화체육관광부는 박근혜 정부에서 블랙리스트로 가장 큰 피해와 상처를 입은 조직이라며 보도자료를 배포한다. 하지만 문체부가 과연 피해조직이기만 할 것인지에 대해서는 적폐청산 노력과 함께 꼼꼼히 검토해야 할 문제이다. 박근혜 정부에서 실질적인 불법과 부당한 행정의 집행자 역할을 수행한 원죄가 문체부에 있기 때문이다. 따라서 책임소재를 명백히 규명함으

---

3) 이원재, 「블랙리스트 진상조사 현황 및 문화행정 혁신을 위한 향후 과제」, 『2018 문화예술 혁신 대토론회』, 적폐청산과 문화민주주의를 위한 문화예술대책위원회, 2018. 1. 30, 45~55쪽.

4) '전 대통령비서실 비서실장 김기춘 등에 대한 항소심 판결선고'(서울고등법원, 2018. 01. 23) 요약.

로써 '블랙리스트'나 '화이트리스트'와 관련된 공무원의 부당한 행위가 밝혀지고, 그에 응당한 처벌이 진행되어야 재발방지 대책을 수립할 수 있다고 판단된다.

'문화예술계 블랙리스트 진상조사 및 제도개선위원회'는 2017년 11월 20일 중간보고에서 블랙리스트의 피해 건수가 현재까지 총 2,670건으로 확인됐다고 밝혔다. 세부 피해 건수로는 개인이 1,898건, 단체가 772건의 검열·지원배제, 사찰 등을 받았으며, 문화예술인 1,012명, 문화예술단체 320곳이 실제 구체적인 피해를 입은 것으로 조사됐다. 실제 검열 배제 등이 확인된 문화예술인(개인) 1,012명 중 475명(47%)은 박근혜 정부에서의 '시국선언 명단'(9,788명)에 포함된 인물이며, 이를 제외한 나머지 537명(53%)은 별도의 리스트로 관리돼 온 것으로 추정된다.

송경동 진상조사위 간사(시인)는 "현재까지의 분석 결과, 문화예술인과 문화예술단체 블랙리스트 명단이 공문서·DB 형태로 작성돼 실제 활용됐던 것으로 확인했다"면서 "이후 추가적인 자료 분석과 조사를 통해 구체적인 피해 사실들을 지속적으로 확인해 나갈 예정"[5]이라고 강조했다. 진상조사위는 현재 블랙리스트가 박근혜 정부 초기부터 입안돼 가동됐다는 사실, 박근혜 정부에서 청와대·국정원·문체부가 문자메시지를 통해 수시로 블랙리스트와 관련한 의견을 교환하고, 자료를 공유한 사실 등을 밝혀낸 것이다.

특히 문체부가 문화 비전을 실행하고 블랙리스트를 청산하는 데 한국문화예술위원회(문예위)와 한국콘텐츠진흥원(콘진원) 등 두 기관의 역할이 매우 크다고 할 수 있다. 박근혜 정부에서 이 두 기관이 각각 블랙리스트와 문화·콘텐츠계 국정 농단의 실행 기관으로 지목받았기 때문이다. 이렇

---

5) 이재훈, 「문체부, 새해는 '문화비전 2030—사람이 있는 문화'」, 뉴시스, 2018. 1. 1. 참조.

듯 현재까지 진상조사위원회의 활동을 요약하면 박근혜 정권의 문화예술인 배제 정책은 명백한 범죄 행위임이 드러난다. 결과적으로 향후 문화예술계 지원과 관련한 가장 큰 화두는 지원기관의 독립성을 비롯하여 투명성과 공정성을 얼마나 확보하고 강화하느냐에 달려 있다고 할 수 있다.

3. 문재인 정부의 기조 – '문화비전 2030 – 사람이 있는 문화'[6]

문재인 정부의 새문화정책의 모토는 '사람이 있는 문화'이다. '사람 중심 생명 중심'을 강조하는 '사람이 먼저다'가 대통령 선거의 모토였듯 문재인 정부에서는 2018년 3월 공식 발표할 예정인 정책 기조가 '문화비전 2030 – 사람이 있는 문화'임을 밝히고 있다. 그러면서 정책의 일방적 발표가 아니라 '민관 협치'를 내세워, 개방형이자 진행형으로 문화비전을 수립할 것임을 강조한 바 있다. 그리하여 '문화정책포럼, 문화자치 연속포럼, 콘텐츠발전 분과회의, 체육정책포럼, 열린관광 토론회' 등 다양한 방식으로 현장의 목소리(총 3,100여 명 참여)를 경청한 이래로 2017년 10월 이동연 교수를 준비단장으로 하여 '새문화정책 준비단'을 구성해 '문화비전 2030' 수립을 위한 작업에 착수했다.

2017년 12월 7일 발표된 보도자료를 보면, 첫째 '비전 수립의 원칙과 과정'으로는 "1. 문화의 미래를 만들어 갈 사람을 위해, 2. 공개성 원칙을 실천하며 신뢰를 바탕으로, 3. 모두 협력하여 함께 만들어 가는 비전"을 내세우고 있다. 이것을 통해 "숙의 민주주의를 실천하고 공론의 장을 적극적으로 열어 국민에게 신뢰받는, 문화의 본질에 충실한 문화정책을 함께 만들어가

---

6) 문화체육관광부 보도자료, 2018. 12. 7. 참조.

겠다는 의지"를 표명한 셈이다. 결국 새정부의 문화비전이 기존의 방식처럼 탁상행정식으로 제시되는 것이 아니라, 미래 문화를 위해 공론장을 통해 공개적인 방식을 거쳐 신뢰와 협력을 기반으로 수립될 것임을 강조하고 있는 것이다.

둘째, '비전 도출의 원리'로는 "문화의 본질에 대한 성찰, 문화 개념에 대한 근본적인 이해"를 강조하며, "진보정부 10년과 보수정부 10년을 뛰어넘는 미래지향적인 문화정책, 사람의 생명과 권리를 중시하는 문화"가 원리의 중심을 차지하고, "문화가 정치, 경제, 사회 등 각 영역에서 창의적 역할을 할 수 있도록 문화 개념을 확대하고 사회 혁신의 동력이 되는 문화를 지향"한다고 표방하고 있다. 국민의 정부와 참여정부 이래로 이명박, 박근혜 정부에 이르기까지 수행된 20년 동안의 문화 정책의 공과를 점검함으로써 '인권'을 중심으로 일종의 새로운 변증법적 대안을 마련하여 미래지향적인 정책을 입안하는 문화적 동력을 확보하겠다는 다짐이다.

셋째, '사람이 있는 문화'의 필요성으로는 '문화정책의 전환이 필요한 시점'이라면서, "세월호 재난을 겪으며 '이게 나라냐'라고 절규했던 사람들, 새로운 사회와 새로운 나라를 외쳤던 사람들, 희망을 잃어가는 미래세대, 문화계 블랙리스트로 국민의 창작·향유권을 침해한 국가에 대한 반성"을 '사람이 있는 문화'라는 표어에 담았다고 진술한다. '창의한국'이나 '문화융성'이 아니라 신자유주의 시대 이래로 미래적 전망을 포기한 대한민국의 암울한 현재를 '생명과 희망의 사람 문화'로 돌파하는 것이 필요하다는 견해인 것이다.

그리하여 문화정책의 틀을 "1. 사람이 먼저인 문화, 2. 비전과 미래의 문화, 3. 공정과 상생의 문화, 4. 문화자치와 분권, 5. 여가가 있는 사회, 6. 문화적 가치가 존중되는 사회"로 전환해야 한다고 강조한다. 이미 '블랙리스트'나 '화이트리스트'에서 드러난 문화적 편향이 공정성을 저해하면서 '기울어진

운동장'을 구성하는 왜곡된 가치였음을 반성하면서 사람을 중심으로 공정과 상생, 분권과 협치를 염두에 두겠다는 뜻을 분명히 제시한 것이다.

넷째, 문화비전 2030의 3대 가치로는 '1. 자율성, 2. 다양성, 3. 창의성'을 설정하면서, 이 가치들이 국민의 문화적 권리에서 출발하는 「문화기본법」에 기초한 핵심가치임을 강조한다. 이 가치의 구체적 방향성으로 "1. 개인의 자율성을 보장하고, 2. 공동체의 다양성을 실현하며, 3. 사회의 창의성을 확산하는 방향"을 강조한다. 결국 누구나 자유롭게 창작과 향유의 권리를 누리면서, 사회적 갈등과 반목을 넘어 공존과 공생의 문화적 가치가 중심이 되는 "4차 산업혁명, 창의적 일자리 창출, 사회적 경제 실현"을 제시하고 있는 것이다. 이렇듯 문재인 정부는 새로운 아젠다를 제시하는 것이 아니라 사장된 듯 묵혀 있던 기존의 〈문화기본법〉에 기초한 문화적 가치를 재확인하면서 구체적 의제를 수렴하고 있는 것이다.

다섯째, 이를 뒷받침할 '8개 정책 의제'로는 "1. 개인의 창작과 향유 권리 확대, 2. 문화예술인의 지위와 권리 보장, 3. 문화다양성 보호와 확산, 4. 공정 상생을 위한 문화생태계 조성, 5. 지역 문화 분권 실현, 6. 문화 자원의 융합적 역량 강화, 7. 문화를 통한 창의적 사회 혁신, 8. 미래와 평화를 위한 문화협력 확대"를 제시한다. 문재인 정부의 3대 가치인 자율성과 다양성, 창의성을 뒷받침할 구체적인 정책 의제들은 더욱 세부적인 내용들로 채워져 문재인 정부의 문화 좌표를 설정할 방점들에 해당한다.

4. '자율성과 다양성, 창의성'의 구체적 지향

문재인 정부의 문화정책은 앞에서 살펴보았듯 '사람이 있는 문화'를 이념으로 '문화 관련 법제 정비, 문화정책 추진을 위한 민관 협치 모델 구축'을 제도화함으로써 사람 중심의 '문화적 경제'로 전환하고자 한다.[7] 나아가 '문화비전 2030의 3대 가치'로는 '자율성, 다양성, 창의성'을 꼽고 있다.[8] 이 때 첫 번째 가치인 '자율성'이란 개인과 공동체의 자유로운 활동을 보장하고, 개성과 감각의 특별함을 중시하면서 개인이 문화권리의 주체임을 강조하는 것이다. 이것은 이명박 정부와 박근혜 정부에서의 "국가권력에 의한 간섭과 통제"로부터 문화예술 주체들을 해방하여 자유로이 창작과 향유의 주체로 거듭나게 하려는 의도를 보여준다.

8가지 정책 의제 중 '자율성'과 관련된 구체적 의제 2가지의 핵심 내용을 살펴보면 다음과 같다. 즉 "1. 개인의 창작과 향유의 권리 확대"는 문화 향유와 창조의 주체가 주체적 개인에게 있음을 천명하는 것이다. 그리고 "2. 문화예술인의 지위와 권리 보장"은 예술과 노동 환경 조성, 기구의 자율성과 독립성 강화 지원이 포함된다. 문화 주체의 창작권과 향유권 등의 자율적 권리를 보장하는 것과 기구의 독립성을 강화하는 것이 '자율성'이라는 첫 번째 가치를 보장하는 두 가지 의제인 셈이다.

두 번째 가치인 '다양성'이란 성별, 종교, 인종, 세대, 지역, 사회적 신분, 경제적 지위, 신체적 조건, 정치적 견해 등에 관계없이 개인과 공동체의 다양한 구성원들을 존중하고, 그 문화와 표현을 인정하는 것을 말한다. 차별과 배제가 아니라 차이를 인정하고 공존과 공생을 지향하는 문화적 성숙도를 평가하는 척도가 바로 '다양성'에 해당하는 것이다.

8가지 정책 의제 중 '다양성'과 관련된 구체적 의제 3가지의 핵심 내용을 살펴보면 다음과 같다. 즉 "3. 문화 다양성의 보호와 확산"은 다양한 문

---

7) 박영정, 위의 책, 36~37쪽.

8) 이동연, 「'문화비전 2030-사람이 있는 문화'의 가치, 방향, 의제 설명자료」, 새문화정책준비단, 2018. 1.(박영정, 위의 책, 37~41쪽.) 이하 4장의 내용은 이동연의 핵심 기조를 요약하고 필자의 분석을 덧붙인 글임.

화 창조의 사회적 환경 조성뿐만 아니라 비주류, 독립 예술인, 사회적 소수자의 다양한 문화 활동을 확대 지원하는 것을 포함한다. 그리고 "4. 공정상생을 위한 문화생태계 조성"은 불공정 관행 개선의 공정한 생태계, 독점과 수직 계열화 해소를 위한 정책 환경 조성을 포함한다. 또한 "5. 지역 문화분권 실현"은 실질적 문화분권과 지역문화 활성화 지원 체계 혁신을 포함한다. '다양성' 항목은 문화 역시 일종의 생태계로서 종의 다양성이 자연 생태계 보존의 핵심이듯 문화 생태계의 보존과 발전을 위해 문화적 다양성을 지원하는 내용을 골자로 삼고 있다.

세 번째 가치인 '창의성'이란 인간의 고유 능력이자 잠재력이며 사회발전과 혁신의 중요한 문화동력으로서 사회 문제를 해결하기 위한 역량이자 미래 사회의 문화 안과 밖을 융합하는 기본 원리에 해당한다. '온고지신'의 지혜를 살려, 옛 것과 옛 것, 옛 것과 새 것, 새 것과 새 것을 연결시켜 새로운 창조성을 기획하는 것이 '창의성'의 핵심이라고 할 수 있다.

8가지 정책 의제 중 '창의성'과 관련된 구체적 의제 3가지의 핵심 내용을 살펴보면 다음과 같다. 즉 "6. 문화자원의 융합적 역량 강화"는 문화 유산과 문화자원의 창의적 융합 역량 강화를 포함한다. 그리고 "7. 문화를 통한 창의적 사회 혁신"은 사회 혁신과 연계된 문화 정책 수립, 지역 공동체 문화의 공공 인프라 구축을 포함한다. 또한 "8. 미래와 평화를 위한 문화협력 확대"는 미래의 평화 통일을 준비하는 사회적 기반 조성, 문화 아시아 정책 환경 조성, 한류의 지속가능한 향유 환경 조성, 남북의 문화교류 확대 추진 등을 포함한다. '창의성'의 가치는 '융합적 역량'을 강화하여 혁신과 협력의 모델을 강조하는 가치에 해당한다. 하지만 인프라 구축과 융합적 지향을 강조하긴 하지만 '어떻게'라는 방법적 의제가 모호하게 드러나는 대목이기도 하다.

결과적으로 이러한 가치들이 제대로 실현되기 위해서는 첫째로 개인의 자율성이 철저히 보장되어야 한다. 예술가와 체육인을 비롯한 시민 개개인들의 자율성 보장을 통해 간섭과 통제를 받지 않고 자유롭게 창작하고 향유할 권리를 부여받아야 하는 것이다. 이때 블랙리스트 등의 불법적 행위를 통해 예술인들의 권리가 침해받지 않아야 하며, 창작자와 향유자가 차별받지 않고 자신의 문화적 권리를 행사할 수 있도록 국가가 보장해야 한다.

두 번째로 공동체의 다양성을 우선적으로 기획하고 실현해야 한다. 문화적 다양성의 실현은 다문화정책뿐만 아니라 개인들의 정체성을 구성하는 다양한 요소들을 인정하고, 문화적 표현의 차별을 방지하며, 문화예술의 종 다양성을 유지 확대하는 것을 의미한다. 문화의 다양성 실현은 〈문화다양성의 보호와 증진에 관한 법률안〉[9]을 충실히 수행하고, 문화적 다양성을 침해하는 불공정한 행위를 해소하면서, 문화 예술의 공정한 생태계를 조성하는 것을 목표로 한다.

세 번째로 사회의 창의성을 확산시키기 위해서는 교육, 노동, 복지, 주거, 도시 분야에 문화의 창의적 상상력과 역량이 확산될 수 있는 통합적인 사회문화정책 수립이 필요하다. 창의성이 콘텐츠 산업의 미래 동력이 되기 위해서는 문화와 기술, 예술과 과학의 융합뿐 아니라, 예술과 체육, 관광이 융합되어야 하고, 이를 실현할 인재 양성과 교육기관의 설립이 필요하다. 창의성은 결과가 아니라 과정이며, 사회의 통합적 문제 해결과 공동체적 소통의 원천이 될 동력이기 때문이다.

이와 더불어 문재인 정부의 예술정책 방향과 주요 의제는 잠정적으로 다

---

9) 〈문화다양성 보호와 증진에 관한 법률안〉 제2조 정의에는 "문화다양성이란 집단과 사회의 문화가 집단과 사회 간 그리고 집단과 사회 내에 전하여지는 다양한 방식으로 표현되는 것을 말하며, 그 수단과 기법에 관계없이 인류의 문화유산이 표현, 진흥, 전달되는 데에 사용되는 방법의 다양성과 예술적 창작, 생산, 보급, 유통, 향유 방식 등에서의 다양성을 포함한다."라고 되어 있다.

음과 같다.[10] 우선 비전은 '예술을 통한 문화 민주주의 실현'이며 지향적 가치는 '자율성, 창의성, 다양성, 공공성, 수월성' 등을 포함한다. 문화 비전의 세 가지 가치에 공공성과 수월성 항목이 추가된 형국이다. 그것은 예술의 사유화가 아니라 공공성의 확장이 필요함과 더불어 문화 민주주의로서의 예술에서도 문화 주체의 수월성에 대한 제고가 필요하다는 인식을 보여준다. 하지만 정책의 방향 네 가지는 '1. 예술 진흥에서 예술인의 창작권 강화로, 2. 정부 정책 전달에서 분권과 협치에 의한 예술정책의 수립과 집행으로, 3. 예술 접근성 확대에서 개인의 예술 창작과 향유 권리의 실현으로, 4. 수월성 중심 예술 진흥에서 문화적 다양성의 보호와 증진으로'를 들고 있다. 따라서 '문화 민주주의'와 '수월성'이 상충되는 지점을 어떻게 해소할 수 있는지를 고민해야 한다.

그리고 문재인 정부의 예술정책의 주요 의제로는 1. 예술인의 지위와 권리 증진을 통한 창작권 강화(구휼이 아닌 권리 보호 등), 2. 공공 예술기관의 자율성과 독립성 강화(협력 네트워크 활성화), 3. '모두의 예술'을 통한 개인의 문화적 권리 강화('보는 예술'에서 '하는 예술'로), 4. 예술 지원에서 분권과 협치의 실현(민관 협치의 실현), 5. 예술을 통한 문화간 소통과 협력의 증진(문화다양성, 남북 예술교류 등) 등이 해당한다.

이렇게 볼 때 문재인 정부의 예술 정책 기조 역시 '사람이 있는 문화'를 모토로 자율성과 다양성, 창의성에 기초한 의제를 민관 협치를 통해 지속적으로 발굴, 기획, 실천할 것임을 확인할 수 있다.

5. 촛불 감성의 활용, 문화 다양성 증진

---

10) 박영정. 앞의 글. 42~43쪽.

"어둠은 빛을 이길 수 없다 / 거짓은 참을 이길 수 없다 / 진실은 침몰하지 않는다 / 우리는 포기하지 않는다."

2016년 말부터 광화문 광장에서 울려 퍼진 대중적인 노래 가사다. 포기하지 않고 거짓과 어둠을 이기기 위해 참 세상을 향한 열정으로 싸워나간다면 진실한 빛의 소중함을 만날 수 있다는 희망 전언이 새겨진 노래이다. 이 전언처럼 박근혜 탄핵 이후 새로운 문화예술의 흐름이 감지되고 있지만, 아직은 미미해 보인다. 과거 청산이 아직 제대로 이루어지지 않고 있기 때문일 것이다. 그러나 새로운 흐름이 현재화되기 위해 더 많은 촛불 감성이 지속적으로 문화예술계에 녹아들어야 할 것이다.

문재인 정부는 2018년 1월말 현재 '민관 협치'의 방식으로 적폐 사건의 진상 규명과 문화비전의 수립을 병행하고 있다. 그 과정에서 제기된 기조가 '문화비전 2030-사람이 있는 문화'로 가시화되고 있다. 이때 '사람이 있는 문화'의 추상성을 어떤 내용으로 구체화하고 실천하느냐가 관건일 것이다. 자율성과 다양성, 창의성의 3대 가치가 8가지 정책 의제와 함께 실제 정책 수립에도 영향을 끼쳐 새로운 문화비전이 태동되길 기대한다. 그것이 촛불 정부의 책무이기 때문이다.

대통령 선거 당시의 문재인 후보의 구호가 "기회는 평등하고 과정은 공정하며 결과는 정의롭게"였듯이 기회의 평등성, 과정의 공정성, 결과의 정의로움은 지속적으로 실천해야 할 덕목에 해당한다. 불평등과 불공정, 불의한 정치권력과 행정권력이 국민세금으로 국민의 삶과 정신을 얼마나 피폐화시켰는지, 문화예술인들의 자존감과 영혼을 어떻게 붕괴시켰는지, 지난 10년 동안 똑똑히 지켜봐온 촛불시민들이 있기 때문이다. 이제 공감과 연대, 비폭력과 평화라는 촛불의 감수성이 새로운 문화 비전의 물적 토대이자 정신적 유산이 되어야 한다.

문재인 정부의 '사람이 있는 문화'의 원동력은 촛불시민혁명이 자리했던 광장의 아우라에 있다. 촛불은 조직이 아니면서 조직이고, 변방이면서 변방이 아니었으며, 중심이 없으면서 중심이었고, 개인이면서 공동체였으며, 민중이면서 다중이고, 시민이면서 대중이고, 혼자이면서 여럿이었다. 그 일렁거림이 문재인 정부의 문화정책의 동력에 해당한다. 그러므로 문재인 정부는 단순한 행정부가 아니며, 더불어민주당만의 정부도 아니어야 하며, 촛불시민의 명령을 수행하는 대리권력임을 염두에 두어야 한다. 일시적으로 위임받은 권력을 사사롭게 행사하지 않으면서 공공의 이익에 부합하도록 합법적이고 상식적으로 문화예술계의 변화를 선도하는 것이 촛불시민혁명의 대의를 위해 복무하는 것임을 유념해야 한다. 그래야 비로소 혁명이 아름다워질 수 있기 때문이다.

(『실천문학』, 2018년 봄)

한일 관계의 복원은 역사의 직시로부터 시작된다

– '독도, 조선인 피폭, 청소년 교류' 소설을 중심으로

1. 다면적이면서도 단일적인 일본관

1945년 일제 강점으로부터 해방된 이래로 한국에서 한일 관계를 바라보는 시선은 다면적이다. 과거사를 중심으로 볼 것인가, 현재적 관계를 두텁게 할 것인가, 미래적 가능성을 염두에 둘 것인가에 따라 한일 관계를 응시하는 시선의 스펙트럼이 다양하게 개진될 수 있다. 과거사를 응시하는 쪽은 지배와 착취의 역사에 대한 청산이 여전히 이루어지지 못한 현실에 방점을 찍고 있으며, 일본의 경제력과 미국과의 동맹 관계를 중시하는 쪽에서는 미래의 우호를 증진하기 위해 현재적 관계를 두텁게 만들어 가고자 한다. 이른바 과거와 미래가 현재를 중심으로 마주하고 있는 데칼코마니 형국이다.

2019년 현재 일본에 대한 한국인의 불편감은 '거의' 단일적이다. 일제 강점기 35년 동안의 식민 지배에 대한 저항감이 기저에 깔려 있기 때문이다. 특히 2018년말 대법원에서 결정된 '강제징용 배상관결'에 대한 반발 속에 2019년 아베 정부가 벌이고 있는 경제 전쟁 프레임은 한국에서 'NO 아베',

'NO 재팬'에 이르는 불매 운동과 반일 운동으로 이어지고 있다. 물론 21세기 들어 일군의 극우 진영에서 20세기의 식민 지배 역사를 '근대화의 승인'으로 바라보는 '반일 종족주의적 관점'의 몰역사적 연구가 진행되고 있기도 하다. 하지만 '역사를 잊은 민족에게 미래란 없다'라는 표현에서 알 수 있듯 일제 강점의 역사는 과거의 분명한 사실이면서 현재의 반성적 거울이며, 미래의 전사(前史)로서 기억해야 할 아픈 상처에 해당한다.

이 글에서는 한일 관계의 과거와 현재와 미래를 조망하는 세 편의 장편 소설로 『강치』, 『군함도』, 『날마다 한일전』 등을 살펴보고자 한다. 이 세 편이 서사적 밀도에서 분명한 차이가 존재함에도 불구하고, 17세기 말과 20세기 중엽, 21세기 현재 시간대를 조망하는 소설로서 2010년대 중반 이후 한일 관계를 전망하는 데에 적합하다고 판단하기 때문이다. 뿐만 아니라 현재의 전사로서의 과거와, 미래의 전사로서의 현재를 어떻게 연결하고 승화시켜 새로운 한일 관계의 상생을 도모할 수 있을지를 조심스레 점검해 볼 수 있다는 점에서 유의미한 텍스트라고 판단된다. 문학에서 역사적 사실을 형상화하는 까닭은 잊혀진 과거를 응시하면서도 현재와 미래의 변화 가능성을 상상하기 위함인 것이다.

2. 독도를 둘러싼 기억 전쟁 – 전민식의 『강치』

전민식의 『강치』(마시멜로, 2019)는 조선 숙종조인 1693년과 1696년 두 차례에 걸쳐 일본 에도 막부로부터 울릉도와 독도가 조선의 부속도서임을 확인한 역사적 인물 '안용복'을 조망한다. '강치'를 포획하는 왜구의 침입 장면으로부터 시작되는 작품은 일본에 납치되는 어부 안용복의 내면을 포착하면서 조선의 백성으로서 일본과의 외교 담판 속에 지난한 사투를 그려내고 있다.

　제목인 ‘강치’는 독도 인근에 수만 마리가 살았으나 현재는 멸종된 바다 사자를 일컫는 고유명사라는 점에서 상징적 작명이다. 하지만 고유명사로서의 의미뿐만 아니라 조선의 고유 영토를 일본에 빼앗기지 않으려는 조선인 안용복의 영토 수호 의지를 빗댄 표현이 되기도 한다. 작가는 ‘국가란 무엇인가, 영토란 무엇인가’라는 질문 속에서 역사적 인물인 안용복의 흐릿한 궤적을 복원하고자 시도한다. 더구나 ‘역적 가문의 후손’인 안용복이 내면화했을 애증의 표상으로서의 ‘조국’에 대한 작가의 질문은 ‘안용복의 질문’이자 ‘우리 시대의 질문’이기도 하다. 그러므로 국가로부터 외면받은 안용복이 자신의 목숨을 걸면서도 조선의 영토를 필사적으로 지켜내고자 한 의도를 파악하기 위해 우리는 300여 년 전으로 거슬러 올라간다.

　네게 나라란 무엇이냐? / 안용복의 삶을 뒤적이며 나는 내내 그 질문에 시달렸다. 그래서 그가 조선을 사랑했던 시간들에 대한 여정을 찾아보려 했다. 사랑하지 않고는 목숨을 담보로 내걸고 일본으로 건너가지는 못했을 거라는 생각 때문이었다. 그런데 이미 100년 전 가문의 누군가가 역적이었다는 이유로 그의 가문과 그의 가족과 그를 내친 조선을 어떻게 사랑할 수 있었을까 하는 의문이 들었다. 조선을 증오하면서도 사랑할 수밖에 없었던 그의 고뇌를 알고 싶었다.(367~368쪽.)

　인용문인 「작가의 말」에서 드러나듯 작가는 안용복의 삶을 들여다보면서 국가로서의 조선에 대한 백성의 애증을 길어내고자 한다. 그리하여 ‘1693년 4월 17일 늦은 축시’에 초량 왜관의 거상인 오다의 농간에 삼을 빼앗긴 채 독도에 흘러든 안용복의 시선에 수백 마리의 강치 무리가 일본의 군선에 의해 포획되는 장면이 포착되면서 작품은 시작된다. 그리고 일본군에 의해 체포된 안용복이 일본에 끌려가면서도 일본어로 독도가 조선의 땅임을 강변하는 내용이 그려진다.

일본인에 의해 심문을 받으면서 안용복은 자신이 39세의 상인임을 밝히고 자신은 백성을 지키기 위해 고육지책으로 내려진 '조선의 도해금지령'을 어긴 죄밖에 없다고 고백한다. 달변의 일본어 실력과 명쾌한 역사적 인식을 통해 에도 막부의 쇼군을 설득한 안용복은 쇼군으로부터 "울릉도와 독도는 조선의 섬이니 일본 어부의 어로 행위를 일절 금한다."라는 증서를 전달받게 된다. 하지만 귀환 도중 사무라이에게 서계를 빼앗기게 되고, 안용복은 도해금지령을 어긴 죄로 관아에 압송된다. 곤장 100대와 유배를 명 받았다가 무죄 사면복권된 안용복은 울릉도를 수호하기 위해 다시 관원들과 함께 울릉도에 들어선다.

2년이 지난 1696년 봄 안용복은 동래 왜관에서 지내다가 정3품 벼슬인 '통정대부 안용복, 1654년생, 동래 거주'라는 호패를 받으며, '조울양도감세장 신안동지기'로서 "울릉도와 독도를 관리하는 직분"을 수임하게 된다. 그리하여 빼앗긴 서계를 다시 받아오기 위해 목숨을 걸고 일본으로 향한다. 이후 1696년 여름 조선 국왕의 사신으로 행세하여 돗토리 번주인 도쿠가와 쓰나요시로부터 "울릉도는 일본의 영토가 아니다."라는 내용과 일본의 "도항 금제령"이 새겨진 서계를 받게 된다. 안용복은 5개월 동안 울릉도와 독도의 감세장을 지낸 뒤 다시 감옥에 갇혀, 도해금지령을 어기고 관리 신분을 사칭한 죄를 받는다. 결국 유배형이 내려진 채 풀려나던 안용복이 근정전을 나서는 마지막 모습에 대해 작가가 "봄볕이 짚신 밖으로 삐져나온 오른발 엄지발가락 위에 가만 내려앉았다."라고 기술하면서 작품은 마무리된다. 공과에 대한 공정한 평가가 아니라 과오에 대한 법적 처벌로 인해 유배를 떠나는 '애증의 소유자'에 대한 작가의 선의가 드러나는 대목이다.

실제 역사에서도 안용복은 일본을 2회 방문한 사실만 희미하게 기록되어 있을 뿐 이후의 행적이 묘연한 것으로 드러난다. 결국 작가는 극소수의 실제 사실을 바탕으로 역사적 상상력을 가미하여 안용복의 국토 수호 의지를 반영한 '조선애'에 구체적 형상을 부여하여 피와 살과 윤기를 돌게 만든 셈이다.

3. 조선인 나가사끼 피폭자를 향한 애도 – 한수산의 『군함도』

한수산의 『군함도』(창비, 2016)는 작가의 말대로 1945년 일본이 패망하기 직전 '조선인 나가사끼 피폭자의 원혼'을 위무하기 위해 쓰여진 작품이다. 작품은 일제 강점기 말에 "한 번 들어가면 죽어야만 나갈 수 있는 섬"인 지옥섬 '군함도'를 배경으로 '죽음 같은 노동'으로 악명 높았던 하시마(瑞島) 조선인 강제징용과 나가사끼 피폭의 문제를 다룬다. 작가는 1988년 『원폭과 조선인』이라는 책을 접한 뒤 집필을 결심하였고, 이미 2003년 대하소설 『까마귀』를 5권으로 출간한 바 있다. 하지만 작품의 완결성에 대한 자성과 절치부심 속에 2016년 2권 3,500매 분량으로 수정 보완한 작품 『군함도』를 출간하게 된다.

작가는 「작가의 말」에서 "이 작품을 잃어버린 조국 조선의 아들딸로 태어나, 조국의 이름으로 살다 조국의 이름으로 죽어갔으나 그 주검마저 조국의 이름으로 경멸과 차별 속에 버려져야 했던 조선인 나가사끼 피폭자의 영혼에 바칩니다."(『군함도』 2, 475쪽)라고 기록한다. 그만큼 작가는 '조선'과 "조국의 이름으로 경멸과 차별"을 받아야 했던 식민지 백성의 고통을 직시하면서 새로이 작품을 창작한 것이다. 일제 말기 극악한 징용과 강제적 징병에 시달리던 조선의 백성들은 혹독한 강제노동과 고문에 시달리며 생을 버텨낸 바 있다. 그리고 그 지옥 같은 축도로서의 일제 강점의 생이 '군함도'

를 배경으로 펼쳐진다.

　작품은 "저쪽이 조선이다."라는 군함도 탈출 계획을 강제징용 노동자인 명국과 태복 등이 논의하고, 삼식과 경학 등이 탈출을 시도하는 대목에서 시작한다. 일본의 항구도시 나가사끼에서 18.5킬로미터 떨어진 섬 타까시마에서 다시 5킬로미터 떨어져 있는 작은 섬이 바로 하시마다. "맨 위에 서 있는 신사를 중심으로 섬 전체를 둘러싼 드높은 방파제 때문에 하시마는 그 모습이 바다에 떠 있는 군함 같아서" '군함도'라고 호명된다.

　한편 춘천의 대표적 친일파 집안에서 자란 주인공 지상은 장손인 형을 대신해 징용에 자원한다. 춘천고보 독서회 사건 이후 무력감과 절망에 빠져 있던 그는 군함도에 수용되면서 같은 학교 출신인 우석을 만나게 되고, '미쯔비시광업소 타까시마탄광 하시마분원'에서 감옥 같은 징용생활을 시작한다. 아침 6시부터 15시간 이상 지속되는 장시간의 혹독한 노동, 엄청난 채탄 할당량, 열악한 작업환경 속에서 부상자와 사상자가 계속해서 발생되는 가운데, 지상은 고향에서 날아온 득남 소식을 전해 듣게 된다. 이 소식을 계기로 지상은 명국, 우석 등과 탈출을 도모하고 결행하여, 결국 가까스로 나가사끼 해안에 쓰러졌다가 노부부에게 발견되어 간신히 목숨을 건진 뒤에 일본어 실력을 바탕으로 미쓰비시에 일본어 통역자로 일하게 된다.

　이 모래알 같은 우리들 한 사람 한 사람으로는 항거할 수 없이 크고 엄청난 어떤 집단이나 제도가 거대한 악이 되어 우리를 내리누르며 지배하고 있는 거다. 집단의 탐욕과 편견이 거대하게 뒤엉키고 제도와 제도 간의 경멸과 증오와 부패가 거기 뿌리 깊게 자리 잡아 그들만의 거대한 악을 구축하고 결속시킨다. 우리들 하나하나의 저편에 그 거대한 악이 있는 거다. 전쟁이라는 거대한 죄악, 국가라는 이름으로 저질러지는 거대한 죄악, 그것은 자멸하는 것밖에 제어할 길이 없는 불가항력의 악일 것이다. 내 조국 조선의 무능 또한 거대한 악이었다면, 아버지를 앞세운 우리 집안도 그 거대한 악에 닥지닥지 매달린 작은 악의 진딧물 하나하나는 아니었던가.(『군함도』 2, 284쪽.)

　태평양 전쟁의 참화 속에 금화의 자살, 우석의 죽음, 노동자들의 탈출과 저항으로서의 집단 행동 등이 그려지면서, 『군함도』는 조선인 징용자의 비극의 소용돌이를 다채롭게 형상화한다. 인용문은 전쟁이 결과적으로 국가 폭력으로부터 기인하는 '거대한 악'의 재현임을 지상의 독백을 통해 보여준다. 모래알 같은 개개인들은 거대한 국가 폭력 앞에 불가항력적으로 쓰러질 수밖에 없는 무기력한 존재임을 피력하는 내용인 셈이다. 이후 일제의 패망 직전 나가사끼에 떨어진 두 번째 원자폭탄에 의해 나가사끼 인구 24만명 가운데 7만 4천명이 목숨을 잃는다. 이 비극적 수치 안에 2만여 명의 조선인 피폭자가 포함된다. 사망 1만명에 2차 방사능 피해를 입은 1만명의 징용공들을 합친 숫자이다.
　작품 말미에 피폭을 입은 지상이 다른 귀향 징용자들과 함께 고향을 향해 나아가는 모습이 그려진다. 작가는 "지상의 발밑에서 물기에 젖은 제비꽃이 고개를 숙이고 있었다. 솟아오르는 아침 햇살을 등지고 지상은 그들과 함께 걸었다. 사요나라, 나가사끼. 풀과 꽃이 피어나고 있는 폐허, 나가사끼를 뒤로하고 지상은 고향을 향해 발을 내디뎠다."(『군함도』 2, 470쪽.)고 마지막에 희망적 전언을 기록하는 것이다. 작가는 절망의 지옥섬에서 희망의 봄꽃을 피워낸다. 절망과 폐허의 현실 속에서도 아침 햇살을 받으며 고향으로의 귀환이라는 희망의 끈을 놓치지 않는 것이 인간의 본성에 해당할지도 모르기 때문이다. 오히려 절망이 깊을수록 희망의 한 줄기 빛을 놓지 않는 것이 인간의 실존 본능인 것이다.

4. 청소년 연애 감각으로 그려낸 한일 관계의 미래 — 김동환·이기범의 『날마다 한일전』

김동환·이기범의 『날마다 한일전』(우리교육, 2017)은 과거와 현재보다는 미래의 진전된 한일 관계 개선을 위해 청소년 소설로 기획된 작품이다. "바람직한 미래 한일관계를 위한 청소년 지식 & 연애소설"이라는 부제에서 알 수 있다시피 주인공 장수를 중심으로 친구인 동호, 일본인 여학생 유키와 미쿠 등 네 명의 한일 청소년들이 다양한 에피소드 속에 대화를 진행한다. 그리고 '윤동주, 한류와 혐한, 동해와 일본해, 경복궁 등의 궁궐, 위안부 문제, 원자폭탄, 군함도' 등의 소재를 통해 한일 간에 역사적 인식 차이를 극명하게 드러내는 서사가 그려진다. 특히 한일 관계의 '뜨거운 감자'를 두 국가의 청소년의 시각에서 풀어내고 있다는 점에서 흥미로운 소설이다.

오랫동안 한국에선 일본의 태도를 강하게 비판하는 쪽이 정치적으로 인기를 얻어 왔어요. 공교롭게도 이런 상황은 일본에서도 비슷하게 일어납니다. '한일전'은 그러한 시대의 산물이에요. 우리가 한일전의 결과에 민감할수록 서로에 대해 적대적인 정치인들과 방송 매체가 이득을 얻는 구조지요. 한일전은 그들이 만들어 놓은 프레임 즉, 서로의 경쟁의식이나 반감을 이용해 이익을 챙기려는 사람들이 만들어 낸 이야기예요. 한일전 자체가 나쁘다는 게 아닙니다. 그 낡은 프레임 속에 서로에 대한 어떤 이해의 노력도 없다는 것이 문제지요. / 우리는 우리 속에 한일전 응원에 임할 때와 같은 습관적인 편견이나 반감 같은 것이 없는지 돌아봐야 합니다. 그리고 일본은 더 이상 우리 국민 정서에 맞지 않는 언행을 중단하고 자신들이 이전에 해 왔던 사죄들에 걸맞은 태도를 보여야 합니다. (7~8쪽)

작가는 인용문인 「작가의 말」에서 한일간에 벌어지는 적대적 감정의 기원에 대해 정치적 프레임일 수 있다는 비판을 전개한다. '서로를 적대시하는 한일전'이 적대감을 볼모로 활용하는 정치인과 방송 매체의 프레임에 기인한 것이라는 인식을 갖고 있는 것이다. 그러므로 한국인의 경우 "습관적인 편견이나 반감"으로 일본에 대한 적대감에 편승하고 있는 것은 아닌지를 돌아봐야 하며, 일본인의 경우 '왜곡된 언행의 중단'과 함께 '진심 어린 사죄와 진정한 반성'이 선행되어야 함을 강조한다.

　　작품 자체는 주인공인 장수가 일본 답사 여행 중 교토 도시샤대 윤동주 시비 앞에서 일본어로 윤동주의 「서시」를 낭송하는 유키를 우연히 마주치게 되면서 시작된다. 자신이 좋아하는 '일본 여가수 유이'를 떠올리게 하는 여고생 유키에게 첫눈에 반한 장수는 일본 가수를 좋아하는 통에 '매국노 엿장수'로 불리기도 하지만, 유이의 노래가 보여주는 "유약함 속의 강인함"을 좋아할 정도로 일본문화 애호인이다.

　　한국에 돌아온 장수는 유키에게 "동해에 오니 / 이 건너편에 있을 / 네 생각이 나네"라는 문자메시지를 보내지만, 유키로부터 "혹시 일본해를 두고 말하는 건가?"라는 메시지가 오면서 한일 양국 청소년의 인식 차이가 드러나기 시작한다. 뿐만 아니라 한국을 방문한 유키와 미쿠에게 경복궁 등을 방문하여 소개하면서 그곳이 일제 강점에 의해 피해를 입은 사실을 알려주자 양국 청소년의 긴장 관계는 조금씩 날이 서게 되고, '프란치스코 교육회관' 앞의 소녀상 이야기를 전하면서는 일본에서 '위안부'가 "태평양전쟁 중 모집된 매춘부"로 왜곡 교육되고 있음을 알게 된다. 동호는 강제모집된 '종군 위안부'가 사실은 "일본군의 성노예"였으며, 잔인한 학대와 고문 끝에 살해 등의 피해를 입었음을 알려준다.

　　이후 일본 나가사끼를 방문한 장수와 동호 일행을 안내하는 유키와 미쿠는 조선인 원폭 희생자 추도비가 존재한다는 사실을 알게 된다. 배를 타고 멀리서 군함도를 바라보던 네 명의 청소년은 함께 묵념을 하면서 조선인 피폭자들의 원혼에 대한 위무를 진행한다. 작품의 마무리에서는 장수가 미쿠네 외삼촌 부부 앞에서 "축구든 야구든 게임은 게임일 뿐, 중요한 건 누가 이기고 지는지가 아니라, 우리가 영원히 한일전을 계속할 수 있는 관계. 두 나라가 끊임없이 교류하는 관계여야 한다"(201쪽)는 사실을 강조하면서 마무리된다.

결국 『날마다 한일전』은 네 명의 청소년들이 한국과 일본을 오가는 역사 답사 여행을 통해 한국과 일본의 내면풍경을 솔직하게 드러내고 이해하는 데에서부터 출발해야 비로소 한일 관계가 정상적으로 복원될 수 있는 것임을 보여준다. 그러나 역사적 과오를 직시하지 않는 일본 정부의 정략적 정책 앞에서 과연 한일 관계가 정상화될 수 있을지는 의문이다.

5. 여전히 멀고도 가까운 나라 일본

한국과 일본의 관계를 조망할 때 우리의 선택지는 극일인가, 반일인가, 친일인가, 지일인가? 일본이라는 뜨거운 감자는 한반도를 살아가는 '근대적 조선인'들에게 여러 가지 선택지를 상상하게 한다. 대륙의 북중러에 대항하여 한미일 삼각동맹을 이루는 하나의 축임에도 불구하고 한반도를 살아가는 한민족에게는 마음속에 지울 수 없는 억압과 착취와 지배의 아이콘으로 '제국 일본'이 오롯이 새겨져 있기 때문이다.

'현해탄 콤플렉스'를 내면화했던 1920년대 동경 유학생의 표정은 21세기에도 여전히 '반일 종족주의'라는 '새로운 친일파'의 형상으로 이어지고 있는지도 모른다. 그러나 21세기의 한반도에서는 지일로서의 극일, 친일로서의 반일이 가능하기를 기대한다. 무조건적인 적대감으로서의 감정 과잉이 아니라 실력으로 일본을 넘어서는 것이 진정한 극일이나 반일일 수 있기 때문이다. 그러려면 일본을 알고 이해하고 연구해야 한다. 일본이 한국을 끊임없이 연구하는 것 이상으로의 노력이 필요한 시기이다. 그래야 일본을 진정으로 넘어설 수 있는 내공을 확보할 수 있기 때문이다.

서양 제국주의의 길을 따라 동양 제국주의의 길을 모색하던 20세기 일본 군국주의는 살육 전쟁을 전제로 동양 평화의 길로 나서고자 했었다. 그 연장선상에서 2019년 현재 아베 정부는 일본의 '자위대'를 다시 '전쟁 가능국의 군대'로 거듭나게 하고자 한다. 21세기에 20세기적인 국방의 책무를 재실현하려는 일본의 방향 설정에 대해 20세기에 식민 지배와 억압을 경험한 동북아시아의 남북한, 중국, 러시아 등은 의심의 눈초리를 보내고 있다. 20세기의 과오를 직시하지 않는 민족에게 21세기의 평화를 기대하는 것은 어불성설이다. 진심 어린 사죄와 진정한 반성이 21세기 동아시아 평화의 전제이자 선결조건이기 때문이다. 전범국 일본은 전범국 독일처럼 피해자를 향해 지속적이고 반복적으로 사과하고 사죄하고 반성을 피력해야 한다. 그것이 한일 관계 복원의 실마리가 될 것이다.

(『시작』, 2019년 가을)

2부

진실의 추적

- 상실의 사랑에서 기억의 회복으로
  - 김인숙론

- 비애적 일상, 노동과 애욕의 바다지리학
  - 이상섭론

- 21세기 대한민국의 문화사회학적 풍경
  - 최광론

- 시간과 언어와 분단의 감옥, '작가적 수인(囚人)의 삶'을 스스로 기록하다
  - 황석영의 『수인』론

- 요절한 천재 시인의 삶, 애도하는 몸종
  - 이진의 『하늘꽃 한송이, 너는』론

- 서사의 본령, 진실의 추적
  - 박초이론

상실의 사랑에서 기억의 회복으로

- 김인숙론

1. 상실과 환멸 사이 − 등단 30년의 단편들

등단 30년의 작가다. 지천명에 이른 작가가 30년의 세월을 넘어 '기억'과의 싸움으로 대화를 걸어온다. 그 대화는 곳곳에 숨어 있는 열쇠어들을 하나씩 조합하여 해답을 구성해가는 추리적 구성을 동반하기에 서사적 얼개를 파악하기가 쉽지 않다. 하지만 무수한 퍼즐 조각이 오랜 시간을 공들인 노력 끝에 모이고 모여 하나하나 완성된 화면을 향하여 부분적 그림을 맞춰나갈 때 전신에 퍼져오는 그 짜릿함은 '기억해야 할 장면'에 해당한다. 사랑과 상실, 상처와 구멍의 작가가 그렇게 '미칠 수 있는 기억'의 문제로 우리 앞에 섰다.

김인숙은 1983년 〈조선일보〉 신춘문예 당선작인 「상실의 계절」 발표 이후 『미칠 수 있겠니』(2011)에 이르기까지 문단 경력 30년에 이르는 중견작가이다. 여섯 권의 단편집을 상재한 지난 30년의 표정은 하나의 이름으로 고정하기 어려울 만큼 다채로운 풍경을 내장하고 있다. 그 풍경을 조망하는 것은 '함께 걷는 동지'에 대한 관심(『함께 걷는 길』)에서 '칼날과 사랑'이라는 서슬 퍼런 존재의 양면성(『칼날과 사랑』)을 지나는 80년대적 여로를 탐색하는 일에 해당한다. 그리고 무성한 해방의 담론이 지나간 공허의 자리에서 '광장의 열정'을 뒤로 한 채 '밀실의 섹스'만을 갈망하는 위태로운 '유리 구두'를 신고(『유리 구두』) '브라스밴드의 기억'을 품고 멸실되어가는(『브라스밴드를 기다리며』) 90년대적 후일담을 만나는 시간이 된다. 그 시간들은 남루한 일상의 지속을 위해서 환멸적 슬픔을 넘어 새로운 생존의 가능성을 타진하는 것(『그 여자의 자서전』)으로 이어진다.

첫 창작집인 『함께 걷는 길』(1998)에서 작가는 1980년대 후반을 가로지르는 사회구조적 모순을 청년학생과 노동자의 문제로 파고들며 독재와 민주주의, 자본가와 노동자, 독재정권의 폭력과 민중의 연대의식을 이항대립 구조로 파악하는 소설들을 상재한다. 특히 콜트노동자들의 투쟁을 다룬 「하나 되는 날」은 보고문학의 한 획을 그으며 전태일문학상 특별상을 수상한다. 이 창작집 '작가 서문'에서 작가는 소설의 사회적 기능을 강조하며 "세상의 움직임"에 동조하려는 절박한 생각 속에 작품이 산출되었지만, 시대적 엄숙주의 속에 그것이 자신의 "왜소한 자기 고백"에 불과할지도 모른다는 자괴감을 토로한다.

그러한 시대적 모순에 대한 청년의 염결의식은 두 번째 창작집인 『칼날과 사랑』(1993)에서도 이어지지만, 첫 창작집이 보여준 정치사회적 모순의 대결구조로부터 일정한 거리를 두면서 소시민적 일상의 세부를 주목한다. 이를테면 해직교사 이야기를 노동계급 일반의 문제로 환원하기보다는 개인의 삶의 문제로 그려내는 등 자본주의적 현실에서 강제된 소외된 개인의 내면 풍경과 정체성 탐색이 '새로운 출발을 위한 일상의 길트기'(임규찬)로 밀도 높게 그려진다. 특히 인간관계의 단절에서 확인되는 단자적 고립감이 비극적 현실의 기원으로 작동하는 무미건조한 일상성이 주목된다.

두 창작집이 80년대의 시대적 감수성을 직간접적으로 표출하고 있다면 '기억의 이편과 저편'(김남일) 사이에서 후일담 문학을 내포하며 90년대적 개인의 허무주의적 상실감이 더욱 주목되는 작품집은 세 번째 창작집 『유리 구두』(1998)이다. 대표적으로 그 상실의 표정은 80년대적 광장에서의 시대적 열정이 '섹스주의'라는 개인적 밀실의 언어로 치환되는 것에서 드러난다.(「유리 구두」) 그러한 치환의 방정식은 30대 글쟁이가 애정결핍증을 내면화한 채 상처이자 부끄러움으로서의 20대의 글쓰기를 회억하는 풍경으로 이어지고,(「풍경」) 그토록 세상을 사랑했던 지난시절의 회상은 수많은 상실의 기억을 떠올리게 할 뿐이다.(「그림 그리는 여자」) 그 상실의 자리에서 떠오르는 것은 '죽음의 자궁'으로 환기되는 '영원한 부재(=텅 빔)'이다.(「거울에 관한 이야기」) 그러므로 그 부재의 공간에서 구태의연한 세상의 반복 속에 고독감을 감지하며 낯선 타자와의 충동적이고 '지독한 섹스'를 갈망하게 되는 것이다.(「그 여자의 자전거」) 그러나 역설적이게도 90년대가 환기하는 공허감은 80년대를 아름답고 순결하고 투명했던 시간으로 회상하게 만든다.(「바다에서」) 단순히 과거는 아름다워 식의 낭만주의적 도색이 아니라 현실의 지리멸렬함이 열정의 시대를 따뜻함의 감각으로 조망하게 하는 것이다.

상실의 정조가 강조되는 후일담 문학은 네 번째 창작집인 『브라스밴드를 기다리며』(2001)에서도 죽음을 전제로 한 상처투성이의 삶의 쟁투로 지속된다. 그것은 '상처와 공생하는 수문의 꿈'(정홍수)을 내포한 글쓰기로 이어진다. 친구의 죽음 촬영 이후 아내의 죽음을 촬영할 때 아내가 찬란했던 브라스밴드 집단의 일원으로서의 소속감과 존재감(실은 엑스트라에 불과했지만)을 찰나적 기억으로나마 각인하려는 욕망이 그 꿈꾸기에 해당한다.(「브라스밴드를 기다리며」) '현실적 죽음' 너머를 꿈꾸는 '기억의 반추'는 모든 관계의 불통과 죽음의 냉혹함을 인정하면서 "구멍만 남은 텅 빈 유리병" 같은 물화된 존재감을 추인할 뿐이다.(「물 위에서」) 그러나 죽음에 대한 성찰은 일상 현실의 비루함 속에서 삶이 여백과 흡사한 존재태에 불과하다는 인식을 갖게 한다.(「길」) 즉 삶이 숨쉬기운동과 피 흘리는 상처 사이를 진동하는 구멍들의 연속체이기에 우리에게 느슨한 복식호흡을 허용하지 않는 것이다.(「바위 위에 눕다」) 그러한 타자의 삶에서 '사라짐'이라는 실종에의 욕망을 관찰하는 관음증적 고통과 쾌감은 동성의 육체에 대한 지난시절의 슬픈 성욕을 토로하게 한다.(「개교기념일」) 삶은 실종이나 죽음을 앞에 두고도 생의 욕망을 피력하는 끈질긴 물질과 정신의 표정이기 때문이다.

90년대적 상실과 상처를 넘어선 자리에서 주조된 다섯 번째 창작집 『그 여자의 자서전』(2005)에 이르면 '슬픔과 환멸의 엑스터시를 넘어'(차미령) 새로운 생의 가능성이 흐릿하게나마 감지된다. 2000년대는 허구와 진실, 버림과 버려짐의 경계가 모호한 현실에서라도 '자서전 대필'처럼 자존심을 버린 채 슬픈 생을 이어가야 하는 시대이기 때문이다.(「그 여자의 자서전」) 그렇게 생은 해피엔딩이 되지 않는 아이러니적 현실 속에 기억의 훼손을 숨겨놓고 있는 것이다.(「숨은 샘」) 이제 주인공들은 대학시절의 이상과 다르게 자본주의적 욕망이 현실이 된 세계에서 나비의 유약한 날갯짓 속에 생의 피로감과 죽음의 냄새를 동시에 가늠할 뿐이다.(「바다와 나비」) 그렇게 "살아 있음에 대한 냉소와 환멸"은 슬픔과 환멸까지가 엑스터시며 '꿈과 이상과 쎅스'는 동격으로 처리되어, 이제 '쎅스의 상실'이 존재의 슬픔으로 변주되고 있음을 알려준다.(「감옥의 뜰」) 환멸적 생은 '졸음' 같은 찰나적 순간에 깊고 아득한 구멍 속에서 기억하고 싶은 극점의 순간들을 만나는 환영을 노래하게 만드는 것이다.(「밤의 고속도로」) 그러한 환영 같은 생은 육체의 정상성과 불구성에 대한 환멸 속에 모텔이 환기하는 욕망의 현장을 농담처럼 기록하게 한다.(「모텔 알프스」) 그렇게 희극과 비극이 교차하는 생의 한가운데에서 성우였던 베이비시터가 경험하는 신분의 비상과 추락은 육체적 상품가치의 상승과 하강에 절묘하게 대비되며 아이에 대한 살해 충동으로 외화되기도 한다.(「빨간 풍선」) 생이 제공하는 슬픔과 환멸의 엑스터시는 일상적으로 제공받을 수 없다. 그것은 일시적이고 찰나적이어서 반복적 생을 유지하는 동력이 되기 힘든 것이다. 그리하여 작가는 기억의 봉인과 해제를 둘러싼 글쓰기로 진입한다.

2. 상처를 봉합하는 기억 짜기 – 『안녕, 엘레나』

개인적 상실감의 토로에서 시작되었지만 1980년대 정치사회적 모순을 짜깁기하는 당대 현실의 문학적 반영으로 개화되었던 김인숙의 단편 여로는 집단주의적 세계관 이면에 자리했던 개인주의적 일상을 추적하는 것으로 이어졌다. 그리하여 80년대 말과 90년대 초에 진행된 사회주의권의 몰락 이후 변화된 시대 현실 앞에서 상실의 경험 속에 상처받은 개인들의 영혼을 위무하기 위해 육체성으로의 극복을 시도해보기도 한다. 육체성의 시도가 보여주는 허무주의적 결말과 위태로운 일탈 의지는 다양한 현실 조감으로 슬픔과 환멸의 시대를 넘어 새로운 나비의 비행을 모색해보게 한다. 이제 2000년대 중반에 이른 작가의 선택지는 기억의 봉인과 해제에 대한 정치한 형상화이다.

여섯 번째 소설집이자 동인문학상 수상작인 『안녕, 엘레나』(2009)는 『그 여자의 자서전』 이후 창작된 일곱 편의 단편소설을 묶은 책이다. 작가가 단편소설 분야에서 구축해온 서사적 성취를 넘어 미학적 진지를 새로이 개척하고 있음을 보여준 성과작들에 해당한다. 30년 전 「상실의 계절」이 보여준 스무 살 청춘의 '상실감'을 유지하면서도 그 부피와 무게를 탄력적 개연성과 실험적 서사로 새로이 펼쳐감으로써 서사적 완결성을 추구하는 중견 작가의 솜씨를 유감없이 보여주고 있는 것이다.

인생을 '캔슬 불가'로 요약하는 「안녕, 엘레나」에서 지구 반대편으로 여행 간 친구에게 화자는 자신의 자매인 '엘레나' 찾기를 부탁한다. 하지만 친구로부터 '백인 소녀, 중년의 백인 여성, 신문팔이 여인, 어린 소녀, 원주민, 혼혈인, 파파할머니, 개, 소, 순희(=수니)' 등을 포함하여 '엘레나투성이' 이국의 존재들이 '엘레나'라는 기표로 묶인 여러 개의 사진파일을 이메일로 전송받는다. 이러한 항구의 엘레나들은 원양어선을 타던 아버지에 의하면 모두 다 '아버지의 씨'들에 해당한다. 하지만 작품은 '씨의 기원'을 문제삼는 것이 아니라 "할 수 있는 일이 멈추는 일밖에 없게 된 사람의 슬픔"이나 "살아 있는 모든 것은 살아 있는 무언가에 대해서 미안한 거"라든가, "눈물이 핑 돌아야 그게 농담" 등의 표현이 주는 존재의 쓸쓸함이 주된 정조를 이루고 있다. 존재론적 슬픔은 '엘레나'가 고유명사가 아니라 다중적 기표로서 실재하는 상징계적 존재들의 대명사격 집합이라는 점에서 드러난다. '그곳'에 가면 누구나 엘레나인 동시에 아무도 엘레나가 아닌 상처투성이의 존재가 '엘레나들'인 것이다.

　살해된 아기의 영혼이 '사고하는 실체적 화자'가 되어 자신의 사후에 아버지와 어머니의 뒤틀린 생을 추억하는 「숨-악몽」은 일종의 실험소설이다. '화자'에게 아버지는 "네 엄마가 눈을 감기 전에 용서한다고 말해드려라"라고 말하면서, 엄마가 삼칠일도 되기 전 화자를 살해하려던 살인미수자였음을 알려 준다. 하지만 화자의 꿈속에서 화자를 살해하는 사람은 아버지로 그려진다. 어머니를 살인자로 인정하고 싶지 않은 기억이 '순결한 어머니와 잔악한 아버지'라는 오이디푸스적 꿈을 완성하는 것이다. 하지만 어머니가 "기억하고 싶지 않은 것(살인의 기억)을 기억하지 않기 위해 모든 힘을 바쳐야 했던 것"이라는 진술 속에서 화자의 살인자가 어머니였음이 입증된다. 죽은 뒤 시신이 화단에 묻힌 것으로 짐작되는 화자는 꿈속에서 이불로 아버지를 살해하지만, 실은 아버지와의 자리가 역전되어 자신이 아버지의 자리에 죽어 있는 시체임을 상상하는 악몽을 꾼다. 결국 '죽은 아이 화자'가 어머니와 아버지의 죽음을 애도하고 자신을 살해한 부모를 용서하기 위해 이승을 떠나지 못했던 '기억의 존재'로 그려진 작품인 것이다. 이렇듯 「숨-악몽」에서 '죽은 자'에 대한 '산 자'의 기억 문제는 '기억하고 싶지 않기'와 '기억하기'에 대한 안간힘으로 그려지는데, 『미칠 수 있겠니』의 '나쁜 기억'의 당위성과 망실의 필요성에 대한 이야기로 이어져 하나의 장편서사로 탈바꿈된다.

상처의 기원에 대한 기억은 「어느 찬란한 오후」에서 이란성 쌍둥이로 태어난 병숙이 "자궁 속에서의 시간들까지도 기억"하는 존재로 그려지는 것에서 선험적 차원의 문제임이 드러난다. 이렇듯 기억이 당대성을 넘어 계보학적 관계를 탐색하는 문제임은 「조동옥, 파비안느」에서도 이어진다. 천 년 전 백제 수령옹주가 공녀로 빼앗긴 딸에게 느꼈던 "통입골수(痛入骨髓, 아픔이 골수에 스며들다)"는, 현실 속 '그녀'의 '세 번 결혼한 기구한 어머니'의 삶에도 이어지고, 16세에 아이를 낳아본 경험 속에 스스로 묘지명이 되려는 '그녀'에게까지 이어진다. 이렇듯 엄마들은 천 년의 시간을 넘어 골수에 새겨진 모성의 통증을 공유하는 것이다. 그러므로 사자(死者)들의 공간인 묘지는 "영원히 끝나지 않을 이야기"를 내포한 '모든 것의 원인이자 결과'로 기능하며, '조동옥, 파비안느, 개잡년'인 '돌아가신 어머니'를 그녀와 수령옹주의 계보로 엮게끔 만드는 것이다.

역사소설 『소현』을 예견케 하는 작품 「그날」은 "존재하지 않는 나라의 거의 존재하지 않는 총리"인 이완용을 화자로 하여 이재명으로부터 칼을 맞고 중상을 입는 장면을 전후하여 조선과 대한제국의 마지막 풍경을 증언하는 작품이다. 항일 의협심을 지닌 열혈 청년인 이재명은 사형수로 처형되지만, 황후와 황제, 통감과 아들이 죽어가는 시대를 "은유 없이는 살아갈 수 없는 시대"로 기억하는 이완용은 끝까지 치욕처럼 살아남아 을사오적이자 '한일합방'의 주역이 되어 73세까지 살아남는다. 박상우의 『칼』(2005)이 '이재명의 칼'을 의인화하여 시대와 역사 앞에서 처연한 아름다움으로 사라진 청춘을 위한 진혼제의를 현재화했다면, 그 칼의 목적지이자 제거대상이었던 역적을 그저 '부정의 대상'이 아니라 고뇌에 찬 존재로 형상화하여 '그날'의 현장으로 불러들인 작품이 김인숙의 「그날」인 것이다.

이렇게 기억이란 생의 빈 틈들을 새로이 메우는 상상적 재구성에 해당하는데, 「현기증」에서는 그러한 생의 구멍이 조명된다. "세상의 가장 높은 산, 가장 넓은 대륙, 단단한 바위, 견고한 빙하"에도 존재하는 '동굴'은 '세계의 구멍'에 해당한다. 무기물과 달리 유기체에게 그러한 구멍이란 인생의 허방을 떠올리게 한다. 화자에게 1989년은 처음에는 '전역한 해, 어머니가 작고한 해, 아내가 이혼을 요구한 해'로 떠오르지만, 나중에는 "버티고(VERTIGO), 조종사의 비행착각, 혹은 현기증"으로 동료 비행사가 실종된 해의 의미와 함께, 아내의 임신과 딸의 출생이 덧붙여지는 해로 기억된다. 그러므로 가족의 기원으로 자리하는 1989년이라는 구멍처럼, 가족들의 동굴 여행 체험은 세상이 "결코 완전히 채워져 있지 않"으며 '거대한 구멍'을 품고 있음을 깨닫게 한다. 따라서 현존성을 기억하며 "지금, 그곳, 비어 있는 곳"에서의 살아감이 중요한 삶의 원동력이 되기도 하는 것이다.

구멍에 대한 단상은 기억의 재구성으로 이어져 '기억'의 문제가 기억과는 단절된 '새로운 이미지'로 회상될 수 있다는 사실이 「산너머 남촌에는」에서 드러난다. 12명의 아이를 출산 혹은 사산한 90세 가까운 '그녀'는 자신을 '빈 항아리'나 '구멍이 숭숭 난 대바구니'처럼 인식한다. 허전함 속에서 자신의 생을 회고해보면 "남은 것은 텅 빈 것뿐"이기 때문이다. 더구나 막내딸의 막내가 스물 언저리에서 교통사고로 사망한 뒤 막내딸의 이마에 떠오른 새발자국(=망자의 떠나가는 넋)의 흔적은 막내의 삶을 처연하게 바라보게 만든다. 그러한 인식은 그녀의 인생이 이제 구멍 넓은 대바구니에서 '밑

빠진 항아리꼴'이 되어 '텅 빈 구멍'으로서의 죽음의 실체에 가까이 다가갔음을 알려준다. 망각과 기억 사이에서 산 자와 죽은 자를 혼동하는 가운데 흔적으로라도 산 자와 죽은 자를 구분하는 말년의 생을 쓸쓸하게 조명하고 있는 것이다.

『안녕, 엘레나』는 '입술이 없는 존재의 상처'(정여울)를 언어와 육체와 역사와 기억으로 가로지르며 구멍 난 생을 이어가는 '텅 빈 존재'들의 험난한 고투를 집적하고 있다. 2010년 동인문학상 심사위원들이 수상작으로 선택한 이유 역시 작가가 실험하고 있는 과거와 현실을 봉합하는, 기억이라는 이름의 섬세한 바느질이 천의무봉의 솜씨를 내보이고 있기 때문일 것이다. 그리고 그것은 새로운 서사적 진경을 개척해가고 있는 것으로 판단된다.

3. 근친상간적 욕망에서 생사의 가늠으로 – 등단 30년 장편소설의 기억

김인숙은 『핏줄』(1983)로부터 『미칠 수 있겠니』(2011)에 이르기까지 총 13편의 장편소설을 상재한다. 등단 30년 동안 단편소설을 지속적으로 창작함과 동시에 2~3년에 1권씩 장편소설을 상재한다는 것은 '글쓰기'가 생의 열망인 작가만이 할 수 있는 일에 해당한다. 초기에는 '살고 싶다'는 생의 의지를 피력함과 동시에 '쓰고 싶다'는 글쓰기의 자의식을 강하게 표출했다면, 『먼 길』(1995) 이후 작가가 이제 쓰지 않고는 생을 견딜 수 없는 영원한 청년 작가가 되었음을 입증하는 바로미터가 바로 김인숙의 장편소설이다.

약관 20세에 상재한 첫 장편소설 『핏줄』(1983)은 근친상간 모티프를 저변에 깔고 혈연에 대한 사랑과 욕망과 고통 속에 20대 청춘의 흔들리는 자화상을 그려낸다. '작가의 말'에서 작가는 '미치도록 살고 싶다'는 제목 하에 염세주의자에 대한 거부 반응과 당대를 살아내려는 생의 의지를 강조한다.『불꽃』(1985) 역시 철거민촌 이야기를 통해 자유로운 삶을 위해 '천 년의 불꽃'을 태우려는 청년들의 고투를 그려낸다. '작가의 말'을 통해 볼 때 '졸고의 치욕'을 감내하면서도 내 손으로 '시대의 등불'을 켜겠다는 의지로 그려낸 작품에 해당한다. 이러한 시대적 증인으로서의 당대 인식은 1980년대를 살아낸 20대 청춘의 자화상을 '학생운동사'와 맞물려 형상화한『'79~'80 겨울에서 봄 사이』(1987)에서 더욱 의지적으로 표출된다. "대통령께서 돌아가셨습니다."라는 박정희 대통령의 사망 사건으로 시작하여 유신정권 말기와 '80년 서울의 봄' 사이에 학원민주화 투쟁을 기화로 민주주의의 쟁취와 유토피아적 이상의 추구가 노학동맹과 현장 지향을 통해 전면화되고 있는 것이다. 이러한 80년대적 정서를 담은 사랑의 지난한 과정은『긴 밤, 짧게 다가오는 아침』(1992)의 '작가의 말'에서 계산이나 이해타산이 아니라 "맹목적이지 않고 올바른 전망 앞에서 서 있는 것이어서 더욱 순결하고 아름다운" 사랑 이야기를 통해 청춘의 자화상을 추적하는 것으로 이어진다.『그래서 너를 안는다』(1993) 역시 완기와 인호라는 죽마고우를 중심으로 어긋난 애정의 시선이 결국엔 파국으로 전환되는 네 청춘의 이야기를 통해 평행선 관계를 유지할 수밖에 없는 사랑의 안타까움을 추적한다.

1980년대와 20대를 넘어 이제 호주 이야기가 한국문학의 외연을 확장하며 새로이 기입된다.『시드니 그 푸른 바다에 서다』(1995, 이하『시드니』)는 호주 이민 사회를 주목하여 한국과 호주 사이를 길항하면서 그 두 접경지대의 상이한 의미를 질문한다. 그리하여 이국적 풍광 속에 한국을 타자화함으로써 제3자적 인식을 표출하여 디아스포라적 세계 인식을 보여준다. 상처받고 소외된 존재가 삶의 절망을 넘어 치열한 사랑의 구체적 표정 속에 희망의 길에 발을 딛게 만드는 작품인 것이다. 전망을 상실한 자들의 공허한 내면을 형상화했던 후일담 문학에 해당하는『먼 길』(1995)은 호주 이민자들의 삶을 다룬다는 점에서『시드니』와 동궤에 놓인다. 하지만 이국적 풍경은 배면으로 물러나 있고 80년대와 90년대에 이르는 한국의 사회역사적 현실이 이민자들의 상처와 환멸의 기원에서 구심력으로 작동한다. 따라서 공간적으로 이격되어 있는 점이 오히려 한국 사회의 모순을 객관화하고 상처를 극복할 가능성을 제공한다. 현실과의 치열한 투쟁의 여운이 가져온 상처의 흔적이 패배자의 넋두리를 넘어 연민의 자장을 형성하는 점이 이 작품의 매력으로 확인되는 것이다.『그늘, 깊은 곳』(1997)은 호주 여행 이야기라는 점에서『시드니』와『먼 길』에 닿아 있다. 하지만 죽음 의지에 깊이 침윤된 가운데 '바다와 죽음과 쎅스'를 동궤에 놓고 여행을 통해 자신의 상처 어린 생을 반추한다는 점에서 차이를 내포한다.

이주와 여행 서사를 통해 공간적 확장을 꾀한 뒤에 작가의 욕망은 육체의 물질성과 감각성을 강화하는 이야기를 주목한다.『꽃의 기억』(1999)은 딸아이를 키우는 외로운 이혼녀가 사랑의 본질을 찾아 '유혹과 억압 사이'(류보선)를 방황하는 이야기를 다룬 작품이다. 존재론적 회의 속에 죽음 충동을 넘어 '쎅스와 열정'을 매개로 진정한 사랑을 찾아가는 여정을 그린 것이다.『우연』(2002) 역시『꽃의 기억』의 연장선 상에서 사랑의 본질을 찾아 헤매는 '기연'과 '승인'의 이야기다. 우연처럼 만나 필연처럼 '쎅스'하고 그리워하다 허무하게 사고로 죽어간 '기이한 인연'을 생에서 '승인'할 수밖에 없는 사랑 이야기가 서사적 골격에 해당한다. 작가는 '작가의 말'에서 '사소함'과 '특별함'을 동일시하면서 결국 사랑이 '사소하고 특별한 일'이며 '쎅스'나 '죽음'도 마찬가지일 것으로 진단한다. 그리고 그것이 삶과 관계된 육체적 진실의 오롯한 풍경이라고 파악한다.『봉지』(2006)는 '찢어진 봉지 혹은 존재의 구멍'(황도경)에 대한 액자소설적 이야기로서 여학생 봉지를 중심으로 육체적 감각의 성장을 통해 주변인적 존재로서의 삶과 피의 운명으로서의 성장통을 그린 작품이다. 작가가 새로이 다시 쓴 1980년대 이야기로서 그 시절 20대를 보낸 청춘의 자화상에 대해 상처의 균열을 봉합하는 감각으로 형상화한 작품에 해당한다.

병자호란 이후 볼모로 청에 잡혀간 소현세자 이야기를 다룬 『소현』 (2010)은 작가가 등단 이후 처음으로 쓴 장편역사소설이다. 작가는 실존인 물의 소설화가 지닌 고민 속에 "그를 위해서 할 수 있는 일이 없다는 것, 나 는 다만 이해하고 상상하기만 할 뿐이라는 것…… 나는 그를 죽일 수도 살 릴 수도 없다는 것…… 그를 위로할 수도 그를 위해 변명할 수도 없다는 것…… 그러므로 그의 삶과 죽음을 있는 힘을 다해 이해할 뿐이라는 것, 그 렇게 하지 않으면 안 된다는 것"을 감지했지만, 역설적이게도 문학적 상상력 은 극대화되었다고 고백한다. 역사적 인물에 대한 이해와 상상, 죽임과 살 림, 위로와 변명, 삶과 죽음 사이로 난 고뇌 속에 오히려 실존 인물의 삶의 여백이 서사적 상상력을 작동시킨 것이다. 이 작품은 "말들은 소리를 내지 않는다."라는 군마의 묘사로 시작하면서 '찬란하거나, 고독하거나(1장), 창 경궁의 꿈(2장), 나는 조선의 세자, 임금의 아들이다(3장)'라는 소제목에서 드러나듯 '찬란한 고독'의 생 의지와 죽음 충동을 조명한 뒤 소현의 사후 "강남에서 날아온 새가 어느새 그 먼 곳, 북쪽에까지 이르러 있었던 것이 다."라는 문장으로 마무리된다. 소제목에서도 드러나듯 작품은 세자로서의 찬란한 지위와 볼모가 된 절대고독감 속에서 '이국의 영어 신세인 몸'과 '고 국을 그리는 마음' 사이를 동요하며 고독한 적요와 생사의 갈림길을 가늠한 다. 이 작품은 2000년대 '한국문학에 내려진 벼락 같은 축복'으로 회자되는 김훈의 『칼의 노래』나 『남한산성』을 연상하게 한다. 삶의 길과 죽음의 길 사이를 왕래하면서 그 길이 지닌 살풍경한 의미와 가치와 전망을 관조하는 사색적 문장을 닮아 있기 때문이다.

4. '노란 이빨'이 견인하는 삶의 동력 – 『미칠 수 있겠니』

김인숙의 최근 관심사는 '기억'에 관한 것이다. 앞에서 살펴본 최근 소설집인 『안녕, 엘레나』(2009)뿐만 아니라 『봉지』와 『소현』 역시 과거에 갇혀 봉인되었던 기억의 갈피들을 호출하여 새로이 짜깁기하고 있는 작품들에 해당하기 때문이다. 근작 장편소설인 『미칠 수 있겠니』 역시 기억에 관한 작품이다. 그 기억은 '살인의 기억'을 지우고 재난 어린 생을 이어가야 하는 실존의 통증을 다루고 있다는 점에서 '아픈 기억'에 해당한다. 그러나 '아픈 기억'과 '나쁜 기억'도 망각의 대상이 아니라 기억을 복원함으로써 실존의 전거로 활용될 수 있는 생의 기억이라는 점에서 기억의 다른 표정을 보여주는 작품이 『미칠 수 있겠니』(2011)에 해당한다.

『미칠 수 있겠니』는 '이야나와 진의 새로운 관계'가 중심 서사로 작동하면서 '이야나와 수니', '진과 유진', '만과 의붓엄마', '19세 하녀와 동갑내기 남자아이' 등 네 겹의 관계쌍이 실타래처럼 복잡하게 얽히면서 삶과 죽음을 화두로 '살인'에 대한 윤리적 죄의식으로서의 '당위적 기억'이 '불편한 기억'을 지우며 생존을 이어가게 만드는 독특한 작품이다. 추리서사적 구성을 취하고 있기에 퍼즐을 맞추며 작품의 중핵서사를 재구조화해야 한다는 점은 다소 난해성을 내포하여 가독성을 떨어뜨리는 것으로 여겨진다. 하지만 지진이라는 재난의 외피를 채우고 있는 '기억의 속살'을 점검한다면 사랑과 죽음과 기억의 문제가 생존의 다면체적 구성 요소에 해당함을 확인하게 된다.

1) 봉인된 기억의 해제

수미상관적 표현으로 제시된 작품 앞뒤의 경구는 "그 문이 열리면 당신은 기억하고 싶지 않은 것들을 기억하게 될 겁니다. 그러나 또한 반드시 기억해야만 할 것도 기억하게 될 겁니다. 기억해야만 할 것이 기억하고 싶지 않은 것들을 지우게 될 겁니다."라는 구절이다. 이 경구는 결국 작품의 키워드가 '기억의 복원'이 될 것임을 강조한다. 특히 그냥 기억이 아니라 '기억하고 싶지 않은 것들을 기억하게 되기'와 '기억해야만 할 것도 기억하게 되기'를 거쳐 '기억해야만 할 것'이 지우는 '기억하고 싶지 않은 것들' 속에서 삶이 이어질 수 있는 것임을 표방한다. 즉 봉인된 '나쁜 기억의 문'이 해제되면 '불편한 기억'이 떠오르고, 다시 '책무적 기억' 역시 함께 추체험되면서 '책무적 기억'의 기억하기가 곧 '불편한 기억'의 삭제 속에 새로운 삶을 연명할 가능성을 제공할 것임을 예고하는 것이다.

'택시기사 이야나와 실종 남편 유진을 찾는 유부녀 진의 새로운 관계'를 가능케한 사건을 간단히 요약하면, '현재형 언어'만 존재하는 이국의 공간인 '섬'에서 7년 전 19세 임산부 하녀의 살인사건이 발생한다. '진과 유진' 부부의 집에서 하녀로 일하던 자칭 써번트 하녀가 임신한 채 살해되고, 살인범으로는 지적 장애인 동갑내기 남자아이가 구속 수감된다. 살인사건 당시 남자아이의 흉기에 찔려 살인용의자 혐의를 벗은 '진'은 실종된 유진을 찾으러 섬을 자주 찾아온다. 그러다 여자 아이를 유진에게 소개한 죄책감으로 자살을 기도하던 '이야나'를 '진'이 살려주면서 둘은 서로를 살려주는 관계가 된다. 영매적 존재인 '힐러'를 통해 자신이 '여자아이'의 실제 살인범임을 깨달은 '진'은 유진에 대한 분노로 여자 아이를 살해한 사실을 기억해낸다. 그때 자신도 남자아이로부터 살해 위협을 받았던 것이 사건의 전모인 것이다. 이 기억이 '진과 이야나' 사이에서 '기억하고 싶지 않은 것들'이자 '기억해야만 할 것'으로 떠오르고 '지진과 쓰나미'라는 재난 속에서 둘은 서로의 손을 붙잡고 생을 이어갈 용기를 회복하게 된다.

사건으로서의 핵심 서사와는 다르게 프롤로그의 이야기는 이야나가 '만'의 의붓어머니로부터 받은 '작은 노란 이빨'에서 시작된다. 그 이빨은 지진과 쓰나미로 인해 의붓어머니가 돌아가시기 직전 '이야나'에게 전해준 유품인데, 도입부에서는 "씹을 수 있는 모든 것을 다 씹은 후에, 홀로 떨어져나온 이빨"이지만, 결미에서는 탄생에서 소멸까지 '한 사람의 인생 전체'가 담겨 있으며, 지진 피해시 땅밑에서부터 움켜쥐고 살아남은 '생존의 이빨'에 해당한다. 그러므로 '생을 견인하는 사자(死者)의 이빨'이 이야나에게 "그러니까 너는 미칠 수 있겠니?"라고 묻는 것이다. 이때의 '미치다'는 결국 '살인범 진'과 함께 새로운 생을 견인하며 '나쁜 기억'을 넘어 생존을 이어갈 수 있겠느냐는 질문에 해당한다고 볼 수 있다.

10년 전 관광지로 이주해온 진과 유진은 문패에 '진의 집'이라고 새긴다. 동일한 이름에서 서로의 관계를 운명이라고 여겼던 '진'은 3년의 시간이 흐른 뒤 "(유)진을 용서할 수 있을까"라며 자조적인 고백을 하게 된다. 그것은 취미로 그림을 다시 그리기 시작했다고 말하는 유진에게서 불길한 불안을 감지하면서부터이다. 7년 전 '진의 집'에 도착한 '진'은 침대에 누워 있는 배부른 하녀를 발견한다. 그때 유진의 누드 스케치 속 배부른 여자 아이를 죽이고 싶은 마음을 가진 '진'이 칼날에 피가 떨어지는 칼을 들고 여자 아이를 살해하려고 할 때 심리적 지진이 일어나며 '사랑과 배반과 추억' 등 모든 것이 순식간에 무너져 내린다. 그때 "죽음의 사신 같은 검은 얼굴"의 남자 아이를 본 기억이 떠오르며, 지진 속에 모든 흔적이 묻히면서 모든 것이 사라질 것 같은 느낌 속에 '살인의 기억'은 '진'의 내면 깊숙이 봉인된다.

7년 뒤 택시기사인 이야나와 함께 영매적 존재인 '힐러'를 방문한 '진'은 힐러에게서 '나쁜 기억'을 지워야만 한다면서, 프롤로그에 나온 경구 이야기를 전해 듣는다. 치료 이후 '닫힌 기억의 문'이 열리자 '진'은 이야나에게 '사람이 죽는 걸 본 적이 있느냐, 사람을 죽여본 적이 있느냐'고 묻는다. 그것은 7년 전 살인사건의 기억이 '봉인 해제'된 것을 알려준다. 7년 전 '진'은 '아름다운 소멸'에 대한 판단 속에 "죽이고 싶다는 생각, 그리고 죽여야 한다는 생각"과 "피에 대한 기억"만이 남아 남편인 '유진'의 아이를 임신한 하녀를 살해한 것이다.

마을 사제의 닭을 잡아먹은 이후 이야나의 악몽을 장악한 신은 '자비와 가혹'의 양면성을 상징하는 존재가 된다. 바다 역시 너무 크고 막막해서 이 야나에게는 두려움의 대상이 된다. 하지만 '진'의 몸속으로 들어가서 만난 '새로운 바다'에서 '거침없는 끌림'을 느끼면서 그 끌림이 공포가 아니라 매혹이었음을 감지한다. 쎅스 이후 '진'의 얼굴은 힐러의 치료를 받고 돌아 올 때처럼 고요해 보인다. 그것은 '진'이 "내 몸속에 가장 깊은 곳"이자 "너무 깊어서 누구도 들여다볼 수 없는 곳"에 존재하는 무엇을 알려주고, 그 문을 누군가가 열어주기를 기대하는데, 그러한 존재가 이야나이기 때문에 가능한 것이다. '진'의 심연에 위치한 '살인의 기억'이 봉인된 자리를 함께 해제한 사이이기 때문에 '진의 바다'에서 '이야나 물고기'가 자유로이 유영을 할 수 있게 된 것이다.

서로를 알아가며 '나쁜 기억'을 덜어내던 '진'과 '이야나'에게 실제로 지진과 쓰나미가 발생한다. 지진 이후 게와 도마뱀들이 도로를 가로질러 건너가게 하지만, 쓰나미에 의해 "절벽처럼 일어선 바다"가 삽시간에 모든 것을 삼켜버리자, 섬이 사라지고, 파괴된 것과 찢기고 물에 퉁퉁 불은 시체들이 세상에 넘쳐난다. 단순히 사라진 게 아니라 "사라지면서 남겨진, 참혹하고 처절한 흔적들" 속에 남아 있는 것은 부서지고 뒤틀린 잔해들뿐이다. 사체가 넘쳐나는 섬에서 하늘은 시침을 뗀 듯 맑을 뿐이고, 여진에 대한 공포에 시달리는 사람들을 보며, 지진은 사람들에게 "삶과 죽음이 완전히 무의미해져버린 순간"을 경험하게 한다. 이제 '이야나와 진'은 심리적 지진이 아니라 실제 지진과 쓰나미 속에서 모든 것이 전복된 가운데 새로운 관계를 구축할 가능성을 만나게 되는 것이다.

2) '월리스 라인' 넘어 생존의 손 내밀기

7년 전 살인사건 이후 귀국한 '진'은 도서관에서 일하며 지진과 화산, 지각변동에 대한 책들을 골라 읽는다. 특히 '월리스 라인'에 대해 깊은 관심을 표명한다. 적도 근방의 두 개의 섬에 전혀 연관성이 없는 다른 생물들이 서식하는 것을 보고 섬 사이에 보이지 않는 라인의 존재를 회의함으로써, 오늘날의 판구조론을 발전시키는 결정적 기여를 한 '라인'이 바로 '월리스 라인'이기 때문이다. 하지만 심각한 난독증 상태에 빠진 '진'은 '유진'을 찾아다니면서 자신이 "기억하고 싶지 않은 것과 기억해야 할 것 사이의 금"을 건너지 못할 것임을 짐작한다. 이때 '진'이 '기억하고 싶지 않은 것'과 '기억해야 할 것 사이'의 월리스 라인을 유지하는 것은 자신의 살인과 유진의 불륜을 '나쁜 기억' 속으로 봉인할 수 있는 유일한 방책이라고 생각하기 때문이다.

그러나 '유진'이 인공수정 이후 제왕절개로 태어나면서 '갑자기 찢어진 세상'으로 내동댕이쳐지고 '죽음 같은 삶'의 세계로 나오게 되었을 때, 이미 유진은 죽음과 삶의 '월리스 라인'을 넘은 것이다. 그러므로 섬으로의 일주일 여행 시 유진이 현재형으로만 채워진 그들의 언어에 매료될 때 그는 또 하나의 '월리스 라인'을 넘어설 기획을 꾸미는 것이다. 그것은 모든 시간을 현재의 시간으로 영원히 반복할 수 있는 초월적 공간이 '섬'이라고 판단했기 때문이다. '나는 그렇게 살고 싶었던 것 같아'나 '나는 그렇게 살고 싶은 것 같아'나 '나는 그렇게 살 작정이야'라는 말의 구분이 불필요한 '섬'의 언어는 구태여 시간을 분절하지 않는 항상적 현재성을 유지하면서 유토피아적 상상을 충족시켜주는 것이다. 그러므로 '유진'은 태어난 이후 30년이 지나서야 비로소 어미의 구멍이 아니라 자신의 구멍을 찢고 나갈 태세로 '위대한 결정'이라며 섬으로의 이주를 선택한다. 더구나 그것을 '월리스 라인 건너기'로 설명한다. 그때의 유진은 "그냥 미쳐서 살"고 싶은 존재로 인식된다. 하지만 섬으로 '월리스 라인'을 넘어간 '유진'은 과거로도 미래로도 가지 못한 채 '현재의 감옥'에 갇혀 불륜과 살인의 출발점이 된다. 영화 〈혹성탈출〉에서 찰턴 헤스턴이 지구에 갇혔듯 '유진'은 '현재의 시간'에 갇힌 수인이 되어 '과거의 진'이나 '하녀와의 미래'를 전망할 수 없게 된 것이다.

'유진'과는 달리 유년시절 관광객으로부터 성추행을 경험했던 이야나는 그 감당할 수 없는 기억을 지우기 위해 자신만의 헛것이 필요하여, '도마뱀 데위'를 환상으로 키우게 된다. '푸른 도마뱀 데위'는 어린 시절 관광객이 준 달러 속에서 기어나온 '부재의 존재'이다. 그 '데위'가 다시 누군가 이야나를 성추행하려고 하면 깨물어주겠다면서, 그러니 숨 쉬며 살라고 독려한다. 하지만 결혼하고 싶은 여자였던 수니를 떠나보내면서 이야나는 데위도 떠나보낸다. 삶의 의미가 사라졌기 때문이다. 그러나 지진과 쓰나미가 터진 재난 상황 속에서 이야나는 수니로부터 남자 간호사의 손이 닿기 전까지는 이야나를 사랑했었다는 말을 전해듣는다. 남자 간호사의 손이 수니와 이야나 사이의 '윌리스 라인'처럼 작동했던 것이다. 이렇게 보면 '19세 하녀'가 유진과 진 사이의 '윌리스 라인'으로 기능하며, 19세 하녀와 살인범 남자아이 사이의 '윌리스 라인'은 유진이라고 할 수 있다. 이들은 서로의 관계를 방해하는 장애물 같은 '윌리스 라인'으로 기능했던 것이다.

  참혹해진 피해 현장에서 이야나는 "미칠 듯한 선율과 기묘한 리듬"의 '사이렌의 노래'를 들으며 세상의 끝을 넘어 저승으로 건너오라는 환청을 듣는다. 그때 '진'이 다시는 누구도 죽는 걸 보고 싶지 않다면서 이야나를 뒤로 끌어당겨 살려낸다. 이미 7년 전 여자 아이를 죽인 경험이 있기에 다시는 죽음의 현장을 목격하고 싶지 않았던 것이다. 그때 이야나는 '진'에게 7년 전 살인사건이 떠오를 때마다 미안했다고 고백한다. 여자 아이를 '진'의 남편인 유진에게 소개한 것이 이야나였기 때문이다. 그러면서 '사랑이 곧 죽음'이라고 말한다. 개를 치어 죽였던 날 사실은 자살을 기도했던 이야나는 수니가 떠난 이후 죽음 충동이 자신을 장악한 상태였던 것이다. 하지만 그 상황을 지켜본 '진'은 죽은 개의 피를 손에 묻히면서 이야나를 살리고자 애쓴다. 이 살림에의 의지가 쓰나미 당시 '진'의 호텔에서 물속에 잠겼을 때 이야나와 여자가 서로의 손을 붙잡는 것으로 연결되어 서로를 살려낸 것이다.

지진 이후 죄수복을 입은 남자아이가 '진의 집'에서 "난 당신을 알아요"라는 영어를 '진'에게 반복한다. 그런 남자 아이를 향해 '진'이 울면서, 네 잘못이 아니었다고 진실을 고백하자, 남자 아이는 계곡을 향해 달려가 몸을 날리면서 새처럼 자유롭게 절벽 아래로 사라져간다. 여자 아이도 죽고 유진은 실종되고 수니의 남자 간호사도 죽고 남자아이도 스스로 목숨을 끊게 되자, 이야나와 진은 서로의 월리스 라인을 넘어서고자 손을 자연스럽게 내밀게 되는 것이다.

　이야나가 지닌 '노란 이빨'은 한 사람의 생장소멸이 모두 다 내포된 물질로서 '욕망의 기억'이자 '공포의 기억'이며 씹기를 멈추는 순간 '죽음'에 이르도록 안내하는 매체가 된다. 물속에서 여자와 함께 있는 꿈을 꾸는 이야나는 '믿음이 곧 삶'인 것인지도 모른다고 생각한다. 죽음과 삶은 가깝고 삶이 '죽음의 가벼운 옷'에 불과할지도 모르지만 그대로 삶의 의지를 갖고 생명을 유지하는 한 삶에 대한 믿음을 잊지 말아야 한다는 것이다. 이야나는 세상 모든 것이 변하고 모든 것이 다 무너질 수 있다는 것을 알기에 '진의 손'을 잡겠다는 생의 의지를 피력한다.

　작품 말미에 실종되었던 유진이 환영처럼 '진'에게 찾아온다. 그리하여 거짓말 같은 사랑이라도 사랑에 취해 있던 순간만큼은 열정과 외로움을 갖게 한다는 진실이 드러난다. 하지만 다른 사랑이 개입되면 그것은 죽음 충동을 강제할 만큼 '끔찍한 두려움'을 외화하게 되는 이야기도 덧붙여진다. 그럼에도 불구하고 살인과 불륜, 심리적 지진과 실제 지진 같은 폐허적 시공간 이후에도 생은 이어져야 한다. 그리하여 이야나로부터 비행기표를 끊었느냐는 전화를 받은 '진'이 아무것도 잊지 않고 잊을 수도 없을 것이라고 이야기하는 것은 기억과 함께 생 의지를 다지고 있음을 보여준다. 이야나가 '진'에게 '살인, 불륜, 죽음, 소멸, 공포, 사체 등' 모든 것을 다 알아버린 뒤에도 같이 살 것을 제안하기 때문이다. 물론 실제로 둘이 함께 새로운 생을 이어가는 것은 녹록지 않을 것이다. 하지만 봉인된 기억이 해제되면서 '월리스 라인' 너머로 손을 내미는 행위는 의지적이다. 그리고 그 너머에 의지처 같은 존재가 생존해 있다는 사실이 생을 이어가는 동력임에는 분명해 보인다.

5. 미쳐야 사는 존재 방정식

김인숙의 수상 경력은 화려하지 않다. 등단 30년의 세월을 되짚어 보면 오히려 미미하다고 할 수 있다. 문학상 수상이 화려한 훈장일 수는 없겠지만, 작가를 향한 따뜻한 격려에 해당한다는 사실을 상기한다면 작가는 대중의 평가보다 문단의 평가에서 기대에 미치지 못했다고 할 수 있다. 하지만 1988년 보고문학 「하나 되는 날」로 전태일문학상 특별상, 1995년 『먼 길』로 한국일보문학상, 2000년 「개교기념일」로 현대문학상, 2003년 「바다와 나비」로 이상문학상, 2005년 「감옥의 뜰」로 이수문학상, 2006년 『그 여자의 자서전』으로 대산문학상, 2010년 『안녕, 엘레나』로 동인문학상 등을 수상한 이력을 보면 문학적 수월성에 대한 문단의 평가가 2000년대에 이르러 더욱 고무적으로 진행되고 있는 것으로 파악된다. 그것은 그녀가 80년대에 등단한 2000년대의 작가임을 입증하는 사례라고 판단된다. 너무 일찍 등단하여 뒤늦게 개화를 시작한 중진의 청년 작가인 셈이다.

그녀가 「상실의 계절」을 노래할 때 '통속작가의 위험'(전광용)을 예견한 심사위원의 고언을 귀담아두고 있었다는 사실은 80년대의 시대적 상처를 대면하면서 문학과 사회의 거리를 가깝게 만들었다. 하지만 그 80년대적 모순에 몰두할 때 오히려 문학적 여백은 더욱 좁아졌을지도 모른다. 그리고 그녀가 호주라는 공간을 배경으로 다양한 이국 체험을 노래할 때 한국문학의 공간적 외연 확장이라는 측면에서 기대를 받았지만 육체성과 관련된 양면적 평가를 받은 것도 사실이다. 하지만 사랑과 쎅스와 죽음을 동궤에 놓고 그 궤적이 만들어놓은 흔적과 구멍을 통해 기억의 자리를 노래할 때 김인숙은 다시 2000년대를 대표하는 청년 작가가 되었다.

'몸'에 대한 관심으로 시작된 '상실의 체험'이 80년대의 민족민중문학적 상상력을 거쳐 90년대의 후일담 문학과 엑조티즘 지향을 넘어 2000년대에 기억의 문제를 재구성하면서 김인숙은 진화하고 있다. 우리는 그 장면을 단편집『그 여자의 자서전』과『안녕, 엘레나』를 통해서 만나게 된다. 그리고 『우연』에서의 육체성,『봉지』에서의 주변부 80년대,『소현』에서의 역사적 숨결 등은『미칠 수 있겠니』에 이르는 기억의 봉인과 해제를 놓는 디딤돌에 해당한다. 작가의 최근 작업은 그녀의 관심 영역이 다차원적으로 확장되면서 유의미한 텍스트를 새로이 생성하는 실질적인 중견작가의 반열에 올랐음을 보여준다. 그러므로 우리가 그녀의 텍스트에 미치지 않는다면 우리를 미치게 할 수 있는 작품은 지극히 제한적일 것이다. 그녀가 생성하는 구멍과 상처와 기억의 늪에 빠져 새롭고 흐릿한 전망을 자기화할 때가 바로 지금이다. 그것이 미치면서 미치지 않는, 미칠 수 있으므로 미쳐서는 안 되는 경계에 대한 문제의식을 확장하는 방편이기 때문이다. 그리고 그것이 삶과 죽음 사이에 놓인 상처 어린 기억을 공유하고 생을 재구성하는 존재들의 사랑 방정식인 것이다.

(『작가세계』, 2012년 여름)

비애적 일상, 노동과 애욕의 바다지리학

– 이상섭론

1. 슬픔과 눈물과 이틀의 사랑

바다에는 숱한 생채기들이 낳은 눈물들이 모인다. 그 집적된 눈물은 인근 지대에서 생장소멸하는 슬픔의 두께를 두텁게 혹은 가벼이 만든다. 그러므로 바닷가 마을에서의 이틀 말미의 휴가가 제공되면 누구나 기대하지 않았던 생의 동력을 마련할 수 있다. 바다가 삶에 지친 영혼들에게 활력을 제공하는 생의 구심적 공간으로 작동되기 때문이다. 바다는 영원성과 무한성의 상징이기에 초라한 생존이 제공하는 단독자로서의 고뇌나 결핍된 가정의 일원으로서의 비애, 타자로부터의 소외를 넉넉히 품어 주고 정화해 준다. 바다는 인간의 상처와 고통과 애욕의 표정을 폭넓게 아우르는 것이다.

이상섭의 첫 소설집 『슬픔의 두께』는 상처와 사랑의 채록집이다. 해설 「상처와 사랑」(황국명)에서 적시하고 있듯, 이상섭 소설은 '상처의 무늬'와 그 극복의 형상화에 초점이 가 있다. 특히 소설 속 가장의 부재는 가족주의 로맨스의 결여태를 구성하고, 삶의 반어성과 함께 모성회귀적 욕망을 기입하게 된다. 그리하여 작가는 "가족주의 모델, 모성회귀, 구속하지 않는 사랑"을 거쳐 '아비 부재, 전쟁의 고통, 삶의 반어성'이 제공하는 상처의 치유 방법을 탐구하고 있는 것이다.

두 번째 소설집 『그곳에는 눈물들이 모인다』는 바다, 섬 등의 장소가 환기하는 주변부 세계의 인식 가치를 제고한다. 해설 「지리적 상상력의 깊이와 넓이」(황국명)에서 드러나듯, '억척어멈의 슬픈 운명'은 남성들에게 거부와 수용이라는 양가감정을 갖게 한다. 그리하여 이항대립적 여성상(거칠고 무서운 속물적 억척어멈 대 하얀 피부의 심약한 도시 여성)의 대비를 수용함으로써 남근중심주의적 시선에 경도된 속물적 남녀 주인공들이 탄생된다. 이 주인공들은 걸쭉한 입담으로 무장하고 도시와 어촌 경계 지대로 이주하면서 대도시의 반생태주의적 삶이 제공하는 약육강식과 적자생존의 법칙에 대한 비판과 거부, 저항의 시선을 형상화하게 된다.

세 번째 소설집 『바닷가 그 집에서, 이틀』에서는 여전한 불구적 가정의 문제성을 내장하면서도 청춘 남녀들의 발랄한 감각으로 비루한 일상 현실을 포착하고 작가의 문제의식이 내포된 실험적 서사화가 수행된다. 그리하여 해설 「희망과 절망의 이중주」(고인환)에서 주목하고 있듯, 어머니의 부재 수용과 아버지의 복원을 의미화하기 위해 바다라는 공간으로부터 벗어나려는 자유 의지가 가족의 실체성에 대한 질문과 탐색을 유도한다. 그 구체적 표정은 어촌의 질박한 생활에서 우러난 비속어적인 문체가 젊음의 감각을 수용하면서 소통의 가능성과 불가능성을 탐문하는 것으로 그려진다.

이렇듯 이상섭이 그려낸 서사의 바다에는 슬픔의 얼룩이 자리하고, 상처의 눈물들이 모여 있다. 세 번째 소설집에서는 슬픔과 눈물들의 공간과 의미가 지닌 내적 원리를 심문하기 위해 실험적 서사의 도전이 시작된다. 첫 창작집과 두 번째 창작집이 추상적 상징의 바다를 주목했다면, 이제 세 번째 소설집에 이르러 구체적 일상과 서사적 상징이 유의미하게 삼투된 '서사의 바다'가 드러난다. 그 바다는 가족과 일상, 인간에 대한 탐구를 거쳐 비애와 애욕이 어우러지는 상징적 이미지의 공간으로 채색된다.

2. 서사의 결락을 넘어서는 묘사와 상징의 힘 – 『슬픔의 두께』(2001)

1998년 『국제신문』 신춘문예 당선작인 「슬픔의 두께」를 포함한 『슬픔의 두께』(2001)는 서사의 결락을 묘사와 상징의 힘으로 상쇄하는 작품집에 해당한다. 텍스트 내부에서의 서사는 일차적으로 가장의 부재나 불구적 가장의 형상으로부터 기원하는 일종의 성장소설 형식을 취한다. 정신분석학이나 문학사회학적 접근이 아니더라도 가장의 부재는 주체의 탄생과 형성과정에 영향을 미쳐 자아의 자기동일성과 정체성에 대한 의구심을 선험적으로 갖게 한다. 그러므로 첫 소설집에서는 전통적인 아비 찾기 모티프의 서사가 핵심이 되는 입사소설이자 교양소설로서 자기정체성 탐색의 도정이 그려진다.

이상섭 단편소설에서 가장 주목할 만한 부분은 결락된 서사를 메우면서 서사의 버팀목 역할을 충실히 수행하고 있는 작가의 성실하고 꼼꼼한 묘사력이다. 특히 「지붕 위에 걸려 있던 시간」은 "도시가 안개에 녹고 있다"는 묘사문으로 시작되는데, 첫 창작집에서 가장 매력적인 부분 가운데 하나이다.

도시가 안개에 녹고 있다. 며칠째 안개는 지붕을 깔고 앉아 움직일 줄 모른다. 아마 해안에서부터 기어오다시피 한 느린 움직임으로는 동네 뒤의 야트막한 산자락조차 넘기 힘든 모양이다. 여인은 창문을 통해 지붕들 위에 걸린 안개의 꼬리를 쳐다본다. 쳐다보는 시선도 안개를 닮아 뿌옇다. 안개가 가슴 깊숙이 배어든 탓일까. 아니면 조금 전에 걸려온 사위의 전화 때문인가.(31쪽)

작품 도입부에 해당하는 인용문은 도시와 안개와 동네를 추적하는 여인의 시선과 거기에서 비롯된 내면 심리를 잘 포착한 대목에 해당한다. 해안 마을의 터주대감처럼 자리하는 안개의 느린 움직임에 대한 묘사와, 여인의 흐릿한 시선과 안개의 모호성과의 유사성을 거치며 안개를 내면화하는 여인의 심경이 잘 형상화되고 있기 때문이다. 이 작품에서 초점화자인 할머니 '여인'은 반찬가게를 꾸려가면서 손녀의 유치원 바라지와 딸의 출근 등의 뒤치다꺼리를 하며 살아간다. 이 '여인의 시선'에 포착된 안개의 표정은 이 작품의 서사적 버팀목이 된다. 이를테면 아흔 넘은 노인이 살고 있는 시계포 만수네 집 위를 찍어 누를 듯한 '안개의 흰 몸집'을 측은한 눈으로 관찰하는 여인의 모습에서 묘사력이 서사를 지탱하는 든든한 힘이 된다는 사실이 입증된다. 또한 여인의 삶을 "늘 물기가 마르지 않는 삶"이라고 명명하는 경구적 진술은 한 개인의 일생을 한 문장으로 압축 요약하는 작가의 녹록지 않은 문장 감각을 보여준다.

하지만 작품 곳곳에서 발견되는 남근중심주의적 시선은 독자에게 불편감을 제공한다. 「지붕 위에 걸려 있던 시간」에서도 여인이 손톱 세워 좋은 일 없다면서 실종된 남편의 사망 이후 괴로움의 기원을 이혼 사실에서 찾는 것은 개인적 경험의 성급한 일반화라는 오류에 해당함과 동시에 지나치게 보수적인 가부장적 입장을 대변한다. 더구나 엄마 품속보다 아빠 품속에 더 익숙한 손녀라는 표현도 내적 진실성에 동의하기 어렵다. 특히 가족의 소중함 속에 핏줄의 유대가 돈으로 환산할 수 없는 귀중한 사랑임을 깨닫는 대목은 설득력이 떨어진다. 그러므로 이혼한 남편의 죽음에 죄책감을 느끼는 여인의 모습이나 딸에게 바람 피운 사위를 용서하라고 말하면서 시계를 선물하는 여인의 모습은 지나치게 수동적이고 운명 순응적인 여성상에 해당한다.

　아내의 가출과 수석의 이미지를 잘 포착하고 있는 「돌인형」의 경우에도 작품 속 삽화인 '매맞는 함흥댁의 이야기'는 내적 설득력이 떨어지고 가부장적 남근중심주의를 전면화하는 부정형 서사에 해당한다. 하지만 아내의 가출 뒤 시골 부모님의 새집 상량식에 가서 아내를 회상하는 이 작품은 서사적 얼개가 비교적 튼실한 경우에 해당한다. 임신과 함께 우울증과 무기력증이 심해지고, 하혈 뒤에 합천에서 구절초 같은 꽃잎이 새겨진 수석을 가져와 '들에 피는 국화가 새겨진 돌'이라 해서 '야국석'이라고 이름 지은 아내의 형상은 내적 설득력이 있다. 그리고 야국석을 잡아채려다 떨어져 깨진 수석을 보며 한때 바다에는 길이 없다고 여겼다거나, 도저히 인간의 힘으로 길을 만들 수 없는 곳이 하늘과 바다라고 생각했던 그가, 길이 실재하며 섬 사람들이 바닷길을 알고 있고 아내와 자신 사이에도 길이 있을 것이라고 생각하는 부분은 단편 서사적 미학을 충실히 담은 수작임을 입증한다. 특히 유년 시절의 아내가 어머니 무덤 근처에 구절초가 많이 피어 있었음을 떠올리며, 구절초의 보랏빛 미소가 유일한 친구가 되어 고갯짓을 해댔다고 회상하는 것은 수석과 유년시절과 모성을 연결짓는 핵심 매개서사에 해당한다. 어린 추억 때문에 수석을 좋아하게 된 것이며, 절망을 이길 힘을 제공하는 상징이 수석 바라보기에 있었던 것을 상상적으로 추체험할 수 있기 때문이다. 그러므로 '웃는 얼굴' 형상의 돌을 발견한 '그'가 '돌 하나에 우주가 들어 있다'는 아내의 말을 이해하게 되는 것은 지극히 자연스러운 서사적 결말에 해당한다.

　작가와 독자의 심리적이고 지적인 쟁투가 단편소설 읽기의 재미에 해당된다면 그러한 단편서사의 미학에 충실한 작품으로 「슬픔의 두께」를 들 수 있다. 반전서사를 내장한 이 작품은 엄마 무덤에 벌초를 하러 가면서 서자의식이라는 '가짜 진실'이 의붓자식이라는 '진짜 실체'로 변환되면서 발생되는 '진실의 자리바꿈'을 통해 '아버지의 실재와 부재'에 대한 동시적 현현을 가장 잘 포착하고 있다. 가족로망스 내부에 자리한 억압적 초자아로 상상되던 '상징적 아버지'가 사실은 그 인식 바깥에 자리한 대타자로 실재하면서 '윤리적 타인'이라는 상징계 너머의 자리로 물러나는 모습으로 그려지기 때문이다.

일종의 세태소설이자 후일담 소설에 해당하는 「그네 나비 그리고 섬」은 기표와 기의의 충돌 속에 언어가 지닌 의미 표현의 다의성과 중층성에 초점을 맞춘 작품이다. 이 작품에서는 '이데올로기'가 지닌 카페명과 기존의 담론적 함의, 반공주의의 표상인 이승복과 반독재 운동가로서의 노승복, 10월 유신과 김유신 등이 교차하면서 1970~1990년대의 거대 담론과 미시 서사를 중첩시킨다. 하지만 '노승복'의 일대기로 대변되는 노동운동, 사회주의 조직 운동 등의 진보적 실천들은 사실 후경적인 내용에 불과하다. 왜냐하면 바다가 "높낮이도 경계도 없는 곳"임을 강변하는 승복이의 좌우명을 통해 꿈과 현실, 신념과 허상 등의 이상 추구와 좌절을 기록하면서, 작가는 사람이 '타인의 눈빛 하나로도 온 마음이 흔들리는 미약한 존재'임을 형상화하고자 했기 때문이다.

119식당 배달원과 성매매 여성과의 관계를 형상화한 「우리는 원시시대가 그립다」는 상처를 극복하기 위한 실천 행위로서의 사랑을 강조하는 작품이다. 작품 속에서 상처 극복의 노력은 먼저 형의 모래조각상에서 드러난다. 백사장에 그려진 형의 조각상은 "뭉크의 그림처럼 양쪽 귀를 싸잡고 괴로워하는 찌그러진 얼굴"이나 "입이 기형적으로 달린 두상 혹은 낫이나 괭이 같은 연장들"이다. 동생인 '그'의 상처는 간첩으로 오인되어 사망한 부모, 할머니의 죽음에 대한 죄책감에서 드러난다. 스스로 '지독한 슬픔에 중독된 놈'임을 자인하는 그는 '살인자의 딸'이라는 방희의 고백을 들음으로써,

타인의 상처를 다독이는 진실한 사랑을 희망하는 것으로 그려진다.

「그 동백에 깃들다」는 진실된 사랑의 모색이 다양한 여성적 이미지의 채집으로 드러난 작품이다. 이 작품에서는 동백나무 숲의 이미지가 구심점이 되어, 동백꽃을 닮은 여자, 섬의 주인 '팔색조', 여자와 '나'의 공통점으로서의 '슬픈 혈액형', 꽃의 울음을 듣는 여자, 엄마를 닮은 여자, 얼룩과 상처의 상호성, 가시 많은 청어, 사랑의 여신 비너스 등이 얽히고 설켜, 삶의 높이보다는 깊이에 착목해야 함이 강조된다. 진정한 바다의 가르침은 '깊어지기'에 있다는 임산부 여자의 말은 깊은 울림과 진정성을 갖고 나에게 전해진다. 그러므로 그녀의 자살에 대한 애도가 여자의 슬리퍼를 파도에 띄워보내는 것으로 마무리되는 것은 지극히 자연스러워 보인다. 여자가 삶의 나침반 역할을 했던 어머니이자 애인이자 동류적 타자였기 때문이다.

이상의 작품들 이외에 서사의 결락이 두드러진 작품으로는 「출복기」, 「불눈」, 「마지막 숨바꼭질」, 「사랑의 둥지」 등을 들 수 있다. 「출복기」의 경우 몸져 누운 아비, 자식에게 폭언과 폭행을 일삼는 어미, 어버이날 자살을 결행하는 출복이 등의 인물 형상이 구체적인 생동감이 미흡한 채 서사 내적 진정성을 담보하지 못한다. 이들이 지닌 삶의 부피나 실체, 고뇌가 실감나게 형상화되지 못했기 때문이다. 특히 결말부에 새처럼 바위에서 뛰어내려 자살을 결행하는 출복이의 행동 역시 서사 내적 필연성에 의한 자연스런 결말이 아니라 충동적 해결이라는 느낌을 지울 수가 없다.

아들 용수의 삶을 위해 '장뫼댁'이 산화를 선택하는 「불눈」의 서사 역시 결말부에 이르기 전까지의 서사적 긴장은 살아 있지만, 결말에서 결행되는 '장뫼댁'의 산화에 서사적 설득력이 떨어진다. 뿔탱이 영감네와 철천지 원수지간이 된 개연성의 부재라든가, 뿔탱이 영감이 용수에게 '살인자'라면서 마을을 떠나라고 말하는 부분은 작위적인 대목으로 여겨진다. 더구나 집으로 돌아온 장뫼댁이 목욕재계한 뒤에 밀려오는 잠 속에서 "삶은 어치파 불

바다"라면서 하얀 눈에 의해 모든 게 지워질 것이라고 상상하는 결말은 급작스럽고 성급한 마무리에 해당한다.

군입대 직전 '유부녀인 당신'에게 보내는 편지 형식을 빌린 「마지막 숨바꼭질」에서는 우연성의 남발이 서사의 결핍으로 드러난다. 나이트클럽에서 처음 만난 '당신'에게서 '엄마'에 대한 기시감을 느끼는 것, 여관에서 '당신'이 하룻밤을 즐기지 않으면 죽을 수 있다고 '위협 아닌 위협'의 말을 건네는 것, '나'가 당신에게 '욕정'이 아니라 '얼룩진 외로움'의 느낌이 들었다고 고백하는 것, '21세의 순정'을 당신에게 던진다는 것, 당신이 서영이 엄마로 기억해 달라는 것, 사랑하기에 떠난다는 '나'의 입대 인사 등은 내적 설득력이나 서사적 개연성을 충분히 확보하지 못했다고 판단된다.

이러한 서사적 개연성의 결핍은 「사람의 둥지」에서도 드러난다. 화자가 자식을 향한 포천댁의 모성애를 떠올리면서 두 번의 자연 유산과 인큐베이터에서 태어난 지 칠일 만에 숨이 멎은 아이를 연상하면서도, 웃음을 잃어버린 채 모딜리아니의 초상화같이 늘어진 아내의 얼굴만을 무심히 관찰하는 구경꾼의 시선만이 자리하는 것은 내면이 거세된 자아의 표정에 해당한다. 어찌 보면 내면이 결여된 '나'에게 '나쁜 사람'이라고 말하며 떠난 아내가 텍스트 내부에서 가장 실감난 역할을 수행하고 있는지도 모른다.

이렇게 보면 첫 창작집의 성과는 「지붕 위에 걸려 있던 시간」, 「돌인형」, 「슬픔의 두께」로 수렴된다고 파악된다. 우연적 서사의 봉합이 지닌 아쉬운 대목을 묘사의 힘과 상징적 복선, 반전 서사의 힘을 통해 상쇄하고 있기 때문이다. 작가에게 필요한 것은 '슬픔의 두께'를 날 것으로 드러내는 것이 아니라 '슬픔의 내용'을 추적하고 재구성함으로써 내적 필연성과 설득력을 내포하는 서사적 얼개를 단단히 구성하는 것에 있음을 보여주는 것이다.

3. 비애적 일상, 애욕과 노동의 현장 － 『그곳에는 눈물들이 모인다』 (2006)

첫 소설집이 묘사와 상징의 힘으로 슬픔의 두께를 추적하고 있다면, 2002년 제5회 창비신인소설상을 수상한 「바다는 상처를 오래 남기지 않는다」가 포함된 두 번째 창작집 『그곳에는 눈물들이 모인다』(2006)는 본격적으로 바다 인근에서 펼쳐지는 비애적 일상 속에 애욕과 노동의 현장이 생생하게 그려진다. 서사의 결락이 제기했던 관념적 추상성이 탈피되면서 묘사를 추동하는 서사의 구체적 사실성이 가미된 것이 두 번째 소설집의 특징이 된다.

이 소설집의 핵심적 모티프는 '바다'이다. 첫 소설집에서의 '바다'가 관념적 추상성으로 일관하고 있었다면, 이 소설집의 '바다'는 어촌 마을의 일상에 밀착된 구체적 바다의 이미지를 획득한다. 그리하여 「바다는 상처를 오래 남기지 않는다」에서는 매립지공사장의 중장비 소리가 요란하게 들려오면서, '넉넉한 사랑'을 베풀던 '넓은 품'의 바다가 전통적인 함의를 상실한 채 탁류적 폐허의 공간으로 인식된다. 그 바다는 적조가 반복되며 "미친년 치맛자락처럼 날뛰"고, 물속은 탁하기만 한 것으로 그려진다. 바닷속이 마르니 마을 사람들도 떠나고 손님이 끊기니 여객선이 끊기고 식당이 문을 닫으므로 어판장마저 시들해져 도시는 을씨년스런 거리로 변모한다. 한일어업협정 이후 붕괴된 어촌 마을의 표정이 실감나게 드러나고 있는 것이다. 이렇게 말라가는 동네에 고향이라며 초등학교 동창인 은희네가 이사와서 '우리들 휴게소' 간판을 걸고 구판장을 열게 되자, 가게 정리를 권유하는 수호의 말을 들으며 '그(덕수)'는 뱃일이 해도해도 끝이 없는 고된 노동임을 토로한다. 특히 "허구한 날 소금기 밴 물 묻혀가며 일해도 굳어지는 건 삶이 아니라 굳은살뿐"이라는 어촌 생활에 대한 '그'의 탄식은 어촌 마을의 구체적 일상의 표정을 실감나게 포착한 것에 해당한다.

　이러한 어촌 마을의 현실은 불법 건축물인 간이횟집으로 생계를 이어가는 부둣가의 모습을 그린 「그곳에는 눈물들이 모인다」에서도 잘 포착된다. 새벽마다 횟집 앞에서 불법적인 임시 가판을 설치하기 위해 자리다툼이 벌어지는 장면은 어촌 마을의 생계 현장에 밀착된 작가의 시선을 보여준다. '불알할매'로 표현되는 욕쟁이 장모를 보며 '그'는 자신의 삶이 "매일 반복되는 지겨운 일상의 연속"이라며 시장인생이 '인생 역전'이 아니라 '여전한 일상의 반복'에 불과한 골목 인생에 해당한다는 불만을 토로한다. 이 작품에서 자신의 생존을 위해 바다를 포기한 '그(박우열)'의 가정은 붕괴되어 있는 것으로 그려진다. 즉 농약 먹고 자살한 아버지, 정신 이상자로 사망한 어머니 등이 '낭만적 바다' 이미지를 제거하고 '위험한 바다' 이미지를 각인하게 함으로써 그를 하선하게 만든 것이다. 장모 역시도 남편이 바다에서 실종되어 불구적 가정을 구성하게 된다. 이러한 가족 구성원의 결핍은 장모와 아내와 데릴사위라는 새로운 가정으로 구성되어 어촌 마을의 생을 적실하게 바라보게 만든다. 이때 '안개'는 어촌 마을에서의 삶을 드러내는 적절한 메타포에 해당한다.

　　어둠이 깔리고 있었다. 사람들은 고름 같은 등불을 내다거느라 종종걸음이었다. 불빛이 고여야 활기가 넘치는 이곳. 아직 흑백풍경으로 남은 도시의 낡은 모서리. 그래서일까. 이곳 사람들은 밝은 것보다 어둠에 익숙하다. 세상살이의 물살에 떠밀려 도달한 땅의 끝. 어쩌면 이곳의 안개는 그런 사람들의 한숨이 뭉친 것이고, 이곳 바닷물도 그런 사람들의 눈물이 고여 이루어진 것일지 모른다.(107쪽)

　어둠이 깔리면서 드러나는 '고름 같은 등불'이나 흑백풍경의 도시라는 표현은 남루한 도시의 이미지를 함축한다. 특히 바다를 짓누르던 안개 이미지가 어둠에 장악된 도시의 모서리에서 '땅끝 사람들의 한숨 덩어리'로 뭉쳐져 만들어진 실체로 묘사되는 것은 이 작품의 백미에 해당한다. 어둠과 안개로 뒤덮인 바다 역시 눈물이 고여 이루어진 애환의 결정체로 인식된다. 그러므로 장모가 자리싸움을 걸어오는 새댁과 자신이 '남편의 사별'이라는 공통분모를 공유하고 있음을 확인한 뒤, "지나 내나 물간 인생"이라면서 '의지가지없는 흐느적거릴 수밖에 없는 인생'이자 '등뼈 같은 남편도 없이 홉반처럼 매달린 자식들을 위해 살아야 하는 어미의 운명'이 닮았음을 안타까워 하는 것은 안개 깔린 바닷가 마을이기 때문에 가능한 것이다.

이렇게 바다는 인간의 한숨과 애환이 묻어나는 공간임과 동시에 오욕칠정의 인간사가 펼쳐지는 다이나믹한 공간이다. 그러므로 '바다의 마력' 속에서는 윤락업에 종사하는 성매매 여성과 섬 총각의 로맨스도 춘풍처럼 일어난다. 「불어라 바람」은 "희망이 없어 희망이 된 곳"으로 섬을 인식하는 '그'와, 경찰을 피해 우연히 그의 배를 타고 섬에 머무르게 된 '여자'와의 봄바람을 추적한다. 아직 바다를 낭만적인 세계로 인식하는 여자가 '그'에게는 '날개처럼 보이는 보라색 지느러미'를 달고 있는 '달갱이(=나비물고기)'로 상상되는데, 이것은 현실적 인물인 그가 낭만적 타자를 마주한 표정을 보여준다. 연인 사이로 둘의 관계를 규정하려는 여자를 오히려 가엽게 여기는 '그'는 낭만적 바다의 '마력'을 발견하면서 노모의 중개 속에 둘의 관계를 일시적으로나마 이어보려 소풍을 기획한다. 이렇게 바다는 '낭만의 봄바람'을 아우르며 절망과 희망의 이중주가 살아 있는 현실적 애욕의 공간인 것이다.

이 창작집에서는 「바다는 상처를 오래 남기지 않는다」 등에서도 드러나듯 한일어업협정을 포함하여 2000년대를 전후한 한국사회의 현실이 반영된 소설들이 한 축을 유지한다. 「웨일맨, 나의 아버지」에서는 세계화와 IMF

시대, 한일어업협정을 거치면서 붕괴된 어촌 마을의 생태계로 인해 고래잡이를 포기하게 된 아버지가 그려진다. 고래잡이를 포기한 아버지는 하역부 작업 등을 전전하며 자본의 논리로 세계가 잠식되는 현상을 '괴물고래'로 명명하고 상상한다. 일종의 과대망상증 환자에 해당하지만, 이렇게 정치사회적 이슈나 대기업의 횡포를 '괴물고래'의 책임으로 전가하는 아버지뿐만 아니라 비정규직 노동자인 엄마와 비정규직 인생인 화자 역시도 세계화 시대의 변화에 적응하지 못한 채 살아가는 이물적 존재로서 '괴물고래'의 일종이 된다. 이렇듯 어촌 마을의 생존 현실을 파괴한 모순의 구심점에 해당하는 한일어업협정 등은 「고추밭에 자빠지다」에서 그 여파로 구조조정에 들어가 배를 처분한 남편이 무기력하게 밭일을 하게 되는 섬마을의 풍경으로 그려지기도 한다.

2000년대 이래로 이주노동자가 100만이 넘는 한국 사회의 노동 현실은 「수평선, 그 가깝고도 먼」에서 이주노동자를 고용한 선주가 뱃노동의 어려움을 토로하는 것으로 그려진다. 이 작품은 아내의 치료비를 벌기 위해 고향 헤이허를 떠나 낯선 타향에서 고생하는 '장씨'와, 몽골에서 꼴을 베다 돈을 벌기 위해 초원을 버리고 온 '바썽'을 통해 한국 사회의 주변부까지 흘러들어온 하층민 이주노동자들의 생존과 생계를 조망한다. 그리하여 이주노동자가 열악한 노동 현실 속에서 3D 업종에 종사하고 있는 2000년대 대한민국 사회의 현실을 함축적으로 보여준다. 결국 바다는 낭만의 터전이 아니라, 일자리를 찾아 흘러드는 노동의 공간이 되어 임자가 있고 전세가 있는 '자본의 터전'으로 인식되고 있는 것이다.

4. 청춘의 성장통과 서사의 실험 - 『바닷가 그 집에서, 이틀』(2009)

첫 창작집이 슬픔의 두께를 추적하고, 두 번째 소설집이 어촌 마을에서 벌어지는 일상의 비애를 포착하고 있다면, 세 번째 소설집『바닷가 그 집에서, 이틀』(2009)은 바다를 매개로 작가의 새로운 서사적 실험 의식이 돋보이는 작품집이다. '관념적 추상에서 구체적 일상으로'가 첫 번째와 두 번째 창작집의 행로였다면, '구체적 일상에서 실험적 서사로의 변전'으로 세 번째 창작집의 표정을 압축할 수 있다. 그 구체적 표정은 성장소설의 축과 실험적 서사의 축으로 요약된다.

먼저 성장소설류의 단편들을 살펴보면, 한일어업협정과 비정규직 노동의 문제를 내면에 담고 있는「플라이 플라이」를 들 수 있다. '화성국수' 집에서 취업준비생 '나'의 국수배달 이야기를 통해 비정규직 문제가 낳은 청춘의 불안한 초상이 그려진다. 그러한 모순을 내장한 압축 공간이 바로 '부산'이다.

그나저나 부산이란 도시는 왜 이리 지지리도 못생겼냐. 대기업이 있나 공사가 있나. 그렇다고 비전 있는 중견업체가 많나. 허구한 날 서는 거라곤 모텔이나 유흥업소에 대형 할인마트밖에 없으니, 쯧쯧. 친환경 고품격 명품 도시 운운하며 '다이내믹 부산'을 외쳐봤자 헛일이다. 게다가 해운회사나 냉동공장도 내리막길을 탄 지 오래다. 막내아들 장래를 생각했다면 서울은 아니더라도 적어도 인천 정도로는 이사를 갔어야 옳다.(10쪽)

'지지리 못생긴 도시'로서의 '부산'에 대한 화자의 비관적 인식은 꿈이 '사무직'인 '나'의 불안한 현재를 대변해준다. 자신의 처지와 다르다고 생각되었던 여자친구 유미는 '사회적 성공과 존재적 성공'을 붙잡은 것으로 여겨지지만, 실상은 나처럼 불투명한 미래에 대한 불안을 공유하고 있다는 점에서 '나의 처지'와 다를 바가 없다. "한번 비정규직은 영원한 비정규직"이기에 정규직으로 출근하는 것이 꿈인 '나'는 고용불안과 불안정한 비정규직 생활에 대한 고민 속에서 41만 명에 달하는 취업재수생 중의 하나로 존재한다. 이렇게 취업에 대한 생존 욕망은 아버지의 끈질기게 살아남아야 하는 당위적 생존에 대한 희구로 이어져 생존의 위협이 '노장청'의 세대차이를 불문하는 것으로 그려지는 것에서도 여실히 드러난다. 한일어업협정으로 뱃길이 막혔다가 영해 침범죄로 영어의 몸이 되었던 아버지는 '곰장어'가 '아주 끈질긴 놈'이어서 꿋꿋하게 살아남는 어류이기에 술안주로 '곰장어'를 고집하는 것으로 그려진다. 특히 '세상이 온통 암전 상태'라는 유미의 문자를 보며, 등대의 불빛이 없어도 '스스로 발광체'가 되어 인생의 험난한 파고를 헤쳐나가야 하는 청춘의 모습은 더욱 불안하게 느껴진다. 그러나 그럼에도 불구하고 '나'는 삶의 멋진 레이스를 위해 멋진 비상을 욕망한다. 이러한 '플라이'에 대한 욕망은 신자유주의 시대의 생존 파고를 넘기 위한 생존 욕망이 역설적이게도 '플라이'하기 어려운 열악한 사회의 현실에 토대를 두고 있음을 보여준다.

또 다른 성장소설인 「바닷가 그 집에서, 이틀」에서는 세상에 대한 불만이 가득한 청춘 남녀 이상만과 강혜주의 욕설과 비속어 속에 사랑의 유효성을 강조하는 우연한 바닷가 행이 그려진다. 「여기 왜 왔지」에서는 결핍된 가정환경 속에서 성장한 되바라진 초등학생 '연희와 나'의 시선을 중심으로 타자에 대한 동류적 애정이 성장의 원동력으로 작동함을 보여준다. 「생각하니 점점」역시 군입대를 앞둔 배달원 나(종만)와, 남편이 사망한 뒤 홀로 두아이를 키우는 파도횟집 누나와의 연정을 다루면서 '기다림의 황홀감'을 토로하는 일종의 성장소설이다. 「악어」역시 코끼리만한 덩치의 악어 아줌마를 매개로 새로운 가족 구성을 상상하는 '혼혈의 형'과 '나'의 성장통을 그린 작품이다.

이렇듯 초등학생과 20대 초중반의 젊은이들을 통해 작가가 표현하고자 하는 것은 훼손된 가정을 중심에 둔 절망스런 현실과, 그럼에도 불구하고 더 나은 세계를 모색하는 실낱 같은 희망의 전언이다. 그 전언의 모색은 이성에 대한 사랑의 표정으로 드러난다. 옛 아지트에서 자위 행위를 하는 「여기 왜 왔지」의 중학생 '나', 떠나간 유부녀 누나를 기다리며 '기다림의 황홀감'을 느끼는 「생각하니 점점」의 나, 기대하지 않았던 휴가를 만족스럽게 보내며 생과 사랑의 의미를 터득한 「바닷가 그 집에서, 이틀」의 상만과 유미 등은 결핍된 가정 환경 속에서도 동류의식이 밑면에 깔린 사랑이 매개가 되어 성숙한 자아로 성장하게 된다. 그러므로 작가가 젊은이들의 세계를 들여다보는 행위는 2000년대의 현실적인 성장통 서사를 의미화하기 위한 전략에 해당하는 것이다.

　이 창작집에서 작가가 보여준 서사적 실험의 첫 번째 작품은 냉동창고에 시신을 유기하는 스토커 화자의 이야기를 담고 있는 「천국의 기원」이다. 이 작품에서 화자는 '냄새'를 '부패의 증거'로 인식하며, 부패 방지책으로서의 냉동이 영원히 시간을 묶어놓는 기술이라고 판단한다. 그리하여 냉동기술자가 된 '그'는 전처가 부패되지 않도록 하기 위해 냉동창고에 보관한다. 차가운 야생 도시의 생존법을 냉정함으로 요약하는 '그'는 새로이 부패의 냄새를 풍기는 두 번째 아내를 냉동시키고 싶어한다. 하지만 그 아내는 팔뚝에 '엄마의 얼굴'과 'SINCE 19891016 GEOJE'를 새긴 '그'를 '파출부 동거남'으로 인식할 뿐이다. 죽은 강아지 렁마(중국어로 '춥다'는 뜻)의 뱃속을 얼음 조각으로 채운 그는 '냉동창고'를 천국으로 여기며 지금의 아내를 보관할 마음을 가진다. 노점단속반의 철거로 죽음에 이르게 된 엄마와 비정규직과 청년실업의 시대가 화자로 하여금 냉동에의 열정을 불태우게 만든 것이다. 이 소설은 스토커 화자의 엽기적인 냉동 열정을 무심한 듯 관조적 시선으로 묘사하고 있다는 점에서 작가의 서사적 실험 의식을 보여준다.

　반전 서사에 해당하는 「엄마가 수상해」는 두 번째 서사 실험작에 해당한다. 엄마 4호를 추적해 달라는 경찰 아버지의 부탁을 받고 미취업 아들이 보고서를 작성한다는 에피소드를 통해 시국사건으로서의 '촛불집회' 이야기를 풍자한다. 화자인 '나'는 생모와의 사별 이후 엄마 2호와 3호가 사라진 뒤 너무 젊은 엄마 4호와 누나(은지)가 생긴다. 이후 관할구역에서 촛불집회의 발생을 용납할 수 없다는 경찰 아버지 몰래 '엄마 4호'는 촛불을 켜 들게 되고, 마을 느티나무 아래에도 엄청나게 촛불들이 늘어난다. 잘못된 현실을 바로잡자고 촛불을 켰으므로 바로잡게 되면 걱정이 없다는 엄마 4호의 말은 엄마의 촛불 켜기가 실상 아버지의 퇴직을 방지하기 위한 고육지책이었음을 보여준다. 그렇게 아버지를 위해 자발적으로 소원 비는 셈치고 촛불을 켠 엄마 4호를 보며 '나'는 '그린란드'를 꿈꾸는 엄마보다는 차라리 엄마를 의심해온 아버지를 바꾸는 게 좋겠다는 보고서로 결론을 내린다. 이 소설은 첫 창작집에서 보여온 '서사의 결락'을 작가가 매끄럽게 넘어서고 있음을 구체적으로 실증하고 있다는 점에서 주목을 요한다.

경제적 나락에 몰린 남매의 생존기를 성본능의 충족을 매개로 처연하게 그려낸 「아직 아직은」은 이번 창작집에서 가장 실험적인 작품이다. 이 작품은 서서히 굳어가는 몸을 지닌 남동생 마야의 성기를 주물러 욕정을 해소해주는 누나의 이야기를 통해 경제적 나락으로 추락한 존재들의 힘겨운 생존을 그려낸다. 동생의 몸 냄새와 괴성 때문에 이웃집 여자가 상시로 찾아오고, 관리비 3개월 체납으로 단전 작업이 진행되며, 단수 작업마저 예고된 상황에서 방에는 신체가 경직되는 병에 걸린 남동생 마야가 누워 있다. 척추가 손상된 동생과 계약직 은행원이었다가 병상에서 계약 해지 통보를 받은 그녀에게 삶의 전망은 없으며, 바닥 난 통장 잔고는 남매로 하여금 마지막을 향해 치닫게 만든다. 성기를 만져주어야 비명과 괴성을 멈추고, 사정한 뒤에야 비로소 잠들 수 있는 동생은 고통스런 병자일 뿐이다. 마야의 편안한 잠자리를 위해 성기를 자극해줄 수밖에 없는 그녀는 동생의 생일날 봉제공장 사장에게서 훔쳐온 발기부전 치료약을 동생에게 먹인다. 누나와 결혼하는 게 소원이었던 마야와 성행위를 하면서 둘은 눈물을 흘리는

데, 이때 '그녀'는 동생의 마우스피스를 뽑아야 한다면서도 그러나 "아직은 아니"라고 다짐한다. 이 소설은 '근친상간'의 금기를 위반함으로써 생존을 유지할 수밖에 없는 '본능의 윤리'를 추적한다는 점에서 실험적이다. 금기의 위반은 통상적으로 '죽음'에 이를 수밖에 없다는 점을 감안한다면 이 둘은 '죽음'을 목전에 둔 상황이지만, 그럼에도 불구하고 이 둘은 죽음을 유예한다. '죽음'에 선행하는 실존의 형식이 '생존'이라는 준엄한 현실 상황 앞에 놓여있기 때문이다.

5. 비애적 일상, 노동과 애욕의 바다지리학

구수한 갯내음이 묻어나는 이상섭의 작품은 오영수, 한승원, 심상대, 한창훈 등 한국문학사 안에서 어촌 마을을 형상화한 작가들의 계보를 잇고 있다. 낭만적 서정성에 기댄 오영수, 샤머니즘적 정서를 내면화한 한승원, 에로티시즘적 욕망을 축조한 심상대, 생생하고 걸쭉한 입담으로 풍자와 해학을 보여준 한창훈 등의 작업은 이상섭의 슬픔과 눈물과 애욕이 묻어난 바다의 선행 형태를 보여준다는 점에서 참조점에 해당한다. 이를테면 이상섭은 오영수와 한승원에서 시작하여 심상대와 한창훈으로 서사적 변주를 진행하고 있는 것으로 파악된다. 그것은 관념적 추상성에서 서사적 구체성으로 나아가는 길이며, 심원한 영원성의 낭만적 표상에서 구체적 일상의 바다를 호명하는 작업의 지향에 해당한다.

이제 작가의 길은 서사적 외연을 확장하는 것보다 내포적 깊이를 파고들어가는 것에 있어야 한다고 판단된다. 이상섭 특유의 갯내 나는 문학이 인간의 내면을 깊이 있게 성찰함으로써 더욱 깊고 생생한 심연의 인간을 숙고할 즈음에 이르렀기 때문이다. 변화무쌍한 파도의 영원성은 그 끊임없는 물결의 지속과 그 구체적 표정의 상이함이 제공해주는 것이다. 우리는 이상섭의 바다 서사가 종국에 가 닿을 지점이 단단한 서사적 얼개를 바탕으로 한 탁월한 묘사력에 있음을 이미 살펴보았다. 그가 건네는 입말투의 걸쭉함은 그 묘사의 외연을 확장하는 데에 기여할 것으로 기대된다. 결락된 서사의 여백을 메우려는 작가의 섬세하고 치열한 노력이 더 높은 문학적 성취를 실현하게 만들 것이다.

　이상섭의 바다는 슬픔의 두께를 두텁게 만듦으로써 슬픔의 기원을 위무하고자 한다. 눈물들의 사정을 경유하면서 눈물의 기원을 묘파하고자 한다. 작가가 보여준 비애적 일상, 애욕과 노동의 현장으로서의 바다 이야기는 앞으로도 지속될 것으로 보인다. 그가 아직 도달하지 못한 바다의 심연이 서사적 실험 앞에 놓여 있음을 세 번째 창작집에서 보여주었기 때문이다. 작가에 의해 바다로부터 길항된 인간의 이야기는 여전히 현재진행형이다. 그리고 거기에서는 새롭고 든든한 '바다지리학'의 멋진 향연이 펼쳐질 것이다. 우리는 그 바다의 파고를 맞이할 준비가 되어 있다.

(『작가와 사회』, 2013년 봄)

21세기 대한민국의 문화사회학적 풍경

― 최광론

1. 21세기 대한민국의 자화상

최광 소설은 21세기 대한민국의 자화상을 이야기한다. 북한 인민군 병사의 노크 귀순, 구제역 매몰 사고, 회사의 매각, 교도소 탈출범, 자살카페 동호인, 구도심과 신도심의 음식 자영업 이야기, 읍내 아파트 재개발 욕망, 1980~90년대 운동권의 후일담, 남편의 알코올 중독과 지하드의 자살폭탄 테러 등의 소재들은 21세기 대한민국의 전조이거나 현재적 풍경으로 드러난다. 그만큼 최광 작가는 우리 시대의 정치적이고 사회문화적인 이슈에 대한 촉수가 예민하게 발달해 있다.

1999년『문학21』신인상으로 등단한 작가 최광은 이번 소설집을 통해 한국 사회가 내포하고 있는 다양한 모순점들을 예각화하여 가공해내고 있다. 1990년대 이래로 포스트모더니즘의 세례 속에 단편소설의 문제의식이 작가적 자의식이나 등장인물의 내면풍경을 집적하는 데에 초점이 맞춰져온 것이 주지의 사실이다. 하지만 최광은 다른 2000년대 작가들과는 다르게 사건으로서의 서사를 전면에 내세우는 특징을 선보인다. 그 서사는 우리

시대의 특이한 일상을 포착하고, 그 일상을 풍자적으로 재구성하면서 열린 결말로 작품의 여운을 드러낸다.

최광 소설의 큰 흐름은 네 가지로 대별된다. 첫째, 여기를 탈출하여 다른 세계를 모색하는 시사(時事)적 이야기로 「노크」와 「전망 좋은 바위」가 해당한다. 「노크」는 북한 병사의 노크 귀순을 패러디하여 월북 귀순 욕망을 부추기는 군 내부의 모순을 주목한다. 「전망 좋은 바위」는 살인강도 죄목으로 형을 살던 모범수가 탈출하여 친할머니와 닮은 시골 할머니와 동거 생활을 이어가려는 이야기를 형상화한다. 이렇듯 군대 탈영병과 감옥 탈출범을 통해 작가는 '다른 세계'의 실현 가능성을 모색한다.

둘째, 정신 건강을 위협하며 자살 충동을 부추기는 한국 사회에 대한 풍자적 이야기로 「감염」과 「펜션으로 가는 길」이 해당된다. 「감염」은 구제역 매몰 사건에 착안하여 매몰지에서 탈출한 돼지잡기 소동과 인간의 대응을 통해 동물 감염을 넘어 인간의 정신 감염의 문제를 포착한다. 「펜션으로 가는 길」은 자살카페 동호인들의 자살 여행과 힘겨운 생환 결정을 통해 젊은 이들이 지닌 삶과 죽음의 실존적 무게에 대한 이야기를 다룬다. 결국 구제역 발생사건과 자살 카페 동호인들의 이야기를 통해 자살 충동을 강제하는 한국 사회의 풍경을 비판한다.

셋째, 자본주의적 욕망에서 배제된 '소외된 존재'의 도시적 일상을 주목하는 작품으로 「차나 한 잔 하지」와 「전락」이 해당된다. 「차나 한 잔 하지」는 '향기'와 '악취'의 대비 구도 속에 좋은 향기를 발산하고 싶은 평범한 회사원의 이야기를 다룬다. 「전락」은 구도심에서 음식점을 폐업하게 된 주인공 박탈의 심술로 '한 달 간 공짜 음식'을 제공하게 된 신도심의 영업점 피해 이야기를 통해 신도심과 구도심의 갈등과 화해를 풍자하고 있다.

넷째, 과거를 마무리하고 새로운 시작을 모색하는 작품으로 「밤에 뜨는 무지개」, 「지금 우린 조난 중!」, 「폭탄」 등이 있다. 「밤에 뜨는 무지개」는 재개발로 사라져갈 읍내 골목 풍경을 수채화와 유화로 그려낸 비구상화 이야기를 통해 '빛의 환상'을 '마지막 흔적'으로 남기는 이야기다. 「지금 우린 조난 중!」은 1980~90년대 운동권 학생과 서점 주인의 오랜만의 해후와 함께 일출을 맞이하기 위한 새벽 등산과 하산을 통해 방향 잃은 새천년맞이의 풍경을 보여준다. 「폭탄」은 알코올 중독 남편의 입원 연장 이야기의 외피 속에 화자인 아내가 트랜스젠더가 되어 아프가니스탄의 폭탄 제조캠프 소년반에 배속된 이야기를 겹쳐 '가정의 폭탄'과 '사회의 폭탄'을 중첩하고 있는 작품이다.

최광 소설은 현실 세계에 적응하지 못한, 혹은 적응하기를 거부하는 부적응자들의 소외된 현재를 주목한다. 그리고 다른 세계로 탈주하려는 존재들의 몸짓을 포착하여 이야기를 짜깁기한다. 그들의 이야기는 대체로 닫힌 결말이 아닌 열린 결말을 지향한다. 독자들의 상상 속에서나마 다른 세계의 가능성이 새롭게 열리기를 기대하기 때문이다.

2. 여기로부터의 탈출, 다른 세계의 모색 – 「노크」, 「전망 좋은 바위」

최광의 소설에서 지금 여기의 불만족스런 현실에서 벗어나 다른 세계로의 탈출을 모색하는 작품으로는 「노크」와 「전망 좋은 바위」를 들 수 있다. 두 작품은 군대와 감옥이라는 공간에서 의지적으로 탈출한 남성 화자의 이야기를 다루고 있다. '군대'와 '감옥'은 폐쇄성을 강제하는 특수한 사회라는 공통점을 지니고 있다. 그러므로 억압된 영혼의 자유로운 탈출을 꿈꾸기 좋은 소재적 특성을 내포한다. 최광은 이 두 공간에서 탈주한 화자들의 이야기를 통해 억압적 공간의 문제의식을 외화하고 있는 것이다.

먼저 「노크」는 '탈영병 나'가 실종된 딸을 15년째 찾고 있는 아저씨와 만나 새로운 공간으로의 탈주를 상상하는 이야기다. 화자는 철조망 근무를 하면서 멧돼지가 고라니를 사냥하는 모습을 현실인 듯 환상인 듯 경험한다. 더구나 군 생활의 지루함을 가까스로 견뎌내던 화자는 차라리 남북 간의 대치 상황이 '서든 어택'으로 승부를 가려 결론이 났으면 좋겠다는 생각을 하게 된다. 새엄마가 집에 와서 혼자 지내는 시간이 많아지던 유년시절, 게임 〈서든 어택〉으로 적군을 죽이던 기억이 잔상처럼 남아 있기 때문이다.

하지만 얼마 전 북한 병사의 '노크귀순 사건'이 발생한 뒤 근무가 힘들어지게 되고, 소대장은 반성문을 쓰라고 지시한다. 화자는 "솔직한 심경을 털어놓으라"는 소대장의 말에 솔직하게 반성문을 작성한다. 하지만 소대원들은 폭소를 터뜨리고, 소대장은 얼굴이 굳는다.

"노크귀순 그거, 얼마나 예의 바릅니까. 우리에게 총질을 하거나 위협하는 것도 아니고, 얌전하게 철책을 넘어와서 예의 바르게 노크를 하고 귀순을 했지 않습니까. 이렇게 힘들게 철책을 만들고 경계할 필요 없이 넘어가고 싶은 사람은 넘어가고, 넘어오고 싶은 사람은 넘어오면 좋지 않겠습니까."

인용문에서 화자는 '예의 바른 귀순'을 강조한다. 인민군 병사가 총질이나 위협이 없이 조용히 남쪽으로 넘어왔기 때문이다. 그리하여 '철책 경계'라는 임무를 방기하는 솔직한 상상을 토로한다. 즉 화자는 남북 간의 휴전선 대치 상황보다는 자유로운 왕래를 그야말로 솔직하게 상상한 것이다. 하지만 소대장은 월북 의도를 가진 것 아니냐고 따져 묻게 된다. 이렇듯 엉뚱한 상상을 일삼던 화자는 일상적인 군 생활을 하면서도 부대원들로부터 집단 따돌림을 당한다. 화자 자신이 '관심병사'로서 부대원들로부터 주홍글씨 같은 '낙인'의 대상이자 '괴물' 취급을 받아온 것이다. 결국 따돌림을 견뎌내지 못한 화자는 생활초소 내부에 소총을 난사하고 탈영병이 된다.

산으로 도주하면서도 현실과 게임을 구분하지 못하던 '몽상가적 기질'의 화자는 15년간 실종된 딸을 찾고 있는 아저씨의 탑차에 숨어들게 된다. 아저씨는 자수를 권유하지만 화자는 새로운 삶의 시작을 설계하기 위해 '리셋'에 대한 욕망을 피력한다. 그러면서 화자는 '북한 병사의 노크귀순' 이야기를 꺼내며, 자신이 거꾸로 '노크 귀순'하듯이 월북할 수 있는지를 타진하고 있다고 말한다. 결국 아저씨와 함께 노래방을 떠돌다 항구에서 사업자금을 마련하려는 기획이 실패하자 화자가 '중대 결심'을 미루지 않아야겠다면서 작품이 마무리된다.

　결국 「노크」는 2012년 10월 2일 북한 인민군 병사가 철책을 넘어 일반 소초의 문을 두드리고 귀순한 '노크사건'을 소재로 하여, 남북 대치 상황을 상상적으로 월경하려고 시도하는 실험작으로 볼 수 있다. 남북 간의 대치 상황을 '서든 어택'으로 종결지으려는 화자의 태도는 2016년 현재 강대강의 대결 국면으로 치닫고 있는 한반도의 풍경을 상징적으로 보여준다. 반면에 남북 체제를 조롱하듯 탈영병이 북쪽과의 자유왕래를 상상하는 것은 법적 테두리를 넘어서는 불법적 태도임에도 불구하고 평화로운 한반도 체제를 구상하는 낭만적 상상에 해당한다. 현실적 실현 여부는 차치하고라도 말이다.

　두 번째 작품인 「전망 좋은 바위」는 교도소 탈출범의 시골 할머니와의 동거를 다룬 소품이다. 화자는 살인강도 죄목으로 수감되어 형기의 절반을 채운 모범수다. 하지만 남은 세월에 대한 절망감 속에 식재료 탑차를 타고 교도소를 탈출한다. 천우신조의 기회로 탈출에 성공한 화자는 산중턱에 자리한 전망 좋은 암회색 바위 밑에서 산 아래 집과 비닐하우스를 둘러본다. 날이 밝으면 할머니가 집을 나서 비닐하우스로 향하는 모습에서 화자는 '세상의 경계가 애매하며, 죄와 벌의 경계가 불분명하다'라는 생각을 한다.

　할머니가 일터에 가면 산에서 내려와 집에서 허기를 달래던 화자는 '숨바꼭질 동거 생활'을 지속한다. 화자는 유년시절부터 아버지로부터 면박과 무시를 당한 이후 가출하여 '소년팸 생활'을 하다가 동네 구멍가게에서 동생들 둘이 아줌마를 칼로 살해하는 바람에 살인강도죄의 주범이 된다. 하지만 이제 교도소를 탈출한 화자는 할머니를 자신의 유년시절 친할머니처럼 여기며, 전망 좋은 바위 밑에 움막을 치고 포위망이 풀릴 때까지 살기로 마음먹으며 작품이 종결된다.

결국 「전망 좋은 바위」는 '죄와 벌의 경계가 불분명한 상황'에서 과잉 처벌을 받은 '가해자'인 수인의 탈출을 통해 '과잉 가해자'를 양산하는 사회 구조의 비정상성을 비판하고 있는 작품이다. 그러나 그럼에도 불구하고 탈출범의 내면이 구체화되어 있지 않기 때문에 가해와 피해의 구조가 지닌 양면적 이중성(개인적 가해자+사회구조적 피해자)을 묘파하는 데에는 일정한 한계가 드러난다. 따라서 서사의 개연성과 주제의식을 선명하게 드러내기 위한 허구적 장치가 중층적으로 보강되어야 한다.

3. 바이러스 확산하는 사회 - 「감염」, 「펜션으로 가는 길」

최광 소설의 두 번째 부류는 바이러스를 양산하는 사회에 대한 비판적 인식을 보여주는 작품이다. 2000년대 이후 '구제역 발생'과 자살카페 구성원들의 자살 결행 소식은 우리 사회의 저녁 뉴스에서 단골 소재로 등장하는 사건에 해당한다. 작가는 시의적 소재에 착안하여 이야기를 구성함으로써 풍자적 소품으로 형상화한다.

먼저 「감염」은 2011년 발생하여 전국적으로 확산되어 약 300만 마리의 가축이 매장된 '구제역 매몰' 사건을 연상시키면서, 구제역 매몰시 탈출한 돼지 잡기 소동을 그린 소품이다. 진정식 이장의 자살과 이 계장의 구토, 김 기사의 실종을 통해 '구제역'이 "발굽이 2개인 소·돼지·염소·사슴·

낙타 등 우제류(발굽이 2개인 동물) 동물의 입과 발굽 주변에 물집이 생긴 뒤 치사율이 5~55%에 달하는 가축의 제1종 바이러스성 법정전염병"에만 해당하는 것이 아니라, 인간의 정신감염을 일으키는 무서운 질병일 수 있음을 주목한다.

축산리 이 계장은 초등학교 친구인 가곡리 이장 진정식으로부터 돼지 몇 마리가 이상하다는 전화를 받는다. 며칠 전 가곡리 돼지 사육농장에서 구제역 의심신고가 접수되고 가검물과 혈액을 검사한 결과 500마리 중 3마리가 구제역 양성판정을 받는다. 이후 외부인의 출입을 철저히 통제하고 구제역 양성판정을 받은 돼지 축산농장의 모든 돼지를 매몰 살처분 하기로 계획한다. 그리하여 매뉴얼대로 축사와 매몰지 사이에 구덩이를 파서 저승길 이동통로를 만든다.

하지만 굶주린 돼지들로 인해 매몰지 통로가 뒤엉키면서 돼지 2~3마리가 매몰지로 가는 이동통로에서 탈출한다. 또다른 초등학교 동창인 김기사는 '비밀지상주의'를 언급하며 야생동물피해방지단협회라는 구제단 포수모임에 '멧돼지 소탕령'을 내리자고 이 계장에게 권유한다. 구제역 작업반원들이 아침부터 술판을 벌이는 것에 대해, 김 기사는 제 정신으로는 작업이 불가능하다며 술판의 필요성을 강변한다.

다음날 이 계장은 일어나면서 어지러움과 구토증 속에 토악질을 하다가 실신하게 된다. 다행히 이틀 뒤에 퇴원하지만, 이번에는 가곡리 이장이 축사에서 목을 매고 자살했다는 소식을 전해듣는다. 입원 전에 이 계장과 저녁 식사 이후 집에 돌아가 자살한 것이다. 진 이장이 떠난 날, 김 기사도 실종되는데, 가끔 약초꾼들이 산중에 움막을 치고 사는 김 기사를 보았다는 소식을 소문처럼 전해온다.

"계장님, 구제역 확산도 문제지만 또 다른 감염이 더 큰 문제인 것 같은데 어떻게 생각하시나요?"

이게 무슨 소리지? 매몰과정에서 탈출한 돼지 얘긴가? 아니면 구제역 바이러스가 변이를 일으켜서 사람에게 감염된다는 소린지? 질문의 요지가 잡히지 않아서 이 계장이 표정을 감추고 되물었다.

"다른 감염이라니?"

"아, 유제류 짐승끼리 번지는 구제역의 생물학적 감염 말고, 가곡리 이장 자살, 김 기사의 실종 같은 정신위생적 감염을 말하는 겁니다. 매몰 살처분 과정이 너무 참혹한 제노사이드 아닌가요?"

이 계장은 둔기로 뒤통수를 맞은 듯이 정신이 아득해졌다.

"그게……."

작품 말미에서 이 계장이 퇴근하려고 할 때 신문기자 하나가 따라와 구제역 확산보다 다른 감염이 더 큰 문제라고 언급한다. 유제류 짐승 간에 번지는 구제역의 생물학적 감염이 아니라, 가곡리 이장 자살, 김기사의 실종 같은 정신위생적 감염이 더욱 중차대한 문제라는 것이다. 재차 매몰 살처분 과정이 너무 참혹한 제노사이드가 아닌가라고 묻자 이 계장은 둔기로 뒤통수를 맞은 듯 정신이 아득해지는 것으로 작품이 마무리된다.

기자의 "정신위생적 감염"이라는 말과 매몰 살처분 과정의 참혹성 지적은 구제역 발생 사건의 문제의식을 선명하게 보여준다. "제노사이드(인종, 이념 등의 대립을 이유로 특정집단의 구성원을 대량학살하여 절멸시키려는 행위)"라는 표현을 통해 일종의 인종 청소에 비유함으로써 매몰 살처분의 문제점을 선명하게 제시하고 있는 것이다. 결국 「감염」은 동물 전염보다 구토, 실종, 자살 등을 유발하는 '인간 정신의 역병'이 더 무서운 감염이 될 수 있음을 비판하고 있는 작품이다.

두 번째로 「펜션으로 가는 길」은 자살카페 동호인들의 자살지로의 여행과 생존을 위한 귀가 이야기를 다룬 소품이다. 소지와 코나는 전 재산을 싣고 산길을 달려 정선군 북면 등초발로 향하는 자살 여행길에 오른다. 소지가 얼마 전에 자살카페를 개설한 뒤, 자살 결행 디데이에 맞춰 펜션을 예약한 것이다. '소시지, 코로나, 묵사발, 게거품, 개미귀신' 등이 뜻에 동참한 5명의 닉네임들이다. '소지'는 제사상의 지방처럼 홀홀 타올라서 허공으로 사라질 것이라면서 원래 닉네임 '소시지'를 '소지'로 줄이고, '코로나'는 태양의 코로나처럼 활활 타올라서 사라지고 싶었지만, 만화 주인공 '코난'의 동생쯤으로 알도록 '코나'로 호칭을 줄인다.

그러나 갑자기 코나가 샛길로 목적지를 바꾸면서 차는 비탈로 굴러떨어져 잡풀더미에 처박히고, 소지와 코나는 서로 드잡이질을 하며 싸우다 코피가 흐른다. 코나는 미리 준비한 캠핑도구를 챙겨 소지가 떠나간 계곡쪽을 향한다. 펜션으로 가는 길을 찾다가 놀기 좋은 곳을 발견한 코나는 조금 놀다 죽기로 결심한다. 결국 둘이 계곡에 놀러간 꼴이 되어, 피라미 매운탕을 끓여 소주를 마시고 라면을 끓여먹다가 낮잠을 잔다. 소지가 기타를 꺼내 '렛잇비'를 '내비 둬' 노래로 바꿔 부르며, 최악의 불협화음이 골짜기에 메아리친다. 그때 산중턱에서 불길이 쾅하는 굉음과 함께 치솟으며 교통사고가 발생한다. 근처 모래톱에서 또래의 청년을 발견한 소지가 인공호흡을 실시한다. 알고 보니 연탄들통을 하나 더 준비하기로 한 자살카페 동호회원인 '게거품'이었다. 소지와 코나는 서로 살아온 길이 '땡볕과 뙤약볕'이었다고 말하며, 자신들의 삶을 한탄한다. '게거품'은 펜션으로 가게 해달라고 말하지만, 소지는 강아지가 보고 싶다면서 집으로 가겠다고 말하고, 코나는 어느 쪽을 선택하든 먼저 오는 차를 타자고 말하면서, 작품은 종결된다.

결국 「펜션으로 가는 길」은 3포 세대(연애, 결혼, 출산)와 5포 세대(+내집마련, 인간관계)를 넘어 7포 세대(+꿈, 희망)에 이른 젊은 세대, 심지어 N포 세대(포기한 대상이 무한대에 이른다는 의미)로 호명되는 한국 사회 젊은이들의 자화상을 상징적으로 보여준다. 사회적 외톨이로서 인간 관계를 단절한 채 자살충동에 젖어드는 젊은이들이 늘어나고 있는 참담한 현실을 포착하고 있는 것이다. '헬조선'이나 '수저계급론'이라는 표현에서 드러나듯 2016년의 상징어들은 대한민국이 미래 세대의 절망을 강제하는 퇴행적 사회에 머무르고 있다는 비판적 자성을 하게 만든다.

4. 소외된 존재들의 표상 – 「차나 한 잔 하지」, 「전락」

최광 소설의 세 번째 특징은 자본주의 사회의 욕망 구도에서 살아가는 도시인의 소외된 일상을 주목한다. 먼저 「차나 한 잔 하지」는 회사 매각이 진행되는 와중에도 디자인 디렉터가 고심 끝에 도시락 사업계획서로 '향 기획서'를 제출한 이야기를 다루고 있다. 화자는 머무르는 공간과 스쳐가는 공간의 차별화를 이야기하면서, 짧은 시간에 가장 짙은 인상을 남기는 것이 '향'임을 강조한다. 도시락집에서 감나무집 아줌마를 보자 화자는 나무 향의 기억을 떠올린 것이다.

학창시절 자살골을 넣은 이후 집단 따돌림을 당하던 화자는 친구와의 폭행 사건 이후 산골짝에 자리한 기숙형 대안학교에 다니게 된다. 그때 방황하던 화자에게 학교 선생님께서 "차나 한 잔" 하자면서 '향'의 기원에 대해 설명한다. 즉 선생님은 콜럼버스나 마젤란이 신대륙이 아니라 향신료를 찾아나섰던 것이며, 자신들의 신분을 과시하기 위해 평민들과 다른 존재감을 보여주고 싶었던 것임을 지적한다. 하지만 비록 '향'이 탐욕을 위해 시작되었던 것일지라도, 세상을 향기롭게 하는 것이어야 한다고 강조한다. 역설적이게도 항해에 나섰던 사람들은 사형수였고, 악취를 풍기는 사람들이 향을 찾겠다고 정글을 찾아 헤매고 다녔지만 말이다. 결론은 차를 마시듯 욕심을 줄이면서, 다른 곳에서 향을 찾는 것이 아니라 스스로 향을 내는 존재가 되어야 함이 강조된다.

　화자는 학교에서의 기억을 더듬어 별도의 보조기획서를 만들어 '향의 중요성'에 대한 인식을 높이고자 한다.

　　인간은 향을 찾아 헤맸습니다. 음식에 향을 가미하려는 욕망은 동서 교류의 촉매였고요. 향은 우리를 미지의 세계로 유인합니다. 향에 대한 집착은 음식에서 끝나지 않고 죽음의 마지막 이별의식과 번식의 첫걸음인 혼사에도 필수가 되었습니다. 식물조차 향을 매개로 번식을 합니다. 꽃은 향의 다른 이름일 뿐이지요. 모든 제례나 종교의식에서 향을 뺄 수가 있겠습니까? 향은 현상의 세계를 천상으로 이끕니다. 모든 포유류는 태어날 때부터 향으로 시작합니다. 하찮은 벌레조차 마찬가지지요. 눈도 뜨지 못하고 젖무덤을 찾아가는 보이지 않는 끈은 향입니다. 모든 동물은 땅에 코를 대고 큼큼거리면서 자신의 지도를 그리고 찾아가지요. 인간도 마찬가집니다. 인간은 직립보행으로 땅에서 코가 멀어지긴 했지만 악취를 피하고 향을 찾아 헤매고 있습니다.

　인용문에서 드러나듯 향에 대한 욕망은 '동서 교류의 촉매'이자 '미지의 세계로의 유인'이어서 현상 세계를 넘어 '천상의 세계'로 안내하는 근원적인 감각을 향유하는 것에 해당한다. 화자는 팀장에게 눈의 시각적 기억보다 향의 기억이 더 원초적이라면서 자신의 계획서가 시각과 후각을 연결시키는 입체적인 전략임을 강조한다. 편백나무의 무늬와 향으로 승부하며, 도시락의 향과 맛이 상품과 디자인의 핵심 요소가 된다는 것이다. 그러면서 편백나무에서 피톤치드라는 항균물질이 나온다는 것과 도시에서 아토피로 고생하는 사람이 많다는 점을 예로 든다. 하지만 아무리 기다려도 기획 아이디어를 반영한 모델링 미니어처가 나오지 않는다. 뿐만 아니라 차 대리는 다른 회사와 접촉하고 있으며, 여직원이 회사 매각 소문을 듣고 다른 곳에 이력서를 이미 냈다는 이야기를 전해듣는다.

다음 날 퇴근 무렵에야 팀장과 차 대리가 함께 나타난다. 회장이 새 술은 새 병에 담아야 한다면서 직원 끼워팔기를 할 수는 없다고 했다면서, 팀장은 내일 회사 매각의 정식 절차를 밟게 될 것이라고 전한다. '술이나 한 잔 하자'는 팀장의 제안에 어쩔 수 없이 따라나서는 화자는 술자리에서 향내보다 악취가 진동할 것임을 예감하면서 작품이 마무리된다. 결국 「차나 한 잔 하지」는 이윤을 위해 악취를 풍겨내는 회사 조직과 존재의 향기를 발산하려는 회사원의 대비를 통해 사람의 향기를 온전히 향유하기 어려운 현실을 비판하고 있는 것이다.

두 번째로 「전락」은 구도심에서 음식점을 폐점하게 된 주인공이 신도심 점포들의 영업을 방해하기 위해 "한 달 간 무료 광고"를 페인트로 새겨넣은 일화를 다룬 소품이다. 구도심은 주차난과 낡은 시설로 슬럼화되고, 아파트 단지 근처에 신도심이 만들어진다. 구도심에서 음식점을 운영하다 적자 끝에 가게를 정리한 주인공 박탈은 컴퓨터로 출력해서 만든 '오리 한 마리 한 달 간 공짜, 아구찜 특대 한 달 간 공짜, 생맥주 천 씨씨 한 달 간 공짜, 피자 한판 한 달 간 공짜'라는 글씨를 오려낸다. 골판지 뒤에 종이를 대고 스프레이 페인트를 뿌리면 선명한 글씨가 드러나게 하기 위해서다.

박탈은 자신의 가게를 정리한 뒤, 도시의 거대한 음모가 자신을 박탈하고 있음을 깨달으면서, 자신이 새겨넣은 글씨로 발생된 신도심 음식점들의 주문 사태를 바라본다. 다음 날 신도심 아파트 단지 근처 음식점마다 공짜 손님들을 맞이하느라고 한바탕 소동이 벌어진다. 하루를 마감할 때쯤 오리집, 아귀찜, 생맥주집, 피자집 사장 등이 하루종일 날벼락을 맞았다고 하소연한다. 그때 사장들이 푸념하는 곳으로 다가온 박탈을 사장들은 적개심으로 노려보다가 묵사발을 낸다. 하지만 결과적으로 병원에 실려 가게 된 박탈과의 합의를 위해 사장들이 의기투합하게 된다.

사장들이 비상대책회의를 여는 곳에 붕대를 두르고 나타난 박탈은 으름장의 효력을 믿으며 내일까지 확실한 대책을 세워달라고 말한다. 다음날 박탈은 사장들과 결판을 내자면서, 치료비만 대주고 사장들 가게에 취직시켜달라고하며 기술을 배워 다시 가게를 열고 싶은 욕심을 피력한다. 그러자 아귀 사장은 반승낙을 하면서, 자신의 가게의 주방에서 일하라고 전한다. '한 달'이 지나면 화끈한 홍보 덕분에 오히려 장사가 잘 될 것을 짐작하면서 박탈은 회심의 미소를 짓는다. 장난삼아 심술을 부린 것이 큰 피해로 이어졌지만 해결의 실마리를 보았기 때문이다. 박탈이 떠난 뒤, 치료비가 많지 않을 것이라면서, 사장들은 이런 일이 아니었으면 서로 얼굴도 모르고 지낼 뻔했다며 위안을 삼는다.

「전락」은 전화위복 혹은 새옹지마에 대한 현대적 일화를 보여준다. 구도심의 폐허화와 신도심의 흥성거림이 도심의 이분화를 초래하지만, 영업점 사장에서 주방요리보조로의 전락이 새로운 도약의 계기가 될 수 있음을 보여주고 있기 때문이다. 박탈의 심술이 결과적으로 공멸의 태도가 아니라 공생의 자세로의 전환을 시사한 점이 중요하다. 새로운 도심 공동체에서는 타인의 이윤을 빼앗아가는 '착취의 공동체'가 아니라 타인과 더불어 함께 살아가는 '더하기의 공동체'가 조성되어야 하는 것이다.

5. 새로운 세계의 모색 – 「밤에 뜨는 무지개」, 「우린 지금 조난 중!」, 「폭탄」

최광 소설의 네 번째 부류는 과거를 마무리하고 새로운 시작을 준비하려는 모색이 시도된다. 대표적으로 「밤에 뜨는 무지개」는 화룡점정 같은 골목 풍경의 그림을 통해, 하나의 세계를 새로이 시작하려면 과거를 제대로 응시하여 마무리해야 한다는 모습을 보여준다. 주인공 경희는 어머니가 계시는 읍내로 내려간다. 오빠 내외로 인해 집이 거의 넘어가게 된 노인이 딸 경희에게 집에 내려와 달라고 도움을 청한 것이다. 경희는 읍내 미술학원에 일자리를 구하는데, 읍내의 마지막 미개발지역인 경희네 동네는 고층 아파트를 짓는 쪽으로 개발붐이 일어난다.

개발에 동의하지 않는 경희는 밤마다 악몽에 시달린다면서 프랑스 스트라스부르 대성당에 걸린 〈죽은 연인들〉이라는 그림이 나타난다고 말한다. 그 그림은 "늙고 메마른 두 연인의 흉측한 몸의 구멍마다 지렁이나 뱀 같은 파충류가 파고들고 뚫고 나오는 끔찍한" 그림이다. 경희가 '별다른 갤러리'에 정착할 무렵, '이후(以後) 동인' 그룹전이 기획되고, '미의 미래'라는 표제가 붙은 전시회는 비구상 작품만으로 이뤄진다. 그때 작품은 모두 "어두우면서 강렬"하고, "힘과 미래가 보이기도 하면서 좌절과 절망을 동시에 아우르고" 있는 것으로 느껴진다. 경희는 추상화의 진면목을 접하면서 깊은 속울음을 터뜨린다. 자신의 내면에 자리한 진실을 만났기 때문이다.

이집트의 벽화인 〈헤지레의 초상〉을 보는 등 다양한 논쟁거리들을 동원하면서 '이후 동인'들은 자유로운 토론을 진행한다. 무중력 상태처럼 구심점을 상실한 시대의 혼란, 너무 격렬한 시대를 건너와서 호흡을 조절하는 모색기, 블랙홀에 점점 빨려든다는 느낌, 어지러운 욕망만이 꿈틀거리며 욕망 자체가 꿈인 시대, 허위와 이중성, 위선과 왜곡과 허위 같은 것 등등에 대해 '자유로운 토론'이 행해진다.

경희는 정적에 싸인 자신의 방에 돌아와서 절망했다. 이대로 모든 게 사라질 것 같았다. 다음날 경희는 이젤과 스케치북을 들고 동네를 돌았다. 공원에서, 언덕에서, 아래에서 올려다보며 여러 방향에서 스케치했다. 자리를 옮길 때마다 동네는 새롭게 태어나고 사라졌다. 어쩌면 동네의 마지막 흔적이 될 지도 모르는 풍경, 나지막한 지붕과 지붕이 맞닿고 어긋나고 이어지면서, 아래에서 떠받치는 담벼락 선들의 연속, 지붕의 어지러운 빗금, 눈을 감고도 훤히 동네 집 하나하나를 그릴 수 있었다. 경희는 집으로 돌아와서 세밀화로 다듬었다. 언덕에 늘어선 동네는 수채화로 물들어 갔다. 작업은 계속되어 밤이 깊어 갔다. 수채화로 완성했지만 추억으로 간직하고, 마음의 미로를 따라서 다시 유화로 그리기 시작했다. 조금씩 다시 살아나는 동네. 수채화의 겉모습이 아니라, 그 지붕 아래 살아가는 사람을 하나씩 색으로 드러낼 수 있을 것 같았다. 거듭되는 작업은 자신도 모르는 방향으로 가고 있었다. 동네의 풍경은 점점 사라지고 선과 색만이 남는 비구상이 되어 갔다. 지붕의 빗금이 선을 이루고, 슬레이트나 기왓장의 칙칙한 색과 빨강 파랑 누더기 덮개의 조악한 색깔들이 교차하면서 물들어 갔다. 대상은 모두 사라지고 무지개도 아닌 무지개가 떠올랐다. 순간, 경희는 이게 어젯밤 눈물방울에 스쳐갔던 빛의 환상임을 깨달았다. 경희는 비로소 빛의 환상을 포착했다. 눈물도 무지개도 아닌…… 새벽 여명이 오고 있었다.

재개발에 반대하는 경희를 위협하는 왈패들이 떠난 뒤, 공원에서 동네를 바라보던 경희는 눈물을 흘리다 '무지개 색의 발화'를 보며 영감을 떠올린다. 다음 날 경희는 이젤과 스케치북을 들고 동네를 돌면서 동네의 마지막 흔적이 될지도 모르는 풍경을 스케치한다. 그리고는 수채화와 유화로 그림을 그리기 시작한다. 그림 속에서 점차 동네의 풍경은 사라지고 선과 색만이 남는 비구상이 되어간다. 대상이 모두 사라지면서 '무지개가 아닌 무지개'가 떠오르는 순간, 경희는 어젯밤 눈물방울에 스쳐갔던 것이 빛의 환상임을 깨닫는다. 비로소 경희는 눈물이나 무지개가 아닌 '빛의 환상'을 여명 무렵에 찰나이자 영원으로 포착한 것이다.

「밤에 뜨는 무지개」는 그림 〈죽은 연인들〉과 이집트 벽화 〈헤지레의 초상〉을 매개로 '이후 동인' 들의 자유 토론 등을 거치면서 경희가 그려낸 '무지개 색의 발화'로 마무리된다. 즉 〈죽은 연인들〉 그림이 보여주는 끔찍한 풍경이 현실의 축도일 수 있음을 보여주고, 이집트 벽화인 〈헤지레의 초상〉을 통해서는 하나의 그림에 '합성, 왜곡, 환상'이 입체적으로 조우하는 입체파의 과거와 현재를 만나고, '무지개 색의 발화'를 통해 '골목길 빛의 환상'을 그려낸다. 경희가 그린 한 편의 그림에는 골목 풍경이 내포하는 과거와 현재와 미래의 기억이 모두 녹여 만든 '빛의 환상'이 담겨 있는 것이다.

둘째로 「지금 우린 조난 중!」은 서점 주인과 1980~90년대 운동권 학생의 새천년 밀레니엄을 앞둔 해후와 함께, 해돋이 등산과 하산을 통해 지난 시대와의 결별과 새로운 방향 설정을 모색한 작품이다. 서점 주인이던 화자는 고교 후배인 운동권 학생 청수가 부탁한 금서를 팔게 되고, '여명'이라는 써클의 준회원이 된다. 결국 청수는 '중부지역당' 조직 책임자로 15년 형을 선고받고 감형되어 3년 형기를 마치고 출감한다. 이후 인천공단의 노동자로 살고 있다는 소식을 전해들은 화자는 연말에 청수와 만나 과거 이야기를 회상하다가, 플래카드에 '마봉산 해돋이 새벽 5시 역 광장 버스 출발 밀레니엄 등산회'라고 적혀 있는 내용을 본다. 둘은 해돋이 등산을 하게 되고, 눈발 아래 하산 길을 찾으려다 부상을 입은 청수를 데리고 화자가 가까스로 내려온다. 둘은 하산하여 눈에 반쯤 묻힌 승용차 안에서 핸드폰으로 지인들에게 "지금 우린 조난 중!"이라고 문자를 보낸다. 일종의 후일담 소설로서 조난당한 존재들이 새로운 서사적 전망을 제공하지는 못한다는 점에서 아쉬운 작품으로 판단된다.

셋째로 「폭탄」은 알코올 중독 남편의 정신병원 입원 연장과 지하드의 소년반원이 되어 자살폭탄테러리스트의 삶을 살게 된 트랜스젠더 화자의 삶을 다룬 소품이다. 화자는 남편의 입원 문제라면서 연장을 위한 절차가 필요하며, 정신병원을 방문해야 한다는 이야기를 듣는다. 하지만, 남남이 된 지 수 년째이고, 남편은 언제 터질지 모르는 시한폭탄 같은 느낌으로 다가온다. 과거에 남편이 화자가 운영하는 식당을 자살폭탄테러가 벌어진 공간보다 더 살벌한 지뢰밭처럼 만들어놓았었기 때문이다.

어느 날 식당을 그만둔 화자는 아프가니스탄의 힌두쿠시 산자락에 위치한 탈레반 폭탄제조 캠프를 찾아간다. 마드라사(이슬람 율법학교) 주변에서 만난 알 아사드는 과거에 자동차정비공장에 취업한 노동자로 기름때 찌든 작업복을 걸치고 식당에 왔던 인물이다. 화자는 그때 아사드의 슬픔이 자신의 슬픔과 비슷하다고 생각하며 맥주를 한 잔 한다. 세계화가 되어 슬픔도 비슷비슷해진 양상을 체감하는 것이다. 화자는 아사드의 불법체류를 연장시킨 공범이 되지만 나중에는 오히려 화자가 아사드의 보증으로 마드라사 율법학교에 입학하게 된다. 거기에서 무자헤딘 끄나풀을 만나 힌두쿠시로 향하면서, 여자는 얼씬도 할 수 없기 때문에 화자는 더벅머리를 만들고 수염도 기르며, 테스토스테론 호르몬제를 먹으면서 남성화된다. 하지만 동양인의 왜소한 체구 때문에 성인반에 들지는 못하고 무자헤딘 소년반에 배속된다. 소년반은 15세 내외의 중학생 수준이지만, AK소총으로 사격훈련을 하며, 박격포와 대공화기 다루는 법, 폭탄조끼와 기폭장치 다루는 법 등을 배운다.

화자는 남편을 피해 힌두쿠시로 넘어왔다가 다시 국내로 들어온다. 지하드를 성공적으로 이루면 누구나 알라의 품에 안기며 7대의 죄가 씻기는 위업이라는 율법 교육을 받았기 때문이다. 화자는 남편을 알코올중독으로 다시 정신병원에 가둘 수 있어서 2년 1개월의 시간을 번다. 이제 가게를 열어 다시 변신을 하면 된다고 생각하면서, 눈두덩이 젖은 아사드의 얼굴을 떠올리면서 작품이 마무리된다.

「폭탄」은 폭탄 같은 인생을 살아온 알코올 중독 남편을 피해 트랜스젠더가 되어 지하드 일원으로 자살폭탄테러 교육을 받은 화자가 다시 식당을 열고 변신을 하기 위한 내용을 다룬다. 하지만 부부 인생의 폭탄과 자살폭탄테러와의 연계성과 서사적 개연성이 미약하여, 폭탄의 중층적 의미가 낯설게 형상화된다. 서사적 새로움의 지향이 서사적 개연성을 확보하지 못한다면 독자로부터 공감과 설득력을 얻어내는 데에 실패할 수도 있다. 따라서 최광 소설은 개연성의 확보를 통해 서사적 흐름을 더욱 자연스럽게 연결시킬 필요가 있다.

6. 여명(黎明)을 위한 발라드

최광의 소설은 '여명'을 지향한다. 「지금 우린 조난 중!」에서 1980~90년대 민족민주운동의 구심점 역할을 하던 '여명'이거나, 「밤에 뜨는 무지개」에서 골목 풍경을 조망한 뒤의 '여명'이든, 새로운 하루를 시작하는 어슴푸레한 빛이 최광 소설의 지향점이다. 그 지향점 이면에는 어두운 과거나 답답한 현실이 전제된다. 그리고 그 너머를 상상하는 서사가 작품 속에서 전개된다. 최광에게 어둠은 빛의 모태다. 카오스에서 코스모스로 나아가기 위한 전제로서의 가능태가 어둠이자 밤이다. 그리고 그것을 서서히 헤쳐가는 최광식의 빛의 전망이 '여명'이 된다.

최광에게 소설은 현실 세계에서 현실 너머의 다른 세계를 지향하는 서사다. 다른 세계는 지금 여기의 문제의식을 예각화할 때 더욱 선명하게 상상된다. 상상된 다른 세계는 다시 지금 이곳의 현실 세계에서 발생되는 다양한 문제점들을 표면화한다. 그리고 변화할 동력을 마련하게 한다. 하지만 현재 그 변화의 동력은 서사적으로 부자연스럽게 마감되거나 돌출된다. 따라서 최광 소설에는 언어와 묘사의 절차탁마가 더욱 필요하며, 등장인물의 내면풍경에서 구체적 실감이 확보될 때 더욱 탄력적인 서사가 생성될 것으로 판단된다.

최광 소설은 이제 새로운 여명을 맞이해야 할 때다. 아이디어를 서사화할 때 인물의 풍부한 내면과 서사의 탄력적 개연성이 확보되어야 한다. 그래야 서사의 중층성이 보장될 수 있기 때문이다. 「밤에 뜨는 무지개」는 입체파적 존재감으로 이 작품집의 최대치를 보여준다. 이러한 작품들이 더욱 많아질 때 최광이 제기하는 사회문화사적 문제의식이 오롯한 의미망을 확보하게 될 것이다. 이제 여명을 위한 서사적 발라드를 새로이 시작할 때다.

(최광, 『노크』 해설, 작가, 2016)

시간과 언어와 분단의 감옥,
'작가적 수인(囚人)의 삶'을 스스로 기록하다

– 황석영의 『수인』론

1. '시대적 수인(囚人)'의 회고록

한반도에서 분단체제를 살아가는 우리 모두는 이 시대의 수인(囚人)이다. 『수인』두 권에서 표방하는 황석영의 서사는 그 사실을 직시한다. 그리고 우리 모두가 시대적 감옥 안에서 감옥 바깥의 자유를 상상하며 형극(荊棘)의 길을 걷는 고통스런 수행자라는 사실을 기록한다. 책 표지를 넘기면 작가는 돌아가신 어머니의 영전에 책을 바친다면서 "자기 팔자를 남에게 내주는 일"이 소설가의 운명이었음을 고백한다. 이제 소설이 아닌 에세이로 '자신의 팔자'를 털어놓는 '황석영 자전'에서 작가는 허구적 서사가 아닌 사실의 고백으로 시대적 진실을 드러내고자 한다.

육신이 구속된 '감옥 이야기'로 시작하여 자유인의 시각에서 박근혜의 탄핵 심판으로 마무리되는 '자전'은 감옥과 사회를 겹쳐보면서도 '촛불의 평화적 힘'을 전망하는 작가의 현실적 안목을 보여준다. 「프롤로그」에서 1993년 수감 생활로 시작하는 『수인』은 「감옥 1」부터 「감옥 6」까지의 이야기가 곳곳에 배치된다. 그리고 그 사이사이로 1985년의 베를린행(「출행」),

1989년의 방북행(「방북」, 「망명」), 10대를 전후한 유년시절의 회상(「유년」), 10대와 20대 초반까지의 방황(「방랑」), 1960년대 베트남 전쟁 파병 시절(「파병」), 1970년대 유신시절(「유신」), 1970~80년대 광주 생활(「광주」) 등이 배치된다. 끝으로 「에필로그」에서는 감옥 같은 한반도 분단체제에서 자유를 갈망한 작가가 자신이었음을 기록한다.

작가는 의도적으로 '1993년의 감옥'에서 출발하여 '2016~17년의 촛불정국'으로 마무리하면서도 시간의 순서를 나선형적으로 구성하지 않고, 역순행적 복합구성으로 뒤죽박죽 뒤섞어 놓는다. 우리의 기억이 비연속적으로 시공을 자유롭게 종횡하며 전개되듯 말이다. 아쉬운 대목은 1998~2016년까지의 18년 동안의 기록이 극소로 최소화되어 있다는 점이다. 이제 뒤엉킨 실타래를 풀 듯 시간 순으로 작가의 생애를 재정리해 들여다보자.

2. 수감생활의 시작 – 프롤로그

「프롤로그」는 1993년 5월 수사실에서 수사관들과 나눈 대화를 기록하며 시작한다. 20일 동안의 안기부 조사가 마무리된 뒤 3년형과 7~8년형 사이의 구속 기간을 저울질하며 서로 농담을 나누면서 검찰에 넘겨지기 직전의 상황이 그려진다. 작가는 『장길산』 등의 소설가로 유명해진 덕에 고문을 당하지 않은 것으로 짐작되지만, 안기부 대공수사부에 끌려가 '실장님'이라는 사람으로부터 "빨갱이 새끼, 이제부터 아주 깝데기를 벗겨줄 테니까 각오해라!"라는 말을 듣는다. 그 '실장'은 작가에 의하면 화가 홍성담을 고문했던 수사관으로 기억된다. 사복을 벗고 헐렁한 군복으로 갈아입은 채 수사과정에서 받은 욕설과 모욕은 견뎌내지만, 잠을 재우지 않는 것은 견디기 어려웠다고 밝힌다.

작가는 1989년 방북을 결행하면서 모든 언행을 공개하겠다는 원칙을 세운다. 하지만 '자술서'의 반복 기록은 혹독한 노동이다. 돌이켜보면 자신이 세상 물정 모르는 순진한 백면서생이었다고 회고된다. 수사는 주물을 찍어내는 공정이며, 국가보안법은 거푸집 역할을 수행하기 때문이다. 국가보안법은 '프로크루스테스의 침대' 같은 가혹한 형틀이지만, '북한에 이로운 사실이면 기밀이 된다'는 대법원 판례로 인해 여전히 살아 있는 자의적 악법이다. 작가는 북한식 사회체제를 이념적으로 찬성하지 않지만, 평화적 통일을 염원하는 사람이었고, 더구나 남한이 진정한 민주사회가 되면 그 역량으로 북한을 변화시킬 수 있다고 믿었다. 그러나 이제는 '통일론자'라기보다는 '평화주의자'임을 자처한다. 통일이 관념화된 정치적 마케팅으로 퇴색된 지 오래이기 때문이다.

작가는 검찰로 이송되면서 감옥 안에서 바깥세상을 상상할 때면 자신만이 외부에 부재하다는 결핍감으로 스스로를 '죽은 자'처럼 생각한다. 검찰로 송치된 뒤 30대 중반을 넘은 검사는 한 달 동안 작가를 닦달한다. 하지만 작가는 통일을 감상주의로 치부하는 검사의 자의식이 사실은 자기 연민을 숨기기 위한 '냉소와 오만'의 표상에 불과하다고 판단한다. 경기도 의왕의 서울구치소에 입감한 뒤, 청색 수의와 검은 고무신을 착용한 후 수인번호 '83'을 달게 되고, 정치범이어서 독방에 배치된 이후 부모와 누나들과 함께 38선 근처를 넘던 유년시절의 기억을 떠올린다. 감옥은 현실보다 과거를 소환하며 외로움의 극한을 경험하게 하는 것이다.

3. 방황하는 청춘에서 분단 시대의 청년 작가로 – 출생에서 우이동까지(1943~1976)

〈유년〉(1947~56)에서는 만주 장춘에서 출생한 뒤 1947년 5월 월남한 이야기가 기록된다. 어머니는 딸 넷에 아들 둘인 개신교 목사 집안의 딸이고, 아버지는 황해도 신천에서 3대 독자로 태어난다. 만주에 대한 기억은 남아 있지 않지만, 월남 뒤 거주한 영등포 가죽나무 집을 기억하면서, 그때 어머니가 방직공장에 교원으로 취직한 사실을 떠올린다. 1950년 한국전쟁이 발발하자 떠난 피난길에서 국군인지 인민군인지 모르는 상대를 맞닥뜨렸을 때, 군인이 "당신들 누구를 지지하는가. 이승만 박사인가, 김일성 장군인가?"라고 묻자, 아버지가 "정치를 모르는 양민"이라면서, "어느 쪽을 지지해야 하는지 가르쳐주십시오."라고 대답해서 위기를 넘긴다. 이때부터 황석영은 분단 체제가 야기한 삶과 죽음의 현장을 기록해야 할 '운명의 수인'이 된 것인지도 모른다.

〈방랑〉(1956~66)에서는 중1 때 부친 사망 이후 중학교 교실에서 교실의 광대역을 자처하면서도 변두리적인 자의식을 느낀 이야기로 시작한다. 작가는 어머니의 '공부 열망'으로 초등학교 6학년의 입시반에서부터 중학교 3년 동안 매달 월말시험을 치르고 석차 경쟁을 한다. 성적이 떨어지면 어머니로부터 전체 석차 30등까지의 아이들 점수와 이름을 적어오라며 혼난 기억이 있을 정도로 학업에 대한 어머니의 열의는 남다르다.

고등학교에서는 문예반이 아닌 등산반에 가입하고, 1960년 4월 19일, 시위 도중 종길이가 총에 맞아 피를 쏟으며 사망하자, 종길이의 유고시집 『봄·밤·별』을 편집한다. 1960년 2학기 들어 학교에 잘 가지 않다가 낙제가 된다. 그 시절 학교에서 아이들에게 떠들던 재담은 상처를 받지 않으려는 일종의 자기방어로 해석된다. 1961년 5월 16일 군사쿠데타가 발생하고, 수유리 화계사 뒤편 골짜기 동굴에서 동굴 생활을 시작한다. 고등학교를 세 군데나 전전하지만, 1962년 『사상계』에 입선된 「입석부근」을 어머니 앞에서 읽어드린 기억이 있으며, 남들보다 두 해 늦게 야간 공고를 몇 달 다니고 졸업한다.

대학생이던 1964년 여러 학교 연합 시위대의 틈에 끼어 연좌 농성을 하다, 20일 구류 처분을 받게 된다. 유치장에서 해병대 중사로 제대한 일용노동자인 대위 장씨와 함께 지내면서 정이 든다. 대위의 이야기에 가슴이 두근거려 그를 따라나서게 되고, 신탄진 공사장에 찾아간다. 신탄진에서 미호천을 따라 청주까지 가던 길이 「삼포 가는 길」의 배경이 된다. 제빵작업장에서 일하다, 진주 장춘사에 가서 출가 결심을 하고, 해운대 금강원에서 '수영(修永)' 행자가 된다. 6개월 뒤 어머니가 찾아와서, 흑석동 시장의 다락방으로 돌아온다. 그해 겨울 가스 중독으로 죽을 뻔하고, 친구인 '무'가 결핵이 악화되어 치료를 받다가 세상을 떠난다.

〈파병〉(1966~69)에서는 해병대 시절의 이야기가 그려진다. 포항 상륙사단으로 가서 경험한 내용을 「몰개월의 새」로 쓴다. 베트남 전쟁에 참전하여 보병에서 다낭 수사대로 나가면서 전쟁의 진면목을 발견한다. 「탑」을 쓴 이야기를 전하며, 귀신은 없지만 '전장에서의 헛것'이 '내면에 잠재된 기억과 가책'이면서 '또다른 역사의 얼굴'이라고 생각한다. 『무기의 그늘』 창작 이야기를 하며, 베트남에서 발견한 것이 남한에서의 삶과 아시아인의 정체성이라고 부연한다.

〈유신〉(1969~76)에서는 제대 이후 불면증과 악몽에 시달린 이야기와 함께 「탑」과 희곡 「환영의 돛」이 신춘문예에 당선된 이야기가 기록된다. 1970년 11월 전태일 열사의 분신에 충격을 받고, 유서 내용과 대학생 친구에 대한 독백에 안타까워한다. 전태일의 죽음에 강한 인상과 영향을 받아 「객지」를 쓴다. 1971년 가을 홍희윤과 결혼한다. 북한산 우이동 부근에 신혼살림을 시작하며, 5천원 월세로 집을 빌린다. 노동운동을 위해 손학규와 함께 구로동에 월세방을 얻은 뒤 구로공단에 취업하여, 광학회사의 연마반에 취직하고, 목공부에 배치된다. 손학규가 검거된 뒤 서울을 떠나 마산으로 향한다. 사학자 정석종에게서 책 한 권 분량의 자료를 받아 『장길산』을 집필하게 된다. 첫 소설집『객지』가 창비에서 나온 뒤, 장기영 한국일보 사장을 만난다. 자료비로 당시 집 반 채 값 정도를 넉넉히 받은 뒤 1974년에 32세의 젊은 나이로 〈한국일보〉에『장길산』을 연재하게 된다.

4. 문화운동과 '오월 광주'의 내면화 – 해남과 광주에서 방북 직전까지(1976~1986)

〈광주〉(1976~85)에서는 1976년 가을 전라도로 낙향하여 해남으로 내려간 이야기가 그려진다. 첫째『장길산』을 쓰기 위해서, 둘째 젊은 활동가들 사이에 전위냐 대중이냐는 논쟁이 시작된 이후 문화운동을 지속하기 위해서 지역으로 내려간다. 중앙정보부 조정관에게는 집필에만 전념하겠다는 자인서 형식의 글을 쓰고, 사랑방 농민학교를 기획한다. 1977년 가을 해남 농민회를 결성하고, 민중문화연구소를 만들어 광주에 사무실을 낸 뒤 현대문화연구소로 개명한다. 1980년 5월 광주항쟁이 발발하고, 제주도로 떠난다. 제주도 체류 기간에 어머니가 돌아가시지만, 임종을 보지 못한다. 1981년 가을 광주로 돌아와, 윤상원과 박기순의 영혼 결혼식을 추진하면서, 넋풀이 노래극을 구성하고, 가수 김종률이 작곡, 백기완의 시 일부를 인용하여 〈임을 위한 행진곡〉을 만든다. 1984년 민중문화운동협의회를 설립하고,『장길산』을 마무리한다. 1985년 4월 광주항쟁 기록 원고를 들고 집을 나와 서울로 향한다.

〈출행〉(1985~86)에서는 1985년 광주항쟁 기록집인『죽음을 넘어 시대의 어둠을 넘어』를 출판한 이후 첫 출행길에 오른 이야기가 그려진다. 책 출판 이후 한 달쯤 지나 자수한 뒤 중부경찰서에 수감된다. 1주일 뒤 서독 베를린에서 초청장이 와서 출국한다. 1985년의 베를린은 동독 안에 섬처럼 고립된 도시라고 느껴지며, 43세에 해외에 나오면서 '나는 누구인가'를 자문한다. 제3세계 문화 소개를 위한 기획의 일환으로 초청되어 온 것이다. 군사 독재 치하의 남한이 동독과 비슷하다고 느끼면서, 북한은 '농성체제'라서 통제와 긴장으로 유지되는 나라라고 판단한다. 이 시기에 분단과 자유의 의미를 캐묻는 본질적인 질문을 던지게 된다.

미국 뉴욕에서 한청련의 집회 공간에서 마당극 연습을 한 달 정도 진행한다. 마당극 제목은 〈통일굿, 청산이 소리쳐 부르거든〉이고, 문화패 이름은 '비나리'다. 나중에 안무가 김명수가 재혼처가 되면서, 전처 홍희윤에게 뼈아픈 상처를 남긴다. 크리스마스에 일본에 도착하여, 일본에서도 통일굿 공연을 치른다. 1986년 5월 9일 한국으로 돌아와 안기부에 연행된다. 전처 홍희윤에게 『장길산』 인세를 가족 몫으로 주기로 하고, 맨몸으로 집을 떠나기로 한다. 이혼 서류를 작성하고 함께 법원으로 가서 합의이혼한다. 결혼한 지 15년째 되던 1986년 여름이다.

5. 북한 방문과 해외 망명 – 방북 이후 귀국 직전까지(1986~1993)

〈방북〉(1986~89)에서는 1986년 재혼처 김명수와의 새로운 생활을 시작하지만, 반년쯤 지나 선택을 후회한 이야기가 그려진다. 1988년 월북작가 해금 이후 1989년부터 남북문화교류에 집중하면서 방북의사를 김상현, 이종찬 국회의원에게 전한다. 1989년 3월 18일 일본에서 베이징을 거쳐 평양 북방의 순안비행장에 도착한다. 평양 시내 외곽의 초대소에 안내되고, 소설가 최승칠, 시인 최영화, 시인 백인준 문예총 위원장 등을 만난다. 평양은 사회주의식 속도전으로 지어진 도시라는 인상을 받는다.

작가는 김일성 앞에서도 자유주의적인 언행을 했으며, 김일성과 만나 북한이 '관절이 없는 사회'임을 지적했다고 회상한다. 중간중간에 민주적 재량권을 주는 게 낫겠다고 권유한 것이다. 작가는 김일성의 일생을 반종파 투쟁과 통일전선을 확대해간 과정으로 파악한다. 김일성의 '인민화법'에 대해 거론하면서, 레닌, 스탈린, 티토, 마오쩌둥, 호찌민 등과 함께 사회주의 혁명가 1세대로 규정한다. 소설가 최승칠로부터 이용악, 백석, 이광수, 한설야, 안막, 정지용, 이태준, 이기영, 박태원, 홍명희 등 문인들의 후일담을 들으며, 월북 이후의 삶을 재구성하게 된다.

〈망명〉(1989~93)은 1989년 4월 24일 베이징에 도착한 뒤, 천안문 시위를 목격한 내용으로 시작된다. 일본에서는 방북 기행문 『사람이 살고 있었네』를 쓰고 귀국할 뜻을 기자들에게 밝힌다. 김일성이 선물한 백두산 산삼 세 뿌리를 먹어치운 뒤, 그 효험 덕분인지 망명 4년과 감옥 5년을 보내면서도 감기 한 번 앓지 않았다고 고백한다. 1989년 11월에는 베를린 장벽이 사라지면서 동서독의 통일이 시작되는 세계사적 격변을 마주한다. 1990년 2월 북한영화 〈님을 위한 교향시〉 시사회에 참석하고, 막내이모가 위독하여 다시 방북한다. 1990년 10월 3일 독일이 공식적으로 통일된 이후, 1991년 1월 중증디스크 치료를 위해 북한을 방문하고, 1991년 5월 평양을 떠난다. 1991년 11월 14일 독일을 떠나 뉴욕으로 향하는데, 미국에 도착해서 'LA 폭동'의 전 과정을 지켜본다. 1992년 12월 김영삼이 대통령에 당선되고, 1993년 4월 27일 공항에 나가 귀국하면서 체포된다.

6. 수감 생활과 단식 투쟁 – 감옥 생활(1993. 4 ~ 1998. 3)

「감옥1」~「감옥6」에서는 1993년 4월 귀국 이후 수감 생활과 함께 1998년 3월 특별사면되기까지의 이야기가 그려진다. 『오래된 정원』(2000)에서 오현우의 수배와 투옥 이야기가 작가의 실제 체험을 토대로 형상화한 것임이 드러난다. 〈감옥1〉에서는 1993년 4월 27일 귀국, 5월 중순에 검찰에 기소된 이야기로 시작한다. 한승헌, 박원순 변호사가 변론에 나서지만, 작가로서의 집필은 석방되는 날까지 허용되지 않는다. 담배와 막걸리 등의 추억이 담긴 '빵잽이의 낭만'도 구치소에서는 가능했지만, 교도소로 넘어가면서 어림없는 일이 된다. 1993년 10월 25일 1심 재판에서 징역 8년, 자격정지 8년의 선고를 받지만, 1994년 2월 항소심에서는 징역 6년, 자격정지 6년을 선고받는다.

1993년 민간정부가 들어선 뒤 감옥에 찾아온 변화가 '일간신문의 구독'이라고 전한다. 하지만 김일성 주석의 사망(1994. 7. 8) 이후 남북정상회담이 무산되고, 공안정국이 조성된다. 결국 그 영향 하에서 1994년 9월 27일 대법원에서 징역 7년, 자격정지 7년을 최종적으로 선고받는다. 교도소에서 제러미 벤담의 원형감옥인 〈파놉티콘〉의 실제 형상을 절실히 확인한다. 감옥에서 『오래된 정원』을 구상하며, 유토피아에 대한 일종의 패러독스적 서사를 기획한다. 1990년 독일 통일 과정을 보며 격변하는 세계 속에서 '이제 혁명은 끝났다', '새로운 시작을 준비해야 한다'고 판단했기 때문이다.

서울구치소에서 1년 6개월 생활 후, 1994년 10월경 공주교도소로 배정된다. 교도소에서는 갇힌 자들만의 상상으로 외식, 외출, 외박을 단행하는 내용이 그려진다. 교도소의 정치 투쟁은 단식으로 시작된다. 강제급식을 실시한 이야기와 함께 징벌 먹방의 생활을 견디며, 교도소 첫해 겨울 22일의 긴 단식으로 이빨 두 개가 빠져나간 이야기가 덧붙여진다. 3주 단식 이후 자신과의 싸움이 시작되면서 복식을 진행한다. 1995년 여름에는 〈황석영 석방 청원서〉를 각계 인사들이 제출한다. 감옥 생활 2~3년 차에 접어들면서 옥중생활을 자성한다. 감옥을 나온 뒤에는 재혼처 김명수와 이혼소송을 하는데, 전처에게 주었던 『장길산』 인세의 권리를 주장하는 통에 징역 안에서도 곱징역을 살았다고 고백한다. 결국 『장길산』 인세의 절반을 김명수에게 지급하도록 출판사에 조치한다. 출감 이후 수년에 걸친 이혼 소송은 여전히 아픈 기억으로 자리한다.

〈감옥 6〉에서는 1996년 12월 26일 신한국당이 안기부법과 노동법 개정안을 날치기하자, 다시 단식투쟁을 전개한 내용이 그려진다. 1997년 여름 악성 중이염으로 종합병원에 가면서 외부 출입을 처음으로 하게 되지만, 외출을 다녀온 뒤에 오히려 더 우울해진다. 1997년 12월 18일 김대중이 대통령에 당선되고, 곧이어 전두환, 노태우가 성탄절 특사로 석방된다. 12월 24일부터 다시 항의 단식을 시작한다. 1998년 3월 13일 김대중 대통령의 특별사면이 시행되고, 1980년 광주항쟁 이후 떠났던 18년 동안의 긴 여행을 끝낸 느낌을 받으며 출감한다.

7. 2016~17년 촛불혁명의 현장 – 출감 이후의 「에필로그」(1999~2017년 현재)

「에필로그」는 2016년 12월 3일(토) 경복궁역을 거쳐 '박근혜 정권 퇴진'을 위한 촛불집회에 참가하기 위해 광화문 광장에 나간 이야기로 시작된다. 11월 12일 3차 집회에는 길거리에서 컵에 끼운 촛불을 사고, 4차 때부터 전등이 달린 '플라스틱 촛불'을 준비해간다. 촛불집회에서는 집회가 축제이고 잔치마당 같은 느낌을 받는다. 12월 3일에는 최대 인원인 232만여 명의 사람들이 촛불집회에 참석한다. 중고교 시절 통학로인 적선동 골목을 지나 효자동으로 오르는 행렬을 따르는데, 주민센터 앞에 차벽이 가로놓여 있다. 비폭력은 촛불집회의 기본적 행동강령이라서, 이전과 전혀 다른 공동체를 경험하며, '새로운 국민'이 나타났음을 느끼게 된다. 분노하지만 공공성을 지키고, 개인이면서 서로를 배려하는 모습이 촛불만큼이나 아름답게 느껴진다. 새벽까지 돌아다니다 귀가한 뒤, 12월 9일 탄핵결의안이 국회에서 가결되는 광경을 방송으로 지켜본다.

작가는 2013년에 출범한 박근혜 정부의 정책이 퇴영적 유신독재의 회귀임을 확인한다. 2017년이 되어 오른쪽 어깨에 통증이 시작되고, 자신이 원래 왼손잡이로 태어난 사람임을 고백한다. 1998년 출감 이후 2000년대 초창작한 『오래된 정원』과 『손님』을 쓰면서 감옥 후유증을 극복하고 일상을 회복한다. '자전'은 원래 하고 싶지 않던 작업이기에 더딘데다가, 현재와 가까울수록 스스로를 객관화하기가 어려웠음을 토로한다. 그러나 "재간둥이란 참으로 싸가지 없는 존재"라면서 자신이 이기적이었으며 인간관계에서는 미흡했다고 고백한다. 주위에 얼마나 많은 상처를 남겼을지에 대해 자성하며, 자신은 반대로 많은 사람의 사랑을 받아 운이 좋은 사람이었다고 자평한다.

2017년 3월 10일 박근혜의 탄핵 심판이 인용되고, 오른쪽 어깨통증을 앓고 나서는 자신이 양손잡이였음을 다시 깨닫는다. 분신처럼 함께 밤을 지새운 아내 김길화가 없었다면 과거에서 헤어나오지 못했을 것이라며 고마움을 표한다. 2017년 6월 "시간의 감옥, 언어의 감옥, 냉전의 박물관과도 같은 분단된 한반도라는 감옥"에서 작가는 자신이 "갈망했던 자유란 얼마나 위태로운 것"이었는지를 회감한다. 그리하여 책의 제목이 '수인(囚人)'이 되었다고 고백한다. 작가는 망명과 투옥의 시기에 도움을 준 인사들에게 감사의 말을 전하면서 작고한 윤한봉(사회활동가, 작고)부터 생존해 있는 오에 겐자부로(노벨문학상 수상자)에 이르기까지 130명이 넘는(중복 포함) 많은 각계 인사의 명단을 덧붙인다.

8. 시대적 수인의 운명을 감당하다

작가는 '자전'이 현재와 가까울수록 객관화하기가 어려웠음을 고백한다. 수많은 실존 인물들과의 관계에 대한 주관적 기록이 부담스러웠을 것이기 때문이다. 그러므로 1998년 출감 이후 2017년 현재에 이르는 '자전'은 새로이 쓰여져야 할 여백의 공간에 해당한다. 아니 그 공간은 『오래된 정원』(2000)에서부터 『해질 무렵』(2015)에 이르기까지 서사적 작업에 의해 뒷받침될 수도 있다. 하지만 그것은 허구적 공간이기에 우리는 멀지 않아 작가의 '또다른 자전'을 기대해야 할지도 모른다.

작가는 시대의 감옥 안에서 문학적 자유를 갈망한다. 그리고 그것이 위태로운 갈망이었음을 고백한다. '시대의 수인'인 황석영은 자유인이 되고팠던 열망이 자신의 팔자를 남에게 내준 소설가로 살게 했음을 기록한다. 그리고 그 삶을 다시 '자전'이라는 에세이로 좀더 분명하게 정리한다. 소설이 리얼리티를 내재한 허구적 상상력의 장르임에 반하여 에세이는 진솔한 고백으로 독자와의 공감을 이끌어낸다는 점을 상기한다면 『수인』의 지향을 미루어 짐작할 수 있다.

1권에는 '경계를 넘다'라는 부제가, 2권에는 '불꽃 속으로'라는 부제가 붙어 있는 것에서 알 수 있듯, 작가는 분단이라는 금기의 경계를 넘어 시대의 불꽃 속으로 걸어들어간 셈이다. 『수인』 두 권은 독자가 익히 알고 있는 '황석영의 소설'이라는 서사를 튼튼한 씨줄로 삼아, '황수영의 생애'로 기억되는 이야기를 '날줄'로 덧붙임으로써 황석영이 살아낸 분단시대 삶의 현장을 추체험하게 한다. 결국 '황수영의 생애'를 읽는 우리도 '시대적 수인' 황석영과 함께 1993년 감옥의 수인에서 출발하여 일제 강점기, 해방과 분단, 한국전쟁과 베트남전쟁, 4.19 혁명과 5.16 군사쿠데타, 유신과 5월 광주, 분단체제를 거쳐 2017년 '촛불혁명' 현장에서의 자유인으로 우리 시대의 운명을 마주하게 되는 것이다.

(『문학의 오늘』, 2017년 겨울)

요절한 천재 시인의 삶, 애도하는 몸종

— 이진의 『하늘꽃 한송이, 너는』론

1. 요절한 천재 시인의 서사화

역사소설은 역사라는 씨줄의 여백을 작가의 상상력이라는 날줄로 얼마만큼 매력적으로 채워가느냐가 서사적 성패를 좌우한다. 『하늘꽃 한송이, 너는』은 조선 시대의 가부장적 한계를 몸소 체현한 허난설헌의 비극적 생애를 조망하는 작가의 현재적 애도에 해당한다. '비금'이라는 몸종의 시각으로 허난설헌의 삶을 타자화하여 기술함으로써 요절한 천재의 일생을 마치 '시극'처럼 재구한다. 그리고 작품 말미에는 '홍희'라는 아이를 비금이 낳고 키운 이야기를 덧붙임으로써 당대에 실현될 수 없었던 스승과 제자의 애틋한 연정을 대리 상상하게 한다.

작품의 주인공인 '아씨' 허난설헌의 본명은 초희고, 호가 난설헌이다. 조선 중기 1563년(명종 18년)에 강원도 강릉에서 출생한 허초희는 『홍길동전』의 저자인 허균보다 5살 많은 누나이고, 당시(唐詩)의 대가인 손곡 이달에게 시를 배워 8세 때 이미 「광한전 백옥루 상량문」이라는 시를 지을 정도로 천재적 재능을 발휘한다. 1577년(선조 10년) 15세 때 김성립과 혼인하였으나 원만하지 못한 결혼 생활을 이어간 것으로 전해진다. 어린 딸과 아들을 모두 잃고, 객사한 아버지와 아버지 역할을 하던 12살 많은 오빠 허봉이 귀양을 가는 등 불행한 자신의 처지와 조건을 시 창작으로 달랜다. 섬세하고 낭만적인 필치로 애상적이고 서정적인 시풍을 이루지만, 1589년(선조 22년) 27세에 요절하였으며 유고집으로 한시 213수가 묶여 허균이 편집한 『난설헌집』이 간행된다.

역사소설은 비극을 모태로 삼는 경우가 많다. 인생의 오욕칠정을 가장 극명하게 시사적으로 알려주는 전범적 이야기 구조가 비극에 담겨 있기 때문이다. 역사소설은 과거와 현재의 대화를 기록한다. 과거의 역사와 현재의 상상력이 만나 새로운 의미망을 산출하는 것이다. 요절한 천재 시인이자 조선 시대의 억압적 체제에 갇혀 있던 허난설헌의 일대기가 몸종 비금이의 시선으로 재구성된다. 출중한 능력을 가진 여성이 남성 권력과 조선 성리학의 강제적 규율 속에 사장시킬 수밖에 없었던 시적 재능이 21세기의 대한민국에게 질문한다. 동시대의 제도적 한계를 극복하려는 여성들의 목소리가 얼마나 다양하게 표출되고 있는가라고. 그리고 우리는 그 하나의 답변의 가능성을 이 작품 속에서 추론해 볼 수 있다. 하늘을 향해 새처럼 비상하는 소녀의 자유의지가 아련하게 조선의 한계 상황을 넘어 대한민국의 현재에 공명하고자 하는 것이다.

2. 몸종 '비금'이의 탄생

이 소설은 "나는 당신의 손끝에서 태어났다. / 아마는 이른 봄 어느 날…,"로 시작된다. 이때 당신은 '아씨'인 허난설헌이고, '나'는 〈앙간비금도〉 속의 붉은 저고리 소녀인 '비금'이다. 결국 아씨의 그림에서 탄생한 소녀의 시선으로 아씨의 삶을 따라가면서 아씨의 시를 통해 삶의 애환을 추체험하는 소설이 『하늘꽃 한송이, 너는』이 된다.

〈허난설헌의 글씨와 그림 「앙간비금도」〉[1])

'아씨의 몸종'인 나는 "무정한 어매"가 떠나가던 날의 풍경을 원초적 외상으로 기억한다. 그때 '당신'이 "나랑 놀자"면서 화자의 손목을 휘어잡더니 그림을 그려준다면서 울지 말라고 위로한다. 새와 닭을 그려달라고 하다가 '당신'이 화자를 그려주겠다면서 빨강 저고리에 노랑치마를 입은 소녀를 그려준다. 화자는 혼자는 싫다면서 '아배'를 함께 그려달라고 당부한다. 그림놀이와 소꿉장난을 치는 당신을 제쳐두고 한 번도 본 적 없는 아배를 그려달라고 한 것이 화자는 이해가 되지 않는다. 하지만 그것은 화자의 아비 부재 콤플렉스를 상징화한다.

당신이 그린 아배는 까만 두건과 흰 두루마기와 지팡이까지 든 "주인어른처럼 점잖고 나이 든 남자"다. 당신은 그 어른이 '신선'처럼 보이지 않냐고 묻는다. 화자는 아배 손을 잡고 날아갈 거라고 말한다. "앙간비금도(仰看飛禽図, 하늘을 우러러 나는 새를 보다)"는 당신이 그리고 당신이 붙인 당신의 그림 제목이다. 그 날 화자는 당신의 붓끝에서 태어난 몸종 '비금'이다. 그러나 작품 말미에서 결국 '비금'은 '당신'이 못 다 이룬 판타지를 대신 이루는 '당신의 도플 갱어'임이 드러난다. 작가는 '아씨의 삶'을 지켜보는 '몸종 비금이의 시선'을 통해 '아씨의 결핍'을 호출하고 그 결핍을 상쇄하는 자

---

1) KBS 〈천상의 컬렉션〉 참조.

유인의 막중한 역할을 '비금이'에게 부여한 셈이다.

3. 혼례 직전 아씨의 삶과 연정의 시 세계

몸종 비금이는 보름 후에 혼례식을 올릴 15세 아씨와 함께 한밤중에 남장을 하고 외출을 감행한다. 아씨에게 못 잊을 기억을 안겨 주고 싶기 때문이다. 지난가을 아씨는 가슴이 두근거리며 볼이 화끈거린다고 비금이에게 말한다. 샌님으로부터 시회를 마친 뒤 사랑에 눈 뜬 처녀의 애틋한 마음을 잘 잡아냈다고 칭찬을 받았기 때문이다. 바로 그 샌님과의 만남을 위해 비금이의 제안으로 외출을 감행한 것이다.

가을빛 서린 호수 / 푸른 물결 일렁이고 / 연꽃 만발한 저 깊은 곳엔 / 목란 배 매어있죠. / 그댈 만나 물 건너로 / 연밥 따 던지고는 / 행여 누가 보았을까 / 한나절 부끄러웠죠.

'목란배(혼자 타는 작은 쪽배)'를 타고 건너가 은밀히 만난 연인과의 만남 이후 부끄러운 연정의 마음을 드러낸 인용시 「채련곡(采蓮曲)」에서처럼 아씨에게 시는 "마음속 그림"이다. 그런 아씨에게 샌님이 가벼운 작별인사만 남기고 사라졌을 때 아씨의 눈가에 번져가던 눈물자국을 비금이는 기억한다. 그래서 무모한 계획을 수립하고 외출한 경포호 쪽에서는 아리랑 곡조가 들려온다. 단소 소리가 끊임없이 흘러오고, 아씨의 흥얼거림 소리도 한가롭게 이어진다. 하지만 아씨와 비금이가 탄 배가 순식간에 뒤집히고 낯선 사내가 아씨를 받쳐 안고 물 밖으로 나온다. 이후 사내가 아씨의 가슴을 압박하여 심장을 깨우고 아씨의 입에 대고 길고 깊은 숨을 불어넣는다.

사내는 바로 아씨 처녀 시절의 마지막 광휘인 손곡 이달 선생이다. 이 사건으로 비금이는 마님에게 회초리 13대를 맞지만, 비금이는 아씨에게 무지갯빛 기억을 하나 만들어주려고 노력한 것일 뿐이라고 속마음을 곱씹는다.

연전에 허봉 나리의 뒤를 따라 "조선 최고의 문장가"인 손곡 이달 선생을 만나면서 비금이는 "글을 읽고 쓸 줄 모른다면 아직 사람이 아니제요. (중략) 말과 글은 사람을 사람이게 하는 두 날개라고 생각합니다."라고 답변할 정도로 허균이 만든 '교산서당'의 우등생이다. 그때 아씨는 자신도 서당에서 공부하여 과거시험을 치러 벼슬자리에도 오르고 싶으며, 하늘나라 선녀들처럼 자신의 능력과 재주를 마음껏 펼치고 싶다고 말한다. 하지만 오라버니 허봉은 유가의 법도가 엄중한 조선이라면서, 국법을 어기면 죄인이 되는 것이니 "시나 쓰라"고 말한다. 동생을 위해 시대의 한계를 명확히 인식시켜준 셈이다. 샌님이 그들 사이에 끼어들어 글공부는 "깊어지고 넓어지고 또 높아지려고 하는 거지요. 내 밑바닥과 내 천장을 얼마나 키울 수 있는지 보려고 말입니다."라고 중재한다. 글공부의 본질 목적이 학습자의 내면적 깊이와 넓이와 높이의 제고에 있음을 강조한 것이 샌님의 의도지만, 아씨는 자신이 때를 만들 기회조차 박탈당했다는 사실이 억울하며 속상하다고 말한다. 샌님 역시 양반 아버지와 기생이었던 천첩 어미에게서 태어난 근본 없는 서출이라고 고백하며 아씨를 위로한다.

그러던 어느 날 15세가 된 아씨의 방에 평생 듣도 보도 못한 사내 하나가 깃든다. 새서방님이라 불리는 그는 "짙은 눈썹 아래로 음울한 눈빛이, 뾰족한 콧날엔 신경질적인 미소가, 그리고 얇은 입 꼬리엔 주렁주렁 짜증이 달려있는 사내"라서 마음에 들지 않는다. 하지만 다른 사람들은 '잘생겼다, 귀티가 흐른다, 훤칠하다' 따위의 찬사를 던진다. 푸른 가을 하늘이 한껏 드높은 혼례식 날, 새신랑의 걸음걸이는 위풍당당하지만, 입술이 앙다물어져 마치 '잔뜩 화가 난 듯, 두고 보자는 듯' 뭔가 심상찮은 눈빛을 내비친다.

첫날밤을 치른 아씨는 심신의 통증 속에 소통과 교감을 거부하는 새신랑에 대한 아쉬움을 토로하고, 비금이는 아씨의 말투에서 "우울의 그림자"를 읽어낸다. 그때 비금이가 샌님이 혼례식 전날 '마음의 선물'이라면서 전해준 편지를 건넨다. "맑은 날 둥근 난간에 / 저물도록 기대앉아, / 겹문을 닫아걸고서 / 시도 짓지 않았답니다. / 담장 가 어린 매화 / 바람에 다 떨어지니 / 그윽한 봄빛, / 살구꽃 가지 위로 옮겨 스밉니다."라는 내용이다. 아씨는 계절을 번갈아 피는 꽃에 가 닿은 봄빛 같은 샌님의 마음이 담긴 편지를 읽으며, 선생님도 자신을 마음에 두었던 것인지를 자문해 본다.

하지만 그때 새서방이 들어와 아씨가 황급히 편지를 감추고, 비금이가 자신에게 준 시라고 변명해 보지만, 새서방에게 손곡 이달이 시회를 제안했다면서 그 시를 달라고 한다. 하지만 아씨는 "비좁은 골목길에 / 따닥따닥 청루 십 만호 / 집집마다 문 앞엔 / 호사스런 마차들 늘어서고, / 봄바람 불어대니 / 님 그린 버들가지 꺾이고 또 꺾이는데 / 마차도 없이 조랑말 타고 온 사내, / 떨어진 꽃잎만 밟고 / 돌아서 가는구나."라는 내용의 시를 새로 써 준다. 아씨는 샌님의 편지에 대한 응답으로, 샌님을 "조랑말 타고 온 사내"에 빗대 사랑을 이루지 못하고 돌아서는 남성에 비유하는 화답으로서의 시를 써준 셈이다. 새서방은 손이 아주 빠르다면서 내용을 제대로 읽어보지도 않고 가져가면서, 샌님의 편지도 빼앗다시피 함께 가져간다. 시회가 끝나고 아씨의 신행길 준비도 끝나지만, 거듭되는 시회에서 주인어른과 허봉 나리 형제, 손곡 선생에게까지 창피를 당한 새서방은 경기도 광주의 본가로 예정보다 빨리 떠난다. 비금이는 아씨의 교전비로 신행길에 따라 나선다.

4. 결혼 생활과 오라버니의 유배 소식

결혼 이후 6년이 지났음에도 벼슬길에 오르지 못한 서방님이 친구들과 공부하는 한강변의 학관에 심부름을 다녀올 때면 하인 장달의 불평 불만이 크다. 어느덧 기골이 장대한 16세 청년이 된 장달은 서방님의 친구들이 아씨가 써준 시를 가지고 찧고 까분다며 분개한다. 아씨가 장달에게 특별히 못 참게 된 이유를 물어보자, 그 양반놈들이 아씨가 보낸 편지를 먼저 뜯어보면서 "촉기가 이리 하늘로 치솟는 마누라"라면 무서워서 어찌 사냐며 색시를 남장시켜서 과거를 보게 하면 장원은 '떼 놓은 당상'일 것이라는 등의 말을 했다고 전한다.

아씨는 시가 재미있으니까 쓸 뿐이라고 답변한다. 만날 시가 눈앞에 어른거리고, 시를 짓고 있으면 시간이 금방 가고, 시를 마주하고 있으면 마음이 푹 젖어 들면서 즐겁고 기쁘고 행복해지는 텍스트가 바로 '시'라는 것이다. 장달이는 서방님보다 백 배 천 배 아씨를 아낀다면서 아씨에 대한 자신의 마음과 자랑을 고백한다. 하지만 황진이처럼 예쁘냐고 비꼬는 서방님의 친구들 앞에서 서방님은 부끄럽고 창피하다면서 아씨의 시를 음탕하다고 비난할 뿐이다.

그러던 어느 날 시아버지인 김첨 어른이 퇴청하면서, 아씨의 오라버니 하곡 허봉이 함경도 갑산으로의 유배길을 선비다운 기개와 절조로 아름다이 떠났다는 소식을 전해준다. 더불어 허봉이 마지막으로 아씨에게 주고 간 작은 꾸러미 하나와 함께 아무데서나 구하기 어려운 명품인 몇 자루 붓을 건넨다. 그리고 아씨에게 보낸 "하늘이 내려준 내 오랜 글방 친구, / 가을 깊은 규중 풍경을 즐기라 보낸다. / 오동나무에 걸린 달빛도 그려보고, / 불빛에 날아드는 벌레나 물고기도 그려보아라.(허봉, [送筆妹氏])"라는 편지도 전한다. 김첨 어른은 천하의 하곡이 동생이자 자신의 며느리를 오랜 글방 친구라 여긴다면서, 자신에게 며느리가 아닌 글방의 동료로 대하라는 일종의 협박 같은 내용이라고 돌려말한다. 허봉 어른의 유배 소식을 들은 비금이는 임금님을 힐난하고 싶어지고, 아씨는 손싸개와 발싸개를 준비하게 하면서 한숨과 함께 무력감과 비애감을 드러낸다.

아씨 방에 든 서방님은 술 취한 소리로 아씨가 자신의 무능을 비꼴 뿐만 아니라 처음부터 자신을 무시했다고 말하면서, 손곡과는 무슨 관계냐고 캐묻는다. 아씨는 차가운 뱀이 온 몸을 휘감는 듯한 불쾌한 이물감을 받는다. 아씨는 "사랑하겠다는 결심이, 사랑받으려는 노력이 왜 음탕"이냐며, "동기가 아닌 평판이 왜 날 좌절시켜야 한단 말"이냐고 되묻는다. 서방님은 공부하는 서방 앞으로 써 보낸 글이 어찌나 끈적거리던지 친구들 앞에서 얼굴이 화끈거렸다고 전한다. 그러나 "반짝이는 순금으로 만든 / 반달모양 노리개 / 시집올 때 시부모님 주신 거라서 / 붉은 비단치마에 차고 다녔죠. / 오늘 길 떠나는 님께 드리니 / 그대, 정표 삼아 차고 다니시길. / 길가에 흘린들 아까울까만 / 새 여인 허리띠에 달아주진 말아요."라는 시는 순금 노리개를 길 떠나는 님에게 정표로 건네면서 다른 여인과의 연정이 일어나지 않기를 바라는 애틋한 서정시의 전형을 보여준다.

그러던 어느 날 비금이가 밤에 물을 길러 나갔다가 서방님의 오른팔 격의 하인인 조구에게 성폭행을 당한 뒤, 겨울이 가고 또 봄이 오는 내내 죽음을 생각한다. 불행 중 다행이도 다른 사람들은 비금이의 기나긴 우울이선이 애기씨의 병과 죽음에서 비롯된 것이라고 믿는다. 그 무렵 하곡이 쓴 글씨 중 세 글자를 장달이가 판자에 똑같이 베껴 새겨온다. 그리하여 별채의 대청마루에 편액으로 '난설헌(蘭雪軒)'이 걸리고, 별채의 이름이 된다. 그것은 단지 글씨가 아니라 하나의 인격체와 함께 집 한 채를 오롯이 담은 하나의 세계를 상징한다. 자신의 상처를 극복하기 위해 비금이는 아씨에게 자신을 면천시켜 달라고 부탁한다. 노비 문서에서 자신의 이름자를 지워달라는 것이지만, 아씨는 자신의 마음대로 되는 일이 아니라면서 고민한다. 비금이는 자신이 노비 문서라는 족쇄를 넘어서겠다면서, "아씨처럼 징징대

지 않고, 내겐 허락조차 되지 않은 그 많은 탓할 거리들을 밟고, 그렇게 나아갈 것"이라고 속으로 다짐한다.

5. 참척의 슬픔, 자식에 대한 아씨의 애도

지난겨울 선이 애기씨에게 찾아왔던 증상과 똑같은 병세가 희윤 도령에게 찾아와 아씨는 두 해 연속 자식을 저 세상으로 떠나보낸다. 비금이는 "하나의 빛이, 보름달처럼 둥실 떠서 푸르스름한 광채를 발하는 빛 덩어리 하나"가 방안을 가득 채우는 가운데, 자신과 아씨와 도령이 한 몸인 듯 경계가 녹아 사그라드는 적요를 맞이하면서 도령의 죽음을 받아들인다. 김첨 어른은 집안의 누구도 곡을 하지 못하도록 엄명을 내린다. 부모와 조부모에 앞서 죽은 도령의 불효를 용납할 수 없다는 게 이유이다. 모두들 슬픔을 안으로 삭일 수밖에 없다. 김첨 어른은 "좋은 세상으로 가거라."라는 한 마디를 얹을 뿐이다.

유배 갔던 허봉 나리가 돌아가서서 동생 허균이 삼우제까지 지내고 돌아오는 길이라는 말을 전해 들은 아씨는 희윤이가 외롭지 않았을 것이라고 담담히 받아들이려 한다. 하늘길에 외삼촌이 동행해 주었을 것으로 짐작하기 때문이다. 그러자 비금이는 한꺼번에 몰아닥친 죽음들이 아씨에게 '무감각'이라는 마취제를 선물한 것은 아닌지 우려한다.

49재 날에 아씨는 조그마한 애기 무덤 두 기 앞에 도착하여, 세상을 떠난 아이들의 이름, "선이야, 희윤아"를 부르며 통곡한다.

지난해엔 사랑하는 딸을 여의고 / 올해엔 아끼는 아들마저 잃었구나. / 서럽디 서러운 광릉 땅에 / 두 무덤 나란히 마주하고 있으니 / 백양나무 가지에 소슬한 바람 일고 / 솔숲에선 도깨비불 반짝거린다. / 지전을 사르며 너희 넋을 부르고 / 너희 무덤 앞에 맑은 술을 붓는다. / 알고 있느니, 너희 오누이 혼이 / 밤마다 서로를 좇아 함께 노는 것을. / 비록 어미 뱃속에 아이 있으나 / 어찌 제대로 자라기를 바랄까. / 낭자한 설움 하늘 가득 사무쳐도 / 피눈물 비통한 울부짖음 그저 삼키느니.

인용시 「곡자(哭子)」를 보면 아씨의 뱃속에 새로운 생명이 잉태되어 있긴 하지만, 허초희의 감성이 오누이의 이른 죽음이라는 서러운 비통함에 닿아 있음을 확인할 수 있다. 자신의 몸을 빌려 태어난 자식을 먼저 떠나보내는 참척의 고통은 본인이 아니면 짐작조차 어려운 법이다. 하물며 허초희는 두 해 연속, 그 참담한 고통을 겪으며 심신의 몰락을 경험한다. 그리하여 뱃속의 아이에 대한 기대를 갖지 못한 채 비통하게 울부짖을 수밖에 없는 것이다.

그러나 통곡 이후 귀가하던 아씨가 탈진하여 쓰러지고, 아씨를 들쳐업고 내려오던 장달이를 서방이 의심하면서 폭행한다. 이후 장달은 죽어도 아씨를 모시러 오겠다면서 조구를 살해한 피의자가 되어 집을 떠난다. 비금이는 아씨에게 장달이가 전해달라는 난초를 새긴 편액을 전한다. 세 줄기 난잎이 유연하게 몸을 비틀며 솟아오르고 그 사이로 막 피어난 한 송이 꽃과 봉오리 하나가 보는 이의 눈길을 사로잡는다. 단아하고 아름답고 멋스럽고 기막히다는 말조차 어울리지 않을 정도로 고풍스런 자태를 보여준다. '허난설헌'이라는 아씨의 낙관까지 선명하게 새겨져 있는 편액은 장달이의 마음과 솜씨를 여실히 보여준다.

하늘하늘 창가의 난초 / 잎새와 꽃잎 / 몹시도 향기로웠지. / 한 줄기 가을 바람 스치고 가니 / 애달파라! / 찬 서리에 다 시들었네. / 빼어난 자태 이울어도 / 맑은 향내만은 / 끝내 사라지지 않아. / 이윽히 바라보니 내 마음 서글퍼져 / 방울방울 눈물이 / 옷소매를 적시는데.

인용시는 '감정이 일다'나 '느낌을 만나다'라는 의미의 「감우(感遇)」라는 제목에 걸맞게 '애달픈 향기'를 뿜어낸다. 편액을 바라보던 아씨는 서글픈 마음속에도 맑은 향기를 읽어낸다. 그러면서 장달이가 자신을 떠나가서 좋다며, 더불어 비금이가 뭐라든 도망자 신세인 장달이가 부럽다고까지 말한다. 그것은 장달이가 신분 제도의 한계를 벗어나 새장을 벗어난 새처럼 자유의지로 세상을 활보하기를 바라는 마음 때문이다.

6. 아씨의 죽음과 비금이의 자유

정월 대보름이 지난 후 아씨가 비금이에게 '비금'이란 글씨와 함께 여기 저기 도장이 찍힌 문서를 건넨다. 아씨는 김첨 어른 집안의 노비 문서에 비금이더러 직접 줄을 그어 면천을 실천하라고 말한다. 이름자 위로 먹줄이 지나가자 아씨가 비금이에게 종 신분에서 벗어난 사실을 축하한다. 이제 어디로나 자유로이 오고갈 수 있는 '상민'이 되었다면서 자신이 아버님께 새로이 아이를 갖겠다고 약속하면서 그 대가로 받아낸 문서임을 전한다.

비금이에게 자유를 어떻게 쓸 것인지를 고민하라던 아씨는 한 쌍의 푸른 옥돌 반지를 나눠주지만, 병색이 점점 더 깊어진다. 마치 자신의 죽음을 예감한 듯 "짙푸른 바닷물이 / 하늘바다로 스며들고 / 파란 난새 무지갯빛 난새 / 더불어 노니는데 / 흐드러지던 부용꽃 / 스물일곱 송이 / 붉은 빛 점점이 떨어져 날리고 / 달빛 서리 그저 차갑기만 한데"라며 '꿈속에 광상산에서 노닐다'라는 「몽유광상산(夢遊広桑山)」을 짓는다. '부용꽃'은 '매혹과 섬세한 아름다움, 정숙한 여인' 등의 꽃말과 함께 "행운은 반드시 온다"라는 꽃말을 지니고 있다. 그러나 꽃말처럼 혹은 꽃말과 다르게 아씨의 파리한 얼굴에서는 쓸쓸한 광채가 나면서, 한 세상 이미 건너가 버린 사람의 풍성한 여백 같은 맑은 빛이 돈다. 아씨는 비금이에게 내일이라도 당장 떠나라면서 자신을 그냥 보내 달라고 전한다. 그러면서 아씨는 장달이 새겨준 것들, 대청마루에 붙여둔 오라버니 글씨, 난이 그려진 편액 등을 자신과 함께 묻어달라고 부탁한다.

아씨는 자신의 시첩 어딘가에 마른 버들가지 하나가 꽂혀있다면서 그걸 자신의 손에 꼭 쥐어주고 모든 시첩을 다 불태워버리라고 말한다. 그 하얗게 빛바랜 버드나무 가지 하나가 희미해진 기억 하나를 불러낸다. 샌님이 전해드리란 물건이었던 것이다. "안개 머금은 / 파수 언덕의 버들가지 / 길 떠나는 님에게 / 꺾어 드려요. / 이별의 쓰라림을 알 리 없는 / 봄바람이 / 휘늘어진 가지에 불어와 / 길바닥 먼지만 쓸게 하네요."라는 연정의 시에서 드러나듯, 버들가지는 헤어지는 연인들이 한 가지씩 주고받으며 이별의 슬픔을 달래고 재회의 약속으로 삼는 하나의 증표다.

아씨의 몸이 바닥으로 미끄러지면서 생을 마감한다. 할매의 곡소리가 울려퍼진 뒤, 사내 종들이 장작더미를 쌓는다. 아씨의 시첩을 장작더미 위에 올리던 비금이는 아씨의 시들을 머릿속에 새겨 넣기 시작한다. 비금이는 장작더미에 불이 붙을 때, "훅!!" 하고 "하늘 높이 치솟은 불혀가 거대한 새 한 마리를 뱉어"내는 풍경을 상상한다. 아씨가 하늘나라로 새가 되어 날아가는 '앙간비금도'를 심리적 실재로 목도하는 것이다.

이후 비금이는 아씨가 돌아가신 뒤 불교에 귀의한 '손곡 이달(학운 스님)'을 찾아간다. 그리고 그 암자에서 몇 날을 함께 머물며 지낸다. 그때 스님은 비금이를 품은 게 아니라 아씨에의 기억을 품고, 추억의 입술을 탐하고, 회한의 젖가슴을 쓰다듬은 셈이다. 그리고 비금이는 자신과 아씨의 분신 같은 존재로 '홍희'를 낳는다. 홍희의 아배는 샌님이고, 물리적 어미는

'비금이' 자신이지만 비금이는 홍희를 아씨의 자식으로 상상한다. 그리하여 홍희를 보며 비금이는 "너는 진실로 누구의 딸이냐"고 속으로 묻는다. 그리고 "내 이름은 비금이다."로 작품이 마무리된다. 결국 '홍희'는 '샌님과 아씨의 상상계적 연정'을 빚어 '샌님과 비금이'가 낳은 2세인 셈이다.

7. 비금이를 통한 애도의 서사

『하늘꽃 한송이, 너는』은 조선 시대와 남성 권력과 지상의 상징계에 속박된 여성의 굴레를 조망한다. 작가는 허난설헌의 비극적 생애를 형상화하기 위한 서사적 장치로 〈앙간비금도〉에서 '몸종 비금이'를 호출해낸다. 그리고 몸종 비금이로 하여금 아씨 허난설헌의 곁에서 아씨와 대화하고 아씨의 시를 암기하면서 못 다 이룬 학문과 연정의 응어리를 시로 응축해내는 양상을 묵묵히 지켜보게 한다. 그리하여 허난설헌의 비극적 생이 압축적으로 재현된다. 그리고 우리는 그 생의 비극적 궤적 속에서 요절한 천재 시인의 다른 세계에 대한 몽상과 연정의 아련한 장면을 상상적으로 재구하게 된다.

작품의 얼개를 보면 아씨 허난설헌이 조선 시대와 결혼이라는 제도 안에 갇혀 속박된 삶을 살아낸 존재라는 점에서 비금이는 그녀의 탈주 욕망을 대리 실현한 셈이다. 새는 전통적으로 지상에 귀속된 인간의 자유의지를 상징하는 매개물로 기능한다. 〈앙간비금도〉의 새 역시 자유의지의 상징물인 셈이다. 허난설헌은 조선 시대와 여성과 결혼에 대한 엄숙주의적 한계를 남녀 간의 연정을 다룬 서정적 한시로 돌파하려 노력한 시인이다. 그리고 적어도 그 시편들은 500년 가까운 시공을 넘어 현재에도 서정시의 한 전통적 흐름을 보여준다. 그러므로 비금이의 시선으로 허난설헌은 다시 태어난 셈이다.

(이진, 『하늘 꽃 한송이, 너는』 해설, 북치는 마을, 2018)

서사의 본령, 진실의 추적

– 박초이론

1. 이야기의 본질 탐문

　박초이의 소설은 감춰진 진실을 찾기 위해 분투한다. 표면적 층위에서 드러나는 인물의 표정은 대체로 가면적 위장술로 진실을 은폐하고 있기 때문이다. 상징계적 현실 세계에서 실재계적 진실을 발견 혹은 발명하려는 집요한 작가의 의지가 소설의 서사적 긴장을 유지한다. 그러므로 박초이 서사의 입구와 출구는 사뭇 다른 결과를 보여주지만, 결과적으로 그 입구와 출구를 함께 입체적으로 인식할 때 서사의 진실이 드러나기 마련이다. 안과 바깥, 내부와 외부의 경계가 무화되는 뫼비우스의 띠나 클라인씨의 병에서 확인할 수 있듯, 이면적 진실은 평면적이고 단선적인 세계 인식을 넘어설 때에야 도달 가능한 셈이다. 그러므로 독자는 일종의 관찰자적 시선으로 등장인물의 언행, 플롯의 진행, 이미지의 변이 등이 제공하는 행간을 누적적으로 읽어낼 때 비로소 맑고 투명한 서사적 진실을 마주하게 된다.

　박초이의 첫 창작집은 크게 세 가지 특징을 내장한다. 첫째로 소설이 허구 속 진실 찾기의 장르임을 증명한다. 그리하여 거짓과 진실의 줄타기 속에서 '투명한 거짓'과 맞서는 '명확한 진실'을 마주할 때 비로소 박초이 소설의 진가를 독해할 수 있다. 특히 등단작인 「원칙의 경계」를 비롯한 「거짓없이 투명한 피해자」, 「남주의 남자들」 등의 작품은 가독성이 뛰어나며, 서사적 진실이 서서히 밝혀지는 추리서사적 구성을 취하고 있다는 점에서 서사의 도입부에서 갖게 되는 독자의 고정관념을 깨뜨리는 진실의 추적이 돋보인다.

둘째로 소설이 망자에 대한 사후적 애도를 표명하는 작업임을 증명한다. 『삼국사기』와 『삼국유사』에 단편적으로 기록된 박제상의 충절과 의기를 사후적으로 추적한 「목도에서 기다리다」나 1980년 5월 광주민중항쟁의 영령들에 대한 애도를 표명하는 「네 이름은」 등의 작품은 삼국시대와 한국 현대사의 비극성을 내포한 역사의 뼈대에 진실의 윤기를 입히려는 서사적 노력에 해당한다.

셋째로 소설은 서사적 실험의 장르임을 보여준다. 그리하여 일종의 그로테스크 미학으로 '소리'라는 유토피아로 탈주하는 미성년 화자의 성매매 유흥업소 탈출기를 추적하는 「소리로, 율도국 살인사건」, '아이 사망(+고양이 살해)'이라는 원초적 죄의식으로 생겨난 존재의 허기를 '종이 먹기'로 버텨내는 「질기면서도 담백한 잉크 맛」, 디스토피아적 미래세계에 적응하지 못하는 통일 이후 북한 군인 출신의 거주지에 대한 애환을 형상화한 「강제퇴거명령서」 등의 텍스트가 자리한다.

박초이는 신뢰할 수 '없는/있는' 화자를 통해 표면적 허위의식을 벗겨내고 이면적 진실을 포착하려는 의지를 보여준다. 그리고 애도와 통증의 감각으로 부조리한 세계의 이미지를 집적하면서 다양한 서사의 실험을 진행한다. 박초이의 소설에서 진실은 언제나 흐릿하게 숨겨져 있다. '투명한 거짓'을 벗겨내야 비로소 서사의 비밀이 규명되는 형식을 취하는 것이다. 진실의 열쇠는 화자와 등장인물이 건네는 고백과 행동의 행간 속에서 슬쩍슬쩍 드러난다. 그리고 그렇게 집적된 이야기더미에서 진실의 서사는 눈 밝은 독자에 의해 새로이 발견된다.

2. 투명한 서사의 탐색

1) 찰나적 진실의 포착 – 등단작 「원칙의 경계」

등단작인 「원칙의 경계」는 박초이 서사의 기원을 보여준다. 등장인물 간에 벌어지는 거짓과 진실의 관계를 포착하고 그 안에서 벌어지는 삶의 곡절을 추적하면서 생의 진실을 들춰내려는 작가적 의지를 보여주는 작품이기 때문이다. 작품 속에서 사진사인 화자의 눈은 50mm 표준렌즈로 세계를 읽어내면서, '파파라치 컷'을 의뢰한 남성과 그 맞은편에 앉은 약혼녀를 하나의 프레임 안에 담는다. 렌즈 속에 담긴 그들은 결혼을 한 달 앞둔 남녀임에도 불구하고 2개월 전에 만난 사이라서 그런지 왠지 모르게 침울해 보인다. 더구나 화자에게 '파파라치 컷'을 주문한 의뢰인 남성은 다른 사람들이 1년 전부터 교제한 것으로 알고 있기 때문에 영상에 4계절을 포함시킬 것을 주문한다.

화자에게 뷰 파인더 속에 드러나는 표정은 피사체가 들려주는 말처럼 여겨지는데, 지금의 카메라 렌즈 속 둘은 대화를 나눌 준비가 되어 있지 않은 완강함이 느껴진다. 화자가 화각이 넓은 25mm 렌즈로 바꾸자 그제서야 모든 것이 작고 멀어 보이지만 대신 선연하게 드러난다. 남자는 화자에게 6개월에 한 번씩 규칙적으로 사진을 의뢰해왔는데, 매번 상대는 다른 여자였고 이번이 6번째다. 남자에게 찍은 사진을 모조리 보내주면 거래는 성사되는데, 사진은 즉시 파기한다는 조건과 상대 여자가 모르게 촬영해 달라는 요구가 붙는다. "비밀 보장, 완벽 파파라치 컷"이 화자가 다른 사진가와 구별되는 지점이면서 고객들이 화자를 찾는 이유인 것이다.

　화자에게 "불가능을 가능으로 만들어주는" '솔직한 도구'가 바로 망원렌즈이다. 화자가 5번째 여자와의 촬영을 마쳤을 때 의뢰인은 자신이 인화된 사진을 통해 자신의 솔직한 마음을 확인해 본다고 고백한다. 사진 속 표정을 보면 마음의 진실이 읽혀진다는 것이다. 남자는 5번째 여자와 겉으로는 완벽해 보였지만 그게 사진에 불과할 뿐이라는 사실을 뒤늦게 깨달았기 때문에 헤어진다. 5번째 여자는 예쁜 얼굴에 볼륨 있는 몸매의 소유자였지만 몸짓과 표정이 어색하고 불편했으며, 인터넷 쇼핑몰 모델일지 모른다는 생각까지 들게 만든다. 화자는 쇼핑몰 사진을 찍듯 그녀를 찍었던 셈이다. 화자가 6번째 여자와의 '파파라치 컷' 임무를 마치고 물품 보관소에 가서 카메라를 맡긴 뒤 허전함을 메우기 위해 파도 풀 속에 몸을 담그는 것으로 작품은 마무리된다.

　이렇듯 「원칙의 경계」는 파파라치 컷을 찍는 사진사 화자를 통해 의뢰인과 피사체의 진솔한 대화를 사진으로 증명하는 이야기를 다루고 있다. 사진은 사진 속 주인공들의 서사적 알리바이를 증명하는 예술로서, 찰나적 장면 속에 내면의 진실을 포착함으로써 관계의 절연과 연결을 가능하게 하는 것이다. 그러므로 작가는 피사체의 진실을 향해 서사의 카메라를 지속적으로 들이대는 일종의 사진사 역할을 숙명적으로 부여받은 셈이다.

2) 피해자로 위장한 폭력적 가해의 표정 – 「거짓 없이 투명한 피해자」

　「거짓 없이 투명한 피해자」는 '세상으로부터의 피해자'라고 자처하던 화자가 실은 분노 조절 장애에 단기 기억상실증 환자 같은 망각을 활용하는 폭력적 가해자였음을 폭로하는 작품이다. 작가는 신뢰할 수 없는 1인칭 화자에 대한 독자의 기대와 신뢰를 의도적으로 배반함으로써 서사적 진실의 발견이라는 사후적 즐거움을 선사한다.

화자인 '나'는 가훈으로 "거짓 없이 투명할 것"을 내세울 정도로 분명한 성격의 소유자이다. 그러던 어느 날 스페인 발렌시아 여행에서 돌아온 아내가 짐을 풀면서 갑작스레 화자에게 '별거'를 제안하자, 당혹감과 배신감 속에 패배감의 기억을 떠올린다. 아내는 화자가 아이 때문에 불면에 시달린다면서 자신에게 "제발 입 좀 닥치게 해달라"고 큰소리쳤던 과거를 이야기한다. 그러나 아내의 주장과는 다르게 화자는 아내가 산후우울증으로 힘겨워했으며, 밤마다 소리치고 울부짖었던 사람도 아내였다고 기억한다. 결국 아내가 "거짓 없이 투명"하게 남편의 폭언이 진실임을 주장하자, 이제 화자와 아내의 기억과 진술은 일종의 진실게임 양상으로 치닫는다.

 그때 결벽증적인 화자가 '반듯반듯'하게 "잘 정리된 세상이 곧 거짓 없이 투명한 세상"이자 "궁금증 없는 세상"이라고 확신하던 중 '망각의 신호'처럼 화자의 머리에서는 메트로놈이 울린다. 그리고 아내의 말과 행동을 의심한 화자는 "무례하고 천박한 여자"인 아내가 화자에게 조소를 보내자 굴욕감과 분노를 느끼게 된다. 더구나 감정을 추스르기 위해 담배를 피우러 나간 베란다에서 화자는 아내가 아무 잘못도 없는 자신을 "혼자 화내고, 화해를 청하고, 사랑을 갈구하는, 비이성적 사람으로 만들어버리는 재주"의 소유자라고 판단한다. 하지만 거실장 위 액자 안에 깨진 조각을 이어붙인 도자기 접시로 인해 진실이 드러난다. 즉 화자가 홧김에 접시를 던졌으며, 아내가 본드로 깨진 조각을 이어붙여 액자에 넣어놓았고, 액자 뒤에는 "다시는 물건을 집어 던지지 않겠습니다"라는 낯익은 화자의 필체가 보이는 것이다.

 아랫집에서 올라와 화자에게 금연을 요청한 젊은 남자의 눈빛에서도 화자는 환멸과 비웃음을 읽어낸다. 화자가 젊은 남자의 팔을 붙잡자, 또다시 머릿속에서는 메트로놈이 사정없이 울려댄다. 이후 분노조절 장애 환자인 화자는 경비원을 발길질하고 소화기로 폭행하며, 자신을 경찰에 신고한 젊은 남자에게는 소화액을 분사한다. 화자는 신고를 받고 온 경찰에게도 잠

깐 기억을 잃었던 순간을 제외하면 젊은 남자가 범인이라고 '투명한 진실(실은 뚜렷한 거짓)'을 말한다.

하지만 안방에 들어간 경찰은 화자를 폭력행위의 현행범으로 체포한다. 화장실 샤워부스에서 기어나오던 아내가 폭행에 의해 척추나 허리가 골절된 사람처럼 보였기 때문이다.

> 머리가 흔들거렸다. 또 시작이었다. 깊은 곳에서부터 시작된 통증이 내 머리를 갉아 먹었다. 한순간에 뇌가 부풀어오르는 것 같았고 나 자신이 메트로놈이 된 것 같았다. 온몸이 규칙적으로 흔들거렸다. 흔, 들, 흔, 들. 세상이 문제였다. 이상하고 불쾌한 세상. 거짓으로 가득한 세상. 이 세상을, 사람들을, 테트리스게임처럼 상자 안에 가둘 수 있으면 좋을 텐데. 반듯반듯 규격이 분명한 세상 말이다. 오른쪽, 왼쪽, 위쪽, 아래쪽만 잘 맞추면 되는 완벽한 세상. 색상과 기호가 확연히 구분되는 세상. 그 세계가 그립다. 경비원의 늘어진 척추도. 젊은 놈의 거짓된 비명도, 아내의 은밀한 저 웃음도 거짓 없이 투명하게 만들어버릴 수 있을 텐데.

작품 말미의 인용문에서 보이듯 화자는 두통 속에서 '메트로놈의 흔들림'이 시작되자 이질적이고 폭력적인 괴물로 거듭난다. 그리하여 세상을 향해 불만을 토로하던 '신뢰할 수 없는 화자'는 "이상하고 불쾌한 세상"이자 "거짓으로 가득한 세상"을 테트리스 게임처럼 반듯하게 규격화된 세상으로 만들고 싶어한다. 그것이 '경비원이나 젊은 놈, 아내'의 의심과 비웃음을 투명하게 제거할 수 있는 방책이기 때문이다. 그러나 결국 화자가 가족과 이웃을 향해 폭행을 저지르는 가해자였음이 '명백한 진실'로 드러난다.

「거짓 없이 투명한 피해자」는 아내를 의심하고 폭행하는 분노조절 장애 남편의 시각에서 쓰여진 현실 풍자소설이다. 사실은 의처증 환자이자 과대

망상에 시달리는 정신장애를 지닌, 일종의 소시오패스에 가까운 존재가 선의의 피해자를 자처했던 가해자 화자인 셈이다. 이렇듯 폭력적 가해자를 피해자처럼 오도하는 '불신의 화자'의 진술을 따라가면서 일종의 추리서사적 구성을 통해 작가는 화자가 위선적 폭력의 가해자에 불과하다는 서사적 진실을 규명하고 있는 것이다.

3) 가면으로 가려진 속셈 – 「남주의 남자들」

「거짓 없이 투명한 피해자」에서 남성 화자가 세상으로부터의 피해자를 자처하고 있지만, 실은 폭력적 가해자의 본질을 보여주면서 서사적 진실을 탐색했다면, 「남주의 남자들」은 여성 화자가 결혼 직전에 친구로부터 '솔직한 고백' 속에 결혼 배우자를 잘못 선택했음을 깨닫게 되는 서사적 진실을 추적한다. 여성 화자 '나'는 점심시간에 친구 남주와 만나, 결혼할 배우자 권과 결혼하지 않았으면 좋겠다는 말을 듣게 되자, 결혼을 1주일 남겨둔 시점에서 막장드라마 같은 장면을 상상한다. 권과 6개월 전에 헤어졌다는 남주의 이야기가 사실이라면 남주와 헤어진 후 권이 화자와 연락을 취한 셈이 된다. 절박하게 결혼을 반대하는 남주의 눈빛에서 화자는 경고와 불안과 절망을 감지한다.

화자가 권을 만난 장소는 고교 윤리선생인 친구 종미가 송년 파티를 가자고 해서 따라나선 가면무도회에서였다. 그 곳에서 화자는 여러 남성으로부터 성추행을 당한다. 누군가가 엉덩이를 쓰다듬고 지나가거나, 등 파인 드레스 속으로 손을 집어넣는 등 여러 명의 손이 몸 곳곳을 훑고 지나갔기 때문이다. 화자가 비명을 지르자 분홍 넥타이를 맨 권이 화자의 팔을 잡아 빈 테이블로 옮겨준다. 그때 종미가 화자를 바라보면서 감시 혹은 조종의 눈빛을 보낸 기억이 떠오른다. 파티 이후 종미에게 불쾌감을 털어놓으며 성희롱 고소를 말하자 종미는 등 파인 원피스와 짧은 치마 길이의 옷차림이 문제였다면서 남자들이 그 차림새를 보면 "만져달라고 애걸하는 것"처럼 느낀다며 성폭력 가해 남성의 전형적인 발언을 전한다. 그러자 화자는 '종미의 입'이 실은 '남성들의 손이자 가면'처럼 느껴져 오싹해진다.

남주는 화자의 과묵하고 믿을 만한 친구인 종미 역시 믿지 말라고 전한다. 더구나 남주는 권과 동거했었다면서 자신의 퇴직금과 전세보증금을 모두 날렸다고 고백한다. 하지만 화자는 남주와 다르게 예물로 다이아세트와 루비세트, 사파이어세트를 받았고 결혼선물로 외제차를 받았으며, 58평 아파트도 권이 구입했고, 개업할 병원도 권의 부모가 마련해준 사실을 떠올린다. 그리고 화자가 제출한 사표는 1개월 전에 이미 수리됐고 오늘이 근무 마지막 날이며, 자신의 퇴직금을 신혼여행자금과 병원 인테리어비로 사용할 계획을 갖고 있다.

남주의 의심을 확인하기 위해 전화를 걸어 보지만 전화를 받지 않는 '권과 종미'와는 다르게, 마지막으로 남주에게 문자메시지가 온다. "너는 나처럼 오빠에게 속지 않았으면 좋겠어"라며, 종미가 "너를 두고 오빠와 내기를 했"다면서 "네가 오빠와 결혼하게 되면 종미는 무엇인가를 오빠에게 줘야 될 거야."라는 메시지를 보내온다. 결국 화자는 누군가 자신을 함정에 빠뜨리기 위해 만들어낸 길을 걷는 듯한 느낌이 들면서, "검은 가면을 써야만 나아갈 수 있는 길. 맨 얼굴로는 살 수 없는 가면들의 세상"이 공포스럽게 느껴진다. 남주의 말에 따르면 화자 자신에 대한 종미와 권의 친절과 배려가 모두 '내기에 의한 사기'였음이 드러나기 때문이다.

결국 「남주의 남자들」은 '친구 남주의 남자'였던 권과 결혼생활을 시작하려는 화자가 남주의 진실 고백에 의해 가면을 쓴 '종미와 권'의 실체를 확인하게 되면서 공허와 불안, 공포감에 젖어드는 이야기를 그리고 있다. 결국 결혼에 대해 화자가 기대해온 낭만적 판타지는 종미와 권의 내기에서부터 비롯된 허상에 불과했던 셈이다. 이렇듯 작가는 항상 사후적으로 서사적 진실을 밝혀냄으로써 존재의 불안한 내면의 흐름을 예리하게 포착해낸다.

3. 망자에 대한 애도

1) 박제상의 의기(義気) 형상화 – 「목도에서 기다리다」

「목도에서 기다리다」는 『삼국사기』와 『삼국유사』에 실려 있는 신라 충신 '박제상' 이야기의 여백을 추적하여 서사적 공백을 역사적 상상력으로 채워낸 역사소설이다. 도입부에서 화자인 박제상은 '목도'에서 왜국의 화형을 기다리는 것으로 그려진다. 대물왕의 셋째 아들 미해공을 신라로 돌려보냈기 때문이다. 화자는 닌토쿠왕이 매일같이 고뇌하면서 생존에 대한 희망의 마음을 꺾기 위해 자신을 살려둔 것일지도 모르지만, 고국에서의 간절함을 위해 반드시 살아 있어야 한다고 생각한다.

미해공을 탈출시키는 날 화자는 새벽 안개비 속에서 미해공을 아무도 모르게 신라로 떠나게 할 수 있다고 판단한다. 남자노비들의 움막에서 웅이를 찾아낸 화자는 웅이에게 말을 타고 정에게로 가서 배를 준비하라고 이른다. 그리고는 화자 역시 두 마리 말을 끌고 미해공 처소로 향한다. 닌토쿠왕이 마련해준 미해공의 처소인 후지와라궁 별채를 마음대로 드나들 수 있는 사람은 닌토쿠왕과 화자뿐이다. 둘이 말을 타고 포구로 탈출하면서 미해공은 어둠과 억압으로부터 멀어지며 그리움과 가까워지지만, 화자는 불안과 가까워지면서 공포와 싸우게 된다. 그럼에도 불구하고 둘은 포구에서 석별의 술 한 잔을 나누고 헤어진다.

다시 화자는 후지와라궁을 향해 말을 타고 달린다. 오랜 시간 닌토쿠왕을 속이고, 미해공이 멀리 달아날 때까지 시간을 벌어야 하기 때문이다. 이튿날 아침 이찌가 아침을 가지고 오자, 화자는 미해공의 음성을 흉내낸 뒤

점심 때가 되어 박제상으로 돌아온다. 이찌와 니산을 안심시키지만 두 시진이 지난 뒤 들통이 나자, 미해공이 계림으로 떠났다고 전한다. 자신의 임무를 마친 화자는 안개와 소슬비가 그친 대기에서 세상 모든 사물을 아름다움과 그리움의 시선으로 바라본다.

닌토쿠왕이 직접 박제상을 심문하자, 화자는 "나는 계림의 신하이지 왜국 신하가 아니"라고 말한다. "계림의 개나 돼지가 될지언정 왜국 신하는 되지 않겠다. 계림의 형벌을 받을지언정 왜국의 상은 받지 않겠다."고 화자가 말하자 왜왕은 격노한 채 발가죽을 벗긴 후 죽이라고 명령한다. 마지막으로 화자가 자신을 "계림의 신하"라고 말하자, 왜왕은 목도로 보내 "화형에 처할 것"이라면서 "너뿐만 아니라 네 고향과 네 집과 네 가솔들 역시 불에 타 죽을 것"이라며 저주를 퍼붓는다.

> 한 달이 지났는데도 나는 아직 살아 있다. 벗겨진 발가죽은 조금씩 새살이 올라와 피부를 감싼다. 갈대로 피범벅됐던 발바닥은 불에 달군 쇠로 지져 지혈했고, 발바닥에는 아주 커다란 붉은 점이 남아 있다. 쇠가 남긴 상흔, 치료의 흔적. 몸은 조금씩 나아지고 있는데 나는 매일 악몽에 시달린다. 매일 밤마다 빨간 화염 속으로 사라지는 집들과 고향 산천, 사람들의 울부짖음을 듣는다. 아우성, 아수라장. 그 속에 아내와 아이들이 있다. 정과 그의 가족들과 웅이도 보인다. 불길이 나뿐만 아니라 내가 가진 모든 것을 삼키는 광경을 나는 속수무책으로 바라본다. 비명이 비명이 되지 못하고, 아픔이 아픔이 되지 못하고, 도망이 도망이 되지 못하는 이상한 꿈. 꿈에서 깨어나면 그때서야 선명해지는 아픔. 하지만 도망이 도망이 되지 못하고, 비명이 비명이 되지 못하고, 점점 더 고통만이 침잠하는 이상한 현실.

인용문에서 보이듯 목도에서 화자는 심문 이후 한 달이 지났음에도 생존을 이어간다. 그리하여 상처에 새살이 돋아나면서도 화자는 매일같이 악몽에 시달린다. 화염속에 불타는 가족이 상상되면서 깊은 고통에 젖어들게 된 것이다. 작가는 박제상의 고통스런 악몽 속에서의 최후를 형상화함으로써 박제화된 역사적 사실에 의로운 윤기를 살려내면서 망자에 대한 서사적 애도를 마련한 것이다.

「목도에서 기다리다」는 역사소설로서 대물왕의 아들인 미해공을 신라로 돌려보낸 충신의 이야기를 현재화함으로써 형해화된 서사적 골격에 피와 윤기를 돌게 한 작품이다. 고통 속에서 임박한 죽음을 기다리던 박제상의 의기가 지닌 내면을 되살리기 위해 작가가 의도적으로 박제상이 미해공을 탈출시키고 난 뒤 처형되기 직전의 임박한 최후 이야기를 서사화하고 있는 것이다.

2) 학살당한 영혼들에 대한 위무 – 「네 이름은」

「네 이름은」은 1980년 5월 광주의 영령들을 소환하여 애도를 표명하는 이미지 소설이다. 한강의 『소년이 온다』나 『흰』에서처럼 작가는 육체성을 상실한 혼령의 서사를 통해 망자들에 대한 사후적 애도를 그려낸다. 작가는 존재의 본질적 기표인 '서미연'이라는 본명을 찾아가는 화자의 영령을 추적하면서 한 사람의 이름이 하나의 기표임과 동시에 다의적 기표일 수밖에 없는 존재론적 실체를 형상화함으로써 무채색의 서사로 현재적 애도를 빚어낸다.

여성 화자가 색이 닿지 않는 장소에 자신의 그림자가 누워 있는 것을 느끼면서 작품이 시작된다. 화자는 몸을 일으켜 움직이고 싶지만 움직일 수 없다. 화자의 눈에는 광장에 쓰러져 있는 사람들과 피를 흘리거나 죽은 사람들이 보이지만, 엄마와 동생과 아버지가 보이지 않는다. 뒤엉켜서 형체를 알아볼 수 없는 사람들이 보이고, 자신도 누구인지 알 수 없는 채, 화자는 자신이 태어나면서부터 고아였던 것처럼 여겨진다. 화자는 군인들이 점령한 도시의 침대 위에 묶인 채 남자 목소리에 의해 겨우 10일이 지났다는 이야기를 듣는다. 초록옷의 점원들이 분주해지고 화자는 빛이 보이는 쪽을 향해 있는 힘을 다해 나아가며 죽을 고비를 넘기지만, 빛 사이로 묘지의 묘비들처럼 위패들이 보이고, 푸른 옷을 입고 서 있는 사람들의 모습이 마치 "푸른 옷의 유령"처럼 여겨진다.

비가 무덤들 사이로 고랑을 이루며 흘러넘치는데, 검은 옷을 입은 여자가 보이고, "당신의 죽음이 헛되지 않게 하겠습니다."라며 절규하는 이들의 모습을 목도한다. 병원응급실에 누워 있던 화자 옆에는 임산부가 있고 몸에 총알이 박혀 있다. 폭도로 몰려 지하실에 끌려가 군인들의 군홧발에 폭행을 당한 화자의 묘비명도 보인다. 파란 얼굴에 빨간 모자를 쓴 '파파스머프'가 눈물을 흘리면서 "친절하고 자상한 말투"로 "괜찮아. 다 잘 될 거야."라고 속삭이지만, 지하실에는 죽은 사람들로 가득하며, 원귀들로 가득 찬 묘지에 선 것처럼 공포가 화자를 휘감는다.

잡풀 무성한 들판을 걸어 '그의 집'에 도착한 화자에게 남자는 '이서연'이라는 이름을 지어준다. 이후 '국화꽃 남자'로부터 '정은'이라고 불리면서 그녀가 자신의 생일날 사망했음을 알게 된다. 엄마와 아버지와 동생을 찾으려던 화자는 안개 속에서 검은 옷의 늙은 노인이 '이름'을 찾아 와야 강을 건널 수 있다고 전하는 말을 듣는다. 공동묘지의 묘비명의 이름이 모두 화자의 이름처럼 느껴지면서 "이서연, 이정은, 김정순, 서다래, 최상해, 천강, 남영신, 이기문" 등의 이름 속에서 화자는 자신이 '어디에나 있고 어디에도 없는 존재'로 여겨지면서, '죽었지만 살아 있다'라고 느낀다.

그때 "유, 잘했어."라는 목소리가 들리는데, '유'는 화자가 스스로 지은 이름이다. 다시 '서미연'이라는 이름과 함께 화자의 잃어버린 시간들이 쭉 펼쳐진다. '푸른 옷의 유령'이 미안하다고 말하면서, 화자가 죽음으로써 두 사람이 살았다고 전해온다.

> "내 이름은 서미연이에요. 서미연, 묘비에……."
> 푸른 옷의 유령이 미안해, 라고 흐느낀다. 당신이 있어서 살 수 있었어, 라고
> 도 한다. 내가 죽음으로써 두 사람이 살았다니, 충분했다. 남자는 가끔 분노를
> 다스리지 못했지만 그를 이해했다. 내가 나를 잃어버렸듯 남자 역시 가끔 자신
> 을 잃어버렸기 때문이다. 내 삶은 아무래도 상관없었다. 엄마와 아버지 동생을
> 찾지 못했던 그때 나는 이미 죽었으니까. 나는 말소되었고 죽은 이서연은 나로
> 인해 살아났으니까.
> 이서연의 삶도 그럭저럭 나쁘지 않았다. 아기는 커가면서 좋은 친구가 돼주
> 었고, 덜 외로웠다. 문득문득 알 수 없는 통증이 가슴을 치고 지나갔지만 총알
> 때문이라고 생각했다. 남자는 다정했고 자상한 남편이었다. 엄마와 아버지와
> 동생이 나를 일으켜 세운다. 나는 하얀 방에서, 싱글침대에서 탈출할 수 있게
> 되었다. 나를 태울 침대가 차르륵 차르륵 경쾌한 소리를 내며 다가온다. 차르
> 륵, 차르륵, 나는 어둠 속으로 걸어 들어간다. 색이 닳기 시작한다. 어둠 속, 빈
> 공간으로 나는 빨려 들어간다.

인용문에서 드러나듯 작품 말미에서 화자는 두 사람을 살리고 사라진
존재 '서미연'으로 확인된다. 이서연과 이정은 혹은 이서연과 남자 혹은 또
다른 두 사람을 살리고 화자는 이제 자신의 본명인 '서미연'이라는 묘비명
을 남기며 사라진다. 두 사람을 살린 뒤에 화자는 이제 자신이 잃어버렸다
고 생각하는 '엄마와 아버지와 동생의 세계'로 길을 다시 떠나는 것이다.

이렇듯 「네 이름은」은 '서미연'이라는 죽은 화자가 자신의 가족과 이름
을 찾아 떠도는 이미지를 집적하여 1980년 5월 광주항쟁 당시 죽은 원혼
들을 위무하기 위해 단말마적 비명을 기록한 애도문이다. 잃어버린 이름을

찾는 행위는 존재의 본질을 찾으려는 인간의 본원적 욕망에 해당한다. 그러므로 작가는 빛고을의 도시에서 무장군인에게 학살당한 원혼들이 해원을 위해서라도 자신의 전존재를 걸고 '본명'을 찾아나설 수밖에 없도록 서사화를 진행하는 것이다.

4. 서사적 실험의 양상

1) 불법 성매매업소 탈출기 – 「소리로, 율도국 살인사건」

「소리로, 율도국 살인사건」은 미성년자를 착취하는 성매매 유흥업소인 '율도국'에서 살인을 저지른 뒤 탈출한 여성 화자와 크래커라는 남성 인물이 일종의 유토피아적 상상계인 '소리'라는 미지의 도시를 찾아떠나는 여로형 소설 형식을 취한 이미지 소설이다.

화자는 '율도국'에서 김대표를 살해한 뒤 국장의 차를 훔쳐 도망치면서 크래커에게 엑셀레이터를 밟으라고 소리 친다. 탈출의 해방감 속에서 '소리'에 가서 만날 친구 '푸딩'에 대한 기대와 믿음이 생기기 때문이다. 화자는 크래커를 마미의 SNS에서 처음 보는데, 마미는 갈 곳 없는 청소년들의 보호자를 자처하면서 크래커를 예뻐한다. SNS 속의 마미는 우아하고 다정하게 지적 매력을 풍기며 자립할 때까지 아이들을 돌봐주겠다면서, '율도국' 아이들을 후원해 달라고 말하지만, 그토록 따뜻할 거라고 믿었던 마미는 사실상 불법과 성폭력, 성매매를 자행하는 냉혹한 사업주로 존재한다.

화자는 유저들이 '소리'라는 미지의 도시를 찾아 오디세우스의 모험처럼 떠난다는 이야기를 3개월 전에 율도국에서 사라진 푸딩으로부터 듣는다. 유토피아 같은 '소리'에 가기 위해서는 "가장 소중한 것을 잃게 된다"는 푸딩의 말대로라면 화자는 '소리'의 길을 찾지 못할 수도 있겠다고 생각한다.

자신에게는 소중한 것이 없기 때문이다. 더구나 '소리의 실재'에 대한 확신도 없기에, 게임을 좋아하는 푸딩의 상상이 '소리라는 허상'을 만들어낸 것인지도 모른다고 의심한다.

차를 버리고 강가에 도착한 화자는 '율도국'에서 김대표의 최고급 안주가 되었던 자신의 알몸을 부끄럽게 떠올린다. 강가에서 자갈과 까마귀 날개 사이를 불안하게 움직이던 화자는 검은 무리의 사내들에게 체포된다. 제복을 입은 두 사내가 몸 수색을 해야겠다면서 화자의 가슴과 엉덩이를 쓰다듬고, 까마귀 떼가 몰려들자 사내들은 작은 배로 화자를 끌어올리는데, 배 끝에는 이미 손발을 묶인 크래커가 신음소리를 내고 있다. 푸딩에 의하면 동쪽으로 차를 타고 2시간 정도 가면 월영강이 있고 그 강을 건너면 소리를 믿는 사람들의 눈에만 보인다는 산이 나오는데, 그곳이 바로 '소리'이다. 유저들이 게임만 하면서도 살 수 있는 그곳에서 화자는 자신이 살아온 것과 반대되는 삶을 살고 싶어한다. 화자의 엄마가 엄마가 아니며, 3인의 아빠가 화자의 아빠가 아니면 좋겠고, 미성년 아이들의 성관계 영상을 판매하는 국장과 마미를 만나지 않으면 좋겠다고 생각하는 것이다.

배 위에서 화자가 '국장의 물뽕'이 담긴 보온병을 먼저 마시고, 크래커도 마신다. 이후 크래커의 뒤쪽에서 불길이 올라오는데, 그 불길 속에서 화자와 크래커는 자신들이 푸딩이 말한 월영강에 있음을 알게 된다. 눈앞에 붉은 꽃이 만발한 들판이 펼쳐지면서 꽃들 사이로 "소리에 오신 것을 환영합니다."라는 표지판이 선명하게 보이기 때문이다.

갑자기 기분이 좋아진다. 술에 취한 듯, 음악에 취한 듯 춤추고 싶어진다. 나는 덩실덩실 노래 부르며 춤춘다. 크래커도 노래 부른다. 크래커의 팔 다리가 폭죽과 음악과 하나가 된다. 신들린 듯 춤춘다. 폭죽이 세상을 밝히고 까마귀 떼가 화음을 넣는다. 멋진 세상, 아름다운 풍경, 나는 오래된 꿈을 찾았다. 나

는 춤추는 사람이 되고 싶었다. 어떤 음악과도 조화를 이룰 수 있는. 어떤 풍경
에도 녹아내릴 수 있는.

인용문은 '소리'에 도착했다는 환각 속에서 화자와 크래커의 마지막 모
습이 그려지는 대목이다. 결국 화자와 크래커는 율도국으로부터의 탈출에
는 성공했지만, '소리'에는 당도하지 못한 것으로 여겨진다. '물뿅'이라는 마
약에 의지해 기분이 좋아지고 "오래된 꿈"을 찾았다는 것은 결국 자신들의
소중한 목숨을 잃고서야 도달할 수 있는 곳이 '소리'임을 보여준다. 결국 '목
숨'이라는 소중함을 잃고서야 도달할 수 있는 '없는 장소'로서의 유토피아가
바로 '소리'였던 셈이다.

결국 「소리로, 율도국 살인사건」은 미성년자를 성매매 유흥업소에 채용
하는 불법업소인 '율도국'에서 탈출한 화자와 크래커의 이야기를 통해 폭력
적 윤락업이 만연한 대한민국 현실의 음화를 추적한다. 작가는 유토피아적
공간인 '소리'를 찾아 탈주를 감행한 미성년자들의 이야기를 통해 한국 사
회의 타락한 윤락업의 현주소를 우화적으로 포착하여 그로테스크 미학으
로 그려내고 있는 것이다.

2) 존재의 허기를 채우는 종이 먹기 – 「질기면서도 담백한 잉크 맛」

「질기면서도 담백한 잉크 맛」은 2년 전 아이와 고양이를 함께 잃은 뒤 2
년째 별거 중인 남편을 찾아 떠난 아내 유리의 이야기를 통해 아이를 죽인
원초적 외상에 시달리는 존재의 통증을 형상화한 작품이다. 유리는 캄보디
아의 씨엠립 공항 출국게이트 앞에서 2년 만에 만날 남편을 기다리지만, 남
편 대신 가이드 김이 온다. 호텔에서 유리는 초콜릿 매거진을 읽다가 초콜
릿 컴퓨터가 그려진 페이지를 뜯어 입에 넣으면서 달콤한 액체에 몸을 담
근 듯이 정신이 아득해진다. 그제서야 비어 있던 마음이 가득 차면서 진정

이 되는 것처럼 여겨지자 2년 전 기억이 떠오른다.

유리는 2년 전에 태아가 자신을 죽일 것 같은 느낌 속에 태아의 움직임이 고통이었던 기억을 떠올린다. 일종의 '태아공포증' 속에 '태아'가 자신의 새 생명을 얻기 위해 모체의 생명을 고갈시키는 느낌을 받은 것이다. 더구나 당시 임신한 고양이 리노는 유리에게는 으르렁대며 멀리 떨어져 지내면서 남편이 제공해주는 음식만을 먹는다. 심지어 남편은 리노를 위해 보양식을 만들기까지 하고, 유리의 엄마는 "아내보다 고양이가 더 소중"한 사위를 이해하지 못한다. 더구나 유리가 아기를 낳은 후 젖이 잘 나오지 않아, 아기는 늘 허기진 얼굴로 울다 지쳐 잠든다. 그러다가 남편이 해외 출장 중이었을 때, 고양이 울음소리가 들릴 때마다 유리는 아기의 입을 막고 이불로 몸을 싸매고 나서야 깊은 잠에 빠지게 된다.

그러던 어느 날 유리는 아기가 고양이 리노의 젖을 빨고 있는 모습을 본다. 그때 "고양이 머리에 아기 몸을 가진 기이한 동물이 그녀를 노려보"는 것처럼 느껴진다. 그리하여 그녀는 아기를 빼앗기 위해 괴물의 발을 잡아 공격하지만, 리노의 몸으로 빨려 들어간 아기는 다시 움직이지 않는다. 결국 아이와 고양이가 유리로 인해 사망하게 된다. 당시 남편은 화분을 던지면서 "함께 죽자, 병원으로 가자."라는 말을 내뱉는다.

아닌가, 그녀는 기억을 되짚어 보았다. 그건 자살이었다. 리노의 자살. 리노가 사는 것이 힘들다고 말했다. 고양이 세계에서 자신은 왕따라면서. 아빠한테 이야기했지만 믿지 않는다고. 그래서 외롭다고. 자신의 마음을 전하려면 자살밖에 방법이 없다며 슬픈 표정을 지었다. 아닌가. 그건 미라의 짓이었다. 아기를 품은 채 죽은 15세 소녀. 그 아이가 데려간 것이다. 자신의 아기라면서. 아닌가, 흡충의 짓이다. 흡충이 아기 몸에서 자라나고 있었던 것이다. 아기의 장기를 지나 뇌 속에 기생하며 결국 숨까지 잡아채 간 것이다. 아닌가, 그 모든 원인은 남편이었다. 남편이 리노를 외롭게 만들었고, 아기를 배고프게 했고, 15세 소녀의 우울을, 임신한 어미의 마음을 헤아리지 못했다.

하지만 인용문에서처럼 유리는 자신이 고양이와 아이를 죽인 것이 아니라고 부인한다. 그녀의 기억에는 리노가 스스로 자살했기 때문이다. 리노가 사람처럼 사는 것이 힘들다면서, 고양이 세계에서 자신은 왕따라고 말했다는 것이다. 리노가 아빠인 남편에게 사실을 이야기했지만 믿지 않아서 더욱 외로웠기 때문에, 자신의 마음을 전하려면 자살밖에 방법이 없다면서 슬픈 표정을 지었다는 것이다. 결국 태아공포증과 산후우울증, 육아 스트레스에 시달리던 유리가 리노와 아이를 사망에 이르게 했음이 드러난다. 하지만 이후 그녀는 유아 살해를 '리노의 자살'로 치환한다. 그것이 자신의 생존을 이어갈 유일한 합리적 명분이기 때문이다. 그리하여 그녀는 아이와 반려동물을 살해한 원죄 속에 다독증을 앓으면서 존재의 허기를 '독서와 종이 먹기'로 채우면서 살아간다.

남편이 떠난 후 생겨난 그녀의 허기는 입이 아니라 눈과 정신으로 채워지는 것이기에 닥치는 대로 책을 읽기 시작한다. 책에 모르는 내용이 나오면 그 부분을 뜯어 먹으면서 유리는 허기를 가시게 된다. 이제 책은 새로운 맛과 발견과 재미를 제공하는 텍스트가 되고, 책에서 신선한 내용이나 맛있는 글자가 나와서 페이지를 뜯어 먹으면, 껌을 씹듯 질겅거리면서 미묘한 맛을 느끼게 된다. "질기면서도 담백한 잉크 맛"과 "쌉싸름하면서도 떫은 종이 맛"을 느끼며 존재의 허기를 면하게 된 것이다. 그녀는 오로지 글자들만 생각하며, "문(文)이 자신을 향해 문(門)을 열어준 것" 같은 흥분 속에서 "자신이 알고 있는 글자와 온갖 부호들이 문(文) 안에서 색깔과 향기를 가지고 빛을 발하는 것"을 느끼는 '활자폭식증 환자'가 된다.

결국 「질기면서도 담백한 잉크 맛」은 '아이 살해'라는 주인공의 죄의식을 다독(多讀)과 식문(食文) 행위로 치유하려는 그로테스크 미학을 보여준다. 결과적으로 자신의 아이와 반려동물 고양이를 잃은 산모가 그 외상에 여전히 사로잡혀 문자를 읽는 '활자중독증' 속에 존재의 허기를 근근이 채워가며 생존을 이어가고 있음을 보여준다. 작가는 유아 살해의 죄의식을 활자중독으로 치유하는 이야기를 통해 존재의 결핍과 애환을 추적하고 있는 것이다.

3) 디스토피아적 통일미래상 – 「강제퇴거명령서–2039년 평성」

「목도를 기다리다」가 과거 사건을 현재화하여 역사의 여백을 복원하는 텍스트라면, 「강제퇴거명령서–2039년 평성」은 가까운 미래를 현재화하여 디스토피아적 전망을 선취하려는 서사적 욕망을 보여준다. 그리하여 통일 한반도에 대한 상상이 유토피아적 미래가 아니라 디스토피아적 암울함으로 그려질 수 있음을 보여주는 작품이다.

통일된 지 3년이 지난 2039년 북한 평성에서 공화국 군인으로 살아온 할아버지 화자는 퇴거명령서를 전달하는 집행관으로부터 10일 이내로 집을 비우라는 통보를 받는다. 하지만 더 이상 화자의 집이 아니라는 말을 화자는 믿을 수가 없다. 집행관의 말이 사실이라면 자신이 거짓말을 하는 셈인데, 화자는 공화국 군인으로 올바르게 살아왔으며, 거짓말을 가장 경멸하는 존재이기 때문이다. 화자는 집행관에게 50년 동안 자신이 소유한 집이라면서, "고난의 행군 이후 나라의 주택배정시스템이 마비"된 틈을 타서 어렵게 구한 입사증을 보여준다. 화자는 아직 인공지능, 공유자동차, 지문인식 등이 실감나지 않는 사회에서 사람의 일을 로봇이 대신하고, 사물인터넷이 연결되어 24시간 감시를 받는 현실이 도무지 이해되지 않는다.

화자에게 모든 땅은 국가 소유여야 한다. 하지만 남한에 거주하는 원적지의 토지소유자가 소송을 걸어 6개월 전에 법원으로부터 이미 퇴거명령서를 받는다. 화자가 평성경찰서에 신고를 하지만, 사람은 보이지 않고, 로봇이 접수 순서대로 사건을 해결하겠다는 말을 반복할 뿐이다. 법원에 가서도 마찬가지로 로봇이 모든 행정사무를 대신한다. 시스템에 익숙하지 않은 화자는 모든 시스템이 하나로 연결되어 실시간으로 전해지는 남한의 IT기술이 놀랍지만, 배워야 할 것이 넘치는 사회에서 자신이 낙오자처럼 여겨진다. 화자는 땅이 국가 소유임을 말하지만, 로봇은 이제 국가가 땅을 소유할 수 없다면서 땅은 개인과 개인이 거래하는 대상일 뿐이라고 말한다.

이제 화자는 로봇이 만연한 시스템 사회가 아니라 차라리 분단 시대의 공화국 시절을 그리워한다. 입사증만으로 행복하고, 배부르게 먹는 것만으로 기쁘고, 가족나들이를 가는 것만으로도 충분히 즐거웠기 때문이다. 그때 대형 스크린 속에서 유토피아의 이상적인 모토처럼 "일은 로봇에게 시키고 인간은 즐겁게 놉시다."라는 문구가 나온다.

순간, 이상한 기분에 휩싸였다. 그림 그리는 로봇을 보고 스크린 속 남자를 보았다. 아, 알 것 같았다. 로봇에게는 소유주가 있을 것이다. 일은 로봇이 하고 돈은 소유주가 벌고. 그런 거구나. 나는 스크린 속 남자를 노려보았다. 저 남자가 이 모든 일의 주동자 같았다. 시스템과 인공지능이 도시를 장악하게 만든 사람. 내 집을 빼앗으려고 모든 것을 조작하고, 허위 정보를 입력해 놓은 사람. 그래, 저 놈이다. 시장이라고 했던가. 공화국 군인으로서 나는 내 집을 지키기 위해 무엇이든 할 작정이었다. 그러려면, 우선 저 놈부터. 나는 스크린을 향해 걷기 시작했다.

인용문에서 보이듯 '공화국 군인'인 화자는 새로운 통일시대에 적응하지 못한 미숙아처럼 여겨진다. 결국 조지 오웰의 『1984』처럼 모든 것이 통제된 시스템 사회 속에서 로봇이 인간을 대신하는 사회는 역설적이게도 인간과 인간이 대면 접촉하는 인간적인 만남을 거부함으로써 대면 접촉이 가능했던 사회에 대한 그리움을 역설하게 된다. 화자는 스크린 속 시장을 시스템과 인공지능의 도시를 장악한 소유주로 착각하지만, 결과적으로 디스토피아적 미래는 인간에 의해 실현된 전체주의적 일상을 보여줄 뿐이다.

「강제퇴거명령서-2039년 평성」은 미래소설이나 공상과학영화에서 나오듯이, 자동화된 미래사회의 통일된 한반도에서 벌어짐직한 토지 소유 문제를 천착한 세태풍자소설이다. 로봇과 인간, 시스템과 개인, 남과 북, 사적 소유와 국가 소유, 자본주의와 사회주의 등등의 문제가 충돌하는 미래 통일사회의 음화를 추적함으로써 유토피아적 미래상에 대한 감상주의적 접근을 경계하고 있는 것이다. 작가는 통일시대라는 근미래사회에 착목하여 시스템과 로봇 만능주의 시대에 대한 낭만적 판타지가 아니라 오히려 일종의 전체주의적 감시체계로 인해 예속화된 인간의 묵시록적 미래가 도래할 수 있음을 경고하고 있는 셈이다.

5. '리플리 증후군' 사회를 넘어서

작가는 표면과 이면, 거짓과 진실, 투명함과 불투명함 사이에서 표정이 서로 다른 서사의 풍경을 채록해간다. 표면적으로 드러나는 위선적 가면 속에 감춰진 서사적 진실을 들춰내기 위해 작가는 다양한 인물의 내면과 언행을 집적한다. 그리고 그러한 작가의 서사적 실험의 결과물이 우리 앞에 놓인 9편의 텍스트로 펼쳐진다. 이 텍스트들 속에서 작가는 거짓을 진실로 믿는 '리플리 증후군'을 앓고 있는 현대인의 초상에 경종을 울린다. 우리는 모두 거짓을 진실로 착각한 채 생을 이어가는 병리적 존재들일지도 모른다는 것이다.

박초이는 발군의 작가이다. 평범한 일상의 표정에서 새로운 서사적 징후를 포착하기 위해 분투하면서, '투명한 거짓'의 세계에서 '선연한 진실'을 길어올리고 있기 때문이다. 작가는 거짓된 표정과 위장된 제스처 속에서도 화자와 인물들 간의 서사적 갈등을 풀어내면서 진실한 내면의 울림을 포착하고 있는 것이다. 피사체의 진심을 독해하려는 카메라 렌즈의 원칙을 보여준 「원칙의 경계」, 피해로 위장된 가해자의 폭력을 섬찟하게 형상화한 「거짓없이 투명한 피해자」, 불신의 늪에 빠진 인간관계를 보여준 「남주의 남자들」 등의 작품은 도입부와 결말부에서 발굴되는 서사적 차이가 소설적 재미를 선사한다.

　박초이는 발굴의 작가이다. 딱딱하게 박제화된 역사적 사실을 끄집어내어 그 외연과 내포를 연성화하고, 그 구체적 의미를 추체험함으로써 삭제된 내면의 윤기를 포착하기 때문이다. 박제상의 의기가 지닌 속살과 최후를 형상화한 「목도에서 기다리다」나 1980년 5월의 시민항쟁을 폄하하는 세력의 목소리가 버젓이 활보하고 중개되는 2019년의 몰역사적 현실 속에서도 오월 영령들이 지닌 비탄의 흔적을 입체화하면서 '잃어버린 이름'을 회복하려는 의지를 애도의 이름으로 발굴하고 있는 것이다.

　박초이는 발명의 작가이다. '새로운 화자'를 발명하여 기대와 배반 사이의 줄다리기를 통해 서사적 진실을 새로이 빚어내고 있기 때문이다. '소리'라는 유토피아로 탈주하는 미성년 화자들의 탈출기를 몽환적으로 그려낸 「소리로, 율도국 살인사건」, '아이 사망(+고양이 살해)'에 대한 원죄를 '활자 폭식'으로 견뎌내는 공허한 화자의 이야기를 다룬 「질기면서도 담백한 잉크맛」, 근미래사회의 한반도 통일 이후 현실에서 북한 군인 출신의 고지식한 화자를 통해 주거 문제를 비롯한 디스토피아적 애환을 형상화한 「강제퇴거명령서」 등은 새로운 서사를 발명하려는 작가의 의지가 돋보이는 텍스트들이다.

박초이의 서사는 '독자의 뒤통수치기'를 위해 서사를 지연시킴으로써 혹은 반전을 지향함으로써 소설적 성취를 이루고 있다. 그리고 그 서사적 성취의 이면에는 '새로운 서사의 발명'이라는 발군의 의지가 돋보인다. 기존의 서사와 비슷한 소재들도 전혀 다른 이질적 표정으로 빚어내고자 하는 장인의 감각이 박초이 서사를 보는 재미를 보여준다. 때로는 표면과 다른 이면적 진실로, 때로는 이미지가 범람하는 그로테스크 미학으로, 때로는 신뢰할 수 없는 화자의 '진솔한 거짓' 속에서 독자들은 서사의 진경을 만나게 된다. 그리고 그러한 진경이 우리가 박초이 서사를 기대하는 이유가 된다.

(박초이, 『남주의 남자들』 해설, 문이당, 2019)

3부

공명하는
마음들

• 21세기에 돌아보는 20세기의 여명(黎明), 19세기말의 '여울물 소리'
- 황석영의 『여울물 소리』론

• '벌거벗은 투명인간'을 강제하는 시대
- 성석제의 『투명인간』론

• 폐허와 죽음의 현장에서 노동과 생명의 가능성을 보다
- 이인휘의 『폐허를 보다』론

• 폭력의 대물림, 해체된 가정의 연원 찾기
- 정용준의 『우리는 혈육이 아니냐』론

• 우울증 강요하는 사회, 타인의 고통에 공명하기
- 최은영의 『쇼코의 미소』론

• 상실의 마음과 공감의 상상력, 생의 동력과 존재의 의미를 찾아서
- 김금희의 『경애의 마음』론

21세기에 돌아보는 20세기의 여명(黎明),
19세기말의 '여울물 소리'

− 황석영의 『여울물 소리』론

1. 근대적 비극을 이야기하다

19세기말 한반도 남단의 비극의 소용돌이 속에서 '이야기'의 '여울물 소리'가 울려퍼진다. 그 소리는 수심이 깊지 않고 경사도가 높아 물살이 빠르게 흐르는 '역사의 여울진 곳'에서 흘러나오므로 21세기에 이르기까지도 깊은 울림을 제공한다. 황석영은 2012년 『여울물 소리』에서 한국 근대사의 대격변기에 해당했던 19세기말의 풍경과 소리를 옮겨 놓는다. 그 풍경과 소리는 18세기 숙종시대 활빈당을 통해 1970~80년대의 군부독재시대를 증언하고자 했던 『장길산』과 여러 면에서 닮아 있으면서 다르다. 좀더 정치한 분석이 필요하겠지만 눈에 띄는 대목만 살펴보더라도 유사한 점은 지배 권력에 저항하는 계층의 이야기라는 점, 판소리와 민요 등의 고유한 전통 서사가 활용되고 있는 점, 연애 서사를 내장하고 있는 점 등을 들 수 있다. 반면에 차이점은 민중적 담론이라기보다는 서녀와 서얼을 주인공으로 채택함으로써 중인 등의 지식인 계층에 초점을 맞춘 점, 전지적 화자가 아니라 여성 화자를 통해 서사의 진술을 간접화한 점, 과거를 현재의 전사로 그려내던 직접 화법의 방식에서 벗어나 임오군란이나 동학혁명 등의 역사적 사건이 연애 서사의 후경으로 물러나 있는 점 등을 들 수 있다.

그럼에도 불구하고 『여울물 소리』는 『장길산』을 닮아 있다. 묘옥과 장길산의 '짧은 만남, 긴 이별'처럼 연옥과 이신통 역시 유사한 방식으로 시대와 사랑의 비애를 내장한 존재들로 그려지기 때문이다. 더구나 『장길산』이 조선 숙종 시대의 현실을 빌려와 군부독재 시대와 불화하는 존재들의 육성과 표정을 중첩적으로 그려냈듯, 『여울물 소리』 역시 19세기말의 격변기를 통해 외세에 둘러싸인 21세기의 고민을 우회적으로 담보하고 있기 때문이다. 그렇기에 작가는 '작가의 말'에서 19세기의 역사적 현실에서 발생한 "'근대적 상처'의 잔재"가 21세기에도 여전하기 때문에 "고통과 상처투성이의 '근대'가 마감되었으면 하는" 바람으로 동학혁명을 주목했음을 기록한다. 보국안민과 척양척왜를 내세우며 패퇴했던 동학농민군의 비극의 역사가 분단체제 하의 남북 대결 국면 속에서 여전히 현재적 상처의 맹아라는 인식을 보여주고 있는 것이다.

그러나 『여울물 소리』는 『장길산』의 성과에 미치지 못하는 것으로 판단된다. 대하소설에서 보여준 중량감이나 주제의식의 문제가 아니라, 작중 인물들의 성격이 분명하지 않고 흐릿하게 그려져 있기 때문이다. 여성 화자인 연옥이 이신통의 흔적을 추적하면서 제3자로부터 전달받은 이야기가 서사의 한 축으로 작동하고 있기 때문으로 파악할 수도 있지만, 그럼에도 불구하고 인물의 모호한 성격, 우연성의 남발, 서사적 시공간의 불투명성 등 구조적 얼개가 느슨한 점은 아쉬운 대목이다. 작가는 소설의 출발점이 '책 읽어주는 전기수'와 '재담꾼 강담사'에 대한 관심에 있었으며, 그들이 서얼 등 중인 계층을 구성하면서 몰락한 지식인으로서 방각본 언패 소설의 생산자였음을 주목한다. 특히 혜원 신윤복 등의 화공이 지녔던 '시선의 계급성'에 대한 관심을 드러내는데, 이렇듯 중간계층 지식인의 시선이 시대의 핵심에 어떻게 육박하는지 들여다볼 일이다.

2. 이야기와 소리가 빚어낸 서사의 여울물

『여울물 소리』는 엄격한 유교적 신분질서가 장악하고 있던 조선시대 후반 그 질서의 잉여적 존재로 살아갈 수밖에 없던 '서녀와 서얼'의 사랑 이야기를 밑면에 깔고 있다. 서녀는 작중 화자인 연옥으로 객주의 주인이고, 서얼은 이신통으로 '전기수, 강담사, 재담꾼, 광대물주, 연희 대본가, 고수, 천지도인, 교주 행적의 기록자, 활빈당 유사' 등의 다면적 역할을 수행하다 객사하는 것으로 그려진다. 황석영은 엄격한 유교적 신분질서를 뚫고 '사람이 하늘이다'라는 선언과 함께 출현한 동학을 근대적 시공간에서의 '하나의 돌올한 사건'으로 인식한다. 그리고 그 사건을 주도한 동학 교주 최제우와 최시형을 '큰 이야기꾼'으로 명명한다. 교주이자 사상가인 존재를 '하나의 이야기꾼'으로 전락시키고도 작가는 그것이 자신의 서사적 전략임을 강조한다. 즉 이야기의 정의, 발생 원인, 존재 의의, 잔존과 소멸, 이야기 생산자의 생존 방법, 세계관, 생장소멸에 대한 상상적 추체험이 동학의 태두를 '이야기꾼'으로 전용하게 만든 것이다. 익명과 실명의 이야기꾼들이 전하는 '언패 소설, 판소리, 민담, 민요, 잡가' 등을 통해 작가는 선대 이야기꾼들의 발자취를 더듬는다. 거기에 '큰 이야기꾼'의 거대 담론이 덧붙여진다. 그러면서 선대 이야기꾼들과 단절된 채 "제국주의의 침입과 함께 이식문화로 시작된 한국 근현대문학의 원류를 더듬"으며 "이제 울창한 우리네 서사의 숲에 들어선 느낌"임을 토로한다. 기실 '우리네 서사'에 대한 관심은 작가가 민중문화운동을 펼치던 1970년대 이래로 지속되어온 작업에 해당한다. '이신통'의 서사화가 그 우리네 서사의 숲에 진입하는 서사인지 확인해볼 일이다.

1) 연옥의 연인 이신통

『여울물 소리』의 화자는 연옥이지만, 실제적인 주인공은 이신통이다. 작품 제목을 '이신통전'이라고 해도 좋을 만큼 연옥은 이신통의 이야기를 중개하는 매개자 역할을 수행한다. 그러므로 여성 화자이기만 할 뿐 『오래된 정원』의 한윤희만큼 막중한 배역을 담당하지는 못한다. 다리목 객주의 주인인 '연옥'은 10년 전에 광대물주였던 이신통을 만나 단 한 번의 정을 맺고, 이후 재취살이 3년을 채우고 귀가한 뒤 마음의 정인인 이신통을 기다리는 것으로 그려진다. 이후 농민군에 가담했다 총상을 입은 신통을 치료해주면서 둘의 연정은 깊어진다. 그러나 한 달 정도 지난 뒤 민란이 패망할 줄 알았다면서 "내 마음 정한 곳은 당신뿐이니, 세상 끝에 가더라도 돌아올 거요"라는 말과 함께 향목 염주를 정표로 남기고 신통은 떠난다. 이후 단 한 차례만 둘의 재회가 이루어질 뿐 둘의 연정은 연옥이의 기다림과 신통의 행적을 추적하는 것으로 이어진다.

작가는 이야기꾼으로서의 신통과 '큰 이야기'로서의 동학을 주목하지만, 실상 '여울물 소리'의 백미는 곳곳에 퍼져 있는 아름다운 묘사와 민요, 잡가 등의 '소리'이다. 신통에 대한 연옥의 그리움을 나무의 수액 퍼지기에 비유하는 대목도 빼어난 묘사에 해당한다. 즉 "나중에 그가 곁에 없게 되었을 때, 가뭄의 고로쇠나무가 제 몸에 담았던 물기를 한 방울씩 내어 저 먼 가지 끝의 작은 잎새까지 적시는 것처럼, 기억을 아끼면서 오래도록 돌이키게 될 줄을 그때는 모르고 있었다"라는 연옥의 내적 고백은 신통을 향한 마음의 간절함을 보여주는 아름다운 비유에 해당한다. 기다림의 애절함 끝에 연옥은 신통의 고향인 보은에서 누이동생을 만나 광대물주 이야기, 투옥 이야기, 향목 염주 이야기 등을 전해 듣는다. 아홉 개의 구슬을 꿰고 인

내천(人乃天) 세 글자를 거듭하여 삼세 번 새겨 넣은 염주는 신통이 떠난 뒤 걱정과 슬픔, 불안과 외로움이 들면 '사람이 하늘이다'를 중얼거리게 만든다. 그렇게 연옥은 연인 이신통의 이야기를 내면에 깊이 받아들인다.

2) 전기수(伝奇叟) 예인(芸人) 이신통

서얼 신분의 신이(신통)는 10세 무렵부터 행랑채 동이 어멈 방에서 이야기책을 읽기 시작한 것으로 그려진다. 그때『콩쥐팥쥐전』을 읽으면서 "좌중의 기쁨과 슬픔과 분노와 감동의 느낌이 책을 읽고 있는 자신에게 그대로 전달되어 마치 술이라도 마신 것처럼 온몸이 달아"오르는 희열을 경험하는데, 이야기꾼이 천업임을 깨닫는 부분이다. 이러한 이야기꾼으로의 경도는, 한양에서 벌어지는 과도한 과거 열풍을 지켜보며, 유교적 가치관 속에 신분 상승을 기도했던 자신의 내면이 붕괴되는 허탈감 속에 강화된다.

특히 유교적 질서에 대한 허탈감은 당대 사회에 이방인이 된 신통으로 하여금 서일수처럼 "언제나 유쾌하고 한 발 비켜서 있는 듯한 태도"를 닮아가게 한다. "세태에 대하여 비분강개하거나 정면으로 맞서려 하지 않고, 오히려 시정 왈짜와 다름없이 아랫것들과 한통속이 되어 풍도 치고 능청스럽게 덜미도 잡으면서 휘돌아 나아"가게끔 '시대의 이야기꾼이자 광대'로 재탄생되는 것이다. 이후 신통이 백화(白花)와 함께 박삼쇠 연희패에 가담한 뒤 부부 광대가 된 이야기가 지속된다. 춘향가, 심청가를 완창하게 된 여성 명창 백화와 고수가 된 이신통의 이야기는 신통이 '여향(余響)'의 의미를 곱씹으면서 마무리된다. 귀명창 손동리 선생으로부터 여향이 "들보 위의 티끌이 떨리고 흘러가는 흰 구름을 멈추게 하는 가락"이며, "새벽의 먼 산사에서 마지막 타종 소리가 끊길 때와 같"은 소리임을 알게 된 신통은 '득음'을 위해 또 다시 방랑의 길을 떠난 것이다.

3) 천지도인 이신통

연옥은 '천지도경풀이' 필사본을 보면서 신통을 전생의 아들로 상상한다. 『오래된 정원』(2000) 이후 작가는 지속적으로 모성성을 강조하는데, "애틋하고 속상하던 것은 겨울 굴뚝의 저녁 짓는 연기가 북풍 속으로 가뭇없이 사라지듯 어디론가 가버"리고, "그를 보듬어 쉬게 해주고 싶었다"라는 연옥의 말은 그러한 모성성의 외화에 해당한다. 이때 연옥은 신통의 필사본을 읽으며 자신이 혼자가 아니며 홀몸이 아니라는 자신감과 함께, '내가 바로 하늘님'이라는 자부심이 생겨난다.

신통은 전국적 민란이 일어나던 기축년(1889)에 입도한 뒤 2대 교주인 최경오 신사의 말씀과 행적을 경전으로 쓰는 일을 맡는다. 그 일이 "조선 팔도에서 죽어간 모든 천지도인들의 꿈과 소망을 짊어진 일"이기 때문이다. 이러한 태도는 리얼리스트 황석영의 발언으로 봐도 무방해 보인다. 이신통을 마지막으로 만난 연옥은 최경오 명월신사로부터 향아설위(제사를 나에게 차리는 것이 옳다)라는 말을 듣고 가르침에 감동을 받은 뒤 신통의 곁을 떠난다. 둘은 살아서는 다시 만나지 못하는 비극적 연정의 주인공이 된다.

이후 연옥은 5년 뒤 호서 활빈당의 유사 노릇을 했다는 신통이 단양에서 죽었다는 소식을 접하고, 이듬해(1904) 봄에 남편을 이장하러 간다. 동산에 봉분이랄 것도 없이 잡초가 무성한 자리에서, 관도 없이 멍석에 삭은 나무뿌리 같은 유골이 드러난다. 유골을 수습하여 행담에 넣은 뒤, 뗏사공 집에서 노인이 젊은 시절을 자랑하는 소리를 듣는다. 그렇게 이야기꾼 이신통의 여울물 소리를 닮은 우여곡절 많은 생이 마무리된다.

4) '여울물 소리'로 흐르다

작품 말미에 뱃사공 노인이 불러주는 여울물 소리는 '남평다리, 다래여울, 여우바우, 바귀미여울, 왕바우, 진펄여울, 범여울, 새범여울, 옥바우, 열두절, 황새여울, 된꼬까리, 상산암, 제남문'을 돌아 급물살로 흘러 "임기서 나온 물하고 송천서 나온 물하고는 아우라지에서 합수되고 이 밑으루 내려가면서 자꾸 합수되어 큰물이 되구요. 호호탕탕 가지마는 언제까지 그렇지도 않고 갑작스레 물이 좁아지고 급해지며 또 몇 고비가 기다리고 있기 마련"인 물의 흐름을 보여준다. 우리네 인생의 흐름을 요약해서 보여주는 소리가 바로 '여울물 소리'인 것이다. 그 소리는 이야기꾼의 소리이기도 하고, 재담꾼의 만담이기도 하고, 필사자의 필사본이기도 하고, 고수의 추임새이기도 하고, 창자의 판소리이기도 하고, 민요나 시조, 잡가가 되어 민중 생활 속을 파고든다. 그리하여 인간사 오욕칠정을 품고 함께 흘러간다.

그러므로 연옥이 자신의 정인의 주검을 마주하면서도 '어디선가 속삭이는 듯한 소리'를 들으며, 여울물 소리가 "속삭이고 이야기하며 울고 흐느끼다 또는 외치고 깔깔대고 자지러졌다가 다시 어디선가는 나직하게 노래하면서 흐르고 또 흘러갔다"로 마무리하는 것은 자연스럽다. 인간의 희로애락 애오욕의 표정을 담은 여울물의 '다성적 소리'는 그렇게 흐르고 흘러 21세기 이야기꾼 황석영에게로 이어진 것이다.

3. 흐릿하게 울려오는 여울물 소리

『여울물 소리』(2012)는 흐릿하다. 이전까지 황석영의 작품들이 선명한 주제의식을 내포하고 있다면, '여울물 소리'의 서사는 주인공 이신통의 서사를 화자인 연옥이 제3자들로부터 전해 듣는 것으로 그려지고 있기 때문에 더욱 흐릿해 보인다. 작가가 걸어온 정통 리얼리즘에서 여러 걸음 비껴나 있는 이 작품은 '서사의 갱신과 퇴행'(권성우의 『바리데기』평) 사이에 놓여 있는 것으로 판단된다. 그런 점에서 '이야기꾼'으로서의 '전기수'와 '큰 이야기'로서의 '동학'을 연결짓는 상상력은 우리네 서사적 내용으로 새로운 형식 실험을 감행하고 있는 21세기의 황석영스럽다.

19세기와 20세기를 아우르는 동아시아 서사 3부작(『손님』, 『심청』, 『바리데기』)을 마무리한 뒤 자전소설 『개밥바라기별』(2007)을 출간한 이후로 작가는 새로운 문학적 활력 속에 거의 매년 한 권의 장편소설을 쏟아내고 있다. 『강남몽』(2010)에서는 '강남형성사'를 통해 개발 독재시대의 욕망과 치부를 파헤치며 한국 자본주의의 근대화를 추적하고, 『낯익은 세상』(2011)에서는 한강 인근 '꽃섬'의 최하층민의 삶을 조망함으로써 쓰레기매립지에서의 성장통을 추적한다. 그러나 표절 논란과 몽환적 서사가 오히려 서사적 퇴행에 대한 우려를 낳게 한 것이 사실이다.

이제 다시 20세기의 여명인 19세기말을 조망한다. 2000년대 이래로 우리네 이야기를 주된 내용으로 그려내면서 새로운 형식 실험을 과감하게 도입해온 황석영의 작업은 서사의 갱신과 퇴행 사이에서도 유의미한 평가를 받아 왔다. 다시 19세기의 비극적 현대사를 '이야기꾼'이라는 21세기적 망원경으로 조망하는 그의 작업은 절반의 서사적 성공을 거둔 것으로 판단된다. 나머지 절반의 성패 여부는 '여울물 소리'의 잔향이 얼마나 깊고 그윽하게 우리에게 울려퍼지는가에 달려 있을 것이다.

(웹진 『문화다』, 2013. 2.)

'벌거벗은 투명인간'을 강제하는 시대

— 성석제의 『투명인간』론

1. 염치없는 사회의 생존 방식

성석제는 발군의 이야기꾼이다. 조선시대에 견주자면 재미나고 기이한 이야기를 대중들에게 전파하는 '전기수(伝奇叟)'에 해당한다. 『투명인간』(2014)은 전기수로서의 작가가 일종의 '김만수 약전(略伝)'을 통해 한국 사회를 축도한 소설이다. 만수를 중심으로 그의 출생부터 실종에 이르기까지 이야기가 전개되지만, 만수의 형제들인 6남매 이야기와 만수할아버지로부터 만수에 이르는 3대의 가족사가 종횡으로 씨줄과 날줄이 되어 얽히고 설키면서 1950~60년대부터 2010년대 한국 사회의 신자유주의 시대 풍경까지 녹여낸다. 그리고 현실의 참혹함이 소설적 상상력을 압도하는 '세월호 참사' 이후 삶과 죽음, 국가와 개인, 절망과 희망, 포기와 인내에 대한 서사적 성찰이 함께 드러난다. 작가는 시대사와 맞물리는 가족사적 개인의 간난신고를 증언하는 동류적 개인으로서의 파토스적 책무를 수행하고 있는 셈이다.

'액자식 구성'으로 이루어진 성석제의 『투명인간』은 액자 바깥 이야기에서 자전거를 타고 한강 다리를 건너는 투명인간의 이야기로 시작한다. 이때 화자인 투명인간은 작품의 주인공인 만수의 동생 '석수'이고, 작품 말미에서 '투명인간인 만수'가 자동차에 치어 사라지는 모습을 응시하는 인물도 '투명인간 석수'이다. 결국 액자 바깥 이야기가 투명인간으로 시작하여 투명인간으로 마무리됨으로써, 액자 안 이야기는 투명인간의 과거로부터 현재에 이르는 과정에 대한 천착이 될 것임이 드러난다. 실제로 액자 안의 이야기는 만수의 출생부터 실종에 이르는 50여 년의 그야말로 파란만장한 일대기가 펼쳐지고, '실종된 만수'를 '투명인간'으로 호명하면서 '투명인간을 생산하는 시대'의 문제를 풍자하는 작품이 바로 『투명인간』이 된다.

『투명인간』에 대해 작가는 2014년 초여름 갑장산 아래에서 쓴 〈작가의 말〉을 통해 동시대 사람들의 삶에 위안이 되기 어려운 소설의 미력한 힘을 자인하며 이렇게 적고 있다. "현실의 쓰나미는 소설이 세상을 향해 세워둔 둑을 너무도 쉽게 넘어들어왔다. 아니, 그 둑이 원래 그렇게 낮고 허술하다는 것을 절감하게 만들었다. / 소설은 위안을 줄 수 없다. 함께 있다고 말할 수 있을 뿐. 함께 느끼고 있다고, 우리는 함께 존재하고 있다고 써서 보여줄 뿐. / 이 소설의 첫 문장을 쓰기 시작한 이후 깨달은 것은 이것이다."라고. 결국 성석제에게 『투명인간』을 창작하는 행위는 "현실의 쓰나미"를 문학적으로 감내해 내는 방식이었던 셈이다.

소설은 기본적으로 인간 사회의 억압적 현실이 초래하는 구조적 모순에 대해 구체적 상상력의 힘으로 문제를 제기하는 허구적 장르에 해당한다. 하지만 가공(架空)된 소설의 상상적 세계를 압도하는 재난적 현실의 잔인무도(殘忍無道)함이 작가로 하여금 인생과 문학의 성채를 허술하게 절감하도록 만든 것이다. 뿐만 아니라 휴머니티를 상실한 "현실의 쓰나미"는 상상력을 통해 현실에 위무를 제공한다는 소설적 진실성의 둑을 단숨에 무참하게 허물어버린다. 그렇게 비정상적으로 작동하는 정치권력과 자본주의 제도와 신자유주의 시대의 구조적 모순 속에서 벌어진 '세월호 참사'는 참사 당시와 이후 지속적으로 우왕좌왕하는 재난 콘트롤타워의 모습을 통해 '눈 먼 자들의 국가'(박민규)가 자행하는 '벌거벗은 권력'의 극악성을 여전히 지금까지도 날것으로 보여주고 있다.

그렇다면 벌거벗겨진 존재들로서의 '호모 사케르'(아감벤)는 무엇을 할 수 있을 것인가. 작가는 "함께 있다고 말하"면서 "함께 느끼고 있"으며, 우리가 "함께 존재하고 있다고 써서 보여줄" 수밖에 없었다고 고백한다. 공존하고 공감하며 '공통체(안토니오 네그리·마이클 하트)적 존재'로서 공생의 길을 모색하는 것이 '작가적 인간'의 미력한 선택지였음을 작품을 통해 증명한 것이다. 그러나 그것이 어떤 힘을 발휘하며, 어떤 효과를 생성할 수 있을 것인가. 2014년 4월 16일 이후 2016년 2월 14일인 오늘까지 669일 동안, 매일이 2014년 4월 16일이어야 하는 '인간의 삶'을 함께 고민하지 못하는 대한민국호는 과연 정상인가? 강대국의 논리에 기생하며 자국의 국민들에게 '가만히 주저앉아' '투명인간의 삶'을 강요하는 주류 정치와 자본, 언론과 공권력 등을 장악한 기득권 세력의 허상을 어떻게 해체하고 어떻게 '공통체적 인간의 감수성'을 회복할 것인가. 암시적으로 혹은 직설적으로 성석제의 『투명인간』은 '정상적인 사회의 형상'과 함께 '인간의 정상성'에 대해 절실하게 질문하는 소설이다. 그리고 그 질문은 투명하게 혹은 흐릿하게 겨우 가까스로 살아가는 존재들을 투명인간으로 몰아가며 '몰염치와 불합리의 비정상성'으로 일관하는 기득권 세력에게 다가간다. 그리하여 잃어버린 인간의 감수성을 회복하기 위한, 혹독하고 불편한 진실의 대답을 마련하라고 외치게 된다. 그렇다면 우리는 기득권 세력의 편에 서서 투명인간을 냉대하고 모르쇠로 일관할 것인가, 아니면 투명인간의 편에 서서 함께 아파하고 함께 더 나은 사회를 도모할 것인가? 작가는 '염치 있는 인간들의 사회'가 우리에게 필요하다고 작품 속에서 역설한다.

2. 우직한 가장(家長)의 '경제적 투명인간' 되기

　작품의 주인공인 '김만수'는 작가의 전작들에 등장하는 '이치도'(『순정』) 나 '황만근'(『황만근은 이렇게 말했다』) 류의 인간형에 해당한다. 시류에 휩쓸리지 않으면서, 험난한 세상을 버티며 살아내는 우직하고 순박한 인간형이기 때문이다. 작가는 그런 만수의 삶을 중심으로 허구와 현실을 뒤섞어 현실인 듯 허구의 세계를 넘나드는 발화법을 통해 '투명인간'의 현실성을 확보한다. 도입부에 등장하는 자전거 복장의 투명인간인 '석수(=만수 동생)' 는 투명인간의 확률을 국민의 만분지일에 해당한다면서 인구 5천만 명인 한국 사회에 적어도 5천명 이상의 투명인간이 존재할 가능성을 확신한다. 그리고 자살대교라는 오명을 가진 '마포대교' 한 가운데의 다리 건너편에서 50세가 넘어보이는 '김만수'를 '석수'가 발견하는 것으로 작품이 시작된다.

　작품의 주인공인 만수의 이야기는 투명인간이 된 '동생 석수'의 현재 이야기로 시작되어, '만수엄마, 만수할머니, 만수할아버지, 만수 아버지, 만수 큰형 백수, 만수 둘째누나 명희, 만수 첫째누나 금희, 만수 친구들, 만수 담임선생님, 만수 막내여동생 옥희' 등의 화자들의 에피소드들을 집적하면서 만수의 성장담으로 이어진다. 만수를 둘러싼 가족들, 즉 주로 부모와 조부모, 만수의 형제와 누이들의 이야기를 통해 '만수'의 유년시절과 학창시절이 입체적으로 드러나는 것이다. 그리고 이들의 근거리적 시각과 더불어 만수의 성년 이후의 삶은 '집주인, 간호보조원, 식당 주인, 직장 동료 이장수, 회사 노조원, 석수 애인 오영주, 만수 부인 송진주, 만수 처남(=옥희 남편), 세차장 주인, 신문기자, 만수와 진주가 키우는 '석수와 영주'의 아들 태석' 등 가까운 지인들의 이야기가 보태지면서, 만수가 살아낸 50년이 넘는 삶의 신산스러움이 더욱 총체적으로 입체화된다.

　이를테면 이런 식이다. 만수엄마는 만수의 머리가 유난히 커서 태어날 때 죽는 줄 알았다고 회상하며, 만수할머니는 어릴 때부터 부스럼이며 버짐, 종기 같은 피부병이 따라다니자, 그저 사람구실 하도록 살려만 달라고 빌었다는 일화를 전한다. 만수할아버지는 천지만물 중 인간이 가장 귀한 이유는 염치를 알기 때문이라고 만수에게 전하고, 만수아버지는 어린 동생 몫의 빵을 가로챈 비겁한 놈이라며 만수를 폭행한다. 만수 큰형 백수는 만수가 공부는 잘 못했지만 백지처럼 순수했다고 말하며, 만수 첫째누나 금희 역시 만수가 마음이 착하고 순해서 자신 몫을 감당하는 아이라고 판단한다. 하지만 만수 동생 석수는 만수를 '형'이라고 부르지 않는데, 어릴 때 만수의 썰매 송곳 끝에 달린 못에 오른쪽 눈 아래가 정통으로 찔리면서 느꼈던 두려움과 수치심이 만수를 괴롭히는 이유가 된다. 이렇듯 만수를 둘러싼 3대 가족의 에피소드들은 여느 가정과 다름없는 평범한 농촌공동체의 풍경을 보여준다.

하지만 이 가족의 기둥인 백수가 월남전쟁에 참전해서 병사한 뒤, 만수할아버지가 작고하면서 집안이 급격히 기울기 시작한다. 더구나 연탄가스로 명희 누나가 평생 바보가 되면서 가족의 경제적·심리적·육체적 부담은 커진다. 특히 만수의 헌신적인 희생과 도움을 받던 석수는 국립대학에 다니게 되지만, 공장활동 이후 정보기관에 끌려가 갖은 폭력과 고문을 받게 된다. 그때 극한의 고통과 수치감과 두려움 속에 무력감에 젖어들게 되고, 이후 석수는 "살아남음으로써 이기리라"고 다짐하며 적자생존의 법칙을 내면화하게 된다. 석수는 결국 공권력의 폭력과 고문에 의해 '시대적 투명인간'이 되는 것이다.

전투경찰 제대 이후 만수는 자동차 부품을 생산하는 중소기업에 들어가지만 회사의 과잉 투자로 빚이 늘어가면서, 회사의 폐업 선언 이후 6인의 노동자들과 함께 공장 점거 농성에 들어간다. 하지만 망한 회사의 공장을 지키려던 만수와 노동자들은 빚더미에 올라서게 된다. 결국 각종 부동산과 급여, 통장 가압류 통지서, 청구서, 독촉장 등이 날아오며, 아무런 희망도 없이 비참하게 '빚의 노예'가 되어 살아갈 수밖에 없는 신세가 된다. 노동자들을 제외한 온 세상이, 특히 "힘 있고 빽 있고 돈 많은 인간들과 법과 체제가 한통속이 되어" 노동자들의 명줄을 조르고 있었던 것이다. 결국 한국 사회는 기득권 세력이 법과 체제의 이름으로 '노동자의 투명인간화'를 강제하고 있는 셈이다.

그러나 소설 속에서 무력감과 두려움과 절망감에 빠진 다른 노동자들과 다르게 만수는 억대의 빚을 지고 전셋집에서 월세방으로 이사를 하면서도, 자신이 할아버지의 빚 때문에 태어난 존재라면서 빚도 때로는 고마운 것이라며 자신의 신세를 합리화한다. 그리고는 10년 동안 하루 20시간 가까이 일하며 하루 5시간 이상 잠을 자본 날이 없을 정도로 노력을 기울인 끝에 7년 만에 신용불량자 딱지를 떼내게 된다. 그러나 '투명인간 같은 명희 누나'와, '아스퍼거 증후군, 틱 장애, 자폐증, 주의력 결핍 장애' 등을 앓는 태석이가 '투명인간'이 되면서 만수네 가족은 점차 '투명인간 공동체'가 된다.

일제 식민지 시대로부터 이데올로기와 전쟁을 거부하던 할아버지로부터 시작하여, '물질이 주인인 세상'에서 가난한 농투사니의 삶과 서울살이의 고단함을 술과 폭력으로 해소했던 아버지를 거쳐, 만수 대에 이르러서도 이 가족은 경제적 궁핍과 심신의 고단함 속에서 변방의 소외된 삶을 살아가는 '투명인간의 가족'으로 존재하는 것이다.

3. 다종(多種)적인 투명인간의 시대

작품 후반부에 이르면 『투명인간』에서 언명되는 공식적인 투명인간은 크게 다섯 명이다. 첫째는 먼저 태석이다. 태석은 호적에 김태석으로 이름이 올려져 있지만, 만수의 자식이 아니라 만수의 동생인 석수와 해외 유학을 떠난 오영주 사이에서 태어난 아이이다. 태생적으로 부모로부터 버림받은 채 살아가는 태석은 자폐증 등의 각종 장애를 앓으면서 친구들로부터 따돌림을 당한다. 특히 중학생이 된 태석은 컴퓨터 게임에 빠져 엄마인 송진주를 '투명인간'처럼 무시하며 폭력을 행사하는 패륜아가 된다. 하지만 실태를 따져 보면 학교에서 다른 학생들로부터 지속적인 집단폭력의 희생양이 되어 정상적인 생활이 불가능했기 때문에 게임에 빠져 일탈할 수밖에 없었던 사연이 드러난다. 결국 엄마인 진주를 폭행한 이후 밀폐된 방 안에 갇혔던 태석이는 잠시의 고요 뒤에 투명인간이 된다. 태어날 때부터 버려질 수밖에 없었던 장애인 태석은 친구와 학교와 가정에 대한 거부감이 심해지면서 '투명인간'으로 변신할 수밖에 없었던 것이다.

둘째로 만수의 아내인 송진주가 투명인간이 된다. 음식 솜씨가 일품이었지만 아픈 시누이와 태석이를 돌보느라 힘겨웠던 진주는 신장 이식 수술을 받아야 완치되는 병에 걸린다. 계속 투석을 받던 중 진주는, 태석이 집단폭력의 진실을 알리는 유서를 쓰고 학교 4층에서 뛰어내려 응급실에 실려간 뒤 태석의 신장을 이식받게 된다. 결국 태석은 진주의 몸 속의 일부가 되고, 태석이의 장기로 인해 진주는 '투명인간의 능력'을 갖게 되는 것으로 그려진다. 그러나 그 능력은 태석이 받았던 집단적 따돌림과 폭력과 소외의 징표를 내면화한 것에 불과하다. 일종의 주홍글씨 같은 낙인인 셈이다.

셋째로 연탄가스로 질식된 이후 심신박약의 바보가 된 '만수의 둘째 누나' 명희다. 명희는 신체와 영혼을 분리하는 유체이탈의 기적이 일어날 때면, 아주 잠깐 자신감과 자존감이 생겨난다. 하지만 대부분의 현실은 "무겁고 추악한 껍데기 속에"서 "똥 싸는 더러운 주머니"가 되어 "누추하고 너절하고 지린내만 나고 아무것도 아닌 내가 아닌 그것"으로 겨우 살아갈 뿐이다. 명희가 사람이 아니라 평상시에 느끼는 '그것'이라는 사물로서의 존재감은 연탄가스 중독 이후 겨우 살아낸 '사물화된 투명인간'의 모습을 보여준다.

넷째로 만수다. 만수는 작은 누나 명희와 집사람 진주와 아들 태석이 모두 투명인간이라면서, 식구들의 몸 안에 투명인간을 만드는 유전자나 '투명인간 바이러스'가 작용하는 건 아닐지 자문한다. 더구나 백수 형님이 월남에서 투명인간이 되었던 건 아닐까라고 추정하고, 자신 역시 신용불량자였기 때문에 경제적으로는 이미 투명인간이었다고 판단한다. 큰형 백수가 이데올로기와 자본의 대리전인 베트남전쟁에 의해 '병약한 투명인간'이 되었다면, 만수는 가족의 생계를 위해 경제적 가난과 궁핍을 감내했던 '경제적 투명인간'으로 내몰린 셈이다.

다섯째로 석수다. 석수는 작품 말미에 '투명인간 만수'와 대화를 나눈다. 커다란 승용차가 만수를 들이받자 욕설을 퍼붓지만, 아무런 대응도 하지 않는다. 그리고는 그저 "죽지 않는 인간"이 "최고 수준에 도달한 투명인간일 것"이라고 짐작하며, 자전거 페달을 밟아 움직인다. '최고 수준의 투명인간'이 '죽지 않고 버티는 인간'이라는 말은, 온갖 절망과 시련과 공포와 두려움 속에서도 삶을 포기하는 것이 아니라, 그럼에도 불구하고 '버텨내는 인간'들의 존엄한 생명력을 보여주는 태도에 해당한다. 그것은 그가 폭력과 고문의 피해자였기 때문에 가능한 인식이 된다. 그리고 석수가 "죽는 건 절대 쉽지 않아요. 사는 게 오히려 쉬워요. 나는 포기한 적이 없어요."라는 만수형의 말을 곱씹는 것으로 작품이 종결된다. '죽는 것이 쉽지 않으며 오히려 사는 게 쉽다'는 만수의 말은 '쉬운 삶'을 "포기한 적이 없"음을 강변하는 듯하지만, 역설적으로 따져 보면 신자유주의 시대에 자본의 횡포가 법과 체제와 질서의 이름으로 자행하는 억압적 현실이 만수로 하여금 '경제적 투명인간'이 되어 삶의 포기를 종용했다는 진실을 보여준다.

4. 공통체적 감수성의 복원

성석제의 『투명인간』 속 '투명인간'은 정신과 신체가 훼손된 존재(명희, 태석)이거나 경제적 가난에 허덕이는 그의 가족(진주, 만수), 그리고 폭력과 고문에 의해 반강제적으로 전향되는 존재(석수) 임이 드러난다. 거기에다 베트남전쟁에 의해 투명인간화되었을 것으로 상상되는 큰형 백수나, 노동자들을 투명인간 취급하는 기득권 세력의 태도를 덧붙인다면, '투명인간'이란 결국 경제적 가난과 궁핍으로 허덕이며 투명하게 살아가야 하는 개인과 가족들을 말한다고 볼 수 있다. 그리고 그렇게 그들에게 씌워지는 유무형의 억압적 시선과 따돌림에 의해 탄생된 배제와 소외의 존재가 바로 '투명인간'임이 드러난다. 결국 인간으로서의 존엄권을 박탈당한 벌거벗은 생명체로서의 '호모 사케르'가 '투명인간'의 실체인 것이다.

작품 말미에 만수는 "진짜 나"의 존재감을 언급하며 자신이 그려낸 유토피아적 상상세계를 설명한다. 가족이 뿌리이고 울타리이고 자랑인 만수는 자신이 "목숨을 다해 사랑하는 사람들"이 자신을 부르는 소리와 함께 "기쁨이 내 영혼을 가득 채우며 차오"르고, "모든 것을 함께 나누는 느낌, 개인의 벽을 넘어 존재가 뒤섞이고 서로의 가장 깊은 곳까지 다다를 수 있을 것 같"은 느낌이 "진짜 나"의 정체감임을 강조한다. 결국 자신이 타인으로부터 유의미한 가치를 부여받는 내적 충일감을 느끼면서, 나눔과 공감 속에서 심연의 일체감을 확인할 때 진정한 자기동일성과 자기정체성을 체감하는 것이다.

나아가 "투명인간들이 끼리끼리 한강 다리 아래 고수부지에 소풍을 나와 단란한 한때를 보내는 광경을 떠올"리면서, "이 세상 어딘가에는 투명인간들만 모여 사는 평화로운 마을이 있을지도 모른다"며, "아픔도 슬픔도 없이 모두가 평등한" 세상의 가능성을 상상하는 대목이 나온다. 이 대목은 배경이 약간 다르긴 하지만, 프리랜서 화가인 석정현이 2014년 12월 24일 페이스북에 올린 삽화 〈신해철과 세월호〉를 떠올리게 한다. 이 삽화 속에는 하얀색과 하늘색이 어우러지는 해변가에서 의자에 앉은 신해철이 기타를 퉁기는 모습과, '세월호 아이들'이 '굿모닝 얄리'를 불러달라며 달려오는 모습, 그리고 밀짚모자를 쓴 노무현 전 대통령이 자그마한 형상으로 신해철의 등 뒤쪽에 작게 서 있는 모습으로 그려져 있다. 이런 평화로운 '투명인간들의 공통체'에 대한 상상은 그대로 세월호 참사 이후의 '새로운 공통체'적 감수성을 보여준다. 정치적 감수성으로 편을 가르면서, 진상규명을 향한 유가족의 침묵 어린 울부짖음을 가로막고 그 진정성을 훼손하는 세력이야말로 대한민국의 공통체적 감수성을 훼손하는 음험한 어둠의 세력일 터이다.

가족지상주의자로서의 만수는 "이렇게 하루하루 최선을 다하고 식구들 건강하고 하루하루 나 무사히 일 끝나고 하면 그게 고맙고 행복한 거"라면서, "도저히 참을 수 없을 것 같을 때에도 가만히 참고 좀 기다리다보면 훨씬 나아"진다면서, 세상의 변화를 기대한다. 그러다가 "인생의 답은 해피엔딩이 아니지만"이라는 말을 남기면서 사라지는 것으로 그려진다. 인생이 늘 '행복한 결말'의 답을 제공해주지는 않지만, '하루의 소중함'을 자각하고, 조금 더 나은 삶을 위해 오늘의 불편함을 견뎌가는 것이 '경제적 투명인간 만수'의 지혜인 것이다. 그러나 그렇게 마지막 전언을 남기고 '실종된 투명인간 만수'는 투명인간 석수의 눈앞에서마저도 사라진다. 이제 사라진 투명인간 만수는 어디를 어떻게 헤매고 있을 것인가.

성석제는 등단 이래로 『홀림』(1999) 등에서 드러나듯 '인간'에 대해 지속적으로 천착해온 바 있다. 『인간의 힘』(2003), 『인간적이다』(2010), 『이 인간이 정말』(2013) 등의 '인간'이라는 제목이 들어가는 장·단편소설뿐만 아니라 『단 한 번의 연애』(2012), 『위풍당당』(2012) 등 최근 발표한 다른 여타의 소설 속에서도 풍자와 해학으로 우리 시대의 인간 문제를 재기발랄하면서도 진중하게 탐색해온 작가가 바로 성석제에 해당한다. 2014년 요산문학 상과 2015년 채만식문학상을 수상한 『투명인간』은 그 연장선상에 있지만, 해학보다는 풍자적 양식에 충실해 있는 것으로 판단된다. 그것은 세월호 참사 이래로 중동호흡기증후군(메르스) 사태, 역사교과서 국정화 강행, 누리과정 예산 편성 문제, 개성공단 폐쇄 등에서 보이듯 비정상적인 "현실의 쓰나미"가 여전히 소설적 상상력을 압도하고 있기 때문이다.

　　그러나 그럼에도 불구하고 작가는 선뜻 투명인간과 다른 인간을 가르며 이분법적 시선으로 적아를 구분하지 않는다. 왜냐하면 투명인간도 인간의 일부이기 때문이다. 인간의 공통체적 감수성과 합리성을 복원한다면, 투명인간을 포함하는 더 나은 인간 사회가 가능하다고 믿는 낙천주의자가 바로 성석제인 것이다. 그러므로 성석제에겐 결국 '인간'이 영원한 문제이자 화두인 셈이다. 그리고 '투명인간'을 위시한 '인간에 대한 탐색'은 염치 있는 사회의 도래를 위해 앞으로도 지속될 것으로 판단된다. 그것이 몰염치한 "현실의 쓰나미"에 맞서 싸우는 성석제만의 '은근한 결기'이며, '인간에 대한 예의'를 강제하는 '문학적 방식'이기 때문이다.

(웹진 『문화다』, 2016. 2.)

폐허와 죽음의 현장에서
노동과 생명의 가능성을 보다

– 이인휘의 『폐허를 보다』론

1. 문학사적 '폐허'

'폐허'란 사전적 의미로만 따지면 '건물이나 성 따위가 파괴되어 황폐하게 된 터'에 해당한다. 하지만 문학판으로 들어오면, 근대문학의 도입부에 『창조』(1919)에 이어 동인지 문단을 개척한 잡지 『폐허』(1920)를 떠올릴 수 있다. 『폐허』의 제호는 독일 고전주의 문학의 거장인 시인 실러 (1759~1805)의 "옛것은 멸하고, 시대는 변하였다. 내 생명은 폐허로부터 온다."라는 시구에서 인용한 것으로 알려져 있다. 2권으로 발행되고 마무리된 동인지였지만, 후기에 "우리가 황량낙막(荒涼落寞)한 조선의 예원(芸苑)을 개척하여 거기다 무엇을 건설하고 부활하고 이식하여 백화난만한 화원을 만들어놓으면, 그것이 세계예원(世界芸園)의 내용, 외관(外觀)을 더 풍부하게 하는 것이 아닌가."라고 언급한 것에서 확인할 수 있듯, 폐허는 새로운 화원에 대한 갈망을 보여준다. 역설적이게도 폐허적 현실은 예술적 화원을 위한 전제 조건에 해당하는 것이다.

특히 문학사에서 '폐허파'로 호명되는 오상순이나 염상섭 등의 활동에서 확인되듯, 한국 문학에는 1919년 3·1운동의 실패 이후 민족의 운명에 대한 좌절과 절망, 유이민과 실직의 확산 등으로 인한 경제적 궁핍과 존재론적 불안이 스며들어 있다. 오상순은 『폐허』창간호 평론「시대고와 그 희생」(1920)에서 "우리 조선은 황량한 폐허의 조선이요, 우리 시대는 비통과 번민의 시대이다."라고 진술했고, 염상섭은 중편소설「만세전」(1922)에서 "구더기가 끓는 무덤"으로 폐허적 조선의 현실을 파악하고 있었다. 이렇듯『폐허』의 정조는 현실주의를 바탕으로 하면서도 정서적 과잉과 결핍 속에 퇴폐주의와 감상주의, 이상주의와 낭만주의 등 다양한 지향이 혼재되어 있었던 것으로 평가된다.

여기 2010년대의 폐허적 상상력이 제시된다. 이인휘의『폐허를 보다』(2016)는 지금 여기 2010년대 대한민국의 현실을 폐허로 인식한다. 그리고 그 폐허적 공간에 죽음이 미만한 현실 속에서도 노동과 생명의 싹을 의지적으로 상상한다. 그것이 폐허를 응시하는 자의 현실주의적인 시선이기 때문이다. 그 관조적 시선에는 더 나은 삶과 세상을 위해 선도적 죽음을 선택한 신념인들의 고군분투를 현재화하려는 화자의 관찰자적 의지가 배어 있다. 결국 작가는 작가의 분신에 해당하는 화자의 시각과 관점 속에서 노동하는 인간의 존재에 대한 물음을 지속적으로 던지고 있는 것이다. 그 질문들은 더 나은 삶과 세상은 가능한가? 그러기 위해 나는 무엇을 할 것인가? 그리고 우리는 무엇을 할 것인가?로 이어지고, 그리하여 결국 이 폐허적 공간을 견디며 살아내는 나는 과연 누구인가라는 존재론적 물음으로 수렴된다. 이제 자전적 체험이 녹아든 2010년대 노동자의 삶과 애환을 만나야 할 때다.

2. 더 나은 삶과 세상을 위한 선택과 결단으로서의 죽음 –「알 수 없어요」

「알 수 없어요」는 소설가 화자를 통해 더 나은 삶을 현실화하기 위해 헌신했던 비정규직 노동자의 죽음을 애도하는 작품이다. 소설가인 화자는 만해마을에 들어서면서 "한 사람의 죽음에 관한 이야기"이자 "비정규직 철폐를 외치며 분신한" 노동자 이용석의 이야기를 집필하기 위해 왔음을 밝힌다. 하지만 한 줄의 진도도 못 나간 채로 속초 선착장 귀퉁이에서 술을 마시다, 남한에서 최초로 만해에 관한 논문을 썼다는 교수로부터 "만해는 굶어 죽은 겁니다."라는 말을 전해 들으며, "자신이 옳다고 믿는 신념에 대한, 꺾을 수 없는 선택이었"을 것이라는 내면의 목소리를 듣게 된다. 아사(餓死)의 선택이 '옳음의 증명'을 위한 '신념의 외화'였던 셈인 것이다. 이어서 화자는 "죽음도 선택할 수 있다는 당연한 생의 이치를 새롭게 깨달은 것처럼 이용석의 모습"을 떠올린다. 만해의 의연한 삶과 처참한 죽음을 떠올리며 까닭 모를 부끄러움 속에 이용석에 대한 글의 집필 방향을 확인하게 된 것이다.

다음날 설악산에 오른 화자는 십이선녀탕 폭포 속에서 통곡을 하다가 눈물을 멈추고 "날개 달린 물고기"라는 말을 떠올린다. 이용석의 삶과 죽음이 수면을 박차고 오르는 '날개 달린 물고기의 이미지'를 닮았기 때문이다. 상태도의 숭어 떼 이미지에서 비정규직 노동자로서의 이용석의 삶을 연상하게 된 화자는 이용석이 세상을 향해 던졌던 "생의 진실"에 대한 반복적 물음과 "비정규직에 대한 차별을 철폐하라!"는 마지막 목소리를 떠올린다. 이용석의 노트북에는 "내 생애의 빛은 공부방 아이들"이었으며, 그 아이들이 "내 삶의 스승이자 등대"이며, "나를 빛으로 깨운 나의 동반자"였다는 유지가 적혀 있다. 그리하여 화자는 이용석의 생애 전체가 미래를 위한 '현재의 결단이자 선택'이었음을 추정하게 된다. "만해 한용운이 자신의 생을 결정하고 민족과 중생을 위해 온몸을 던진 것처럼 이용석 역시 삶과 죽음을 모두 끌어안은 것"이라고 판단하는 것이다. 그렇게 만해 마을에서 이용석은 만해의 생애와 겹쳐지고, 전태일, 박영진, 윤상원 등 "살아 있는 사람들의 더 나은 삶을 위해 스스로 목숨을 하늘로 올린 죽은 이들"과 연결되면서, "생을 결단할 수 있었던 사람만이 죽음을 결단할 수 있"다는 결론을 내리게 된다. 그 결론은 결국 『날개 달린 물고기』(2005)라는 이용석의 평전으로 이어진다.

이후 만해마을에 자리한 만해의 흉상 앞에서 "삶과 죽음의 간격을 아느냐"는 만해의 목소리를 듣는 화자는 "타고 남은 재가 다시 기름이 됩니다. 그칠 줄을 모르고 타는 나의 가슴은 누구의 밤을 지키는 약한 등불입니까"(「알 수 없어요」)를 읽으며 슬픔을 느끼고, "당신은 물만 건너면 나를 돌아보지도 않고 가십니다그려"(「나룻배와 행인」)를 읽으며, 만해 선사의 "안쓰러움을 담은 넉넉한 웃음"을 상상한다. 만해 선사가 남긴 글 속에서 "더 나은 세상의 빛을 위해 죽은 자들의 심장이 얹혀 있는 것"을 보면서, "황폐한 세상의 시간 속에서" 화자는 만해의 시를 통해 새롭게 세상을 알아가는 것으로 작품은 마무리된다.

결국 작가는 「알 수 없어요」에서 비정규직 철폐를 외치며 분신한 노동자 이용석의 이야기를 쓰기 위해 만해마을 창작실 414호실로 가지만, 그곳에서 만해의 시와 삶과 죽음을 접하면서 부끄러움 속에서 자신이 살아온 삶 전체를 조망하게 되고, 부끄럽지 않은 삶을 살기 위해 어떻게 살아가는 것이 바람직할지에 대한 단초를 얻게 된다. "더 나은 세상의 빛"을 위해 죽음을 선택하고 결단했던 사람들의 굳은 의지를 죽비 같은 반성의 매개로 설정하며 오리무중의 삶을 이어가야 하는 것이 만해와 이용석을 경유한 화자와 작가의 동시적 결론인 것이다.

3. 노동자의 슬픔과 분노, 존재에 대한 물음 – 「공장의 불빛」

「알 수 없어요」가 만해의 시를 매개로 만해의 생애와 비정규직 노동자 이용석의 생애를 겹쳐 본다면, 「공장의 불빛」은 1970~80년대에 고향을 떠나 노동하던 타향살이 노동자의 현실을 그려낸 〈공장의 불빛〉 노래를 앞뒤에 배치하여, 2010년대 수도권 변두리 소규모 공장의 열악한 노동현실을 그려낸 작품이다. 30대 중반의 최 과장과 버스 정류장 뒤편에서 막걸리 한 잔을 나누던 60세가 다 된 소설가 화자는 "예쁘게 빛나는 불빛 / 공장의 불빛 / 온 데 간 데도 없고 희뿌연 작업등만 / 이대론 못 돌아가지 그리운 고향 마을 / 춥고 지친 밤 여긴 또 다른 고향"이라는 기억 속 30년 전 〈공장의 불빛〉 노래를 떠올린다.

　소설가 화자는 고용센터의 소개를 받고 수도권 인근의 소규모 합판 공장에 가지만, 그 공장은 벌판에 갇힌 교도소처럼 을씨년스런 풍경을 보여 준다. 더구나 70세가 다 된 강 집사는 40대의 사장과 같은 교회를 다니지만, 사장이 나가면 여지없이 욕설을 내뱉는다. 사장이 "겉과 속이 다른 놈"이라면서 "하나님을 속이는 놈"이기 때문이다. 최 과장의 단골집에서 화자는 자신이 소설가임을 밝히며, 아내의 병 이후 소설을 못 쓰게 되었고, 남한강을 바라보며 자연에 순응해 살자고 다짐한 이야기를 전한다. 그러다 생계를 위해 영농조합에서 일하던 중 식품 회사 공장으로 일을 나가, 호떡, 핫도그, 김말이, 감자떡을 만든 이야기도 전한다. 그 공장 안에는 CCTV가 20대나 매달려 있었고, 사장이 고향 사람을 실장으로 앉혀 늘 모니터로 감시한다. 아주머니들은 "우린 노예여, 노예"라고 푸념하지만, 사장은 모니터를 보며 쉬는 시간, 청소 시간, 기름 사용 등등에 대해 새로운 사항을 지시한다. 석 달이 조금 넘었을 때 기름 타는 냄새에 속이 역겨웠던 화자는 사장과 싸울 것을 영농조합 아주머니들에게 말하면서, 저임금과 감시 행위, 열악한 처우 등이 부당하다고 언급한다. 하지만 아주머니들은 아저씨만 조용히 그만두라고 말한다. 아주머니들이 일자리를 잃을지도 모른다는 두려움에 휩싸였기 때문이다. 그날부로 화자는 소리 없이 공장을 떠난다.

이후 고용센터의 소개를 받아 온 곳이 지금의 합판공장이다. 화자가 사수 역할을 해내자 사장이 생산량을 늘리기 위해 사수 한 명을 더 뽑겠다고 말하면서 결과적으로 강 집사가 해고된다. 보름쯤 뒤 강 집사는 작업대 위층 철판 난간에 밧줄을 걸어 목을 매달고 자살한다. 화자는 자살 직전에 강 집사가 서 있던 정문 바깥 자리로 가서 "한 사람의 절박한 슬픔과 분노를 방치했다는 죄책감"을 느끼게 된다. 최과장 역시 자신이 강 집사를 죽인 것 같다며 흐느낀다. 그때 화자는 "인간이 태어나서 존재에 대한 물음에 답해가며 살 수 있어야 한다", "생각하지 않는 인간은 일상을 습관처럼 살다가 죽게 되는데 그 습관을 넘어서 살아가라", "자신이 발을 내디딘 현실 속에서 내가 과연 누구인지 끊임없이 묻고 답하며 스스로를 찾아가라"고 말해주고 싶은 마음이 들지만, 입 밖으로 나오지는 않는다.

화자는 "어둠이 슬픔을 머금고 짙어질수록 공장의 불빛은 눈부시게 빛"나야 하지만, 수도권 변두리 작은 공장들의 더 나빠진 노동 현실을 체감한다. 공장이 다시 글을 쓰라고 떠미는 현실 속에서 화자는 〈공장의 불빛〉 노래를 부른다. 그러면서 추억으로 남아야 할 80년대의 노래가 30년의 세월을 건너오는 가운데, "다시 부르고 싶지 않은 서글픈 노래를 몸에 담고 가게문을 나서"며, 공장의 불빛이 싫어 하늘을 올려다본다. 그때 어두운 강물 위로 별들이 빛나고 별들이 총탄처럼 쏟아져 내리는 것을 감지하며 작품이 마무리된다.

결국 「공장의 불빛」은 노예 노동마저도 참고 견뎌내며, 부당한 노동 현실을 감내하는 21세기 대한민국 소규모 공장 노동의 소외된 풍경을 집적한다. 그리고 인간에 대한 예의보다는 슬픔과 분노를 내면화한 채 노동기계로서 소외된 노동을 반복하는 열악한 노동 현실을 묘파한다. 〈공장의 불빛〉이라는 노래에 얹혀 80년대 이후 30년 넘게 변함없이 슬픈 노동을 강제하는 노동현실을 압축적으로 그려내고 있는 것이다. 2010년대에도 여전히 노동자에게 지속되는 부당한 처우와 감시와 소외를 반복하는 현실 속에서 부르는 〈공장의 불빛〉은 시대의 아픔과 함께 허탈감과 서글픔으로 우리 가슴 속에 먹먹하게 울려퍼지고 있는 것이다.

4. 인간과 세계에 대한 존재론적 탐문 – 「시인, 강이산」

「공장의 불빛」이 2010년대 소규모 공장 노동의 현실을 비추고 있다면, 「시인, 강이산」은 허구(강이산 시인)와 실제(박영진 열사+박영근 시인)를 뒤섞어 1980년대 이후를 조망하는 2010년대 후일담 소설로 기능한다. 박영근 시인의 『저 꽃이 불편하다』(2002)라는 시집에 실린 시들을 저변에 깔면서, 박영진 열사의 실제 삶과 강이산의 허구적 삶이 스테레오로 울려퍼지며 시대의 목소리를 대변한다. 즉 1980년대가 노동하는 인간에 대한 치열한 탐구를 진행하면서 혁명과 해방의 열기로 가득했던 시대임을 회고하고, 그리하여 2010년대가 1980년대가 지향했던 시대의 진정성을 외면하고 있는 것은 아닌지 진솔하게 되묻고 있는 작품이다.

화자는 『저 꽃이 불편하다』라는 시집을 낸 시인 강이산이 가리봉 오거리 벌통집에서 뇌사 상태에 빠져 병원에 옮겨졌던 10년 전의 일을 회상한다. 그때 온기를 잃고 말라가는 강이산의 몸뚱어리를 보며 화자는 강이산(=박영근)의 「늙은 산」이라는 시를 떠올린다. "잎도 꽃도 남김없이 지워버린 뒤 / 눈도 그쳐 허름한 / 늙은 산 // 나무들 이름도 꽃 모양도 잊어버린 산 / 그 산길 외진 바위 곁 잔설 위에서 / 얼어가는 깃털 하나를 보았다 // 아, 새였던가"(「늙은 산」)라는 시를 보며 화자는 지독하게 외로운 시라고 판단한다. 뿐만 아니라 새 한 마리의 죽음을 '늙은 산'에 비유한 강이산의 시적 재능을 부러워한다.

1980년대에 광주항쟁의 비극적 소식을 접한 대학생들이 학교를 떠나 공장으로 들어가던 시절, 화자가 강이산과 박영진을 처음 만난 곳은 구로공단의 신흥정밀이라는 볼펜 공장이다. 1986년 그곳에서 파업을 준비하다가 전투경찰이 몰려오자 27세 젊은 노동자인 박영진은 옥상에서 분신하며 "노동자가 앞장서서 노동해방 쟁취하자!"라고 외친다. 이후 박영진은 병상에서 "노동자가 주인이 되는 세상을 만들어야 한다!", "끝까지 투쟁하라!"라는 말과 구호를 외친 뒤 세상을 떠난다. 이때의 파업으로 강이산은 11개월 실형을 살고, 화자는 집행유예 8개월을 받고 풀려난다. 이후 사노맹 사건 등을 거치며 수배를 받다가 도피하던 중 강이산은 시를 발표하기 시작한다.

세 권의 시집을 발간한 뒤 10년 전인 2006년 강이산이 사망할 때, '한국작가회의'에 사망 사실을 알리자 장례식장이 북적거린다. 만장에는 강이산의 『저 꽃이 불편하다』라는 시집의 마지막 시 「저 꽃이 불편하다」가 강렬하게 박혀 있다. 만장에 쓰인 "물 위로 꽃 한 송이 피어난다 / 나 오래 물의 자리에 내려앉고 싶었다 / 더 깊이 가라앉아 / 꽃의 뿌리에 닿도록 / 아픈 몸이여, 흘러라 / 나 있던 본디 자리로"를 읽으며 화자는 "본디 자리"가 "어머니의 자궁 속인지, 불교의 무상무념의 세계인지"를 궁금해한다. "자신이 살고자 했던 자리"일 것이라면서 '박영진열사추모사업회' 김명운은 "박영진이 죽은 노동 현장"이거나 "민주화운동을 짓밟은 광주학살 현장일 수도 있고", "아마 세상을 바꾸고 싶은 어떤 자리 아니겠"느냐고 말한다. 화자는 강이산이 내놓은 시집 세 권이 "인간에 대한 치열한 근원적 탐구를 통해 독자에게 끊임없이 존재에 대해 묻게 만들었"다고 생각한다.

강이산의 벌통집에서 비품을 정리하던 중 화자는 "자본과 권력을 그렇게 증오했으면서도 한 줄의 시도 건지지 못했다. 내 영혼은 길 위에서 길을 잃어버렸다."라는 볼펜 글씨가 벽에 적혀 있음을 발견한다. 방황하는 영혼으로서의 강이산의 자책을 읽은 화자는 『저 꽃이 불편하다』를 다시 펼치며 강이산의 모든 시들이 절망과 회한의 고통을 담고 있음을 확인한다. 그리고 「저 꽃이 불편하다」에서의 꽃이 "초월적 존재의 환희가 아니라 인간과 인간이 더불어 사는 세계에 대한 희망"이라고 생각하게 된다. 화자는 강이산의 유해를 채석강 바다와 고향집 마당에 뿌린다. 그때 강이산의 영혼이 화자 안에 들어오는 감각을 느끼며 화자는 마치 돈오돈수의 한순간처럼 새로운 안목을 갖게 된다.

화자는 강이산의 10주기를 맞아 묘소를 다녀온다. 그리고 「봄비」라는 시를 보며 "희망의 끝자락을 놓지 못해 그리움으로 몸속의 지도를 그리며 냉동의 시간을 외롭게 끌고" 오는 것이 인생임을 깨닫게 된다. 더불어 함께 사는 세상에 대한 희망과 갈망이 현실의 냉혹함을 참고 견뎌내는 '견딤의 시학'을 시인에게 제공한 사실을 알게 된다.

「시인, 강이산」은 1980년대 군사독재정권 하에서 치열했던 노동 운동의 현실을 지나온 이들에 대한 일종의 헌정 소설이다. 작가 스스로 "박영근의 『저 꽃이 불편하다』라는 시집을 읽으면서" 이 작품을 구상하고 집필하게 되었다고 고백하는 것에서도 알 수 있듯, "80년대와 90년대의 시대적 상처"에 대한 후일담에 해당하는 작품이다. 결국 1980년대 박영진 노동자의 치열한 삶과 죽음을 밑그림에 놓고, 1990년대 이후 강이산의 시적 성취(=박영근 시인)를 함께 녹여내면서 2000년대 이후의 전망을 모색해본 작품이 「시인, 강이산」인 것이다. 작가는 당대의 현실과 치열하게 맞서면서 존재에 대한 물음과 사유의 깊이를 통해 공동체적 전망의 모색이 여전히 필요한 현실임을 역설하고 있는 것이다.

5. 노동자 남편과 사별한 여성 노동자들의 고된 삶 – 「폐허를 보다」

「폐허를 보다」는 1997년 국제통화기금 구제금융 사태 이후 2010년대에 이르기까지 갈수록 열악해지고 있는 노동 현실에 대해 여성 노동자들의 신산스런 삶을 통해 조망한 소설이다. 울산 자동차 대기업의 굴뚝 꼭대기에 올라간 핫도그 공장 노동자 정희가 굴뚝 밑 노동자들의 형상을 "벌레처럼 여기"는 작품 말미의 시각은 자본의 노예로 살아가는 신자유주의 세계화 시대, 대한민국 노동자의 현재를 상징적으로 보여준다.

작품의 주인공 정희는 3년 전 남편이 사망한 이후 핫도그 공장에서 일하다가 울산에 내려와 굴뚝에 오른다. 깊이 가라앉은 어둠 속에서 공장 지붕이 그녀의 발밑에 드넓게 펼쳐지면서 과거의 일들이 파노라마처럼 회상된다. 3년 전 남편의 장례를 치른 뒤 정희는 산 사람은 살아야 한다며 핫도그 공장 생활을 시작한다. 하지만 핫도그 공장의 단순노동은 멀리서 보면 풍경이지만 하루 종일 일하는 사람에게는 고되고 지겨운 작업일 뿐이다. 정희는 사장의 노동자 무시 발언에 대해 사과를 받아야 한다고 주장하고, 공장장을 통해 자신들의 의사를 사장에게 전달한다. 사장의 사과와 인격 무시 발언이 되풀이되지 않아야 내일 출근할 수 있다는 것이다. 하지만 사장은 내일까지 회사에 불평 불만을 털어놓지 않는다는 내용의 각서에 사인한 사람만 공장에 들어올 수 있다며, 해고할 뜻을 내비친다.

결국 정희는 고민 끝에 버스를 타고 남편과의 옛 추억을 더듬기 위해 울산으로 향한다. "착하게 살면 벌 받는 세상"에서 정희는 1998년 자동차 정리해고 반대 파업 때 모든 것이 죽었다고 생각한다. 38일 동안 이어진 파업의 결실이 밀실에서 직권조인으로 무참히 짓밟히고, 사수대와 식당 아주머니들이 먼저 해고되었기 때문이다. 당시 사수대였던 남편 이해민 역시 자동차 공장의 노동운동이 죽었다며 울산을 떠난다. 한때 울산 자동차 공장의 굴뚝은 "승리를 염원하는 희망의 상징이자 죽음도 불사하겠다는 마지막 투쟁의 보루"였다. 남편은 굴뚝 높이만큼 희망을 만들어내려고 안간힘을 썼지만 허사가 된 것이다.

정희는 굴뚝 꼭대기로 올라가면 작은 희망이라도 만날 수 있을지 모른다는 간절함으로 굴뚝에 오른다. 굴뚝 꼭대기 난간 위에 서서 정문을 내려다보니, 어둠 속에 벌건 불길이 요동치며 '패배의 검은 연기'를 피워 올리는 모습이 보인다. 그때 "깊은 사랑은 깊은 분노를 일으킨다. 사랑하는 것을 지키기 위한 위대한 분노다."라는 남편의 일기장 내용을 떠올린다. 하지만 그 '위대한 분노'는 1998년 파업의 실패 이후 꺾인다. 이후 울산을 떠난 남편은 택시 운전을 하며 지낸 9년의 세월 동안 뉴스와 드라마를 보지 않은 채 오로지 일만 하면서 필요한 말만 하다가 3년 전 암 투병 끝에 사망한다. 정희는 굴뚝 난간에 주저앉아 오열한다. 희망은 어디에도 보이지 않고 존재에 대한 물음에도 해답은 불투명하기 때문이다. 푸른 작업복을 입은 노동자들이 굴뚝 밑으로 모여들지만, 발밑에 자리한 노동자들은 '벌레'처럼 여겨질 뿐이다. 그때 남편의 일기장에 박혀 있던 "자본의 세계에 태어나 자본이 가르쳐준 세상만 보고 죽는구나."라는 글이 환청처럼 울려온다.

사방을 둘러싼 공장들을 보며 정희는 알 수 없는 공포 속에서 영혼이 빠져나가는 듯한 극심한 전율에 휩싸인다. 티끌 같은 희망이라도 잡고 싶어 굴뚝을 올라왔지만, 황폐해져버린 인간의 삶이 눈에 가득하기 때문이다. 그때 정희가 절망으로 무너져 내리는 마음을 어쩌지 못해 뒷걸음질치자, 광활한 초원이 울타리 밖으로 드넓게 펼쳐지면서, 눈부신 햇살과 드높은 하늘 아래에 나무와 숲이 생명의 기운을 피워 올리는 평화로운 세계가 상상된다. 하지만 울타리 안 사람들은 울타리 밖으로 나가려고 하지 않은 채, 기를 쓰고 생존을 위해 발버둥칠 뿐이다. 그때 예전에 이곳을 쩌렁쩌렁 울렸던 "노동자 여러분 안녕하십니까."라는 남편의 목소리가 들려온다. 정희가 굴뚝 아래를 내려다보자, 정문 안으로 승자와 선경이 비명을 지르며 달려오면서 작품은 마무리된다.

「폐허를 보다」는 1997년 IMF 사태 이후 전개된 자본의 공세 앞에 파업의 실패 이후 해직된 대기업 노동자들과 그 가족이 겪은 비참한 생존을 이야기한다. 남편이 죽고 생존을 이어가는 여성 노동자들의 공장 생활, 도우미 생활 등을 통해 한국 사회가 노동자의 '벌레 같은 삶'을 강요하는 자본의 천국이자 비정규직 노동을 강요하는 노동 억압적 공간이 되었음을 보여준다. 특히 굴뚝 위에서 정희가 내려다보는 공장의 모습은 대한민국의 열악한 노동 현실을 상징화한다. 1970년대에 조세희의 '난장이 아버지'가 올랐던 공간을 2010년대에 여성 노동자가 오르는 모습은 40년 넘게 절망 속에서 노동하는 기계로 살아갈 수밖에 없는 대한민국 노동자의 극명한 현실을 보여준다. 폐허적 현실 속에서 '노동자의 희망 만들기'가 얼마나 요원한 현실인지를 역설하고 있는 것이다.

6. 폐허에서 질문하기

이인휘의 『폐허를 보다』는 『내 생의 적들』(2004), 『날개 달린 물고기』(2005) 이후 세 번째 중단편소설집이다. 〈작가의 말〉에서 작가는 "내가 살아온 시간들이 인간의 삶을 황폐하게 만드는 자본과 권력에 대한 저항의 시간이었음"을 깨달았다고 적고 있다. "자본의 세상에 태어나 자본이 가르쳐준 것만 보고 자본이 만들어준 수의를 입고 죽는구나."라는 생각 끝에 얻은 결론이다. 그리하여 여전히 '날것 같은 증오'에서 벗어나지 못하고 있지만, 그럼에도 작가는 분노보다는 깊은 사랑을 안고 살아가고 싶다고 전한다. 그리고 그것이 이번 『폐허를 보다』 창작집의 핵심 화두가 된다.

이인휘의 글쓰기는 '죄책감으로써의 글쓰기'다. 1980년대에 대한 부채의식이 그의 글쓰기 동력이기 때문이다. 하지만 거기에서 그치지 않는다. 더 나은 삶과 세계에 대한 모색과 상상이 덧붙여지기 때문이다. 치열했던 과거의 소중한 역사적 경험에 대한 부채의식이 손쉽게 휘발되는 시대에 이인휘의 소설은 묻는다. 그렇게 빨리 더 나은 삶과 세상에 대한 헌신적인 노력이 잊혀져도 되는 것인지를. 그리하여 작가는 새로운 후일담 소설로서 열악한 노동현실의 현재화를 수행한다. 과거는 현재와의 연결 속에서만이 그 진정한 의미를 획득하기 때문이다. 그러므로 「알 수 없어요」, 「시인, 강이산」, 「폐허를 보다」 등은 모두 1980년대와 1990년대를 응시하며 빚어낸 2010년대의 절창에 해당한다.

1920년대 염상섭의 「만세전」이 "구더기가 끓는 무덤"이라는 표현으로 식민지 조선의 암울한 현실을 비유했다면, 1970년대 조세희의 『난장이가 쏘아올린 작은 공』이 굴뚝 위로 쏘아올린 희망의 작은 공이라면, 2010년대에는 신자유주의적 자본의 공세 앞에 폐허가 된 노동자 도시를 묘사하는 이인휘의 『폐허를 보다』가 있다. 지금도 여전히 생존을 위해 지상으로부터 벗어나 고공 농성을 위해 굴뚝 같은 크레인과 옥상, 철탑으로 오르는 노동자들이 있다. 그리고 그러한 현실은 자본과 권력의 무차별적 공세 앞에 인간적 희망은 가능한 것인가라는 본질적 질문을 던진다. 그 질문들과 함께하는 『폐허를 보다』는 폐허적 현실 속에서 무조건적인 낙관적 전망을 그리지 않는다. 낙관적 전망을 획득하기 어려운 암울한 처지의 노동자들이 현존하기 때문이다. 그렇다면 우리는 무엇을 할 것인가. 거기에서부터 이인휘의 질문은 다시 시작된다. 쓰러지고 넘어지고 다친 자리에서 다시 일어나야 한다면 누구와 함께 어떻게 일어나야 하는지를 묻고 있는 것이다.

2016년 4월 16일 세월호 참사가 발생한 이래 국가와 사회에 대한 무수히 많은 질문들이 쏟아지고 있다. 하지만 국내적으로는 메르스 사태, 국정교과서 문제, 한일 위안부 협상, 개성공단 폐쇄 등의 무책임한 대책과 설익은 정책들이 쏟아지고 있고, 국외적으로는 각종 테러의 발발과 전쟁의 위협, 브렉시트(영국의 EU 탈퇴) 등의 영향으로 혼돈에 빠져 있는 양상이다. 국가와 개인의 관계는 자본과 노동의 관계와 맞물려 있다. 국가와 자본을 위해 노동하는 공동체적 존재로서의 개인은 어떻게 개인적 존엄과 사회적 공공 가치를 실현해갈 수 있을까. 이러한 질문 속에서 더 나은 생존이 가능한 안전한 대한민국의 실현 가능성이 모색되어야 한다. 폐허가 더 오래 지속되어 좌절과 절망만을 확산하는 세계가 되지 않도록 전망과 희망을 만드는 노력을 2016년의 '폐허공화국'을 보며 상상해야 한다. 그것이 『폐허를 보다』가 굴뚝에서 상상한 울타리 안팎의 연결된 세계이다.

(웹진 『문화다』, 2016. 7.)

폭력의 대물림, 해체된 가정의 연원 찾기

— 정용준의 『우리는 혈육이 아니냐』론

1. 폭력성의 계보학, 묵시록적 상상력

정용준은 폭력과 살인이라는 극한 상황을 설정하여 인간의 본성을 추적한다. 그는 2009년 등단 이후 첫 번째 소설집 『가나』(2011)에서 대상에 대한 집요한 묘사와 함께 서사적 균형감각을 증명한 바 있으며, 작품 속 등장인물들이 폭력과 살인의 주체 또는 대상으로 등장하여, "죽음과 함께, 죽음으로부터 글을 쓰는 작가"이자 "아름다운 죽음의 문장들"의 작가(김형중)로 평가받고 있다. 첫 장편소설인 『바벨』(2014)에서 역시 종말론적 사유와 묵시록적 상상력을 토대로 언어와 사유, 소통이라는 문제에 천착하여 세밀한 묘사와 점착성 높은 문체로 '바벨탑 신화'를 전유하면서 SF적 상상력을 유감없이 발휘한 바 있다.

두 번째 창작집인 『우리는 혈육이 아니냐』(2015, 이하 『혈육』)에서 정용준은 해체된 가정의 연원을 추적하는 일에 몰두한다. 그 연원에는 '아버지의 폭력성'이라는 키워드가 공통적으로 존재한다. 아버지들이 가정 안팎에서 자행한 폭력과 살인이 정상 가정을 해체하면서 가정은 불행과 죄의식이 만연한 '숙주의 공간'이 된다. 결국 아들은 아버지의 폭력과 살인을 계승하거나 단절하면서 또 다른 폭력의 가해자로 성장한다. 그리스 신화에서 아버지 신인 우라노스를 아들 신인 크로노스가 거세하고, 아버지 신인 크로노스를 다시 아들 신인 제우스가 제거하면서 부권을 제압하고 새로운 질서를 도모했듯, 정용준의 서사적 아들들은 폭력과 살인의 대명사인 아버지를 넘어서고자 노력한다.

정용준의 작품 속 아버지들은 폭력과 살인의 욕망에 허덕이는 아들들의 원형적 존재에 해당한다. 사형수가 된 살인기계 킬러의 기원일 '부재하는 아버지'(「474번」), 어머니를 살해한 무기수 중환자 아버지(「우리는 혈육이 아니냐」), 베트남전쟁에 참전한 폭력과 살인의 원죄자인 아버지(「이국의 소년」), 경찰 시절 소녀를 오인 살해한 뒤 오른쪽 반신마비 환자가 된 아버지(「내려」) 들은 모두 아들들의 타나토스적 충동의 기원에 자리하고 있는 것이다. 지금 현재는 부재하거나 무기력하지만 과거 한때는 폭력과 살인의 주체였던 존재들이 '아버지들'인 것이다. 결국 『혈육』은 일종의 오이디푸스 콤플렉스의 자장에 사로잡힌 존재들의 삶과 죽음에 대한 태도를 통해 살부(殺父) 충동을 다양한 방식으로 변주한다. 그리고 실제로 폭력적인 양아버지를 살해하기(「개들」)도 한다. 그리하여 길들여지지 않은 인간의 본성이 폭력성에 자리잡고 있음을 증명한다. 결국 정용준의 서사적 질문은 인간의 본성이란 무엇인가에 대한 존재론적 회의를 던짐으로써 인간의 인간됨에 대한 인식을 확장하고 있는 셈이다.

2. 악마적 순수성의 합리적 살인기계

정용준은 『혈육』에서 아들과 아버지의 불편한 관계를 '폭력의 대물림'이라는 관점으로 서사화하면서, 해체된 가정의 표상을 네 가지로 포착한다. 첫째로 '부재하는 아버지의 폭력성'을 무의식적으로 내면화한 아들이 킬러로 성장한 뒤 사형수가 된 이야기가 다루어진다. 「474번」은 15명의 시민을 살해한 뒤 체포되어, '유령 같은 존재감'의 확신범이 된 킬러의 이야기를 교도관의 시각에서 다룬 소설이다. 화자인 '나'는 474번으로 독방에 수감된 사형수의 담당교도관이다. 교도관에 의하면 474번은 고도로 훈련된 킬러로서, 지문이 등록되어 있지 않고 주민등록번호가 없기에 "현실에서 존재하지 않는 자"에 해당한다.

더구나 474번은 지금까지 '죄의식과 죄책감', '욕망이나 쾌감' 없이 피해자를 제거하면서 자신의 살인이 '자연스러운 운명'처럼 받아들여지는 방식이었음을 강조한다. 하지만 이제 '반복되는 살인 궤도'로부터 이탈하여 자신의 죽음을 강제하기 위해 체포된다. 474번은 자신의 행동이 광기가 아니며, '충동이나 쾌락, 분노'로 누군가를 죽인 것이 아니라, 평온한 감정 속에 "모든 것을 정확하게 인지하고 판단"해서 살인을 했다고 자백한다. 따라서 교도관이 보기에 474번은 아주 악한 "순수한 죄인"이다.

하지만 그의 '악마적 순수성'이라는 비밀은 '오래된 이야기'를 꺼내면서 드러난다. 유년시절 누나가 작은 염색공장에 일하러 가면 '기다림과 외로움'이 그 시절 '삶의 전부'였는데, 그때 474번의 '은밀한 비밀'은 '무료함'을 이기기 위해 동물의 "움직임을 멈추게 하고 싶어했던" 충동에 있었다. '개미, 여치, 메뚜기, 개구리, 병아리, 박새' 등에 이어 고양이를 죽인 것도 무료했기 때문이라는 것이다. 그러다 누나에게 "아버지는 어디에 계셔?"라고 묻자 누나는 아무 말도 하지 않는다. 그제서야 474번은 "누나가 어머니라는 사실"을 알게 된다. '부모가 부재한 남매 고아'에서 '아비가 부재한 모자 가정'으로의 변환된 인식은 '가짜 게맛살'처럼 생의 진실이 감추어져 있는 것임을 깨닫게 한다.

474번은 아버지에게 "왜…… 뭔가를 계속 죽여야 하는지"를 물어보고 싶었다고 전한다. 이 질문이 이 작품의 서사적 중핵으로 들어가는 키워드에 해당한다. 아버지로부터 살해충동이라는 유전자를 물려받았다고 생각하는 그가 자신의 정체성의 기원을 확인하고 싶었던 것이다. 하지만 '아비 부재의 현실'은 그를 '떠돌이 생활'로 이끈다. 결국 이후 '무심한 사람'이 되어 '무감각과 무관심'이 극대화되면서, 자신의 본성이 이끄는 대로 살기 시작한다. 즉 그는 자신의 능력을 팔면서 자신이 "어디에서도 증명받을 수도 증명할 수도 없"는 존재임을 알고, "어디에서나 어떤 방식으로든지 존재할 수 있었"기에 '유령'처럼 존재하며 킬러의 삶을 살아낸 것이다. 누나가 떠난 뒤 그는 "누군가를 죽이는 것보다 누나가 저를 무서워했다는 것이 더 무섭고 나쁜 범죄처럼 느껴진"다면서, 모든 것이 '운명'이라 어쩔 수 없는 것이라고 말한다. '누나인 어머니'는 아들이 아버지의 타나토스적 충동을 닮은 살인기계로 성장하는 것이 무서워 떠났을 것으로 짐작되는 것이다.

결국 「474번」은 유령 같은 존재감으로 킬러로서의 운명을 감내해온 사형수의 일생을 요약한 작품이다. 아버지가 누구인지 모른 채 누나로 오인했던 어머니와 단 둘이 지내던 아이가 아버지로부터 물려받은 살해충동을 드러내자 결국 그 아이가 무서워 아이를 떠나간 어머니로 인해 감각에 무뎌진 '악마적 순수성'의 합리적 살인기계인 '474번'이 탄생한 것이다.

3. 혈육지정의 이율배반

두 번째로 어머니를 살해한 아버지와 간호조무사 아들의 '끊을 수 없는 혈연의식'을 추적한 이야기가 다루어진다. 두 번째 작품집의 표제작이기도 한 「우리는 혈육이 아니냐」는 24년 전에 어머니를 살해한 아버지가 무기수로 복역하다 가석방이 되어 간호조무사가 된 29세 아들의 병원에 신장투석하러 온 이야기를 통해 '혈육의 이율배반성'을 주목한 작품이다.

어느 날 화자인 '나'에게 24년 전 어머니를 살해한 무기수 '아버지'인 '그'로부터 전화가 걸려온다. 화자는 몇몇 장면이 트라우마로 남긴 했지만, 이제는 '상관없는 일'이라거나 '존재하지 않는 기억들'이라고 애써 외면한다. '그'에게는 화자가 자신의 "유일한 혈육"일지 몰라도 화자에게는 '그'가 "완전한 타인"으로 생각되기 때문이다. '혈육'과 '타인' 사이의 인식론적 거리는 24년의 시공간을 거치며 확고부동하게 멀어진 것이다. 하지만 그가 병원에 입원한 뒤 그의 활력적인 에너지가 투석실 분위기 전체를 활발하게 바꾸기 시작하자 화자는 불편해진다. 간호사들도 그를 좋아하고, 환자들도 기꺼이 말을 꺼내기 시작하지만, 화자는 "그의 적극성, 노력, 긍정적인 성향, 왕성함" 등의 모든 것이 불편한데다가 "짜증과 답답함"까지 생겨난다. 그를 만난 이후 "모든 일들이 충격의 연속"으로 느껴지는 것이다. 더구나 편두통이 생기고 '어둡고 위험한 충동'에 시달리게 되면서, '비참함, 억울함'과 함께 "기이한 수치심"까지 느끼게 된다.

특히 그의 식탐을 보면서 화자는 역겨움과 분노를 느낀다. 그리하여 화자는 솔직하게 그에게 '불편하다, 기억도 추억도 원망도 미움도 없다'고 말한다. 하지만 그는 "그저…… 네가 한번 보고 싶었다"면서, '그게 전부'라고 말한다.

긴 세월을 갇혀 지내다보니 이곳에 아는 사람은 아무도 없더구나. 병원이 무서웠고 바깥의 모든 것들이 두려웠다. 그리고 네가 궁금했다. 단 한 번이라도 네가 보고 싶었다. 너를 찾는 과정중에 네가 병원에 있다는 사실을 알게 됐단다. 나는 지금에 와서 너에게 아버지 대접을 바란 것이 아니다. 다만 너는…… 최소한 너는…… 나를 해하거나 나쁘게 대할 것 같진 않았다. 그래도 우린……

혈육이 아니냐.

　아니요. 혈육이 아닙니다. 내 피는 당신의 피와 무관합니다. 당신이 열심히 사는 것이 싫습니다. 당신은…… 그렇게 계속 비참하게 희망없이 외롭게 늙어야 한다고 생각해요. 대답하고 싶었지만 나는 입을 다물었다. 그 앞에서 입 밖으로 꺼낼 수 있는 말이 더는 없었다. 몸을 데우고 있던 열이 일순간 발밑으로 빠져나가는 기분이 들었다. 한참동안 나는 말없이 그와 마주보고 서 있었다.

　어쨌든 당신은 내 어머니를 죽였습니다.

　두 손을 모으고 우물쭈물 말을 고르는 그를 내버려두고 나는 천천히 걸어 골목을 빠져나왔다. 골목 밖 큰 거리에는 햇빛이, 너무 많은 햇빛이 부담스러울 정도로 넘쳐흘렀다. 완전히 다른 종류의 기분들이 뒤섞였으나 어느 것 하나 분명하게 느껴지는 것은 없었다. 그냥 허탈한 생각이 들었다. 나와 멀지 않은 곳에 그가 살아서 숨쉬고 있다는 사실이 불합리하고 이상했다.(59쪽)

　24년의 수인 생활 이후 가석방된 '그'에게 남은 것은 '낯선 병원과 사회'에 대한 무서움과 두려움이다. 그리고 그 무서움과 두려움의 공포와 불안으로부터 최소한의 안전장치(혹은 의지처)가 되어줄 존재가 바로 '유일한 혈육으로서의 아들'이었던 것이다. 그러므로 "그래도 우린…… 혈육이 아니냐"는 그의 말에 혈육이 아니라고 말하고 싶지만, 그 말의 함의를 결코 부정하지는 못한다. 그가 아무리 '살인범'이라 할지라도 자신에게 육신을 부여한 생물학적 아버지이기 때문이다. 그러나 살인의 대상이 다른 누구도 아닌 '어머니'였다는 점은 받아들일 수가 없다. 그래서 결국 "어쨌든 당신은 내 어머니를 죽였습니다."라는 사실 관계를 전하면서 아버지와의 거리감을 확인하려 한다.

　그러나 화자가 '죽은 어머니의 이미지'를 악몽으로 만나면서 상황은 다르게 전개된다. 새로 꾼 꿈속에서는 기존과 다르게 배에서 두 명의 남자가 내려서고, '무심한 바다코끼리'를 사냥하는 내용이 구성된다. 이제까지 꿈에서 등장한 남자는 한 명이었지만, 이번 꿈에서는 두 명이 등장한 것이다. 이것은 결국 '어미 살해'를 방관한 일종의 공범적 자의식이 화자의 무의식에 새겨져 있었음을 보여준다. 결국 "그는 내게 아무것도 아닌 존재가 아니"며, "그에게 연연하고 있는 나 자신을 통제할 수 없다는 것, 내 의지와 상관없이 그는 나의 아버지일 수밖에 없다는 것을 인정해야 한다는 강제된 생각들"이 떠오르게 된다. 그러면서 그가 전한 "우리는 혈육이 아니냐"는 말을 부정할 수 없다고 생각하게 된다. 합리적 이성으로는 부인하려 하지만 생물학적 본성으로는 부자의 혈육지정을 부정할 수 없었던 것이다.

그러나 24년 전 어머니를 살해함으로써 한 가정을 파괴한 아버지를 그대로 용인할 수는 없어, 화자는 그의 투석기 튜브를 잘라내는 상상을 한다. 하지만 그것은 상상에만 그칠 뿐이다. 그런 살인을 저질렀다가는 화자 역시 아버지처럼 패륜적 살인범이 되기 때문이다. 결국 그가 치즈 한 박스를 훔쳐 먹으려다가 들키자, 치즈 한 박스를 더 집어서 그에게 준다. 그리고 그가 화자에게 이번 달만 지나면 다른 병원으로 옮기겠다고 말하면서 작품은 마무리된다.

결국 「우리는 혈육이 아니냐」는 어머니를 살해하여 무기수가 된 살인범인 아버지가 가석방되어 찾아오자, 그를 거부하고 싶은 마음이 앞섬에도 불구하고 그를 '핏줄로서의 아버지'로 인정할 수밖에 없는 아들을 통해 '혈육의 무의식적 본성'을 강조한 작품이다. '어머니 살해'라는 강렬한 소재에도 불구하고 정용준의 서사에서 가장 정상적인 부자지연의 표정을 보여주는 작품에 해당한다.

4. 살해당한 이국 영혼의 해원(解冤)

세 번째로 '실체를 알 수 없는 아들의 영혼'을 화자로 하여 과거 베트남전쟁에서 아버지의 폭력과 살인의 문제성을 드러내기 위해 아버지에 대한 원한을 이복 형제에게 돌린 이야기를 다룬다. 「이국의 소년」은 베트남 참전군인인 '당신'의 폭력과 살인이라는 원죄를 각인시키기 위하여, '당신'이 모르는 '베트남 여인의 아들의 영혼'인 화자 '나'가 '그(=당신의 아들)'에게 군에서 총기 자살을 시도하도록 유도한 이야기를 다룬 작품이다. 그리하여 살해당한 비존재가 살아있는 가해자의 원죄를 물으면서 '형제에 대한 복수'를 통해 '해원(解冤)'을 시도하는 양상을 보여준다.

프롤로그에서 화자인 '나'는 "기억의 마지막 원주민"이라고 자신을 규정한다. 그리고 허공을 거니는 존재로서 '언어'가 "존재와 형상을 만들어내는 형식"이며, "신의 방식"이자 "삶의 방식"이라면서, "과거만이 완전"하며 '당신의 잘못'이 없기 때문에 역설적이게도 "용서할 수 없"다고 전한다. 그리고 '잘못 없는 당신'을 용서할 수 없는 '살해당한 아들 화자'의 이야기가 펼쳐진다.

'당신'은 이등병 아들이 총기 자살을 시도했다는 이야기를 군부대에서 전해 듣고, "오래전부터 예정되었던 일이 결국 일어나고 말았다는 것을" 깨닫게 된다. '당신'은 베트남전쟁에서 돌아온 뒤 전쟁의 후유증으로 수시로 '베트콩'이라고 외치면서 가정에서 폭력을 일삼으며, '일종의 광견'처럼 "불안하고 무서운 야만인"이 된다. 베트남에서 '당신'에게 허락된 의미 없는 주문이자 단 하나의 강령은 "킬 올, 번 올 더 디스트로이 올(Kill all, burn all the destroy all)"이었다. 그리고 '베트콩'이라는 단어는 모든 것들을 섬멸하는 완벽한 명분이 된다. 당신은 베트남 여자를 강간하고 놓아준 뒤에 무사히 귀국하지만, 귀국 후 불안과 두려움이 내면에 자리하면서 밤마다 공포에 떨게 된다.

'그(=당신의 아들)'는 자신이 방아쇠를 당긴 사실을 알고 있지만, 격발의 순간 총구를 밀어내면서, 스스로 죽으려고 하는 동시에 살려고 했던 양가적 충동을 체감한다. 결국 '베트남 아들의 영혼인 나'가 '그'를 죽이려 했지만, '그'의 생존 본능이 그를 죽음에서 가까스로 구한 것이다. 그러나 그는 결국 자신의 얼굴이 박살난 채, 커튼의 그림자가 드리운 세계에서 "혐오스런 파충류"이거나 "불온한 악령"처럼 살아갈 수밖에 없는 운명임을 어렴풋이 확인하게 된다.

'이국의 소년'인 '나'는 "입이 없고 몸이 없"는 존재로서, 오직 "기억과 이야기"로만 존재 가능하며, 그게 "존재의 이유"이고 "삶의 형식"이 된다. 물론 '당신'이 도망치게 해준 여자가 '나의 어머니'였고, 당신의 자비로 어머니가 살고, '나' 역시 세상의 빛을 볼 수 있었기에 당신께 감사해한다. 하지만 오래지 않아 '또 다른 당신들'에 의해 어머니와 함께 '나' 역시 거대한 구덩이에 함께 묻혀 타살된다.

모자가 학살되었음에도 불구하고 그 사실을 모르는 '당신'은 한국에서 화자인 "나를 모른 척했고, 없는 척했고, 무시했고, 두렵지 않은 척"한다. 따라서 화자는 '당신의 아들'인 '그'가 그렇게 쉽고 간단한 방법으로 고통받아서는 안 되며, 통증에 익숙해져서도 안 되고, 당신이 쉽게 제어할 수 있는 사람이 되는 것도 곤란하다고 생각한다. 결국 화자인 '나'는 '당신의 아들'이자 '나의 형제'인 '그'에게 자유를 선물하여, 감각도 통증도 고통도 없으며, 자신처럼 시공간에 지배받지 않고 불가능을 모르는 '자유로운 존재'가 되도록 '구원(=저주)'하고자 한다. "우린 형제"이기 때문에 구천을 헤매는 고통스러운 영혼으로 만들고 싶은 것이다. 허공은 '화자의 무덤이고 집이며 기억의 모든 것'이지만, '당신'은 아직 슬픔과 쓸쓸함의 실체가 무엇인지 모른다고 생각하면서, 작품은 마무리된다.

결국 「이국의 소년」은 베트남 전쟁에서 자행한 폭력적 강간으로 드러난 원죄가 귀국 후의 불안과 공포 속에 가정의 해체를 가져온 이야기를 다룬다. 특히 베트남에서 강간으로 잉태되었다가 태어난 뒤 '또 다른 아버지들'

에 의해 다시 살해된 '아들의 영혼'이 화자인 '나'라는 점에서 죽은 자의 목소리를 통해 산 자의 원죄를 증명하려는 작업이 작가의 서사적 전략임을 보여준다. 죄에 대한 처벌은 죄의식과 함께 치열한 자기 반성이 없다면 언제 어디서든 어떤 형식과 내용으로든 부메랑처럼 되돌아온다는 사실을 '비존재의 기억과 이야기'를 통해 서사화하고 있는 것이다.

5. 살해당한 쌍둥이 여동생 목소리의 현현(顯現)

네 번째로 '아버지의 살해충동'이 가정의 붕괴를 초래하면서 아들에게 전해지고, 그 아들이 쌍둥이 여동생을 살해한 뒤 쌍둥이 여동생의 목소리가 화자의 내면에 분열적 목소리로 내장된 이야기가 그려진다. 「내려」는 29세의 화자인 '나'가 어느 날 분열증적 목소리를 자신의 내면에서 확인하고, 오른쪽이 반신마비가 된 아버지에 대한 살해충동을 억누른 채 살아가는 풍경을 통해 '살해욕망'이 가족 내부에 번지면서 초래한 해체된 가정의 모습을 보여준다.

어느 날 화자인 '나'에게 모든 행위를 이인칭으로 서술하는 목소리가 찾아온다. '나'의 귀에 "너는 병실을 떠나고 있다"는 목소리가 또렷이 들려오는 것이다. '환청, 분열, 섬망 같은 단어' 들을 검색해보지만, 초조와 불안속에 "가장 큰 두려움은 목소리가 미지의 존재라는 것"을 알게 된다. 더구나 '자아, 무의식, 내심, 본심'에 대해 불길한 나날이 이어지면서 자아가 산산조각 날 것 같고, 정체불명의 목소리가 화자를 미친 사람으로 만들 것처럼 느껴진다. '목소리'는 "서서히 개성을 드러내는 나 아닌 다른 인격"인데, 작품 말미에 가면 화자가 살해한 쌍둥이 여동생의 목소리임이 밝혀진다.

화자는 쌍둥이 여동생이 있었지만, 9세 때에 사망한다. 그 이전에 동생만 예뻐하던 경찰 아버지는 어느 날부터 이상 증세로 공황장애를 보이면서 화자를 폭행하기 시작한다. 재개발 계획 작전을 지휘하는 경찰이었던 아버지에게, 재개발지역에서 소년 하나가 그의 허벅지를 과도로 찌르고 도망가는 일이 발생한다. 그때 자존심이 상한 아버지는 권총을 발사했지만, 소년이 빗맞으면서 엉뚱한 소녀가 사망하는 일이 발생한다. 그리고 한쪽 귀와 턱 일부를 잃은 소년은 아버지를 노려보며 "죽여버릴 거야"라고 외친다.

그 후로 소녀를 죽이고 소년에게 상해를 입힌 아버지가 이상한 악몽과 환각 증세에 시달리게 되면서 화자인 '나'에게 "악마 같은 새끼"라고 말한다. 더구나 열차에서 사고로 여동생이 죽는 일이 발생하자 어머니는 탈진하고, 레일 위에 죽어 있는 여동생을 보던 아버지는 거의 미쳐간다. 이때 실은 화자가 미소를 지으며 열차 바깥으로 여동생을 떠밀어 살해했던 것이다. 결국 작품 말미에 화자는 '내면의 목소리'의 주인공이 '여동생'임을 확인하게 되고, 그 여동생의 목소리인 "내려"라는 말을 들으며 낯선 간이역에서 내려 침묵의 고요 속에 방황하는 것으로 작품은 마무리된다.

결국 「내려」는 경찰 아버지의 소녀 살해가 발생하면서 재개발지역 소년의 살해 충동이 복수적 감정을 불러일으키고, 그 죄의식으로 인해 강박증이 생긴 아버지가 가족 내부로 폭력을 돌리면서 쌍둥이 아들이 그 충동을 대물림하면서 쌍둥이 딸을 살해하게 되고, 결국 한 가정이 폭력과 살인의 근거지가 되어 해체된 풍경을 보여준다.

6. 망각과의 투쟁, 고통스런 진상규명의 행보

정용준은 폭력과 살인의 대물림 속에서 죄의 대가를 묻고, 진실을 규명하기 위해 망각과 기억의 힘겨운 투쟁을 직시한다. 「안부」에서는 군에서 자살사고라고 발표된 아들의 죽음의 진실을 밝히기 위해 '아들의 엄마'가 6년째 진상규명을 요구하는 현실의 고통에 대해 엄마의 일상을 통해 추적한다. 그리하여 정확한 진상규명과 '정상적 애도'를 가로막는 거대한 벽과도 같은 대한민국의 민낯을 드러냄으로써, 유가족의 힘겨운 투쟁과 고통스런 현실을 그려낸다. 작품 말미에 꿈인 듯 환상인 듯 잎이 하나도 없는 고목 꼭대기에 앉아 손과 발에 커다란 못이 박힌 채로 엄마가 "나는 아직 괜찮다."라고 말하는 부분은 세월호 유가족들의 힘겨운 고투를 상징적으로 보여준다. '세월호 엄마들'은 십자가를 짊어지고 골고다 언덕을 힘겨운 몸짓으로 고독하게 올라가면서도 '진상규명'을 위해 "아직 괜찮다"며 2년 8개월째 2014년 4월 16일을 매일매일 살아내고 있기 때문이다.

정용준의 『혈육』은 아버지를 닮은 아들들의 폭력과 살인에의 경도를 통해 해체된 가정의 연원을 탐색한다. 망각과 기억 사이의 끈질긴 투쟁을 통해 드러나는 진실은 폭력과 살인이라는 타나토스적 충동들의 기원을 보여준다. 결국 봉인된 죄의식의 해제와 억압된 무의식의 귀환을 통해 우리 생의 불편한 진실을 규명하려는 노력이 정용준의 서사적 전략에 해당한다. 소재적으로만 본다면 1990년대 이후 백가흠과 백민석이 보여주었던 폭력과 살인의 추억이 2010년대에 정용준의 서사로 이어지고 있는 셈이다.

인간은 폭력적 본성을 억누른 채 합리적 이성을 가진 존재로 위장되어 있음을 정용준의 서사는 역설적으로 보여준다. 그렇다면 인간이란, 인간성이란, 인간의 본성이란, 인간의 본질이란 무엇인가라는 다양한 '인간적 질문들'이 가능해진다. 그리고 그 질문들에 대한 이질적이고 다층적인 서사적 답변이 돌아온다. 그의 서사는 작품 말미에 가서 찾아지는 진실을 통해 사건이 재조명되는 추리소설적 서사를 내장하고 있어 독자와의 지적 쟁투를 즐기는 특징을 보여준다. 그리고 그런 지적 쟁투 속에 인간의 본성이 지닌 폭력의 기원에 대한 성찰과 혜안이 드러난다. 인간은 폭력을 제거하기 위해서 폭력의 본성과 야수성을 응시해야 하는 역설의 존재인 것이다. 작가는 폭력과 살인 등 스스로 저지른 잘못을 무책임하게 망각할 것이 아니라 잘못된 행동을 기억하면서 죄의식과 반성 속에 참회하며 살아가야 비로소 '진정한 인간'일 수 있음을 반면교사적 살인기계들의 형상을 통해 전달하고 있는 셈이다.

(웹진 『문화다』, 2016. 12.)

우울증 강요하는 사회, 타인의 고통에 공명하기

– 최은영의 『쇼코의 미소』론

1. 아무것도 아닌 사람은 없다

최은영 서사의 전제는 '아무것도 아닌 사람은 없다'에서 출발한다. 그리고 이 세계에 '없지 않고 있는 바로 그 사람'의 고유한 아픔을 외면하지 않는 타자와의 관계 속에 새로운 생의 가능성이 모색된다. 첫 소설집 『쇼코의 미소』(2016)는 그렇게 우울증에 걸린 사회적 약자들의 통증에 공감하고 상처를 위무하는 작품 모음집이다. '아무것도 아닌 존재'로 호명되는 미력한 존재자들의 생존기를 통해 다양한 상처 속에서도 여전히 생을 견뎌내고 있는 존재들을 추적하여 그들의 존재 의미에 공감하기 위해 쓰여진 텍스트들이다. 등단작인 중편소설 「쇼코의 미소」가 '예의 바른 우울증 미소'를 선보였다면, 다른 중단편들에서도 우울한 표정의 캐릭터들이 '아무것도 아니지 않은 존재감'으로 타자와 세계를 향해 자신의 목소리를 읊조린다.

본고에서는 「작은 서사의 울림 – 예의 바른 우울증 미소의 치유력 – 최은영의 중편 「쇼코의 미소」론」에 이어 다른 중단편들의 의미망을 살펴보고자 한다. 「씬짜오, 씬짜오」에서는 왜 '안녕'이라는 말이 만남과 헤어짐의 베트남 인사말임과 동시에 타자와 공명하는 인사에 해당하는지를 확인한다. 「언니, 나의 작은, 순애 언니」에서는 독재시대의 국가 폭력으로 인생을 망가뜨린 가족의 애환을 마주한다. 「한지와 영주」에서는 흐릿한 존재감으로 타인과 세계를 감당해내는 '혼자가 아닌 혼자들'의 이야기를 듣는다. 「먼 곳에서 온 노래」는 망자가 된 선배에 대한 기억과 회상으로 애도를 표명하고 삶의 동력을 마련하는 이야기가 펼쳐진다. 「미카엘라」와 「비밀」은 세월호 참사의 슬픔과 애도 속에 일상을 견뎌내는 '정상적인 국민'과 유가족의 흔들리는 일상을 통해 참사 이후 정상적인 애도가 불가능한 현실을 차분하게 서사화한다.

　최은영의 소설은 낮은 목소리로 타인의 서사를 조용히 읊조리듯 독자에게 다가온다. 우울증의 색깔이 침잠된 잿빛에 가깝기 때문에 결코 경쾌하거나 가볍지 않다. 무겁게 가라앉은 존재들의 서사는 이 세계가 통증들의 천국이자 외로운 자들의 지옥임을 증거한다. 그러나 작가는 말한다. 천국 같은 지옥에서 살아내기 위해 우리는 타인의 아픔에 공감하는 능력을 키워가야 한다고. 그리고 그런 공감과 공명만이 이 세계를 더 잘 견뎌내는 방법이라며 위무의 서사를 건넨다.

2. 타인의 고통에 공명하기 – 「씬짜오, 씬짜오」, 「언니, 나의 작은, 순애 언니」

　「씬짜오, 씬짜오」는 '만남과 헤어짐의 인사말'인 베트남어 '씬짜오'를 매개로 환대와 불편감이 공존했던 20년 전 기억을 떠올리며 과거와 조우하는 작품이다. 13세였던 작중 화자가 독일에서 엄마의 유일한 말동무였던 응웬 아줌마와의 기억을 더듬는 가운데, 베트남 전쟁의 상처를 지닌 존재자들을 환기하며 한국과 베트남의 비극적 역사를 돌이켜봄으로써 타인의 고통에 공감하는 방법에 대해 그려낸다. 결국 엄마와 응웬 아줌마가 영국의 철학자인 알래스데어 매킨타이어가 말하듯 '서사적 존재'로서 '우정 어린 환대'와 '고통의 공감'을 경험하며 이웃 공동체를 구성했던 이야기를 다룬다.

1995년 독일에서 엄마의 유일한 말동무가 된 베트남인 응웬 아줌마는 엄마가 "아파하지 못하는 사람들을 위해 대신 아파하는 사람"이라며 엄마의 공감 능력을 칭찬한다. 하지만 베트남 전쟁 당시 미군 6만 명이 죽고, 군인이 아닌 베트남 사람이 200만 명이나 죽었다는 사실을 화자가 초등학교 수업 시간에 알게 된다. 그때 화자는 "한국은 다른 나라를 침략한 적 없어요."라고 말하지만, 투이는 한국 군인들이 할머니와 아기였던 이모를 포함하여 엄마 가족 모두를 죽였다면서, 엄마 고향에 한국군 증오비가 있다고 말한다. 엄마는 응웬 아줌마에게 죄송하다고 사과하지만, 아빠는 아빠의 형도 그 전쟁에서 스무 살 용병으로 죽었다면서 분노를 터뜨린다. 응웬 아줌마는 그건 전쟁이 아니라 "그저 구역질나는 학살일 뿐"이었다면서 두 가족은 멀어지게 된다.

형을 잃은 아빠와 가족을 학살당한 응웬 아줌마의 시각 차이로 인해 응웬 아줌마네와 이별하게 된 엄마는 목도리와 털모자, 털장갑 세 벌씩을 전한다. 엄마와 화자가 "씬짜오"라고 말하고 아줌마와 투이 역시 같은 말로 "씬짜오"라고 화답하지만, 포옹이나 입맞춤이나 이별에 대한 포장도 없이 헤어지게 된다. 화자는 스스로를 "서로를 경멸하는 부모 밑에서 영혼의 밑바닥부터 떨던 아이"였다고 떠올리고, 엄마가 돌아가신 뒤에야 엄마를 엄마 자신으로 사랑해준 사람이 응웬 아줌마였다고 회상한다. 20년이 지난 뒤 엄마를 빼닮아 있는 33세의 화자는 응웬 아줌마를 길 건너 사이에 두고 보면서 "씬짜오, 씬짜오"라고 말하며 엄마가 공감했던 응웬 아줌마와의 재회를 준비한다.

결국 「씬짜오, 씬짜오」는 베트남 전쟁의 피해자 가족인 '응웬 아줌마'와 타국의 피해자를 위무하는 엄마의 시선을 통해 공감 능력의 필요성과 함께 전쟁의 피해자가 가진 고통을 어떻게 나누어가질 것인가를 묻는 작품이다. 미국의 용병으로 참전한 가해자 국민의 일원인 엄마가 이웃 공동체의 일원인 학살당한 피해 유가족 응웬 아줌마에게 보내는 진정 어린 위로와 공감은 전쟁 이후 일상 현실에서 상처를 치유하는 방법의 일환을 보여준다.

　　「언니, 나의 작은, 순애 언니」 역시 상처와 용서를 질문하는 작품이다. 특히 1970년대 인혁당 재건위 사건을 소재로 '사법 암흑의 날'이라고 평가받는 이야기를 후경으로 배치하면서 국가권력이 국민을 사법 살인한 이후 피해자들의 생존 이야기가 그려진다. 순애 이모가 16세 때 모습 그대로, 동이 틀 무렵 인공관절 삽입 수술을 한 엄마의 병실을 찾아와 용서의 말을 전한다. 순애 이모는 할머니의 이종사촌 언니의 딸로 16세 때 11세의 엄마보다 몸집이 작았지만, 엄마는 "자기 의지와는 상관없이 모두를 잃고 나서도 더 잃을 것이 남아 있던 이모의 모습"을 사랑한다. 그러나 순애 이모의 남편이 북의 지령을 받고 움직였다면서, 긴급조치, 국가보안법, 반공법을 위반했고 내란 예비음모 및 선동을 했다는 이유로 동지들과 함께 사형, 무기징역, 징역 20년형 또는 15년형을 선고받고 구속된 이후 이모네 가족의 삶은 모든 것이 달라진다.

　　죽음 직후에 사람의 영혼이 멀리 떨어져 있는 소중한 사람을 보러 간다는 이야기를 알고 있는 엄마는 16세 얼굴의 이모가 병실을 찾았을 때 자신이 이모에게 이미 오래전에 용서받았다는 것을 알게 된다. 이모가 "아무도 우리를 죽일 수 없"다는 사실을 기억해 달라면서, 엄지손가락만큼 작아진 채 빛에 실려 떠난다. 엄마는 유품을 전하기 위해 자기를 찾아온 이모의 딸이 전한 두 소녀(엄마와 이모)의 옛날 사진을 바라보며 '언니, 나의 작은, 순애 언니'라고 조용히 속삭이며 이모와의 영원한 이별을 받아들인다.

「언니, 나의 작은, 순애 언니」는 약칭 인혁당 재건위 사건을 배경으로 그 가족의 힘겨운 후일담을 추억한다. 당시 중앙정보부는 유신 반대 투쟁을 벌인 민청학련 사건의 배후로 인민혁명당재건위원회를 지목하고, 1975년 4월 8일 도예종 등 사건 관련자들을 국가전복 기도 혐의로 7명 사형, 8명 무기징역, 4명 징역 20년, 3명 징역 15년 등을 선고한다. 이때 사형을 선고받은 7명과 민청학련 사건 관련자 여정남 등 모두 8명에게 형 확정 18시간 만인 다음날 새벽 사형이 집행되어, '사법 살인'이라는 비판 속에 '국제법학자협회'는 이 날을 '사법 암흑의 날'로 선포한다.

3. 무기력하나 유의미한 존재에 대한 성찰 – 「한지와 영주」, 「먼 곳에서 온 노래」

「한지와 영주」는 27세의 대학원 휴학생 영주와 수의사였던 케냐 흑인 한지와의 수도원에서의 만남과 헤어짐을 통해 "아무것도 아닌 사람"이 아닌 '유의미한 존재자들'의 이야기를 다룬다. 무의미한 존재가 아니라 의미 있는 존재로 살아내려는 미력한 존재들의 고군분투를 형상화한 것이다.

지질학 대학원을 휴학한 27세의 화자인 영주는 수도원에서 7개월을 보낸다. 그때 언니로부터 인생을 낭비한다면서, "넌 정말 아무것도 아닌 사람이 될 거야."라는 비난을 듣는다. 졸지에 '아무것도 아닌 사람'이 된 화자는 성경 공부를 하면서 "지옥이든 천국이든 영원이라는 개념"이 자신을 숨막히게 한다면서, "죽고 나면 나라는 존재가 사라지기를 바라"다가, "아니, 차라리 처음부터 나라는 것이 없었으면 했다"라고 자기 존재를 부정하던 중 한지와 한지 여동생 레아와의 관계를 통해 새로이 자기 존재의 의미를 깨닫게 된다.

한지의 여동생인 레아는 태어나면서부터 10대인 지금까지 누워만 있으며, 레아의 마음이 두 살에 머물러 있고, 한지가 레아를 책임져야 한다면서 가족들 모두 레아를 진심으로 사랑하고 아끼고 있으며, 레아가 한지 가족에게 '침묵'을 선물했다고 전한다. 한지에게는 세렝게티 공원이 세상의 끝이었다면서, 레아에게 미안한 마음이 들었고, 자신의 연민 자체가 레아에 대한 오만이라는 생각으로 마음을 다스린다고 말한다.

> "레아는 타인이 아니야. 나는 지금 여기서 너와 이야기를 나누고 있지만, 내
> 몸의 일부는 나이로비 집에 누워 있어. 내가 어디를 가더라도, 무슨 일을 하고
> 있더라도 나의 일부는 언제나 나이로비에 있어."

'타인이 아닌 레아'와 함께 자신의 몸의 일부가 나이로비에 있다면서 한지의 시선은 사진 속 레아에 닿아 있고, 그때 한지의 얼굴에 일렁이는 따뜻한 빛이 화자의 창백한 마음 위에 비친다. 그것이 화자로 하여금 생을 견디게 하는 동력이 된다.

화자는 원시지구로 시작해서 여러 종류의 발굽이 있는 동물까지 중얼거리고 나면, 현실의 고통에서 자신을 분리시키게 되고, 그때 화자가 그들의 이름을 부른 것이 아니라, 그들이 화자의 이름을 불러준 것처럼 느끼면서 자신이 혼자가 아니라고 느끼게 된다. '혼자가 아닌 혼자'인 화자는 한지와 자신을 대비적 존재로 인식한다. 왜냐하면 "어디에서나 존재감이 없는 나"와 "많은 사람들 사이에서도 눈에 띄는 한지", "자신감이 없고 무슨 말이든 우물쭈물하는 나"와 "누구와 있어도 자연스럽게 말하는 한지", "제대로 웃지도 못해서 입을 가리는 나"와 "꾸밈없는 표정의 한지"가 서로 다르게 타인들의 눈에 비춰지기 때문이다.

나이로비에 돌아가기 2주 전부터 한지는 일종의 이별의 방식으로 대놓

고 화자를 '없는 사람'으로 취급한다. 화자는 침묵 주간을 신청한 이후, 한지에게 "내 적막한 마음에 함께 있어줘서 고마웠어. 한지, 네가 앞으로 살아갈 시간에 축복이 가득하길. 망각의 축복을, 순간순간마다 존재할 수 있는 힘을 낼 수 있기를. 영주."라고 노트에 한국어와 영어로 적지만, 노트는 한지에게 전달되지 않는다.

「한지와 영주」는 "아무것도 아닌 사람"이 아닌 영주와, 아픈 여동생 레아에 대한 책임감을 지닌 한지와의 우정을 통해 시간과 타인, 존재와 기억, 사람에 대한 예의를 질문한다. 그리고 세상을 힘겹게 살아내고 있는 우리들이 의미 없는 존재가 아니며 열패감과 패배감에 젖어들어야 할 존재가 아니라 존재 자체만으로도 충분히 의미 있는 존재임을 자각해야 함을 강조한다.

「먼 곳에서 온 노래」 역시 우울증 환자였던 2002학번 화자가 2009년 여름밤 32세의 나이로 객사하여 망자가 된 '1997학번 미진 선배'와의 과거를 회상하며, 폴란드인 율랴와 함께 '아무것도 아니지 않은 존재'의 이야기를 나누면서 생을 견뎌내는 동력을 얻게 되는 내용을 그린 작품이다.

화자는 봄 학기 강의를 마치고 러시아 페테르부르크에 와서, 미진 선배와 함께 살았던 율랴를 만난다. 율랴는 아버지로부터 "넌 아무것도 아니야"라는 말과 "너는 쓸모없는 계집애야."라는 말을 들었다고 전한다. 세계 어디에서나 '의미없는 존재'들은 지속적으로 생성되고 있는 셈이다. 미진 선배가 러시아에 가기 직전 3년을 함께 산 화자는 미진 선배가 노래패의 학생운동 전통을 끊었다고 비난받는다는 사실을 알게 된다. '형들'이 물려주신 전통에 선배가 하나하나 문제제기를 했기 때문이다. 화자는 "개인의 자율적 선택과 평등한 관계맺음, 여성주의 교육"을 강조하는 25세의 미진 선배가 동아리를 떠나주기를 바라는 사람도 있었으며, '고집불통에 독한 인간'이라는 소리를 듣던 선배의 눈물이 타인에 대한 분노가 아니라 "누적된 외로움" 때문이었을 것으로 짐작한다. 미진 선배가 노래를 "교육의 도구이자

의식화의 수단"이 아니라 "스스로에 대한 다짐"이라면서, "조회시간에 태극기 앞에서 부르는 애국가 같은 게" 아니길 바란 개인주의자였기 때문이다.

화자는 율랴와 함께 97학번 김미진이 20세에 부른 〈녹두꽃〉을 오디오로 재생하며 듣는다. 테이프 끝에 담긴 마지막 노래는 미진 선배와 화자가 함께 부른 〈녹두꽃〉이다. 23세의 화자와 28세의 선배가 자신들 안에 있는 가장 곱고 가장 뜨거운 마음을 담아 부른 노래다. 그 노래를 들으며 화자가 병자도 아니고, 선배가 망자도 아니었던 과거를 회상하면서 율랴와 함께 미진 선배를 애도하는 셈이 된다. 그것은 화자가 미진 선배의 사망 뒤 율랴와 1년간 이메일을 주고받으면서, 미진 선배에 대해 대화하며 실상은 서로 자신에 대해 이야기했기 때문에 가능한 현재적 애도와 슬픔의 공감에 해당한다.

4. 세월호 참사에 대한 미시 서사적 애도 – 「미카엘라」, 「비밀」

2014년 4월 16일 침몰한 세월호 참사는 2017년 9월 현재에도 여전히 현재진행형이다. 여전히 진상은 수면 아래에 가라앉아 있기 때문이다. 「미카엘라」와 「비밀」은 아직 풀리지 않는 의문투성이의 세월호 참사에 대한 애도를 이야기로 빚어낸 작품이다.

「미카엘라」는 미용실 엄마의 시점과 '미카엘라'인 딸의 시점을 교차하면서 프란치스코 교황이 방문했던 2014년 8월 16일 무렵을 중심으로 세월호 참사에 대한 애도를 기록한다. 엄마는 25년 전인 1989년 어린 미카엘라와 함께 폴란드 출신 교황 바오로 2세가 집전했던 미사를 보러 서울에 온 적이 있다. 그때는 여의도 광장에서 65만 명의 신자가 참석한 바 있다. 이번에도 광화문 광장에서 미사를 집전한다는 소식에 2박 3일 일정으로 엄마가 집을 나선다.

엄마는 슬픈 일에도 감사하는 마음을 가져야 한다면서, 자식이 준 사랑을 하늘처럼 여긴다. 어린 미카엘라가 자신에게 준 마음이 세상 어디에 가도 없는 순정하고 따뜻한 사랑이기 때문이다. 자식을 사랑하는 엄마는 자식을 잃고 목숨 건 단식농성을 진행 중인 '유민 아빠'에게 다가온 교황의 모습을 보며 슬픔과 연민에 젖어든다. 지구 반대편에서 온 교황에게 무언가를 애원하는 마음을 짐작해 보면서, 남자를 한번 안아주고 싶다고 생각한다. 남자의 얼굴을 떠올리며 자신이 그처럼 미카엘라를 잃었다면 어떻게 살 수 있었을 것인가가 고민되며 눈물이 고여오기 때문이다.

연락이 두절된 엄마를 찾으러 광화문역에 내린 31세의 미카엘라는 다수의 선한 사람들의 세상에 대한 무관심이 세상을 망친다던 아빠의 말씀을 떠올리며 죄책감을 느낀다. 세월호 참사 이후, 엄마 역시 자주 눈물을 흘리면서, 그들이 살 수도 있었던 '쇠털 같은 시간들'을 떠올린다. 살릴 수 있는 생명들이었고 살릴 수 있는 시간 역시 충분했지만, 거짓말처럼 눈앞에서 그들을 놓쳐버린 국가 기능 부재의 현실에 대해 깊은 가책을 느끼는 것이다. 엄마는 수진이라는 이름보다 미카엘라로 부르는 것을 더 좋아한다. "세상 모든 어두움을 물리치는 미카엘라 천사가 여자의 속에 뿌리내린 작은 생명을 지켜줄 것"이라고 전했던 미용실 손님 말을 여전히 믿고 있기 때문이다.

이렇듯 「미카엘라」가 천주교 신자인 모녀의 두 시선을 교차 편집하면서 세월호 참사 이후 '정상적 국민'이 가지고 있는 고통과 슬픔, 분노와 무기력, 무참함과 안타까움을 보여준다면, 「비밀」은 세월호 참사로 숨진 기간제 교사에 대한 이야기를 교사의 할머니인 말자의 시선으로 그려낸 작품이다.

말자는 8년째 딸의 차를 타고 같은 길을 지나 암 치료를 위해 병원을 다니지만, 지난 1년 반 사이 딸 영숙이 전혀 다른 사람이 된 것처럼 느껴진다. 오냐오냐하며 키운 손녀 지민이 중국에 간 지 1년 반이 되었기 때문이다. 8세짜리 지민으로부터 한글을 배운 적이 있는 말자는 기간제 교사였던 지민의 책상에 앉아 제주도 성산항으로 가던 여객선 위의 풍경을 그려본다. 말자와 딸 영숙과 사위가 다 모여 앉아 지민의 생일상을 차리지만, 지금 이 자리에 지민이 함께하지 못하기에 "모두 헛일"이라는 생각이 든다. 영숙은 "엄마 미안해"라고 말하고, 박서방은 지민이 중국 시골에 가서 선생님을 한다고 말하지만, 말자는 지민의 침대에서 지민의 목소리를 환청으로 여러 번 듣게 된다. 그리고는 "집배원이 들어갈 수 없"고, "어떤 편지도 배달되지 않는다는 그곳으로" 직접 전할 편지를 접어 가겠다며 편지를 가슴에 품는 것으로 작품이 마무리된다. 지민이 세월호 참사로 사망한 이후 서로의 안부를 위해 굳이 그 사실을 숨기려는 세 가족의 '비밀 아닌 비밀'을 통해 참사 이후 유가족이 참담하고 우울하게 견디며 겪어냈을 법한 일상적 이야기를 서사화하고 있는 작품이 「비밀」인 것이다.

5. 미시 서사의 깊은 울림

최은영의 『쇼코의 미소』는 우울증과 무기력증에 허덕이며 살아가는 우리 시대의 초상을 그려낸다. 중편 「쇼코의 미소」에서 일본과 한국을 연결하며 '예의 바른 웃음' 속에 숨겨진 우울증의 내면화와 공감 능력의 필요성을 조망했다면, 이번에 살펴본 작품들은 여전히 우울감에 젖어 생을 견뎌내고 있는 캐릭터들의 삶을 조망한다. 여전히 미력한 힘으로나마 세계를 읊조리고 있는 주인공들을 통해 작가는 관계의 필요성과 공감의 유력한 소중함을 확인한다.

최은영의 소설은 서사의 밑면에 모성에 대한 기대를 내포한다. 「씬짜오, 씬짜오」에서 응웬 아줌마와 공감하는 '화자의 엄마', 「언니, 나의 작은, 순애 언니」에서 순애 이모에게 용서를 얻게 되는 '화자의 엄마', 「한지와 영주」에서 화자에게 기억과 망각, 애도와 슬픔, 시간과 타자에 대한 경구를 전해주는 '할머니', 「미카엘라」에서 자식을 하늘처럼 귀하게 여기는 '엄마', 「비밀」에서 손녀인 기간제 교사를 애틋하게 애도하는 '엄마(딸 영숙)와 할머니(화자인 말자)' 등은 '착한 모성'의 신화를 현재화한다. '여성은 약하지만 모성은 강하다'는 속설을 '딸은 약하고 우울하지만, 어머니는 따뜻하게 공감한다'라는 식으로 대체하는 서사가 최은영의 '미시 서사'인 셈이다. 그리고 그 서사적 울림의 여운은 깊고 넓게 멀리 스며든다. 2010년대를 살아가는 지구인들이 모두 일종의 우울증에 걸린 '아무것도 아닌 사람'이라는 열등감을 내면화한 존재들이라는 무기력한 사실을 확인할 수 있기 때문이다.

최은영의 서사는 2010년대 소설의 성과에 해당한다. 개인의 이야기와 사회적 관심사가 서로 조응하면서 현재적 통증에 공명하는 작업이 소설의 핵심 과제임을 증명하고 있기 때문이다. 우울한 개인들이 견뎌내는 사회적 간난신고들은 고스란히 한국 사회의 문제점들을 반영한다. 무기력한 존재태로 길들여지는 N포세대의 음화를 보여주기 때문이다. 그러므로 우리는 최은영의 미시 서사를 통해 한국 사회의 내면화된 우울감의 다채로운 표정과 민낯을 간접적으로나마 선취하게 된다. 그리고 그런 선취가 최은영 서사가 도달한 높이에 해당한다.

(웹진 『문화다』, 2017. 9.)

상실의 마음과 공감의 상상력,
생의 동력과 존재의 의미를 찾아서

– 김금희의 『경애의 마음』론

1. 상실의 마음들

어떤 사별의 기억은 사후적 애도를 앓는 존재자에게 평생의 트라우마로 작동한다. 그리하여 그 트라우마가 제공하는 원심력의 자장 안에서 겨우 숨을 쉬며 살아가기도 한다. 하물며 상실된 존재가 연정의 대상이었다면 그와 함께했던 시간과 장소, 추억과 의미의 추체험 속에서 그 고통의 크기는 이루 헤아릴 수 없이 커질 수밖에 없다. 결국 '한 존재'의 상실은 그를 둘러싼 다른 존재들에게 민들레 홀씨처럼 비유기적으로 퍼져가며 여러 방식의 애도를 낳게 된다. 그리고 각각의 애도는 우연인 듯 필연인 듯 관련된 여러 마음의 표정을 연결하면서 이야기로 파생된다. 이야기는 하나의 사별로부터 시작된 '상실된 마음들의 연결'을 상상하고 마음과 마음이 접촉하며 빚어낸 공감의 상상력을 통해 생의 동력과 존재의 의미를 찾아낸다.

김금희는 2009년 『한국일보』 신춘문예에 단편소설 「너의 도큐먼트」가 당선된 이래로 소설집 『센티멘털도 하루 이틀』(2014), 『너무 한낮의 연애』(2016) 등을 출간한 바 있다. 『센티멘털도 하루 이틀』에서는 '움직이는 비애의 눈'(최원식)으로 지금 여기 신세대의 집합적 초상을 짐작하게 하며,『너무 한낮의 연애』에서는 '잔존의 파토스(강지희)'로 생의 미세한 파장을 조망하며 삶을 위무한다.

첫 번째 장편소설인『경애의 마음』(2018)에서도 마음과 마음이 만나 이야기를 피워낸다. 경애의 마음과 상수의 마음이 만나 화재 참사로 사라진 친구 은총의 마음을 떠올리며 사후적 애도를 수행하고 친구를 향한 서로의 그리움을 공유한다. 그리고 그러한 파토스적 세계 인식은 서로를 이해하며 상처를 치유하는 일로 생이 이어질 수밖에 없음을 확인시켜 준다. 때로 허구는 겉으로 드러난 사실을 넘어 이면에 가려진 실체적 진실을 직시하게 한다. 화재 참사로 잃어버린 56명의 친구들 이야기는 세월호 참사를 비롯한 한국 사회의 각종 어처구니 없는 참사를 떠올리게 하면서 집단적 참사의 악몽을 견뎌내는 개인의 상실된 마음들의 자리와 무늬와 의미를 추적하고 따뜻하게 위무한다. 거기에 김금희의 마음이 자리한다.

2. 상수의 마음 - 표리부동의 마음에서 표리일체로

작품은 제목과는 다르게 생물학적 남성인 상수가 처음에는 '언니'로 호명되는 온라인 운영진 생활과 '미싱'을 판매하는 오프라인 회사 생활을 이중적으로 살아내는 '상수의 마음'을 포착하면서 시작한다. '상상할 여지'를 '삶의 숨구멍'으로 생각하는 반도미싱의 샐러리맨 상수는 중학교 때 소설 속 '실연의 주인공'에게 감정 이입을 하며 상상의 세계를 구축한 이래로 '감정의 영역'을 중요시 여겨온다. 하지만 회사생활을 하면서는 '극심한 감정기복'으로 인해 타인들과의 관계 형성에 실패한다.

현실 관계에서의 실패는 가상 공간으로의 탈주를 감행하게 한다. 그리하여 상수는 팔로워가 2만명에 달하는 〈언니는 죄가 없다〉라는 연애상담 페이스북 페이지를 8년째 운영하며 이중생활을 한다. 그렇게 상수에게 유일한 삶의 의미는 온라인 상에서의 '언죄다' 페이지를 운영할 때 찾아진다. 그곳에서 상수는 여성들의 사랑의 시작과 소멸을 간접 체험하며, '실연당한 언니들'의 내면적 소란을 증폭해 읽으면서 상상력을 발휘한다. 그리하여 '자신의 마음을 설명하려는 누군가'를 떠올리며 나름대로 성의 있는 답변을 보낸다. 이러한 '언니'와 '팀장'으로서의 이중생활은 온라인과 오프라인을 넘나드는 존재 전이를 통해 비로소 가능해진다.

1999년 상수는 고3 시절 유일한 친구였던 '은총'을 화재 참사로 잃게 된 일을 포함하여 너무 많은 죽음이 드리워졌던 시기를 보낸다. 헤어질 때마다 "은총이 있으라"던 친구는 화재 참사로 이승을 달리하지만, 상수는 은총에게 짝사랑하는 '여자애(=경애)'가 있었다는 걸 알고 있다. 그때 은총이 사망한 뒤, 상수는 은총의 무선호출기에서 여자애의 음성메시지를 들으면서 '이상한 질투와 소외감'을 확인한다. 그러나 누군가를 상정하지 않은 채 온도가 낮고 덤덤한 목소리로 녹음되어 있던 경애의 마지막 메시지는 "눈이 오네, 아무것도 할 일은 없고", "미안해, 나는 아무래도 늦을 것 같아…… 그래서 눈을 네가 있는 곳에 먼저 보낼게."라는 말이었다. 상수는 경애의 그 말을 누구의 애도보다 깊고 슬픈 감각으로 받아들인다. 친구를 잃은 무기력한 상실감 속에 친구에 대한 미안감을 새로운 계절을 알리는 눈 소식으로 대체하고 있었기 때문이다.

'사랑=잔혹한 파괴'라는 슬로건을 가진 '언죄다'에서만 '연애의 숙련공'일 뿐인 상수는 오프라인 상에서 팀원인 경애의 손을 잡았다 놓으면서 '어떤 것이 교환되는 실재감'을 받게 된다. 이 교환의 느낌이 바로 '사랑의 시작'이자 공감의 상상력의 실체에 해당한다. 온라인 상에서 실연 상담 피드백 고객을 상상하는 추상적인 독해 대상이 아니라 오프라인에서 실제로 접한 육체적 감각의 구체적 교환은 전혀 다른 '육체적 실감'을 제공하는 것이다.

베트남에서 상수는 '외로움'을 반도미싱 영업방향의 핵심이라고 파악하지만, '언죄다' 페이지가 해킹을 당하자 충격을 받게 된다. '메뉴선택 실패, 이메일 보안 실패, 언니로 살기 실패, 짝사랑 실패, 해외파견 실패, 팀장 실패' 등 인생 전체가 "아주 다 실패의 인생"으로 감지되기 때문이다. 그러나 상수는 "극강의 다정함" 속에 경애의 손을 다시 잡으며, '미안해요, 나중에 많이 화내지 말아요, 구해줘, 수고했어요' 등 내면의 자기 진심이 담긴 '교감의 목소리'를 짐작한다. 그것은 '언죄다'에서 조금씩 경애를 알아오고 경애의 마음을 몰래 들여다본 '언니의 마음'이 깔려 있기 때문에 가능한 것이다.

이렇게 경애의 손을 잡으며 사랑의 실감을 느끼지만, 상수는 "의외의 헛헛함" 속에 '바깥의 온도와 내면의 온도의 차이'를 감지하게 된다. 온라인에서의 마음의 교환과 오프라인에서의 육체적 접촉은 서로 다른 질감을 보여주는 것이다. 결국 상수는 '실체의 무서움'을 깨닫게 된다. 그 동안 상수가 경애와의 파편적 기억을 모자이크처럼 이어서 하나씩 완성한 전체, 즉 "상수의 마음속에서 걷고 말하고 먹고 마시는 경애라는 형상"이 실재한다는 것이 육체적 존재에 대한 책임감으로 이어지는 '존재론적 무서움'을 깨닫게 된 것이다.

이러한 '육체성의 실재감'이 상수가 '언죄다'의 운영진인 '젖된느낌, 코브라자, 애정휘귀'와 만난 이후, 이중생활을 솔직히 고백하는 것을 가능하게 한다. 상수는 해킹당한 계정을 싸이버수사대에 신고해 경찰서에 출두하고 인터뷰에도 응할 예정이라고 운영진들에게 말하고 헤어진다. 이어서 조던의 싸인회에서 종이에 경애의 이름을 적어달라고 하자, 조던은 "최선을 다해요!", "이미 최선을 다 했지만"이라고 말한다. 그곳을 나온 상수는 1인 시위 중인 경애와 악수를 청하며 이별한다. 상수는 경애가 지난 시절 '은총과 산주선배와 자신과의 관계'에서 이미 최선을 다하고 있었음을 승인하는 것이다.

이후 상수는 '언니의 실체'를 파악한 경애가 전한 '일요일에 온다'는 이야기를 떠올리며 '경애를 기다리는 마음'을 유지한다. "누군가를 기다리는 일"이 "자기 자신을 가지런히 하는 일"임과 동시에 "자신을 방기하지 않는 것"이 '기다리는 사람의 의무'이기에, "최선을 다해 초라해지지 않"으려고 노력하는 것이다.

한 계절이 지난 뒤 가을비 속에 은총의 8밀리 테이프 〈마음〉을 꺼내놓고 잠든 상수의 시린 발가락 끝에 경애가 담요를 덮어준다. 그리고 작품이 마무리된다.

> 상수는 이야기를 시작한다. 10월의 어느 깊은 가을날 우리가 떠안을 수밖에 없었던 누군가와의 이별에 관한 회상이었지만 그래도 그 밤 내내 여러번 반복된 이야기는 오래전 겨울, 미안해, 내가 좀 늦을 것 같아 눈을 먼저 보낼게, 라는 경애의 목소리를 반복해서 들으며 같이 울었던 자기 자신에 관한 이야기. 서로가 서로를 채 인식하지 못했지만 돌아보니 어디엔가 분명히 있었던 어떤 마음에 관한 이야기였다.(352쪽)

이제 상수가 경애에게 마무리 이야기를 시작하면서 20년 가까이 묵은 경애의 마음과 상수의 마음이 포개진다. 그 상실된 마음의 원형에는 은총이 있지만, 이제 둘의 사이에도 '신의 은총'처럼 '은총의 은총'이 함께 내릴 것이다. 은총을 매개로 어떤 청춘의 상실된 마음들을 지나와 이제 이심전심, 서로의 마음의 갈피와 무늬와 실감을 확인했기 때문이다.

3. 경애의 마음 – '텅 빈 마음'에서 '누군가의 마음'으로

경애의 마음은 주체적 생명체가 아니라 피조물을 함의하는 '프랑켄슈타인프리징'이라는 이메일 주소 닉네임으로부터 유추된다. 파업의 실패 이후 존재감이 희미해진 경애는 '정물화의 화병'이나 '마른 잎'처럼 고요한 상태로 회사 생활을 이어간다. 구조조정으로 홍보부에서 총무부로 전보된 이래로 파업 기간 삭발까지 하며 농성하지만 결과적으로 노조 측에 성희롱 문제를 항의하면서 파업이 실패하고, 은근한 외톨이가 된다.

상수와 한 팀이 된 경애는 산주 선배와의 연애가 끝났지만, 산주의 결혼 이후에도 만남을 이어간다. 로맨스를 이어가는 것은 아니지만, "마음이 끝나지 않았다면 아무것도 끝나지 않은 것"이기에 '관계의 끝'을 확신할 수 없었기 때문이다. 산주의 거의 모든 것을 보관해온 경애는 "언제든 아, 이런 것이 끝이구나, 정말 끝이다, 끝, 할 수 있는 순간이 오기를 기다"리지만, 로맨스가 종료되어도 마음이 멈춰지지는 않는다.

그렇다면 '마음의 끝'을 들여다보는 일의 어려움은 어디에서부터 왔는가? 그것은 '은총의 상실'로부터 온다. 경애는 고등학생이던 1999년 가까웠던 친구들을 화재 사고로 한번에 잃는다. '모두의 영동'이라는 이름의 '영화' 관련 하이텔 동호회에서 만난 'E'까지도. E는 영화도 마치 사람과 사람이 만나는 일처럼 우연이 작동해야 한다면서 영화에서 중요한 것은 관객과 영화 사이에서 일어나는 '순간의 시간'이라면서 그 시간을 '불타는 시간'이라고 명명한다. E는 「이레이저 헤드」의 앞글자를 따서 자기 닉네임을 지었고, 경애는 소설 『프랑켄슈타인』을 좋아해서 박사가 만든 존재를 가리키는 'creature'라는 표현에서 '피조물'로 지었고, 나중에 친구들이 줄여서 '피조'라고 부른다.

사고가 일어난 1999년 10월의 어느 날 E는 단편영화 〈마음〉을 상영한다. 잠시의 침묵도 견디지 못하면서 불안한 톤의 수다로 떠들어대는 '남자애(=상수)'의 목소리가 영화 전반을 장악한다. 마지막에는 마치 새가 날아오르는 장면을 연상시키듯 납골당의 현관과 어스름한 하늘을 비추면서 영화가 끝이 나고, E는 그 영상을 아주 솔직하게 찍었다면서 거기에 "자신의 마음이 다 담겨 있다"라고 경애에게 말한다. E가 사람들 몰래 경애의 손을 살짝 잡았다 놓았을 때 경애는 따뜻함을 느끼지만, 잠시 전화를 걸기 위해 경애가 호프집을 나온 사이 시뻘건 불길의 화재가 발생하고 E를 포함하여 56명의 아이들이 사망한다.

경애는 지금도 꿈을 꾸면서, "난폭한 악마"가 되거나 "복수심에 불타는 괴물"을 상상하지만, "결국 자기는 아무것도 되지 못하리라는 사실에 무기력"감에 빠진다. 경애는 그날 이후 "유령 같은 아이"가 된 것이다. 더구나 화재 참사의 전말로 술값을 받지 못할까 걱정한 호프집 사장이 문을 밖에서 잠갔기 때문에 참사 규모가 커졌음이 밝혀진다. 그때 경애는 "차가운 무언가가 와서 자신을 꽉 끌어안은 것 같았"고, "몸체가 크고 체온이 아주 낮은 그것이 마치 등에 업히듯 자신에게 와서 붙은 것만 같았"으며, "그것이 팔을 벌려 경애의 머리와 눈과 입술과 마침내 심장까지 완전히 장악했"기에 "이를테면 정말 누군가 잘못 만든 어떤 피조물 같은 것"이 자신에게 들러붙었다고 추정하게 된다. 그것은 자신만이 살아남았다는 죄책감이 '차가운 악마와 두려운 괴물'로 변형되어 경애에게 깊은 트라우마로 새겨진 것임을 알려준다.

대학생이 된 이후 경애는 산주와의 연애와 이별을 경험하고, '산주라는 대상과 대상의 실감, 산주의 다정함과 체취, 산주의 감촉과 목소리, 산주의 살아 있음' 등이 "환영과 같은 자신의 기억이나 타인의 SNS에서만 느낄 수 있을 뿐"임을 체감한다. 산주가 자신의 현실에서는 이미 죽어버린 존재임을 실감하면서, "유령 같은 무언가와 싸우는 기분"을 느끼게 되는 것이다. 더구나 최근에 산주와 다시 만나면서 산주와 가까이 있고 싶은 경애의 마음은 '로맨스적 욕망'이나 '관계 회복에 대한 열망'이 아니라 "일종의 패배감일 뿐"이라는 것을 절감하며, "미약한 연대감"만이 두 사람을 추동하고 있음을 확인한다.

경애는 상수에게 '존재와 피조물'은 다르다고 이야기한다. '있다는 것'과 '있게 되었다는 것'의 차이가 있기 때문이다. 은총이나 산주와 연애하던 시절 경애는 '존재'가 되지만, 그들이 떠난 뒤로는 그야말로 '피조물'처럼 대상화된다. 그리하여 산주와 연애하던 시절 경애는 과거에 E와 자게 될 거라고, "그러면 아주 따뜻하겠네"라고 답했다는 E와의 대화를 산주에게 털어놓는다. 그러나 E가 사망한 이후 "더 이상 따뜻하지가 않아졌어, 따뜻하면 안되는 것처럼 느껴졌어"라고 솔직한 고민을 털어놓는다. 그때 그렇게 말하는 경애를 산주가 안거나 끌어당기면 분명히 따뜻해졌던 기억을 떠올린다. 하지만 이제는 아니다. "마음을 폐기하지 말라"는 '언니의 당부(=상수의 마음)'가 일종의 투지와 함께 "불행을 건너겠다는 의지"를 불어넣어주고, "경애의 마음에 관한 죄없음"을 보장해주는 듯 느껴지기 때문이다. 이제 경애의 마음은 은총의 마음에서 산주의 마음을 거쳐 다른 사람의 마음, 즉 상수의 마음을 향한다.

베트남에서 경애는 상수의 손을 잡으면서 더 밀착하고 싶다는 충동과 더불어 자기 자신을 꽉 차게 들어올리는 반중력적인 힘을 감지한다. 상수가 은총이 떠난 후 어땠냐고 문자로 질문하자 경애는 "아주 추웠어요"라고 상수에게 답문자를 보낸다. 경애는 고통을 공유하는 일이 조용하고 느리게 퍼져나가는 것이라는 사실을 이제서야 체감한다.

이제 경애는 꿈을 꾼다. 얼굴이 지워진 누군가가 찾아와서 밥을 먹는 꿈이다. "텅 비어 있는 얼굴을 나중에는 아무렇지 않게 받아들이게 되어서" 함께 대화를 하고 식사를 하고 차를 마신 뒤 걷기까지 한다. 그리고 꿈에서 깨어난 뒤 그 꿈을 똑똑히 기억하고 싶어한다.

> "다른 것이 아니라 그 지워진 얼굴을 하나도 이상하게 여기지 않고 먹고 걸었던 순간의 느낌을, 누구를 채워넣어도 무방할 듯한, 어쩌면 타인이 아니라 자기 자신이었을지도 모를 꿈속의 상대를."(343쪽)

결국 경애의 마음은 은총의 마음을 거쳐 산주의 마음을 지나 상수의 마음으로 향한다. 그것은 다시 '은총의 영화 〈마음〉'과 '다시 만난 산주의 마음'과 '언니 상수의 마음'을 거쳐 여러 겹의 마음들을 받아들이며 복합된다. 이렇게 보면 결국 한 사람의 인생이란 타인의 마음을 거쳐 자신의 마음을 들여다보는 것인지도 모른다. 우리는 홀로 살 수 없고 타인과의 관계를 거쳐 자신과 세계의 마음을 유추할 수 있는 '피조물적 존재'이기 때문이다.

4. 마음을 다해 쓴 이야기

작가는 '작가의 말'에서 "이야기를 완성할 수 있었다. 마음을 다해 썼다."고 고백한다. 작가의 마음은 어디에 있을까. '은총의 영화 〈마음〉'을 구심점 삼아 은총과 상수와 경애의 마음을 포개면서 작가의 따뜻한 비애의 마음은 시작되었을 것이다. 작품 속에서 마음의 순서는 상수의 마음으로 시작하여 경애의 마음을 거쳐 은총의 마음을 확인하면서 서로의 마음들을 확인하는 것으로 마무리된다. 거기에 산주의 마음이 덧붙여지고 상수 어머니의 마음, 경애 엄마의 마음, 은총 할머니의 마음 등이 겹쳐지면서 김금희의 마음 이야기는 상실의 무늬를 따뜻하고 두텁게 기워낸다.

현실의 참사는 허구의 문학을 잉태하며 진실을 응시하게 한다. 그리고 좋은 문학은 참사의 내포와 외연을 추체험하면서 가공의 이야기를 만들어 더 깊은 애도가 가능하게 한다. 그리고 그 애도의 반복과 지속 속에 우리는 새로운 생의 마음과 감각을 기르게 된다. 이야기는 그렇게 참사에 관계된 사람들의 마음을 고통스럽게 읽어내는 작업이 전제되면서 슬프게 빚어진다. 그리고 그 작업 끝에 겨우겨우 가까스로 완성된 이야기가 독자들의 공감을 얻기 위해 세상에 나온다. 김금희의 『경애의 마음』의 울림은 참사라는 트라우마를 안고 살아내는 상실의 상처를 가진 마음의 마음, 마음과 마음의 흔적들을 추적하면서 그 마음들에 새살이 돋아나기를 기원하는 연민의 내러티브에서 비롯된다. 그리고 우리는 연민의 내러티브 안에서 경애와 상수와 은총의 마음을 만나 그 측은지심의 깊이와 넓이를 확인하게 된다.

(웹진 『문화다』, 2018. 8.)

4부

타자의
목소리

- 밤빛을 우려내는, 깊고 향그러운 우물
  – 박범신의 「향기로운 우물이야기」론

- 원자력발전소 추가 건설과 방사능 오염 피해의 고발
  – 김종성의 「하얀 불꽃」론

- 성불사의 '소리의 연원(淵源)'이 전하는 '감각의 풍경'
  – 구효서의 「풍경소리」론

- 작은 서사의 울림 : 예의 바른 우울증 미소의 치유력
  – 최은영의 중편 『쇼코의 미소』론

- 벼랑 끝 실존의 불안과 공포, 타인의 통증에 공감하기
  – 조해진의 「산책자의 행복」론

- 초국경시대, 타자화된 여성들의 목소리
  – 박민정의 「세실, 주희」론

- '미래의 백지'에 새길 '궁극의 한 문장' 찾기
  – 구병모의 「오토포이에시스」론

- 사랑의 생장소멸, 모성과 동성의 존재론적 이중주
  – 박상영의 「우럭 한 점 우주의 맛」론

밤빛을 우려내는, 깊고 향그러운 우물

 - 박범신의 『향기로운 우물이야기』론

1. 향그러운 우물 하나

여기, 유년시절의 추억과 자본의 비정한 현실을 상기시키는 '우물'이 하나 있다. 농촌 공동체 사회에서 '순정한 어둠'의 빛을 내장한, 그 '깊고 향그러운 우물'을 내면에 품은 한 여인이 법정에 선다. 한 여자의 '법정 진술'로 이루어진 작품은 구어체적 표현이 제공하는 생동감 속에, 문제가 '간통'이 아니라 '골프장 건설'에 있었음을 드러낸다. 일종의 추리소설적 형식을 내장한 「향기로운 우물 이야기」는 문단 경력 40년의 적공이 빚어낸 작가의 서사적 장악력을 온전히 보여준다.

법정에서 최후 진술을 하는 여인의 입장을 중심으로 볼 때, 이 사건은 '간통'이 아니라 '골프장 건설'에 의해 마을 공동체가 붕괴된 현실이 주요 핵심에 해당한다. 이렇게 보면 이 작품은 '향기로운 우물'을 품었던 정수리 마을이 골프장 건설로 인해 두 패로 나뉘어 자중지란으로 고소, 고발 사건이 진행되는 이야기를 다루고 있는 것으로 여겨진다. 하지만 그 표면적 이야기의 깊은 속내를 파고들어가 보면 원초적 고향을 환기하는 상징으로 '깊은

우물'의 향기와 '검은 밤빛'의 이미지가 자리한다. '깊은 우물'과 '검은 밤빛'
은 이 작품의 구심적 기능을 담당하며, 화자의 유년시절과 현재를 마주 보
게 함으로써 진실을 드러내는 열쇠어에 해당한다.

2. '깊은 우물'과 '검은 밤빛'

간통 사건으로 법정 진술대에 선 여인(화자 '나', 이름 미현)은 사건의 본
질이 간통에 있지 않음을 강조한다. '예, 아니오'를 강요하는 이분법적 심문
의 부당성을 지적하던 여인은 친정집 뒤란에 있던 우물을 떠올린다. 그 우
물과 사철나무의 그늘에서 풍기는 '어둠의 먹물'은 유년시절을 낭만적으로
환기하게 만드는 원형적 상징이기 때문이다. 그 상징은 남편과 대척점에 서
있는 간통 사건의 또 다른 주인공인 서경훈 이장(경훈 오빠)에 의해 유년시
절 이후 화자 내면에 스며든다. 서 이장이 유년 시절의 '나'에게, 낮에는 깊
은 우물 밑에 축축한 검은 옷을 입고 숨어 있다가 해가 지면 나타나는 '밤'
이, 사철나무 밑에서 검은 물레를 돌리며 연기를 피우듯 온 세상에 어둠을
피워놓는다고 이야기해 주었기 때문이다.

그때 화자는 '불순한 빛'이 아니라 '순결하고 순정한 어둠'에서 모든 존재
자들이 뿜어내는 빛의 아름다운 현현을 상상한다. 거기에는 밤이면 우박처
럼 머리 위로 쏟아져내리던 별빛의 아름다움과 흰 꽃 위로 쏟아져 내리던
달빛의 숨막힘이 있다. 특히 달빛에 실린 치자꽃 향기가 화자의 온 실핏줄
과 온몸의 모공(毛孔)을 모두 열어젖히는 '희열의 순간'을 제공한다. 하지만
그 밤빛과 희열의 체험은 골프장 가로등이 마을에 생기면서 사라진다. 그러
므로 골프장 건설은 향기로운 우물의 기억을 소멸시킨 자본의 테러 행위에
해당한다.

하지만 자본의 고전적이고 상투적인 수법을 외면한 채 골프장 건설을 찬성하는 남편은 골프장 건설을 반대하는 서 이장의 교도소 출감을 앞둔 날 밤에 낫날을 날카롭게 갈아대면서 자신의 분노와 적개심을 드러낸다. 그 낫날의 '흰 광채' 앞에서, 화자는 하얀 치자꽃들의 목이 잘리는 '잔인한 낙화'를 상상한다. 6년 전 '향기나는 우물'을 상상하며 고향에 왔을 때는 남편과 경훈오빠가 죽이 잘 맞았지만, 2년 전 골프장 건설로 인해 마을사람들의 의견이 양분되면서 서로 대립하게 된 것이 이 지경에 이른 것이다. 화자는 골프장 측이 파놓은 함정이 간통 사건이라면서, 간통이 아니라 골프장이 문제라고 재판장에게 하소연한다.

골프장 건설 이후 가든과 여관만 생겨나고, 남편은 서이장을 폭행, 무고, 협박, 명예훼손으로 고소하고, 서이장도 남편을 폭행, 무고, 공문서 위조, 사기 등으로 고소하면서, 남편파와 서이장파 사이는 원수지간이 된다. 더구나 공동수도 공사 이후 골프장이 개장되면서 재래식 우물과 논물이 말라버리자, 화자는 더 이상 '검은 옷을 입은 밤'에 매료되지 못한다. 이제 밝은 가로등 아래에서 밤과 어둠을 무서워하게 된 것이다.

화자는 골프장 측의 입장에서 보면 서이장이 죽어서 사라지거나 영원히 이장이 되면 안 되기 때문에 '간통사건'을 작위적으로 조작한 것으로 판단한다. 그러나 그럼에도 불구하고 화자는 구체적 행위 여부와는 상관 없이 자신이 이미 간통을 한 것과 다름없다고 진술한다. 자신의 이익(혹은 가족의 이익)을 지키기 위해 '향기나는 우물 같은' 경훈 오빠를 수렁 속에 단번에 밀어넣을 작정이었기 때문이다. 화자가 여관에 설치한 녹음기는 화자의 '간통 부재'와 '사악한 간통'을 동시에 증명해주는 '실재와 부재'의 동시적 알리바이가 된다. 실제적으로는 간통이 부재했지만, 상상적으로는 이미 간통을 수행한 것이나 다름없기 때문이다. 그러나 화자는 녹음기를 통해 골프장 측의 음모가 밝혀지면서 '깊고 향기로운 우물'에 대한 희망을 상기하고

자 했음을 진술한다. '상실된 우물'에 대한 절망을 '우물의 채움'에 대한 희망으로 전환하기 위하여 화자는 골프장 측과의 싸움을 위한 '전사'가 되기로 작정한 것이다.

　화자는 자신의 우물(=고향의 우물)이 다시 채워지고, '검고 축축한 옷을 입은 밤의 아저씨'가 사철나무 밑으로 나와 앉아 먹물을 풀어 은근하게 산의 원근과 세상의 명암을 가리는 걸 보고 싶어한다. 그 '순정한 어둠' 속에서 모든 것들이 제각기 제몫의 빛을 내고 있는 것을 볼 수 있기 때문이다. 화자는 '간통 사건'으로 법정에 서면서 자신이 깨어지고 더러워졌으나 이제 갑옷을 입고 천사가 아닌 전사가 되어, 실제로는 부재하는 '더러운 간통'의 죄를 정화하고자 한다. 그것은 '마을의 향기'와 '우물의 빛깔'을 되찾기 위해 '꿈'처럼 자신의 내면에 '우물 하나'를 품으려는 다짐으로 이어진다.

3. 자본의 비정성과 우물의 향기의 대비

　「향기로운 우물 이야기」는 전통적 마을 공동체 사회를 지탱하던 '우물의 깊은 향기'가 골프장 건설로 소멸되는 자본주의적 현실을 비판한다. 골프장으로 대변되는 대자본의 논리는 마을 공동체의 인간적 유대 관계를 일거에 붕괴시킨다. 분열주의적 자본의 공작이 마을 주민들의 이기적 욕망 앞에 자중지란을 낳게 한 것이다. 그리고 마을의 양분화는 자신들의 생활 터전뿐만 아니라 공동체의 증거인 '향기로운 우물'의 멸실을 가져온다. 그러므로 화자는 전사가 되어 '향기나는 우물'을 지키기 위해 법정에서 간통 사건 이면에 감추어진 공동체적 진실의 진술을 감행하는 것이다. '깊은 우물'과 '검은 밤빛'의 낭만적 이미지를 간직한 어머니를 법정에서 대자본의 이윤 추구에 맞서는 전사로 키우는 시대가 자본주의 시대의 비정한 현실임을 비판하고 있는 작품이 바로 「향기로운 우물 이야기」인 것이다. 그 비판이 직설적인 이항대립적 거대 담론의 저항 논리로부터 비껴 설 수 있는 까닭은 작가가 밤빛을 우려내어 상징화한 '깊고 향그러운 우물' 이미지에 있을 것이다.

(박범신, 『향기로운 우물이야기』 해설, 아시아, 2013)

원자력발전소 추가 건설과 방사능 오염 피해의 고발

— 김종성의 「하얀 불꽃」론

1. 비판적 리얼리스트의 눈

김종성의 「하얀 불꽃」(2002)은 작가가 5권의 창작집을 발간하며 견지해 온 한국 사회의 구조적 모순에 대한 비판적 문제의식을 함축하고 있다. 작가는 첫 창작집 『탄(炭)』(1988)에서는 '탄' 연작소설로 열악한 탄광지역의 노동현실과 빈곤, 환경오염의 문제를 형상화하면서 탄광노동자들의 힘겨운 생존과 억압적 노동 조건을 예리하게 포착해낸 바 있다. 두 번째 창작집 『금지된 문』(1993)에서는 이단적 교회와 인가 학교가 영합하여 교육과 신앙의 이름으로 진행하는 반공주의 이데올로기의 설파, 한국적 자본주의의 폐해, 학벌 중심 사회의 부조리를 비판한다. 세 번째 창작집 『말없는 놀이꾼들』(1996)에서는 공단 건설 등 각종 개발로 파괴되어가는 농촌 마을의 환경문제, 도시 소시민의 내집마련 어려움 등이 주목된다. 네 번째 창작집 『연리지가 있는 풍경』(2005)에서는 부녀회 권력과 쓰레기 매립장 문제 등을 다룬 아파트 도시 문화, 석유기지나 골프장 건설 문제를 비롯하여 1급수 열목어의 실종을 다룬 환경문제 등이 검토된다. 다섯 번째 창작집인 『마을』

(2005)에 이르면 작가의 전작에 이르는 문제의식이 '초림마을'이라는 가상의 도농 복합도시의 공간으로 집약되어 1990년대 이후 지속된 수도권 아파트 건설의 명암과 현실적 모순이 예리하게 형상화된다.

이렇듯 지금까지 김종성의 소설은 선명한 비판의식을 강조함으로써 당대적 모순에 대해 직설 화법으로 묘파하기를 선호해왔다. '원자력 발전소 추가 건설 문제와 방사능 오염 피해'를 중심에 둔「하얀 불꽃」역시,『연리지가 있는 풍경』에서의 환경오염 문제와 교회 문제,『마을』에서의 소시민들의 탐욕과 환경파괴 문제의 연장선 상에 놓인 작품이다. 특히「하얀 불꽃」은 '원자력발전소 추가 건설과 핵 폐기장 건설 반대 사건'을 중심에 놓고 정부와 한국전력, 미국 자본, 언론, 종교 세력 등이 주민의 안전을 볼모로 자신들의 기득권을 앞세우는 풍경을 비판한다. 구체적으로 그 비판의 대상은 언론, 한국전력(+정부), 교회, 부녀회장 등으로 그려지고, 피해 양상으로는 고양이의 죽음, 공룡의 멸종, 무뇌아 유산, 아내의 유산 등의 직간접적 일화가 드러난다. 결국 '방사능 오염'으로 인한 주민들의 피해가 현실화되지 않도록 예방하기 위한 노력의 필요성이 강조된 작품이 바로「하얀 불꽃」인 것이다.

2. 원전을 둘러싼 기득권 세력 비판

「하얀 불꽃」에서 등장하는 비판의 대상은 권력과 자본, 언론 등의 기득권 세력이다. 먼저 첫째로 정치 권력의 눈치를 보는 언론의 행태가 비판의 대상이 된다. 작품은, 정론직필로 권력과 자본을 감시해야 할 언론이 오히려 불공정한 기사를 제작하는 편집 관행을 유지하고 있는 현실에 대한 비판으로 시작한다. 언론사 편집차장인 정인규는 자신의 기사를 검토한 김

국장으로부터 '연쇄 산불 사건' 기사 분량을 늘리고, '백광원전 사건' 기사 분량을 줄이라는 지시와 함께 원전의 안전성에 무게를 둔 기사로 수정하라는 지시를 받는다. 그때 두통과 현기증을 느끼는 인규의 모습은 사회적 진실을 축소 왜곡 보도하는 행태를 수용하기 힘든 언론인의 초상을 보여준다.

둘째 비판의 대상은 마을의 원조를 가장한 한국전력과 정부의 행태이다. 정인규는 '반핵 백광지역 연대회의'에 다녀온 홍경호를 만나 '반원전 3대 수칙 준수운동'을 전해 듣는다. '3대 운동'이란 한국전력이 지급하는 돈을 받지 말고, 정부 지원비도 쓰지 말며, 한국전력이 제공한 기부 시설도 이용하지 말자는 운동을 말한다. 40조 원 이상의 부채를 안고 있는 한국전력과 정부가 제공하려는 지원비가 국민의 혈세라는 이유에서 벌이는 운동인 것이다. 한국전력은 주민과 지역 사회에 3천억 원을 지원해준다고 홍보하지만, 홍경호는 원전 반대를 위해 돈의 유혹에 넘어가서는 안 된다는 것을 강조한다.

셋째 친정부적 행태를 보이는 교회가 비판의 대상이 된다. 우선 인규가 잠결에 "불이여어" 소리로 착각할 정도로 "주우우어!"라고 큰소리로 외치며 밤샘 기도를 하는 신도들의 친정부적 태도가 비판된다. 뿐만 아니라 봉 목사의 설교에서 원전 반대의 목소리가 일종의 '전형적인 집단 히스테리'일 수 있다는 비난을 간접적으로 듣는 것에서도 확인된다. 특히 무조건 원전 추가 건설과 핵 폐기장 건설 문제를 반대할 것이 아니라 한전 당국과 대화로 문제를 풀어가야 한다는 내용의 원론적 설교를 들으며, 한전 측 입장을 대변하는 듯한 목사의 입장이 드러난다.

넷째 '권력의 사유화와 탐욕적 도시민의 표상'인 부녀회장 역시 비판의 대상이 된다. 이미 작가가 「연리지가 있는 풍경」(『연리지가 있는 풍경』)이나 「종소리」와 「색맹에 대하여」(『마을』)에서 아파트의 실질적 권력을 장악한 부녀회의 탐욕스런 모습을 비판하고 있던 시각과 일맥 상통된다. 즉 '시 사이드 빌라' 옆에서 아주머니가 해산물을 팔자, 부녀회장이 촛대바위에서 따온 해산물은 방사능에 오염되었다면서 해산물 판매 아주머니를 내쫓는 모습에서 이중적으로 작동하는 아파트 권력의 허상을 비판한다.

3. 피해의 네 가지 양상 – 고양이의 죽음, 공룡의 멸종, 무뇌아의 유산, 아내 성희의 유산

언론과 한전, 교회와 부녀회가 권력의 표상으로 비판됨과 동시에 구체적인 피해의 양상으로는 네 가지가 드러난다. 고양이의 죽음, 공룡의 멸종, 무뇌아의 유산, 아내의 유산 등이 그것이다. 첫째로는 거리에 고양이 세 마리가 죽어 있는 모습을 목격하는 장면에서 상징적으로 드러난다. 즉 고양이들의 죽음이 마을 주민의 '죽음에 대한 전조'로 기능하고 있는 것이다. 그리고 둘째로 인규가 딸 은지에게 운석과의 충돌 혹은 화산 폭발로 인한 공룡의 멸종을 이야기하는 부분에서 상징적으로 드러난다. 1억 5천만 년 전 운석 충돌이나 화산 폭발로 인한 공룡의 멸종처럼 인류 역시 예견하지 못한 갑작스런 방사능 사고에 의해 멸종에 가까운 재앙을 맞을 수도 있다는 우려를 간접적으로 드러내고 있는 것이다.

셋째 직접적 피해로는 무뇌아를 2번이나 제왕절개수술로 유산한 백광원자력발전소 일용직 노동자의 아내 방화자(29세)의 사례가 드러난다. 담당 의사는 유전적 요인과 환경적 요인을 언급하며, 환경적 요인 중에는 방사능오염, 약물중독, 모체 감염 등이 원인이 된다고 진단한다. 방화자는 유전적 요인이 없기 때문에 방사능오염 쪽으로 생각이 모아진다. 원자력발전소 보수계 보조원으로 근무했던 남편이 심한 두통과 현기증을 느꼈는데, 남편이 작업반장의 지시로 평상시에 방사능피폭측정기를 소지하지 않은 채 작업을 해서 방사능에 피폭된 것 같기 때문이다.

넷째로 인규의 아내 성희의 유산이 작품 말미에 등장한다. 성희는 발코니에 나와서 한전 앞에서 원전 반대의 목소리를 내는 시위대의 집회를 구경하다가, 원자력 발전소 돔 뒤에서 하얀 불꽃이 치솟으면서 사람들이 울부짖으며 쓰러질 때 자신 역시 정신을 잃었다고 말한다. 병원에서 인규가 유산된 성희를 위로하며, 아기는 다시 가지면 된다면서 "무사한 것만도 다행"이라는 말을 전하며 작품은 마무리된다.

이렇듯 고양이의 죽음, 공룡의 멸종, 무뇌아 태아의 유산, 아내의 유산 등은 원자력 발전소 인근 주민의 삶이 결코 안전하지 않음을 보여준다. 결국 언제든 방사능 오염의 피해를 입을 수 있다는 점에서 철저한 대응책과 해결방안이 마련되어야 함을 강조하는 작품이 「하얀 불꽃」인 것이다.

4. 공청회 갈등과 가스 누출 사고의 발생

작품 속에서 '원자력발전소의 안정성은 믿을 수 있는 것인가'라는 주제로 열린 공청회는 원전 측 입장과 반대 측 입장이 팽팽히 맞선다. 먼저 한국과학기술원 임동한 교수는 우리나라의 총 전력 생산의 50%를 원자력이 담당하고 있으며, 원자력이 청정에너지임을 강조한다. 반면에 홍경호는 원자력이 대형 사고의 위험성과 함께 핵 폐기물 처리 문제를 해결하지 못하고 있음을 예로 들며 반대한다.

공청회 이후 마을 주민들이 우묵개로 내려와 핵 발전소 정문에서 시위를 시작한다. 시위대 숫자가 300명으로 늘어나면서 음지마을 방화자 씨의 무뇌아 유산 이야기가 전해지고, 머리가 둘 달린 아이를 낳은 소문도 거론되면서 방사능오염이 틀림없다는 소식이 공유된다. 결국 마을 사람들은

"안전지대로 이주대책 세워달라, 발전소 사고를 전면공개하라, 핵발전소 건설을 중단하라"고 외쳐댄다. 이후 시위대가 〈아침이슬〉 노래를 끝내려는 순간, 핵발전소 돔 위로 불꽃이 타오르기 시작하면서, 이상한 냄새가 시위대를 휩쓸기 시작한다. 그리하여 모든 사람들이 쓰러지고, "머리가 빠개질 듯이 아프다고 울부짖으며 옆 사람을 할퀴는 사람, 토하는 사람, 얼굴이 창백해지면서 숨이 가빠서 죽겠다고 아우성치는 사람, 고춧가루가 눈에 들어간 것처럼 마구 눈물을 흘리는 사람" 등으로 인해 아수라장이 된다. 인규가 원자력발전소 앞에 도착했을 때, "손으로 가슴을 치며 울부짖던 사람이 갑자기 일어서서 한쪽 다리를 들고 빙글빙글 돌아가기 시작"하는 모습을 보게 된다. 이 모습은 작품 도입부에서 고양이가 비틀거리며 춤을 추는 듯한 모습과 겹쳐지면서 방사능 오염에 의한 생명체의 피해 모습을 상징적으로 보여주는 대목이 된다.

작품 말미에 이르러 아내 성희가 유산을 하게 되고, 병상의 성희가 왜 사람들이 쓰러지고 토하고 소리를 질렀냐고 묻자, 인규는 성희를 안심시키려고 목사의 설교처럼 역학조사 결과 "스트레스로 인한 유행성 정신장애 때문"이라고 둘러댄다. 덧붙여 "우묵개에 원자력발전소가 생기고부터 끊임없이 발생하는 방사능오염과 발전소 사고 문제로 사람들이 알게 모르게 엄청난 스트레스를 받아왔다"고 전한다. 결국 「하얀 불꽃」은 방사능 오염 피해와 원자력 발전소 사고를 통해 안전불감증에 젖은 정부와 한국전력의 전형적인 관료주의적 행태를 공격적으로 비판하고 있는 작품이다.

5. 안전한 대한민국을 말하다

2014년 4월 16일 세월호 참사 발생 이후 2016년 7월 현재에 이르기까지

2년 3개월 동안 참사를 둘러싼 진실은 여전히 진도 팽목항 앞바다 수면 아래에 잠들어 있다. '세월호 참사 진상 규명을 위한 특별조사위원회'에 대한 정부와 새누리당의 전방위적 방해 공작은 '진실 규명과 진상 조사'를 포기한 기득권 세력의 민낯을 만천하에 드러내고 있다. 특히 정부와 새누리당은 국정원, 검찰, 경찰(+해경) 등의 공권력과 친정부적 시각의 언론을 장악한 채 진실을 향한 외침을 가로막고 있다. 2002년 『문학과 경계』에 발표된 김종성의 「하얀 불꽃」은 '원자력발전소 추가 건설'을 둘러싼 원전 측과 주민 간의 갈등 이야기를 다루고 있지만, 12년 뒤에 벌어진 세월호 참사의 징후적 전조를 보여준다. 국가가 국민을 보호하지 못한 채 국가적 재난을 방조하고 있는 형국을 여전히 보여주고 있기 때문이다.

물론 「하얀 불꽃」은 작가의 최근작인 『연리지가 있는 풍경』이나 『마을』과 달리 텍스트 내부의 서사적 개연성이 약화되어 있다는 점에서 아쉽다. 작품 속 에피소드와 상징적 소재들이 파편적으로 나열되어 있는 듯한 인상을 보여주기 때문이다. 특히 인규를 비롯한 등장인물들이 평면적으로 형상화되어 있다는 점에서 분명한 한계를 노정한다. 「하얀 불꽃」의 비판적 문제의식이 『마을』의 형상력과 어우러질 때 리얼리티가 더욱 분명하게 살아날 수 있음을 유념할 필요가 있어 보인다. 그러나 그럼에도 불구하고 '원자력발전소 추가 건설'과 관련된 문제는 2016년 현재에도 미래 에너지와 재생 에너지, 환경오염과 환경 파괴 등과 관련하여 뜨거운 화두에 해당한다. 따라서 '하얀 불꽃'이 튀지 않기 위한 예방 노력의 필요성을 제고하는 측면에서도 「하얀 불꽃」은 우리가 주목해야 할 소중한 텍스트라고 판단된다.

(『문예』, 2016년 가을)

성불사의 '소리의 연원(淵源)'이 전하는 '감각의 풍경'

1. 서술자는 '소리의 연원'

구효서의 중편 「풍경소리」(2016)는 성불사의 소리들을 집적하여 상처받은 존재자를 위무하는 작품이다. 2017년 제41회 이상문학상 대상을 수상한 이 작품은 '이중 시점의 활용'(권영민), '만물의 시원에 대한 여정'(권택영), '소리를 통한 존재론적 물음'(김성곤) 등의 평가를 받으며, 존재의 기원에 대한 탐색을 그려내고 있다. "성불사 깊은 밤에 그윽한 풍경소리"라는 표현으로 시작되는 작품은 1930년대에 쓰여진 노산 이은상의 시조이자 가곡(작곡 홍난파)인 〈성불사의 밤〉을 기억하고 있는 사람에게는 더욱 쓸쓸하고 처연하며 은은하고 그윽하게 고요한 마음의 풍경을 불러일으킨다. 굳이 가곡을 모른다 하더라도 저마다 산사를 체험한 경험치에 따라 다르겠지만, 바람의 각도나 크기에 따라 산사의 깊은 밤을 가르는 '풍경의 소리'는 청자의 내면에 시시각각 다르게 다가갈 것이다.

작품의 표면상 주인공은 상처난 마음에 변화의 계기를 마련하고 싶은 여주인공 '미와'지만, 작품의 실제 주인공은 '성불사의 소리'다. 작품 말미에 스스로를 '소리의 연원'으로 고백하면서, '미와'라는 주인공을 초점화하여 서술하는 서술자가 바로 '소리'이기 때문이다. 그리하여 이 작품의 화자이자 서술자이자 주인공인 '소리'는 주변 경치나 정경으로서의 '풍경(風景)'이고, 처마 끝에 달린 종으로서의 '풍경(風磬)'이며, 소리 내어 불경을 읽는 행위로서의 '풍경(諷経)'이 되어, 성불사 주위를 차고 넘치는 '근원의 소리'이다. 그리고 이 모든 '소리 풍경의 합집합'으로서의 알파요 오메가가 바로 시공을 거스르고 이승과 저승을 관통하는 '대적(大寂)'의 소리들'이다.

이 작품의 또 다른 주인공은 의성어로 쓰인 부사들이다. 미와가 '성불사에서 접한 소리'를 문자로 표현하고 싶은 고민을 반영한 기표들이 그것에 해당한다. "작은 톱질할 때 나는 소리"와 비슷하게 노트에 연필로 적을 때 나는 소리인 '슥삭슥삭'을 비롯하여 '퐁탁퐁탁, 땡강땡강, 띵강띵강, 스삭스삭, 스와와와, 쓰쓰쓰스, 탁탁탁탁, 똑똑똑똑, 뜩뜩뜩뜩, 오이오이' 등은 성불사에서 만나는 각종 다양한 소리의 풍경들을 보여준다. '퐁탁퐁탁, 땡강땡강, 띵강띵강'은 성불사의 풍경소리를 기표화한 것이며, '스와와와'는 "팽나무 이파리 흔들릴 때", '쓰쓰쓰스'는 "쓰르라미가 두개골을 뚫을 때", '탁탁탁탁'은 "좌자가 도마질할 때", '똑똑똑똑'은 "소심한 주승이 목탁 칠 때", '뜩뜩뜩뜩'은 "수봉스님 목탁 칠 때", '오이오이'는 "수봉스님 염불할 때"라고 미와는 성불사의 소리들을 적는다. 이 소리들은 '미와'가 노트에 기록하려는 '성불사의 소리들'로서 '소리 부처'의 기표가 된다. 그리고 '소리의 연원'인 서술자를 주인공인 '미와'가 기표화하려는 노력을 기울임으로써, 결국엔 고양이의 울음소리를 지워내고 모친에 대한 애도와 남자친구와의 이별의 완성을 통해 마음의 안식을 찾게 된다.

2. '소리 부처'가 바라보는 성불사의 풍경

구효서의 중편 「풍경소리」는 성불사의 소리들을 채집함으로써 '존재의 시원'에 대한 탐색 속에 마음의 안정과 변화를 얻게 된 주인공을 다룬 일종의 '구도(求道) 소설'에 해당한다. 주인공 '미와'는 "달라지고 싶으면 성불사에 가서 풍경소리를 들으라"는 친구 서경이의 충고를 듣고 성불사에 노트만 들고 온다. 노트에 객수(客愁)를 적으면서 성불사에서 한낮에 들리는 '쓰르라미 소리'는 "드릴로 두개골을 지이이이잉 뚫는 것 같"은 굉음이지만, "밤에는 솔바람에 섞인 풍경소리"가 성불사를 에워싼다고 기록한다. 하지만 '미와'는 그 '풍경소리'를 어떤 글자로 표기할 수 있을지 고민한다. 아무리 들어도 '땡강땡강'이나 '띵강띵강'은 아니기 때문이다. 80세의 주승은 '풍경'을 '퐁탁'이라고 하고, 40세 정도의 수봉스님은 '풍경'을 '풍탁(바람이 치는 목탁), 금탁, 첨마, 경쇠, 풍령(바람이 흔드는 방울)'이라고도 한다는 사실을 알려준다. 이렇듯 '풍경소리'는 하나의 소리로 채집되기 어려우며, 듣는 사람 저마다의 기표로 다르게 표명되고 각인되는 것이다.

1) 고양이 울음소리의 환청과 엄마의 죽음

미와의 엄마와 비슷하면서도 서로 다른 '성불사의 공양주 좌자'는 "이곳에서는, 왜라고, 묻지, 않습니다."라고 끊어서 말한다. '왜'라는 반문의 말을 빼고도 모든 대화가 가능하기 때문이다. 이러한 좌자의 태도는 성불사의 존재들이 자신의 운명을 수용하는 숙명론적 순응의 자세를 내면화하고 있음을 보여준다. 좌자는 "왜라고 묻는 대신 그렇군"이라고 말하라고 전한다. 인생에서는 반문을 통해 원인이나 이유를 규명하는 것이 아니라 구체적 상황을 있는 그대로 받아들이려는 수용의 자세가 중요함을 알려주는 것이다.

수용적 자세의 중요성을 알려주는 좌자에게 미와는 자신의 내력을 털어놓는다. 엄마는 30세 넘어 첫 아이를 낳았지만 아버지가 없었으며, 미와가 24세에 분가한 이후 충북 영동에서 '고양이 상철이'와 함께 혼자 살고 있다. 상철이는 뜨거운 양철 지붕에서 굴러떨어진 고양이 새끼였다. 그런 엄마가 60세가 넘어 미국인 연하남과 결혼하여 미국으로 갈 때, 남자가 사랑한 대상은 상철이었다. 두 사람이 한 고양이를 너무 좋아해서 결혼의 방식으로 고양이를 공유한 것이다. 미와는 엄마가 지난달 와이오밍 주 텐 슬리프 메모리얼 파크에 묻혔다는 소식을 미국인 남자로부터 전해듣는다. 결혼 전부터 엄마는 치료를 거부한 채 혼자 병을 앓고 있었으며, 고양이가 밥을 안 먹는다고 전한다. 그때 '고양이 상철이의 울음소리'를 들으며 한순간에 미와의 삶은 엉망이 된다. 로키산맥 끝자락에서 울려오는 상철이의 울음소리에 사로잡혀 환청에 시달리게 된 것이다. 미와는 결국 '상철이의 울음소리, 엄마의 죽음에 대한 애도, 그와의 관계' 등으로부터 삶의 변화를 주기 위해 성불사에 온 것이다.

2) 성불사 식구들의 특별한 공양, 존재의 시원 탐색

"예쁜 귀신" 같은 영차보살이 제공한 '특별한 저녁 공양'을 받는 미와 앞에 주승과 수봉, 좌자와 영차가 도열한다. 네 사람은 엄숙함과 숙연함 속에 '진실한 배려와 관심'을 표명한다. 그리고 이어서 네 사람이 "어디서, 오셨습니까?"라고 합창하자, 미와는 "서울에서요"라고 답한다. 그러나 곧이어 '객실, 서울, 충북 영동' 등의 다른 장소를 떠올리다가 미와는 "내가 어디서 온 거지?"라고 스스로에게 자문하게 된다. 자신이 떠나온 장소가 엄마인지 아버지인지 고민하다가, 자신의 출발지가 "알 수 없이 아득한 곳, 서울이나 그 어떤 장소보다 훨씬 멀고 막막한 곳"이라는 생각을 하게 된 것이다.

밤이 되면 적막에 갇히는 성불사에서 수봉스님은 비로자나불을 모신 '대적광전(大寂光殿)'의 '대적'이 "대단한 적막"이라고 말하지만, 주승은 대적이 "소리가 너무 커서 들을 수 없는 소리"라고 다르게 말한다. '풍경소리'가 자신을 위한 소리처럼 느껴지는 미와에게 이제 '고양이 상철이의 울음소리'

도 한결 편하게 들려온다. 풍경소리가 점점 맑아져서 풍경소리에 더 많은 것들을 의지하게 되는 것이다. 이상하고 특별한 저녁 공양이 끝나 성불사에 밤이 오고 주승도 잠들고 미와만 홀로 깨어 적막과 너나들이 하는 풍경소리를 듣는다.

그런 깊은 밤에 미와는 자신에게 무감하고 매정했던 엄마를 회상한다. "탄생을 캐묻고 원망하고 저항하고 소리를 질러도" 엄마는 아무런 반응이 없었기에 "이승 사람 같지 않"게 느껴졌었다. 마치 "감각기관이 없"는 것처럼 미와의 "억지와 고집에 참 고요히도 무감했던 사람"이었던 것이다. 반면에 '생크림과 휘핑크림 전문가'였던 엄마는 "정확한 유지방률과 교반의 속도와 강도"로 크림의 색과 맛을 구별하는 능력이 뛰어났다. 엄마의 휘핑크림을 "세상에 다시없는 맛"으로 좋아했던 미와는 자신의 입술에 묻혀주던 크림이 "백옥이라는 이름의 난초꽃잎 같았"으며, 나머지 크림을 냉장고에 보관했다가 다음 날 새로운 크림 원료에 반드시 넣었다고 기억한다. 그렇게 '종자크림'을 만들어 수십 년간 휘핑크림의 맛을 이어가며 모녀의 생계를 꾸려갔던 것이다. 24세에 나노블록 업체에 특채되어 집을 떠나게 되었을 때 '미와의 시원'은 이제 '엄마'가 아니라 "엄마보다 더 먼 곳"일지도 모른다고 어렴풋이 생각하게 된다.

3) 대적광전의 심우도, 존재와 부재의 탐색

미와는 수봉과 함께 대적광전 외벽의 '심우도(尋牛図)'를 바라본다. '인간의 본성을 찾아 깨달음에 이르는 과정'을 그린 심우도에서의 마지막 장면은 커다란 원이 자리한다. 초동이 소를 찾고, 소 등 위에 올라타서 피리를 불다가 소가 사라지고 초동도 사라진 자리에 "텅 빈 빵"이 자리하는 것이다. '빵=영=공=원'이라며 수봉은 심우도를 본 대로 말하면서, '피리소리'가 어디로 갔을지를 묻자, 미와는 없어졌는데 어디로 가냐고 다시 되묻는다. 그러자 수봉은 "아주 없어지는 것 같지 않"다면서 사라지는 것이 아니라 대신 "영, 공, 빵으로 있"다고 말한다. 수봉은 미와에게 "들을 수 없는 소리가 돼버리고 말았겠지만 그건 우리가 들을 수 없게 됐을 뿐 어딘가에는 있다"라는 것임을 강조하고, 미와는 대적(=소리가 너무 커서 들을 수 없는 소리)으로 돌아간 것이 아닐지 되묻는다. 이러한 수봉과 미와의 대화는 존재와 부재, 혹은 감각의 실재와 부재에 대한 본질을 캐묻고 확인하는 작업이다. 결국 모든 존재(=감각)는 '지금 여기'에 부재하더라도 다른 자리에 존재하는 방식으로 살아남은 자에게 위안을 제공한다는 것이다.

수봉과의 대화에서 '묘음존왕불'이 "밝은 달빛 아래 묘음"이라는 뜻이며, '묘음'이 '고양이 소리 부처' 혹은 '묘한 소리'라는 뜻임을 알게 되자, 미와는 "밝은 달빛 아래 묘한 소리의 부처"라는 말 속에서 '소리'가 곧 '부처'임을 깨닫게 된다. "너무 커서 들을 수 없는 소리"가 바로 '소리 부처=부처 소리=묘음'으로 연결되는 것이다. 그리하여 "모든 소리의 근원"은 "소리의 부처"이고, "들을 수는 없지만 들을 수 있는 모든 소리를 들을 수 있게 하는 소리"가 바로 "영, 공, 빵의 소리"라고 미와는 노트에 적게 된다.

그런 소리를 일컬어 누군가는 천뢰라 했고 누군가는 옴이라 했고 누군가는 태초의 말이라고 했다. 저들 미와와 수봉은 묘음이라고도 대적이라고도 영, 공, 빵의 소리라고도 했다.

(중략)

나. 나를 드러내고야 말았으니 고백하건대 나는 다만 그런 소리일 뿐이다. 듣게 하는 소리는 들을 수 없고 보게 하는 빛은 볼 수가 없다고 할 때의 그 소리.

나는 종종 주승과 좌자의 넋을 하릴없이 빼앗고, 바람 한 점 없는 밤 요란하게 풍경을 울리며, 미와로 하여금 지구 반대편 고양이 울음소리와 로키산맥의 바람 소리를 듣게 하고, 염불하던 수봉을 묘음에 떨게 하는 것이다.

수봉이 나를 영, 공, 빵이라 한들, 주승과 미와가 나를 대적이라 한들, 그것이 내 이름은 아니어서 영, 공, 빵 따위로는 나를 설명할 수 없으니…… 나는 다만 가끔씩 사람의 혼을 후려치듯 빼앗고, 잠에서 홀연 깨어나게 하거나 또한 꿈속에다 과격하게 빠뜨리며, 찰나일망정 세상이 소리이고 소리가 세상의 전부임을 두려워하며 겪게 할 뿐이다.(64~65쪽.)

인용문에서 드러나듯 서술자인 '나(=소리의 연원)'는 '천뢰, 옴, 태초의 말'로 표현된다. '묘음과 대적'으로도 표기되며, 미와에게는 '고양이 울음소리와 로키산맥의 바람소리'로도 현현하면서, '영, 공, 빵의 소리'로도 일컬어진다. "지금의 어떤 말과 이름으로도" "일컬어질 수 없는 소리"지만, "듣게 하는 소리"로서 '소리의 연원'이 되어 사람들에게 '세상의 전부'인 '소리'로 각인되면서, 때로는 인간에게 두려움을 제공하는 '근원의 소리'인 것이다. 마치 이 세상의 존재자들에게 찰나적 깨달음을 제공하는 '선험적 원존재'로서의 '원형적 소리'인 것이다.

4) 영차보살의 맛과 향, 이승과 저승을 관통하는 시간

미와는 영차보살에게서 "선고된 숙명을 너끈히 사랑해내는 자의 엄숙하고도 쓸쓸한 행로"를 감지한다. 황태살을 결 따라 잘게 찢는 영차보살 옆에서 미와도 실을 잣듯 "살에 깃든 평생의 시간을 풀어낸"다. 황태의 평생의 시간은 "살아서 물속의 시간, 죽어서 덕장의 시간"을 포함한다. "몸을 스치고 간 숱한 바다의 물살들. 몸에 박힌 그 순간순간의 일렁임이 실처럼 가늘고 바늘처럼 빛나는 살결들"로 빚어진 것이다. 한 마리의 몸에서 "사자 한 마리가 웅크린 듯한 황금 솜 무더기"가 나오는데, 그런 식으로 영차보살의 38가지 된장 중 황태장이 빚어진다. 이렇듯 영차보살이 맛을 잣는 방법은 '오래된 맛'을 불러오는 일이고, 대추장 역시 "한 알의 대추에 올올이 새겨진 바람과 햇볕의 시간들을 고스란히 불러와서" 만들어낸다.

영차보살에게 "향은 이승과 저승 여러 승을 관통"하는 매체다. 미와는 "돌담과 장독대와 황태장 맛. 모두 그 느낌을 말로 표현할 수 없는 것들"이라고 적고, "수많은 개개의 장독 안에는" "누생을 통하여 깃든 향기들이 가을볕에 익어가고 있었던 것"이라고 부기한다. 이제 엄마를 끄덕여주지 못했던 자신을 반성하며 미와는 근시안적인 '작은 이유' 때문에 근본적인 '더 큰 이유'를 몰랐던 자신을 성찰한다. 엄마의 생과 자신의 생에 '왜'라는 질문이 아니라 '그렇군'이라는 수용의 자세가 필요했던 것임을 깨닫게 된 것이다. 영차보살의 웃음 속에서 "몇 생을 여엉차 이어오고 있는 사람의 향기"를 맡으면서 깨달음을 얻은 것이다. 그렇게 영차보살의 향과 맛을 통해 엄마의 크림맛과 향과 기억을 떠올리고 엄마를 수용하게 되는 것이다.

5) 난폭한 깨어남, 두 가지 감각의 회복

미와는 어느 밤에 난폭하게 깨어난다. 몸에 각인된 것은 두 가지다. "하나는 머릿속이 깨끗이 비어 아주 넓고 하얗다는 것. 새하얗다는 것"을 느끼며, '몸의 감각'을 짐작한다. 다른 하나는 "무당의 방울소리처럼 귀를 파고들던 맹렬했던 풍경소리"였다고 짐작한다. 3~4초 동안 "하얗게 텅 빈 머릿속으로 요란한 풍경소리가 무찌르듯 흘러들었던 것"을 떠올린 것이다. 미와는 "대적광전 뒤편의 큰 숲이 뒤채는 소리는 아무나 들을 수 없는 것"이지만, 성불사의 소리들을 접하면서 이제 비로소 들을 수 있게 된다.

이제 "모든 소리의 연원"인 '부처의 소리'는 미와에게 엄마와의 인연이 "세상에 다시 없었다던 휘핑크림의 맛, 그 백옥 난 같았다던 빛깔 하나로도 연화장의 인연"이었을 것이라고 서술한다. 그리고 "승과 승을 가르는 찰나의 소리"를 들으며 깨어난 미와를 바라보며, "바람 한 점 없이 달빛만 교교한 밤"에 "풍경소리를 들려주어 미와가 잠들 수 있도록" 허공에 주문을 넣는다.

그러므로 미와는 깊은 잠에 빠져들고 성불사를 떠날 채비를 하게 된다.

성불사를 떠나며 미와는 "어디로, 가십니까?"라는 "멀고 깊은 곳에서 들려오는 소리"를 듣는다. 주승과 수봉스님과 좌자와 영차보살의 합창 같기도 한 "소리의 연원"이 묻는 질문이다. 그 소리에 답하지 못한 채, 미와는 자신이 길을 걸으며 두고두고 물어야 할 질문이라고 생각한다. 성불사를 향해 미와는 손을 흔들며 "고마웠습니다, 모두들. 바이"라고 말한다. 결국 '미와'를 통해 어디에서 와서 어디로 가는 존재인지를 스스로 묻고 대답하는 것이 모든 존재자들의 근본적인 물음에 해당되며, 더불어 그것이 이승에서의 상처를 딛고 생을 이어가는 방식임을 보여주는 것이다.

3. 성불사의 소리가 인간의 상처를 보듬다

작가에게 소설의 시상을 제공했을 이은상의 시조 「성불사의 밤」 전문은 다음과 같다. "성불사 깊은 밤에 그윽한 풍경소리 / 주승은 잠이 들고 객이 홀로 듣는구나 / 저 손아 마저 잠들어 혼자 울게 하여라 // 댕그렁 울릴 제면 더 울릴까 맘 조리고 / 끊일 젠 또 들리라 소리 나기 기다려져 / 새도록 풍경 소리 들리고 잠 못 이뤄 하노라"이다. 1930년대에 쓰여진 이 시조는 깊은 밤 산사에 스며든 나그네의 고독과 향수를 달래주는 풍경소리를 잘 포착하고 있다. 그윽한 풍경소리 속에 전전반측으로 이리저리 몸을 뒤채이며 잠 못 들어하는 나그네의 마음이 오롯이 전해지기 때문이다.

구효서의 중편 「풍경소리」는 '미와'라는 여주인공의 상처를 보듬는 성불사의 소리를 추적한다. 처음에는 미와가 성불사의 소리를 채집하고자 하지만, 결국 제대로 된 소리를 모두 포착하지는 못한다. 오히려 '소리의 연원'이 불러주는 표기를 미와가 노트에 적으면서, 그 노트에 적힌 성불사의 소리들이 미와의 상처를 조금씩 치유해준다. 엄마와 모녀지간으로 꾸려갔던 한부모 가정에서의 고통스러웠던 생, 어머니의 죽음 소식과 함께 들려온 고양이 상철이의 먼 곳에서의 울음소리, 남자친구인 그의 집착과 거부감 등은 성불사의 소리들에 의해 조금씩 씻겨간다. 그리하여 존재의 시원은 모든 존재자가 '어디에서 와서 어디로 가는가'를 탐문하며, 모녀 관계와 가족관계를 넘어서는 "더 큰 이유"를 발견할 때 비로소 확인할 수 있는 것임을 제시한다.

성불사에서는 '소리'로 불성을 이룬다. 그 소리는 적막이거나 굉음이다. 굉음이었다가 적막이 되기도 하다. 외부 세계의 소리는 그대로인데, 내면의 상처가 그 소리를 증폭시키기도 하고 감소시키기도 하기 때문이다. 모든 존재자를 향한 성불사의 소리는 시공을 초월한 채 이승과 저승 너머 여기로 울려퍼진다. 존재의 시원에 대한 궁극적 질문은 계속될 것이고, 존재의 상처에 대한 치유는 지속되어야 하기 때문이다. 그렇게 구효서의 「풍경소리」는 '허공을 가르는 풍경소리'와 함께 존재의 시원에 대한 궁극적 사유를 담아내고 있다.

(웹진 『문화다』, 2017. 2.)

작은 서사의 울림 : 예의 바른 우울증 미소의 치유력

– 최은영의 중편 「쇼코의 미소」론

1. 미소를 관찰하는 힘

최은영의 첫 소설집 『쇼코의 미소』(2016)는 우울한 일상에서 체험하는 개인과 가족, 친구들 사이에서 파생되는 관계의 가까움과 멀어짐을 주목한다. 그리고 그 친소(親疏) 과정에서 발생하는 미세한 감정의 파동을 설득력 있는 어조로 섬세하고 꼼꼼하게 그려낸다. 대표적으로 중편소설 「쇼코의 미소」는 최은영식 미시 서사의 출발점에 해당한다. 등단작이면서 "순하고 맑은 서사의 힘"(서영채)을 보여주는 대표작이기 때문이다.

최은영의 서사에는 사람의 표정과 행동을 세심하게 관찰한 끝에 도달한 문장들이 있다. "쇼코는 부끄러워하는 듯 보였지만, 사실은 부끄럽지 않은데, 그냥 습관적으로 부끄러운 듯이 말하는 것처럼 보였다"(10쪽) 같은 문장이 그것이다. 작가는 '부끄러운 듯함'과 '부끄럽지 않음' 사이를 지나 '부끄러운 듯한 습관성 말투'를 포착한다. 이런 문장들은 부끄러움과 부끄럽지 않음을 유동하며 '부끄러운 말투'를 지닌 캐릭터의 속성을 발견하고 새로운 의미망을 산출하는 최은영 서사의 힘을 보여준다.

중편소설 「쇼코의 미소」는 영화감독을 꿈꾸던 화자가 서른 즈음에 이르러 자신의 생을 성찰하는 내용을 보여준다. 10여 년 동안 일본인 소녀 '쇼코'와 세 번의 만남과 편지 교류 등을 거치면서 화자는 동시대를 살아가는 우울한 청년들의 생존방식을 보여준다. 작품은 일본인 소녀 쇼코가 처음에는 한국인 화자에게 이질적인 이국의 타자로 여겨지지만, 10여 년의 세월이 흐르는 동안 점차 유사하게 무기력한 존재감을 내포한 존재임을 확인하게 되는 여정을 그림으로써 '쇼코의 미소'가 지닌 공감을 통한 치유의 중요성을 추적한다.

2. 우울증과 무기력증의 공유

1) 첫 번째 만남 – 변두리적 존재감과 이상한 활력

　　고교 1년 시절 17세의 화자는 "검게 빛나는 바다"를 보면서 "우주의 가장자리" 같다는 변방의 존재감을 토로한다. 그 무렵 한일 문화교류 차원에서 화자의 집에서 1주일 동안 생활하게 된 쇼코 역시 해변가에서 "이 세상의 변두리에 선 느낌"을 이야기하면서 외톨이로서의 주변인적 존재감을 토로한다. 쇼코는 지금은 아니라도 "언젠가는" 바다를 떠나 빌딩숲으로 둘러싸인 도쿄(東京)에서의 대도시 생활을 이어갈 것을 강조한다. 쇼코는 고교 생활에 대한 불만 속에 외톨이의 느낌을 강요하는 '지금 여기'를 벗어나 미래의 도시 생활에 대한 기대감 속에 고교 시절을 견뎌내고 있는 것이다.

　　쇼코는 화자의 집에 1주일 동안 머물게 되는데, 그때 화자와 쇼코는 영어로 대화하고, 엄마는 한국어로 말하며, 할아버지는 일본어로 대화하면서 3개 국어로 대화하는 진풍경이 펼쳐진다. 쇼코가 없을 때는 '말 없는 가족'에 불과했지만, 쇼코가 방문한 뒤 가족의 풍경이 달라진 것이다. 뿐만 아니라 할아버지는 자신감 있게 쇼코와 일본어로 대화하면서 웃고, 쇼코는 그런 할아버지 앞에서 미소를 짓는다. 쇼코의 미소에서 화자는 "알 수 없는 이질 감"을 느낀다. 진심 어린 웃음이나 공감으로서의 고개 끄덕임이 아니라, 상대를 편하게 하기 위한 '일종의 포즈'처럼 느껴지기 때문이다. 이렇듯 쇼코의 미소는 첫 번째로 노인 어른을 상대하는 '가식적 미소'로 감지된다.

그러나 쇼코는 자신의 할아버지가 자신을 공주처럼 대접한다면서 할아버지에게 자신이 '종교'이자 "하나뿐인 세계"로서의 절대적 존재감을 지닌 존재라고 전한다. 하지만 그런 생각을 할 때마다 스스로 "죽어버리고 싶"다면서 자살 충동을 언급한다. 할아버지가 자신을 여자친구처럼 생각하는 것이 소름끼친다면서, 고교를 졸업하면 대도시인 도꾜로 떠나서 다시는 고향에 돌아오지 않을 것임을 강조하는 것이다.

화자의 할아버지가 화자를 세상에서 제일 멍청한 애로 보면서 살 좀 빼라고 닦달한다고 말하자 쇼코는 조용히 웃는다. 이때 쇼코는 "친절하지만 차가운 미소"로 "다 커버린 어른이 유치한 어린아이를 대하는 듯한 웃음"을 짓는다. 쇼코의 두 번째 미소는 첫 번째와는 다르게 '친절한 차가움'의 느낌으로 감지된다. 어른을 향하던 '포즈적 편안함'이 아니라 유치한 어린이를 향한 '어른스러운 냉소'가 드러나는 것이다.

이렇듯 이중적 미소를 지닌 쇼코가 머무는 1주일 동안 화자의 집에는 '이상한 활력'이 돈다. 쇼코가 만든 주먹밥을 먹으며 주고받던 3개 국어의 시간들이 존재하고, 수박을 먹고 있는 화자의 가족 세 사람의 얼굴을 사진으로 찍어 주는 등 쇼코가 잃어버린 활기를 채워주는 것이다. 원래 화자의 엄마와 할아버지는 늘 무기력하고 사람을 사귀는 일에 서툴러서, 화자는 엄마와 할아버지를 "작동하지 않아 해마다 먼지가 쌓이고 색이 바래가는 괘종시계 같은 사람들"이자, "변화할 의지도, 아무런 목표도 없이 그저 그 자리에서 멈춰버린 사람들"로 인식하고 있었다. 하지만 그렇게 가장 낯선 사

람들로 여겨졌던 가족의 '무기력한 모습'이, 쇼코에 의해 달라지면서 180도
뒤바뀐 활기찬 일상을 향유하는 가족의 풍경으로 변모하게 된 것이다.

2) 편지 교류와 두 번째 만남 – 진심의 양면성과 우울증의 심각성

일본으로 떠난 지 1주일 만에 쇼코는 할아버지에게 일본어로 밝은 내용
의 편지를 보내고, 화자에게는 어두운 이야기를 보내온다. 화자는 쇼코의
모순된 말들에 혼란을 느끼지만, 할아버지와 자신에게 오는 두 종류의 편
지가 각각 모두 진실이라고 짐작한다. 가까운 친구가 부재했던 쇼코는 자신
의 가슴 속 깊은 내용을 현실에서 만날 필요가 없는 화자와 할아버지에게
편지로 보내며 소통한다. 쇼코의 진정한 친구는 "자신의 삶으로 절대 침입
할 수 없는 사람, 보이지도 들리지도 않는 먼 곳에 있는 사람"이어야 가능했
던 셈이다.

하지만 쇼코의 할아버지가 신부전증으로 2~3일에 한 번 투석을 받아야
하고, 쇼코의 고모가 쇼핑 중독이라는 이유로 인해, 쇼코는 도읍의 대학을
4년 장학생으로 다니면서, 물리치료학과에 들어가 졸업 이후 취직할 수 있
는 안전한 길을 택한다. 결국 쇼코는 도시로의 탈출이라는 자신의 욕망과
는 다르게 자신이 태어난 고향에서 한 발자국도 움직이지 못한다.

대학 4학년 여름이 되어 쇼코의 집을 방문한 화자는 쇼코가 자신에 대
한 그리움을 표명하자, 그 말에 눈물을 흘린다. 그녀의 진심을 아는 친구로
서 화자는 "어떤 연애는 우정 같고, 어떤 우정은 연애 같다."라고 생각하는
것이다. 하지만 화자는 쇼코를 "아무것도 아닌" 존재로 평가절하한다. 쇼코
가 고교 졸업 이후 편지를 하지 않을 무렵부터 "이상한 공허감"과 함께 "정
신적인 허영심"을 양가적으로 감지했기 때문이다.

그러나 심각한 우울증에 걸린 쇼코는 스케치북 한 권에 "불에 타다 만
발바닥, 등이 꺼져버린 하이웨이 위의 가로등, 썩었으되, 그것뿐인 씨앗, 발

을 맞춰 걷지 못하는 군인, 의욕 없는 독재자, 전형(典型)의 반대말", "얼어 죽기 직전까지 바닥을 찍는 비둘기" 등의 암울한 기록을 남길 만큼 병들어 있다. 화자에게 쇼코는 일종의 '퓨즈가 나간 존재'처럼 여겨진다. 그 와중에 쇼코는 그림을 그릴까, 글을 써볼까 라고 말하면서 "예의 그 예의바른 웃음"을 짓는다. 쇼코의 세 번째 미소는 '우울증에 걸린 미소'인 것이다. 화자는 쇼코보다 자신이 정신적으로 더 강하고 힘센 사람이 되었다고 자부하면서, 마음 한쪽이 부서져버린 쇼코를 보며 "이상한 우월감"에 휩싸인다. 고향에 머무를 줄 몰랐다는 화자의 말에 쇼코는 자신이 '겁쟁이'라면서 할아버지와 고모를 "증오할수록" 그들로부터 벗어날 수 없음을 토로한다. 화자처럼 쇼코 역시 애증이 교차하는 대상이 가족인 것이다.

화자는 쇼코에게서 노인들 특유의 '이상한 외로움'을 감지한다. 그때 쇼코는 노인이 자신에게 집착하고 있다면서 "빌어먹을 새끼"라고 욕을 한다. 할아버지가 "어디 가서 죽어버렸으면 좋겠다"라는 살해충동의 말도 덧붙인다. 화자는 쇼코에게 애처럼 굴지 말라면서 더 이상 너를 볼 일이 없을 것이라고 말한다. 그러자 쇼코는 "난 네가 누군지도 몰라. 넌 누구니?"라며 되묻는다. 결국 둘의 두 번째 만남은 서로에게 돌이킬 수 없는 극심한 상처로 남게 된다.

화자는 23세의 쇼코가 자신의 욕망을 포기한 채 벌써 직업을 정하고, 자신이 태어난 소읍에서 떠나지 못한다는 건 형편없는 선택이라고 생각한다. 같은 나이지만 화자는 속물적이고 답답한 쇼코의 삶과는 전혀 다르게, 자신의 앞으로의 삶이 자유롭고 하루하루가 생생한 일상의 연속이라고 믿었던 것이다.

3) 화자의 지리멸렬한 삶과 쇼코의 편지 – 꿈의 좌절과 우울증의 공감

그러나 자유롭고 생생한 삶에 대한 화자의 기대는 좌절된다. 처음에 영문과를 졸업한 화자는 방송국의 영화 아카데미에 등록한 뒤, 언젠가 영화감독이 되리라는 자신의 꿈을 믿어 의심치 않는다. 더구나 돈과 안정만을 좇는 대학 동기들의 인생이 무의미하다고 생각하며, 화자는 자신의 꿈을 따라가기 때문에 의미 있는 삶을 살고 있다고 자위하는 것이다. 하지만 화자 역시 미래가 두렵다. 영화감독이 되고 투자자들의 투자를 받는 영화를 찍는 것은 확률상 불가능에 가깝기 때문이다.

아카데미를 마치고 단편영화 독립영화제에 작품을 냈지만 낙방한 화자는 30세를 목전에 둔 나이에 창작이 자유와 해방의 도구이자 현실 세계의 한계를 부술 기제라고 생각하지만 현실은 정반대다. 늘 돈에 쫓겨 학원과 과외를 잡기 위해 애를 쓸 뿐이다. 대리급이 된 친구들은 화자의 자존심을 긁고, 영화하는 친구들을 만나면 화자는 열등감에 휩싸인다. 영감이 고갈되고 매일매일 '괴물 같은 자의식'만 비대해지기 때문이다.

이제 화자에게 꿈은 '허영심, 공명심, 인정욕구, 복수심' 같은 더러운 마음들을 뒤집어쓴 '얼룩덜룩한 허울'에 불과한 것으로 여겨진다. 재능이 없는 이들이 꿈이라는 허울을 잡기 시작하는 순간, 그 허울이 천천히 삶을 좀 먹어간다고 판단하기 때문이다. 결국 생의 그늘진 그림자를 먹고 자란 화자의 자의식은 친구 관계를 단절하게 되고, 화자는 점점 집에 혼자 있는 시간만 늘어가게 된다.

그럴 즈음 비 내리는 11월에 할아버지가 화자의 자취방을 찾아온다. 쇼코처럼 다른 사람들 눈에는 '아무것도 아닌 사람'이자 '실패자 중의 실패자'로 기억될 낯선 노인이지만, 직장에 나간 엄마 대신 화자를 업어 키운 할아버지에게 화자는 부채감을 느낀다. 할아버지는 영화감독이 되어 화자가 하고 싶은 일을 하면서 사는 모습이 멋지다고 칭찬한다. 하지만 할아버지는 화자가 경제적 고통 속에 진퇴양난의 수렁에 빠진 것을 이미 알고 있다. 우산을 살 만한 돈이 없는 화자에게 할아버지는 고장난 우산을 되돌려주고,

눈이 빨개진 채 울고 싶으니까 그냥 풀어달라는 눈빛으로 정류장을 향해 떠나간다.

할아버지가 건네준 편지에서 쇼코는 화자가 일본을 방문했을 때 자신이 우울증을 앓고 있었다면서, 도쿄에 가면 보다 쉽게 죽을 수 있으리라는 생각을 했다고 전한다. 그리고 자신이 자살 시도를 할까봐 당시에 할아버지와 고모로부터 감시를 당했다고 적는다. 결국 쇼코는 자살 예방을 위해 대도시가 아닌 고향에서 할아버지와 고모에게 의존하며 살아가는 방법을 선택한 셈이다.

> 대부분의 시간은 무기력했고 가끔씩 정신이 맑아질 때는 내가 내 정신을 연료로 타오르는 불처럼 느껴졌어. 나를 포함한 세상 모든 것들에 화가 났어. 그렇게 화를 내고 보면 몸이든 정신이든 재처럼 부서져버리는 거야. 그런 과정들을 반복했어. 사람들은 열아홉 스물 스물하나를 아름다운 시절이라고 말하더라. 나는 하루하루 죽고 싶었던 기억밖에 없었는데도.(41쪽)

당시 우울증에 걸린 쇼코는 대부분의 시간 동안 정신적 무기력증에 빠져 있었던 셈이다. 가끔 정신이 맑아지면 자신과 세계에 대한 분노와 화가 제대로 해소되지 못한 채 폭발하게 된다. 울증과 조증을 넘나드는 심각한 후유증 속에서 몸과 정신이 재처럼 부서진 쇼코는 '불과 재' 사이의 과정을 반복하면서 자신의 삶을 망가뜨리고 있었던 것이다. 사람들이 '아름다운 시절'이라고 통칭하는 19~21세 시절을 쇼코는 무기력한 상태로 죽음 충동에 젖어 겨우 버텨내고 있었던 것이다.

4) 세 번째 만남과 헤어짐 – 할아버지의 죽음과 애도, 동류적 존재감의 확인

화자는 2년째 통원 치료 중이던 할아버지를 65일 동안 간병하면서, 엄마와 함께 세 가족이 하루하루 매일매일 생생하게 깨어 있는 일상 생활을 하게 된다. 할아버지가 곧 돌아가신다는 분명한 사실이 가족에게 '유익한 독'이 된 셈이다. 할아버지는 죽음에 이르러서야 엄마와 화자에게 다양한 속내를 담은 이야기를 꺼내며 사랑의 흔적들을 내비친다. 그렇게 엄마와 화자는 할아버지의 마지막 순간을 함께 지킨다.

하지만 화자에게 엄마는 아빠의 죽음에 대한 애도의 기회를 빼앗아간 사람이다. 더구나 슬픔을 억누르다 슬픔의 방법을 잊어버린 사람이 엄마이다. 평생을 함께 산 아버지의 죽음 앞에서도 눈물을 풀어낼 수 없는 사람이자 보이지 않는 증상으로만 아픈 사람이 엄마였던 것이다. 엄마에 의하면 할아버지는 30년을 집에서만 보낸 사람이고, 엄마 역시 다정한 남편을 결혼한 지 4년 만에 잃어버리고, 고집불통 노인네와 울기 잘하는 어린 딸과 지금껏 살아온 사람이다.

할아버지의 죽음 이후 영화감독의 꿈을 잃어버린 화자는 "사람은 아무 것도 아니"라는 허무감에 젖어든다. 단단한 지구라는 땅덩어리조차도 흘러가는 맨틀 위에 떠 있는 불완전한 판자처럼 여겨질 정도로 불확정성의 시대를 살아내고 있다는 인식 때문이다. '아무것도 아닌 존재'로서의 정체감을 지닌 화자는 쇼코와 할아버지에게 받는 '무기력한 존재감'을 스스로에게서 체감하며, 미래에 대한 불안을 키워갈 뿐이다.

그러던 어느 날 쇼코로부터 쇼코에게 보내진 200통에 달하는 할아버지의 편지를 선물로 받게 된다. 세 번째로 만난 쇼코는 할아버지의 편지를 달라는 화자의 손을 두 손으로 감싸며 할아버지의 사망에 애도를 표한다. 그 손짓과 표정에서 화자는 위안을 느끼며 쇼코로부터 위안받았다는 사실에 당혹해 한다. 일본에서는 자신이 우월감을 느꼈었는데, 둘의 관계가 역전되었다는 자괴감이 들기 때문이다. 편지 내용에 의하면 미스터 김은 화가가 되고 싶었으며, 화자가 미스터 김(=할아버지)을 닮아서 좋아했고, 화자의 영화가 상영된 영화제에 다녀왔다는 이야기도 나온다. 혹평을 받은 15분짜리 단편영화였지만, 결국 할아버지만이 화자가 만든 영화의 유일한 관객이었던 셈이다.

"우린 이제 혼자네."라고 쇼코가 말하면서, 쇼코는 네 번째로 이전과는 다른 의미의 공감 어린 "예의바른 웃음"을 짓는다. 쇼코는 화자의 자취방에서 이틀을 같이 지내면서, 화자의 단편영화 2편을 함께 보고, 쇼코와 함께 할아버지의 납골당에 가서, 납골당 유리문에 두 손바닥을 대면서 '미스터 김'이라고 부르며 함께 웃는다. 출국장에서 화자와 쇼코는 처음으로 포옹한다. 몸은 약간 떨어져서 팔로 서로의 등을 두르는 식의 포옹이다.

이후 보딩패스를 내밀고 자동 유리문 안으로 들어가는 쇼코의 얼굴에서 화자는 다섯 번째로 '예의바른 웃음'을 쳐다본다. 그러자 화자의 마음이 어린 시절 쇼코의 미소를 보았을 때처럼 서늘해진다. 이때의 서늘함은 변두리적 존재감을 공유했던 시절의 공감을 내포한다. 그러므로 이때의 '쇼코의 미소'는 차가운 서늘함으로써 서로를 배제하는 미소가 아니다. 홀로된 존재들이 생을 견뎌나갈 위무를 건네는 미소이자 생을 이어갈 여력을 보여주면서 과거와 현재를 이어주는 '따뜻한 미소'이기 때문이다.

3. 홀로서기의 지난함

최은영의 「쇼코의 미소」는 20~30대 청춘의 자화상이자 비망록에 해당한다. 작품은 서른 살은 꿈을 꾸기에 적당한 나이인가 그렇지 않은가, 스무살 이전의 꿈은 서른 살까지의 삶에 도움이 되는가 그렇지 않은가를 질문한다. 그리고 그 질문은 화자의 세 가족의 이야기와 쇼코의 세 가족 이야기가 병렬적으로 중첩되면서 'N포세대의 홀로서기'가 지난 지난한 고투의 쓸쓸함을 답변으로 보여준다. 그리하여 쇼코와 고모와 할아버지의 축은 화자와 엄마와 할아버지의 축과 연계되고, 일본소녀 쇼코의 우울증은 영화감독의 꿈을 상실한 한국 화자의 우울증으로 이어진다. 그리고 그 둘의 우울증은 '쇼코의 미소'와 '예의 바른 웃음'과 '우울증 걸린 미소'를 거쳐 '통증을 함께 앓는/아는 미소'로 수렴된다.

「쇼코의 미소」는 '예의 바른 웃음'이라는 점잖음 속에 감추어진 우울증의 내면화를 조망한다. 처음에는 포즈적 웃음이나 차가운 미소로 진심을 감춘 듯 위장형 미소를 띠우지만, 일본에서의 우울증 걸린 미소를 거쳐 한국에서 만난 네 번째와 다섯 번째의 미소는 할아버지의 죽음과 애도를 내포한 위무의 미소가 된다. 그리하여 결과적으로 '쇼코의 미소'는 처음에는 이중적인 제스처로 기능하지만, 점차 이심전심이라는 염화미소의 본래적 기능을 회복하게 된다. 미소가 서로의 상처를 깊이 이해하면서 점차적으로 내면의 아픔을 치유하는 기능을 담당하는 것이다.

중편 「쇼코의 미소」에서 10대 후반과 20대 초반 무렵에는 각각 서로의 팔짱을 거부하던 쇼코와 화자가 서로 이질적인 존재감을 드러낸다. 하지만 돌아가신 할아버지와의 편지 교류 내용을 확인한 화자는 작품 말미의 세 번째 만남에서 쇼코를 이해하게 되고 공항에서는 처음으로 서로 포옹을 나누며 이별을 하게 된다. 서로의 등을 두르는 식의 어색한 포옹이긴 하지만, 둘은 일본과 한국이라는 낯선 두 공간에서 우울증과 무기력증 속에 가족과 일상과 시대를 견뎌냈다는 점에서 '홀로서기의 지난함'이라는 성장통을 공유하는 청년들로 형상화된다. 그리고 그 두 표정들은 우리 시대 청춘의 부인할 수 없는 '슬픈 자화상'이 된다.

(웹진 「문화다」, 2017. 5.)

벼랑 끝 실존의 불안과 공포,
타인의 통증에 공감하기

― 조해진의 「산책자의 행복」론

1. '타자=나'라는 파토스적 공감의 서사화

조해진은 타자를 지향하는 작가다. 타인들의 삶이 지닌 간단치 않은 질곡을 섬세한 감각으로 포착하고 그 구체적이고 생생한 의미를 밀도 높은 문장에 녹여 내고 있기 때문이다. 초국경시대를 살아가는 21세기 유목민들의 서사를 추적하는 작가의 글쓰기는 그 저변에 파토스적 슬픔을 내장하고 있다. 그리고 그 내장된 슬픔과 허기들은 따스한 온기와 빛으로 변주되어 독자를 향해 건네진다. 그리하여 조해진의 독자들은 타인이 곧 자신이며 타자가 곧 주체의 다른 표상임을 확인하면서 삶의 위안을 받게 된다.

조해진은 2004년 『문예중앙』 신인문학상으로 등단한 이후 첫 번째 소설집 『천사들의 도시』(2008)에서는 "나는 타자"(신형철)라는 자타 동일성의 차원에서 성과 속 사이에서 빚어지는 타자성과 폭력성에 대한 통찰로 모서리 같은 생의 그늘진 무늬를 그려낸다. 첫 장편소설인 『한없이 멋진 꿈에』(2009)에서는 퀴어적 문제의식 속에 꿈과 현실, 기억과 망각, 삶과 죽음, 혐오와 연민이 충돌하며 빚어내는 삶의 양가적 진실을 천착한다. 『아무도 보지 못한 숲』(2013)에서는 가족과 연인에 대한 책무 속에 '선의의 숲'에 들어선 존재자의 발자국 들이 만들어낸 움직임을 추적하며, 『로기완을 만났다』(2013)에서는 신자유주의 시대에 세계를 떠도는 탈북민의 신산스런 삶을 새로이 구성한다. 두 번째 소설집 『목요일에 만나요』(2014)에서는 "타인의 꿈으로 이어지는 수많은 문들"(「영원의 달리기」)을 들여다보고 밀도 높은 상상력으로 그 세계의 의미를 차분하게 빚어낸다. 『여름을 지나가다』(2015)에서는 젊은 세 남녀의 폐허 같은 삶을 응시하며 피난처가 필요한 존재 의미에 대해 탐색한다.

세 번째 소설집 『빛의 호위』(2017)에서는 소외와 불안, 절망과 고독 속에 떠도는 존재들에게 "내일을 꿈꿀 수 있게 하는 빛"(한기욱)을 따뜻한 온기로 전한다. 「산책자의 행복」은 이 작품집에 실려 있으며, 2016년 이효석 문학상을 수상한 작품이다. 작가는 존재자의 부재가 그려내는 사후적 파장을 주목하면서 타자의 죽음이 지닌 실체성을 통해 주체의 실존감을 파악할 것을 주문한다. 그리하여 관념철학에 젖은 철학 선생이 현실적인 생존의 공간에서는 야전의 실존감에 충실한 학생에게 새로이 '생존 감각'을 배울 수 있음을 포착한다. 서사 자체는 중국 유학생 메이린이 독일로 유학 간 뒤 한국에서 철학 수업을 들었던 '라오슈(老師)' 홍미영 철학 강사에게 보내는 이메일과, 그녀에 대한 답변 보내기를 주저하는 개인파산자 홍미영의 자전적 기록을 통해 "살아 있음의 감각"에 집중해야 겨우 살아갈 수 있는 존재자들의 생존기를 밀도 높은 비애미로 그려낸다.

2. "살아 있다는 감각"의 역설적 확인, 존재와 비존재 사이

「산책자의 행복」은 메이린의 이메일 내용과, 그녀의 '라오슈'인 홍미영 강사의 (미)답변 기록이 서로 교차되면서, 둘의 관계가 해명되는 대화적 구조를 갖춘 추리서사적 단편소설에 해당한다. 메이린의 이메일과 홍미영의 자전 사이에서 흐르는 미묘한 교감이 존재와 부재, 실존과 허기, 자존감과 수치심 사이를 배회하면서 삶과 죽음 사이에 낀 채 이 세계를 떠도는 운명을 지닌 인간의 한계상황에 대해 질문한다. 그리고 그 질문은 "살아 있다는 감각"의 소중한 자각이 모든 인간에게 공통된 실존 요소임을 받아들이게 한다.

1) 실존감의 탐색과 흐릿한 존재감 사이

먼저 〈'라오슈'에게 보내는 메이린의 이메일 1〉에서는 독일의 소도시에서 메이린이 일상을 반복하는 산책자로서 라오슈에게 보내는 편지 내용이 전해진다. 메이린은 허무와 실존에 대해 강의했던 라오슈의 조언을 떠올린다. 즉 "전진하려 했으나 장벽에 부딪혀 돌아온 허무와 애초부터 전진을 시도하지 않은 고정된 허무는 다르다"라는 말과 "일상과 감정의 반복 속에서 스스로 실존의 의미를 찾아야 한다"라는 말이 그것이다. 그것은 '전진의 시도 유무에서 파생되는 허무의 미묘한 차이'와 '일상적 공간에서의 실존감 탐색의 중요성'을 학생들에게 강조했던 라오슈의 말이다. 철학 강사로서의 홍미영은 메이린에게 '라오슈'로서 실존의 의미를 전달할 줄 아는 선생님이었던 것이다. 하지만 부모님이 보내주는 돈을 낭비한다는 메이린은, "해변에 버려진 종이상자처럼 파도가 밀려올 때마다 조금씩 무너지고 있을 뿐"이라며 자신의 흐릿한 존재감을 기록한다.

2) 존재의 불안과 생활의 무서움

〈퇴직 철학 강사 홍미영의 편의점 체류기 1〉은 편의점 직원으로 생계를 이어가는 전직 철학 강사 홍미영의 답장 아닌 답장이다. 현재 새벽 편의점 직원인 미영은 2년 전 M시로 이사오면서 매 순간 춥고 위태롭게 "불안한 피곤" 속에 구체화된 불행 앞에서 무력하게 지낸다. 30세 이후 20년 가까이 해오던 대학 강의를 그만두면서 수입은 제로가 되고, 어머니의 병원비와 은행 빚은 꾸준히 불어나, 결국 개인파산을 신청하고 기초생활수급자가 되었기 때문이다. 그 절차가 끝난 뒤 임대아파트 입주권자가 발표되던 날, 병원 비상구 계단에 앉아 "하나의 세계는 끝났다."라고 자책하게 된다. '불행'을 "진실을 사유하는 데 필요한 관념"이나 "진정한 행복을 완성하는 부속품"으로 인식하던 세계가 종결된 것이다. 임대아파트가 있는 2년 전 M시는 "유령의 은신처처럼 황폐"했기에 메이린에게 답장을 보낸다면, "마치, 메이린, 그 길은 얼어붙은 강물 밑 같았어. 늘, 너무 추웠어."로 시작하는 문장을 쓰고 싶다고 생각한다.

미영은 메이린이 처음 그녀를 '라오슈(老師)'라고 불렀던 날을 떠올린다. 그때 그 발음이 "관계의 위계라든지 근엄함의 성향이 배제된 중립적인 호칭처럼 들려서" 고마움을 표시했었다. 곧 대학을 떠나야 하는 자신의 처지를 예감하면서, 교수님이나 선생님으로 불리는 것이 부담스러웠기 때문이다. "게다가 노래하는 소리 '라'와 바람소리 '슈'가 결합된 그 단어는 가만히 듣고만 있어도 마음의 밑바닥에서 붕 떠오르는 듯한 착각을 불러왔"기 때문이다.

대학생들에게 "생존은 스스로 해결하되 세상이 인정하고 우대해주는 직업에 연연하지 말라고, 눈 가린 말들처럼 정해진 트랙을 달릴 필요 없다"고 말해 왔고, "속된 세계로의 편입을 선택하지 않는 자유를 지키는 한 어떤 형태의 가난 속에서도 인간으로서의 품위를 지킬 수 있다"고도 했지만, 이제 그녀는 확신을 잃었으며 그 말의 무게를 감당하지 못한다. 지금 자신은 생존의 품위를 잃어가고 있기 때문이다. 이제 그녀가 남긴 선생으로서의 마지막 말은 "존재와 신념을 모두 부인하는 배교자의 언어"로서, "조롱하듯

손가락질하는 거칠고도 악센 손들"이 되어 깊은 자괴감을 강요하고 있는 것이다. 그럴 때면 그녀는 "사는 게 원래 이토록 무서운 거니"라면서 메이린에게 답장이 쓰고 싶어진다. 생존의 공포를 토로하고 싶은 것이다. 철학 텍스트 속에서 관념적인 철학 내용을 전달했던 '무용한 실존주의' 강의와, 현실적인 생활을 감내하면서 체감한 파산자로서의 삶이 지닌 경제적 불안과 공포는 전혀 별개였던 것이다. 관념적인 철학의 보편성이 무기력한 실존의 개별성 앞에서 패퇴하는 형국을 보여주는 것이다.

3) 부재하는 존재와 살아남은 자의 책무

〈메이린의 이메일 2〉는 '부재'에 대한 내용, 좀더 정확히 말하자면 '존재했던 것의 부재'에 대한 단상이 그려진다. 메이린이 공원의 상징이었던 청동상이 철거된 자리에서 시꺼먼 공백을 보았기 때문이다. 제2차 세계대전 때 주조된 동상의 존재와 철거 과정에서 배신감을 느끼는 메이린은 "어쩌면 저를 둘러싼 이 세계의 모든 것이 언제라도 제 감각 밖으로 사라질 수 있다는 걸 상기하는 과정이 괴로웠던 건지도 모르겠"다고 고백한다. 존재했던 것의 부재를 떠올리는 과정의 괴로움은 살아남은 자의 일종의 책무에 해당하는 것이다.

'죽음'을 주제로 한 강의가 끝난 뒤 친구 이선의 급작스러운 죽음을 털어놓았을 때 라오슈는 "살아 있는 동안엔 살아 있다는 감각에 집중하면 좋겠구나."라며 위로의 말을 전한다. 메이린은 그때 "그 흔한 반지 하나 없는 라오슈의 맨손"이 자신의 "몸에 그대로 각인되는 듯"했으며, 이선의 자살 뒤 죄책감으로부터 도망치고 싶었던 비겁함을 끌어안은 실체가 라오슈의 손뿐이었다고 고백한다. 그때 메이린은 친구의 죽음과 살아남은 자의 생존의 의미를 탐색하던 시기이다. 메이린은 '부재'가 "영원이라는 시작도 끝도 없는 선 위에서 점멸하는 작은 점"이라면서, "부재함으로써 존재하는 이선"을 떠올린다. 이후 라오슈의 장소와 시간, 행복 등에 대해 질문하지만, 답신 없는 이메일 편지는 무력한 타전으로 생각될 뿐이다.

4) 악의적인 운명의 동질감

〈홍미영의 편의점 체류기 2〉는 병환이 깊어진 미영의 어머니 이야기가 그려진다. 산청이 고향인 어머니는 미영에게 어머니가 6~7세 때 고향에서 경험한 전쟁 관련 일화들을 들려준다. 미영에게 전쟁은 "인위적인 국경이라는 결과물로 남은 객관적으로 비참한 사건일 뿐"이지만, 아프기 전까지 가족사에 대해 함구했던 어머니는 "생의 종착역에 다다라서야 외할머니와 살았던 고향으로 되돌아가는 여정을 반복"한다. 마을에 청년들과 경찰들이 떼로 와서 사람들을 많이 죽였고, 외할아버지도 그때 즉결처분으로 돌아가셨다면서, 과거의 지옥 같은 기억 속에서 어머니가 울면 늘 죄인이 된 기분에 사로잡힌 미영은 "속죄도 구원도 바랄 수 없는, 태어나기 이전부터 운명 지어진 죄인" 같은 기분에 젖어든다.

최근에 어머니의 전두엽에서 종양이 발견된 뒤부터 미영의 피곤은 시작된다. 어머니의 죽음을 상상하면 "지독한 외로움"이 밀려왔지만, "상상 속 외로움은 현실의 피곤을 이기지 못"하고, 아침에 눈을 뜨면 어제와 똑같은 크기와 질량의 피곤이 시작된다. "죽음에 가닿은 피곤"이라고 생각되는 그녀에게 "죽음은 구체적인 단절이 아니라 존재를 완성하고 성숙의 의미를 되새기게 하는 추상적인 과정"이었다. 하지만 과거 메이린은 죽음이 "채워지지 않는 식탁의 빈자리" 같은 것이라면서, "그냥 끝"이어서 "아무것도 없고 되돌릴 수도 없는 것"이라고 항의하며 울먹인다. 메이린이 고작 23세에 스스로 죽음을 선택한 한국인 친구 이선에 대해 이야기할 때 미영은 그녀의 고통에 공감하게 된다. 특히 철학과가 사라질 조짐을 보이자 친구를 잃은 메이린의 슬픈 얼굴이 "세상 끝에 버려진 거울"처럼 느껴지면서 동질감을 느낀다. 그때 "악의적인 운명에 단 하나였던 우주를 빼앗긴 사람"이 자신만은 아니며, "공동의 현상이라는 증거"가 위로가 된 것이다.

5) 이주민과 정주민의 유사성

〈메이린의 이메일 3〉은 이주자와 정주자의 삶을 고민하는 내용이 그려진다. 메이린은 다리 위 난간에서 플라톤의 『향연』을 읽는 독일의 이주 노숙 청년을 본다. 메이린은 『향연』 속 내용을 떠올리면서 태초의 인간들에게는 인종이나 국가, 종교도 없었을 것이라는 사실이 부러워진다. 그들에게는 '끝없는 사랑'만 있었을 것이라면서 "손만 뻗으면 제 몸에 붙은 연인을 만질 수 있는 사랑의 그 짧은 거리, 단순하고도 감각적인 것"을 떠올리며 행복이 그런 것인지도 모르겠다고 생각한다. 사랑과 행복이 단순하고 감각적인 육체성의 확인에 있는 것임을 깨닫는 것이다.

라오슈가 학교를 떠난 소식을 들었다고 전하며, "살아 있는 동안엔 살아 있다는 감각에 집중하면 좋겠구나"라는 말을 듣는 순간, "라오슈의 그 말이 알을 깨고 나오는 작고 연약한 생명체처럼 제 마음 깊은 곳에서부터 눈을 뜨고 깃털을 돋우는 듯"했다면서 떠올릴 때마다 경이로운 그 말을 한번도 잊은 적이 없었다고 적는다. "살아 있다는 감각"에 대한 집중이 실존하는 존재자의 삶과 사랑과 행복의 조건임을 깨달았기 때문이다.

6) 죽음 충동과 강렬한 생존 욕구

〈홍미영의 편의점 체류기 3〉에서는 미영의 생존 고백이 펼쳐진다. 미영은 편의점 사장처럼 "관성과 습관에 복종하며 사는 건 심연을 모른 채 표면만을 훑는 가짜의 방식"이라고 믿어왔지만 개인파산자인 자신에게 경제적 현실은 냉혹하다. 그리하여 아내와 사별하고 장성한 아들은 미국에서 결혼하여 지금은 혼자 살고 있다는 사장의 처지를 알게 된 뒤부터 미영은 사장의 그늘 아래와 아늑한 침대와 자족적인 식탁을 남몰래 탐하곤 한다. 하지만 퇴근하면서 "쓰라림도 회한도 없는 초라한 사랑이 지나가고 대신 기초생활 수급자의 하루가 다시 시작"되는 무참함이 지속된다.

미영은 "M시 안쪽에 소멸의 절차를 밟아가는 노인의 얼굴"(=어머니)이 숨겨져 있음을 떠올리며, 검은색의 큰 개가 지나가는 모습을 보자, 목덜미와 뒷다리에 피 흘린 자국이 남아 있는 개를 피해 낯선 아파트로 달리기 시작한다. 경제적 파산과 운명적 파산으로부터 놓여나고 싶은 달음박질 이후 상상에서 깨어난 미영은 "살고 싶어"라고 속삭이면서 길을 걷는다. "미치도록 살고 싶"다면서 메이린의 이름을 부르며 흐느낀다. 생존에 대한 강렬한 욕구가 울음으로 터져나온 것이다. 벼랑 끝으로 내몰린 존재의 단말마적 비명이 "미치도록 살고 싶"다는 고백인 것이다.

7) 이메일로 타전하는 생존 신호

마지막으로 〈메이린의 이메일 4〉는 춘절에 하숙집 주인할머니와 식탁에 마주 앉아 식사하는 내용이 그려진다. 할머니는 죽음에 대한 새로운 시각을 제공해준다. 즉 "살아 있는 시간이 길어지면 죽음은 유감이 아니"며 "슬픔은 더더욱 아니"라면서, "장례식은 이제 내게 남은 마지막 파티"이고, 그 파티에서 "사람들이 나를 흉보지만 않으면 좋겠다"는 바람을 전한다. 메이린은 자신도 "나이가 들면 유감도 슬픔도 없이 죽음에 가까워질 수 있을까"를 질문한다. 하지만 그 집을 나와 "감각에 닿지 않는 것들을 떠올"리면서는 "무력한 절망"에 휩싸인다.

메이린이 머릿속에서 소환하는 이선 곁에는 항상 라오슈가 서 있곤 한다. 두 사람이 늘 서로를 보지 않은 채 나란히 서서 먼 곳에서부터 '간헐적으로 반짝이는 메이린의 타전'을 바라만 보고 있는 것이다. 3년 전의 이선도 라오슈처럼 행동했다면서 문자메시지에 답장도 하지 않고 전화를 받지 않으며 집 근처에 찾아가도 만나주지 않았다고 말한다. "마주할 땐 다감하게 내 이야기를 들어주었으면서 돌아설 때의 표정은 세상에서 가장 추운 사람 같아 보였다는 점"이 같았다는 것이다. 사실 메이린은 이선이 미웠으며, 한때는 서로에게 거의 유일한 친구였지만 한순간에 버려지고 외면받는 대상이 되었다는 것이 받아들이기 힘들었다고 고백한다. 이선이 죽은 뒤에 그 미움이 그대로 죄책감이 되었다면서, "단순한 미안함이 아니라 살과 뼈를 녹이는 절망의 미안함, 환부 없는 통증"이 되었다고 고백한다.

메이린은 그런 두려움 때문에, 답장이 오지 않는데도 수년에 걸쳐 라오슈에게 꾸준히 이메일을 보낸 것이라고 말한다. "또하나의 부재를 감당하게 될까봐, 온몸을 내던져 부딪힐 장벽도 없이 그 어쩔 수 없는 부재에 잠식될까봐" 무서웠다고 고백한다. 결국 라오슈의 죽음을 통해 자신에게 닥칠지 모를 가상의 고통을 걱정하면서 라오슈를 살리기 위해 이메일로 생존 부호를 보내듯 타전을 지속했던 것이다. 메이린은 자신이 살아 있다면서, 라오슈가 강조했던 "살아 있다는 감각에 집중하고 있"다고 전한다. 그리고 그것이 오늘밤 제가 하고 싶은 말의 전부라고 말한다. 그것은 자신의 이메일이 라오슈에게 죽음 충동을 이겨내는 생존 신호로서 타전되기를 바라는 제자의 마음인 것이다.

3. 생존자의 책무, 타인의 통증에 공감하기

작가는 『빛의 호위』의 「작가의 말」에서 "한 사람의 생애에는 표현할 수 없는 순간이 표현되는 순간보다 훨씬 더 많다"고 기록한다. 그리고 "언제나 두려울 정도로 매혹적"인 상상으로 작은 서사를 만들어 내는 '즐거운 고통' 속에서 이제 "진짜 타인에 대해 쓸 수 있게 된" 것일지도 모르겠다고 고백한다. 이렇게 보면 타인의 삶을 들여다보며 그들이 "표현할 수 없는 순간"을 포착하여 표현해 내려는 작가의 '타인 지향 문학'은 "진짜 타인"을 향해 아주 오래 지속될 전망이다.

「산책자의 행복」의 주인공은 메이린과 홍미영이다. 메이린은 라오슈로 호명하는 철학강사 미영에게서 자살로 생을 마감한 이선의 그림자를 엿보면서 이메일로 생존 신호를 보낸다. 철학 강사였던 미영은 상아탑 안의 관념 철학과 상아탑 바깥의 생존 현실이 전혀 다름을 깨달아간다. 비정규직 대학 강사의 퇴출은 경제적 불안과 공포 속에 일용직 생활인으로의 추락을 낳고 악의적인 운명을 감당하게 한다. 대학에서 자신의 관념적인 가르침대로 인간의 존엄과 품위를 잃지 않고 "미치도록 살고 싶"음에도 불구하고 대학 바깥으로 밀려난 현실 세계에서는 추락한 자존감을 회복할 길이 없는 것이다. 그러므로 "살아 있다는 감각"에 집중하기 어려운 삶의 비애가 "죽고 싶다"는 죽음 충동으로 이어질지도 모르는 것이다.

메이린은 친구 이선의 자살에 대한 사후적 죄책감 속에 미영 역시 자살할지도 모른다는 우려로 미영에게 이메일을 보내게 된다. 그렇다면 이제 미영은 어떤 삶의 답장을 내놓을 수 있을 것인가. 과연 미영의 삶의 전망은 무엇인가. 어떻게 삶을 견뎌내고 죽음을 유예할 것인가. 악의적 운명 앞에서 인간은 어떤 선택을 내릴 수 있는가. 삶은 고귀한 것인가. 인간은 존엄한 존재인가. 이러한 질문이 꼬리를 물고 진행되면서 독자는 인간다운 생존과 품위에 대해 진지하게 탐색하게 된다. 그리고 결국 타자에 대한 관심과 공감의 회복이 사회의 온기를 높일 수 있다는 명백한 사실이 자명해진다.

메이린이 경험하는 생존자의 산책은 행복하지 않다. 타자의 고통과 자신의 죄책감을 함께 견디며 걸어야 하기 때문이다. 하지만 역설적으로 산책자의 행복은 타인의 불행에 눈감지 않고 함께 아파하는 공감의 상상력을 저변에 깔고 있기 때문에 비로소 가능하다. 메이린에게 미영과의 산책이 삶의 위안이 되었던 것처럼 말이다. 하지만 산책자 메이린과 미영을 둘러싼 타인들의 삶은 결코 행복해 보이지 않는다. 그들 주변에 부재하는 존재들로 인해 아파하는 사람들이 넘쳐나기 때문이다. 그렇다면 행복이란 무엇인가. 과정으로서의 삶을 운명처럼 받아들여 고행의 생을 견뎌가는 고통스런 수용이 행복인 것인가. 우리는 홀로 혹은 같이 산책하며 질문한다. 우리의 삶은 안전한지, 행복한지, 안녕한지, 그리고 괜찮은 것인지를. 그리고 대답한다. 산책자의 행복은 타인의 고통을 함께하며 "살아 있다는 감각"에 집중하는 동력을 확보할 때 가능한 것이라고. 이제 타인의 고통을 함께하기 위해 우리 모두 산책자의 타전에 응답할 때이다.

(웹진 『문화다』, 2018. 2.)

초국경시대, 타자화된 여성들의 목소리

― 박민정의 「세실, 주희」론

1. 초국경시대, 타자화된 여성들의 목소리를 드러내다

2018년 제9회 젊은작가상 대상 수상작인 박민정의 단편 「세실, 주희」는 주희의 시점에서 미국 여행에서의 원치 않았던 체험이 몰래 촬영되어 포르노 사이트에 동영상으로 오르면서 한국에서 사후적 모욕감을 수시로 체감하며 살아가는 서사를 보여준다. 친구 J와 다녀온 세계 3대 축제 중의 하나인 뉴올리언스의 '마르디 그라'라는 축제 여행으로부터 발원한 모욕의 기억이 되살아나면서, 주희는 '참회의 화요일'을 '치욕의 화요일'로 체감한다. 결과적으로 동양 여성이 타자화되면서 미국과 한국, 남성과 여성, 서양 여자와 동양 여자로 이분화되어, '슬럿(=잡년) 43%'로 평가되어 기록된 편집 동영상 속의 주희는 서양인에 의해 대상화된 동양인 피해자에 해당한다.

미국에서 주희가 체감한 '언어=권력'의 현실은 한국에서 일본인 세실의 작문을 도와주면서 'J'와 자신의 관계에서 위계화되어 있던 '영어 권력'이 '한국어 권력'으로 대체되면서 역전된 방식으로 발생한다. 한국어가 모국어인 주희는 한국어를 배우려는 세실과의 관계에서 권력자의 지위에 올라서

기 때문이다. 결국 주희는 'J'와 세실과의 관계를 구축하면서 자신의 이중적 포즈를 체감한다. 그리고 미국에서는 언어 권력으로부터 소외된 동양 여성 대명사로서의 '슬럿'이 되지만, 한국 가수를 동경하여 한국어를 배우러 한국에 온 일본인 여성에 대해서는 교사로서의 지위를 획득한다. 이렇듯 주희의 시선을 통해 미국, 한국, 일본이라는 공간적 표상을 가로지르며 언어와 권력과 여성의 삶을 상상하는 작품이 「세실, 주희」다. 하지만 여기에서 그치는 것이 아니라 전범이 모셔진 '야스쿠니 신사'에 합사된 세실의 증조할머니와 '히메유리 학도대' 이야기와 종군 위안부 피해 여성과 소녀상 이야기가 겹쳐지면서 축제와 치욕, 전쟁과 평화, 가해와 피해 등의 이야기가 복선으로 그려진다.

2. 언어와 권력과 역사와 문화의 다중 서사

단편 「세실, 주희」는 제목에서의 '쉼표'를 주격(=동격) 혹은 공동격조사로 해석할 수 있는가에 따라 의미망이 달라진다. 동시대를 살아가는 한국과 일본의 젊은 여성이라는 점에서 두 사람은 동격일 수 있지만, 식민지 가해국 일본인 여성의 후손과 피식민지 피해국 한국인 젊은 여성이라는 점에서 그 둘은 현격한 차이를 지닌 타자에 불과하다. 그렇다면 주희와 세실은 영원한 이방인으로서 평행적 인식을 보여줄 수밖에 없는 타자인 것인가? 이것이 이 쉼표가 제기하는 핵심적 화두이다.

1) "썅년"이라는 악몽
작품의 화자이자 서술자는 '주희'이다. 포르노 사이트에서 자신이 찍힌 동영상을 확인한 주희에게 오늘 같은 화요일은 '참회의 화요일'로 느껴진다.

'마르디 그라(Mardi Gras=참회의 화요일)'는 뉴올리언스의 축제이지만 악몽 같은 새벽의 추체험으로 인해 그냥 화요일이 아니라 '참혹한 화요일'로 각인된다. 원래 '마르디 그라'는 단식을 해야 하는 사순절이 시작되기 전 마음껏 먹고 즐기는 축제의 정점인 날이기에 반어적인 의미에서 '기름진 화요일'로 인식된다. 하지만 사순절이 표방하는 금식과 묵상, 참회와 금욕의 절기 등의 의미를 확인하면서 주희는 자급자족 공동체인 '트라피스트 수녀원'에서 극기의 수도생활을 감수하는 수녀들의 이미지를 떠올리지만, "역시 동양 여자"라는 비아냥 섞인 말을 듣는다. 더구나 주희는 미국 여행 내내 다른 사람들에게 서슴없이 '친구'라는 호칭을 쓰는 J가 불편하게 느껴진다. '동양 여자에 대한 편견'과 함께 J가 사용하는 '친구'라는 표현의 함의를 제대로 공감하기 어렵기 때문이다.

하지만 주희는 J가 어린 시절 살았던 뉴올리언스에서 줄곧 그녀를 따라다닌다. 더구나 한낮의 버번 스트리트와 로열 스트리트 쇼핑몰에서의 경험은 주희에게 천국 같은 느낌을 제공한다. 축제를 즐기며 펍에서 나와 버번 스트리트에 도착한 새벽에는 '쌀쌀한 늦겨울'임에도 '뜨거운 여름밤' 같다고 느낄 정도가 된다. 하지만 그때 남자들이 그녀 옆에서 가슴을 보여달라면서 "show your tits!"를 외친다. 이 순간이 동영상에 포착되어, 주희의 대학 친구가 'yeslut'이라는 포르노 사이트에서 주희를 목격했다고 문자를 보내온다. 사이트의 '마르디 그라' 카테고리에 'Mardi Gras, nice asian slut 43%'라는 제목으로 주희의 영상이 떠 있었던 것이다. 주희의 모습이 18초 동안 이어질 때, "어서 입고 있는 니트를 들어올려! 네 벗은 가슴을 보여달라"라고 남자가 외친다. 더구나 'slut 97%'의 여자는 옷을 전부 벗어들고 흔들어댄다. 주희의 얼굴이 클로즈업되며 그 위에 흐르는 영어 자막은 "우린 네 얼굴을 알고 있어, 쌍년아."이다. 그것이 사순절을 맞이하는 '마르디 그라'의 실체로 주희에게 각인된다. 주희는 동영상을 보며 참담함을 체감하는 오늘 같은 날이야말로 '참회의 화요일'에 적합하다고 생각한다. 순식간에 "쌍년"으로 전락했기 때문이다.

인터넷에는 뉴올리언스의 여행 후기와 더불어 "마르디 그라는 자유와 해방의 축제"라는 찬사가 넘쳐나지만 주희가 보기에는 남자들에게만 최고의 축제일 뿐이다. 주희에게는 축제의 현장에 자리했었다는 이유만으로 허락도 없이 "포르노 사이트에 올라 있어야 하"는 자신의 모습이 참담하게 느껴지기 때문이다. 그러면서 주희는 '97%의 여자'에게 "당신은 대체 어떤 좆같은 해방감에 취해 옷을 다 벗었던 건가요?"라고 묻고 싶어진다. "쌍년"으로 기표화된 자신과 "좆같은 해방감"의 여성은 얼마나 다른 존재인가를 질문하면서 '타자화된 여성의 43%와 97%라는 차이'가 포르노 사이트를 운영하고 소비하는 남성으로부터 대상화된 기표의 함량일 수 있음을 반문하고 있는 것이다.

2) 악몽을 환기하게 하는 세실

주희는 뉴올리언스에 다녀온 직후 국내 최대의 뷰티 편집숍인 '쥬쥬하우스'에 취직하여, 매니저로 일하면서 자부심을 느낀다. 한국 드라마와 K-pop의 인기가 이제 'Korean beauty'에 집약되어 있고, 드라마에 출연하는 여배우들과 무대에 서는 걸그룹 멤버의 이미지 덕을 보면서, 명동 화장품 거리가 코리안 뷰티의 상징이 되었기 때문이다. 하지만 뉴올리언스 골목에서 들었던 "역시 한국 여자는 예쁘고 스타일이 좋은 것 같아요."라는 말을 일본인 직원인 세실에게도 들으면서 악몽의 현재화를 감지한다. '예쁘고 좋은 스타일을 지닌 한국 여자'는 뉴올리언스에서는 성욕의 대상으로 존재하고, 한국에서는 한국미의 표상으로 인식되지만 주희에게는 악몽을 환기시키는 유사한 기표로 인식되기 때문이다.

주희보다 반년 늦게 입사한 일본인 직원 세실은 〈동방신기〉의 유노윤호 때문에 한국에 왔다고 이야기하지만, 주희는 "좋아하는 연예인 하나 때문에 타국에서 외국인 노동자로 살아가는 삶"이 이해되지 않는다. 주말에 한국어 공부를 위해 하루만 시간을 내달라는 세실의 부업 제안을 받아들인 주희는 언어가 권력임을 새삼 확인한다. '언어=권력'이라는 사실은 현지인과 대화하는 것이 가장 큰 즐거움이라던 J가 "토론 같은 건 할 줄 모르고 그저 언성만 높일 줄 아는 멍청이들"이라고 비난하며 "멍청한 한국애들이랑은 말도 섞기 싫다"고 말했을 때 이미 감지한 사실이다. 이미 영어로 제대로 의사소통하는 J의 문화적 태도로부터 주희는 이미 미국(인)과 한국(인)의 위계가 언어로 결정될 수 있다는 글로벌 구도를 체감하고 있었던 것이다.

  '언어=권력'임을 체감한 주희는 한국어 능력 시험 준비를 위해 주말에 한국말로 대화하며 시간을 보내달라던 세실에게 '보편적인 한국 여성'처럼 '성형을 했느냐'는 질문을 받자, 불쾌한 마음에 "그러면 일본 여자 대부분은 AV를 찍나요"라고 반문한다. 국민과 개인, 보편과 개별은 분명히 구별되어야 하는 별개의 범주임에도 불구하고 세실이 '성급한 일반화의 오류'를 범하고 있다고 판단했기 때문이다. '성형미인'과 '성인비디오 출연배우'가 한국과 일본의 문화적 욕망을 대변하는 대표적 특징일 수는 있지만, 그런 식으로 한국 여성과 일본 여성 개개인을 일반화하는 태도는 일종의 전체주의적 시각의 폐해를 보여줄 수 있는 것이다.

  주희는 세실의 작문을 보면서 외국인 학습자에게 모국어 사용자는 권력의 기표임을 새삼 깨닫는다. 주희는 맞춤법에 맞게 틀리지 않으려고 꼼꼼하게 적어낸 세실의 작문을 보며, 한국어를 배우는 외국인이 보통의 한국인들보다 오히려 더 정확한 문장을 구사하지 않을까 생각한다. 그러면서 포르노 사이트 운영자에게 "부탁드립니다. 제 얼굴이 찍힌 영상을 지워주세요. 저는 평범한 시민입니다. slut이 아닙니다."라며 영작을 하던 순간에 영어로 자신의 의사를 정확하게 표현하려는 자신의 태도를 떠올리며 언어가 권력임을 절감한다. 주희에게 영어가 권력의 표지이듯 세실에게 한국어는 외국인 노동자로서의 삶을 감내하게 하는 매력적 표지일 수 있는 것이다.

3) 가해국 여성의 대표적 후손과 피해국 여성의 인식 차이

주희는 세실의 작문 내용을 보며 증조할머니인 이마이 사쿠라코 할머니가 '히메유리 학도대의 인솔교사'였음을 알게 된다. 세실이 1945년 오키나와 전투에서 미군의 공격을 받기 전 여학생들을 인솔해서 '명예롭게 자결'한 사쿠라코 할머니의 군대 '히메유리 학도대(=종군간호부 역할을 하다 죽어간 여고생 부대)'를 기억하는 '히메유리의 탑'을 소학교 3학년 때 '오키나와 평화학습 수학여행'에서 방문한 이야기를 적었기 때문이다. 하지만 그 할머니가 현재 '야스쿠니 신사'에 안장되어 있다는 고백은 한국 여성인 주희에게 거리감을 제공한다. '히메유리' 관련 영화의 2010년 한국어 번역 제목은 '전화에 스러져간 순결한 백합이여, 최후의 나이팅게일이여!'인데, 패전국 일본의 신념을 지키려던 여고생들이 일본의 입장에서는 '순결한 백합'일지 모르지만, 미국을 위시한 연합국의 승전으로 일제 36년의 식민지에서 해방된 한국인의 입장에서는 '왜곡된 신념의 표상'일 수 있기 때문이다. 영화 속 내용에서 사유리 교사는 비겁자라는 학생들의 비난을 받으며 방공호 밖으로 나가 손을 들어 투항하고, 그 뒤에 학도대는 전멸하는 것으로 그려진다. 결국 세실의 외증조할머니는 '자살하는 선생'으로서의 '전쟁 영웅'이 아니라 '비겁자'라는 비난을 받는 것으로 형상화된다.

크리스마스 이브에 명동을 걷던 주희는 세실에게 자결했다던 '사쿠라코 할머니'가 어떻게 세이젠 할머니를 낳으신 거냐고 묻자, 세실의 얼굴이 서서히 굳어진다. 더구나 종군 위안부 피해자 문제 해결을 위한 집회에 참가한 인원과 함께 명동 거리를 거닐게 되자, 세실은 가만히 주희의 팔짱을 끼며 의지한다. "이 역사 부정의 수렁에서 벗어나 진실한 화해와 치유의 길로!,

피해 당사자에게, 그리고 그 가족에게, 피해자들과 동시대를 살고 있는 우리 모두에게 필요한 해결의 길" 등의 문구가 적힌 피켓이 눈에 띄자 세실은 주희의 팔짱을 조금 더 힘주어 낀다. 주희는 세실에게 전쟁 피해자들을 위한 '평화 집회'임을 강조하면서 '괜찮다'고 말한다. 그러자 세실은 자신의 할머니도 전화(戰火)에 돌아가셨기 때문에 자신도 일본에서 중학교 때부터 반전 집회에 참여했다고 덧붙인다.

> "세실은 멀리 있는 것을 보려는 듯 발돋움을 했다. 주변을 둘러보며 눈시울을 붉히기도 했다. 주희는 세실을 속인 것 같은 기분이 들었다. 세실, 당신의 할머니와 여기서 말하는 피해자 할머니들은 조금 달라요…… 세실의 할머니는 야스쿠니 신사에 있다면서요……"(36쪽)

하지만 주희는 세실의 할머니와 피해자 할머니들의 차이를 독백으로 전하고자 한다. 평화를 추구하는 것은 동일하지만, 제국주의 국가의 동아시아 침탈 야욕을 승인하며 '자결'로 전쟁 범죄에 부역한 영웅이 되어 '야스쿠니 신사'에 모셔진 영혼과, 식민지의 피해 여성이 갈구하는 평화는 '전쟁과 평화'의 거리만큼이나 거리가 먼 '이질적 평화'의 모습이기 때문이다. 물론 국가 권력에 의해 희생이 강제된 피해 여성이라는 공통점을 공유할 수도 있지만, '제국과 식민'이라는 위계화된 국가의 소속 자체가 무화될 수는 없는 것이다.

작품 말미에서 주희가 다른 길로 가겠느냐고 묻지만, 세실이 "괜찮아요. 그냥 가요."라고 하자, 세실의 말을 들으며 뉴올리언스의 펍에 앉아 있던 자신을 떠올리게 된다. 주희는 여행 내내 "나도 너처럼"이라는 생각을 많이 했던 자신을 떠올린다. J처럼 무람없이 외국 사람들과 어울려보고, 그들의 문화를 자연스럽게 체험해보고 싶었던 것이다. 하지만 그 끝은 '고작 포르노

영상'으로 귀결된다. 그때 J는 미국인 남자들과 일어서며 주희에게 "피곤하면 안 가도 돼, 여기서 좀더 마시고 있어"라고 말했고, 주희는 "아니, 따라가고 싶어"라고 대답했던 것이다. 그 말을 했던 자신을 떠올리면서 비참해진 주희는 눈을 질끈 감는다. 그때 그날 '마르디 그라 축제'에서의 경험이 육박해오는 느낌을 맞이했기 때문이다. 어느덧 행렬은 '소녀상' 근처에 도착하지만, 주희가 보기에 세실은 아직 동상의 의미를 모르는 것으로 작품은 종료된다. 하지만 이제 곧 세실 역시 뉴올리언스에서의 이질적 문화를 감내해야 했던 자신처럼 또 다른 의미에서 역사의 진실을 직시해야 할 '참회의 화요일'을 맞이할 것으로 예감된다.

결국 소녀상 동상의 의미를 세실은 알게 될 것이다. 그때 '소녀상'은 일본인 세실에게 어떤 의미로 다가갈 수 있을까. 뉴올리언스 축제의 피해자였던 주희처럼 몰랐던 사실을 깨달으며 자신의 선조의 잘못을 자책할 수 있을까. 그렇다면 과연 주희에게 전쟁 가해자의 후손과의 연대는 가능할 것인가. 가해국 여성의 후손인 세실은 피해국 여성의 후손인 주희를 거울로 활용하여 역사의 진실을 마주하게 될 것이다. 그러면 그때 주희는 J라는 거울과의 관계를 복기하면서 다시금 '참회의 화요일'이 지닌 문화적 진실을 되묻게 될 것이다. 그것이 21세기 '미투운동'의 시대를 살아내는 여성들의 생존 방식이기 때문이다.

3. 초국경시대, 충돌하는 여성들

박민정은 2009년 『작가세계』 신인상에 단편소설 「생시몽 백작의 사생활」이 당선된 이래로 첫 소설집 『유령이 신체를 얻을 때』(2014)에서 "불능의 가정 경제학"(윤경희)을 통해 가족 서사의 문제점을 파고든 바 있다. 두 번째 창작집인 『아내들의 학교』(2017)에서 역시 여성들의 타자화된 목소리를 파고들면서 피해자들의 언어를 발굴하여 "키클롭스의 외눈과 불협화음의 형식"(강지희)을 통해 동시대의 '허스토리(herstory)'를 펼쳐보이고 있다. 「세실, 주희」는 두 번째 창작집의 연장선 상에서 초국경시대를 활보하는 여성들의 타자화된 목소리들을 집적한 작품이다.

J는 주희를, 주희는 세실을 전혀 다른 세계로 안내하는 여성 타자이다. 그세계는 기존의 고정관념으로는 받아들이기 어려운 문화적 충격을 제공한다. 그렇다면 그 충격은 어떻게 해소될 수 있을 것인가. 박민정의 「세실, 주희」는 언어와 권력과 역사와 문화를 가로지르며 '가해자 혹은 방관자'와 피해자의 관계를 뒤섞어 넘으로써 21세기 젊은 여성들의 목소리를 현재화한다. 그 양상은 평면적이지 않고 일차원적이지 않다. 권력의 역학 관계 속에서 주희처럼 피해자였다가 권력자였다가 또다시 새로운 진실의 안내자로 중첩적으로 표상되기도 하기 때문이다. 그렇다면 누가 주체의 권력을 올바르게 행사할 수 있을 것인가. 언어와 권력과 역사와 문화를 가로지르며 초국경시대를 살아내는 여성들은 타자화된 목소리를 복원하며 자신의 자리를 의미화할 것이다. 「세실, 주희」는 그렇게 타자화된 여성들의 목소리를 집적하면서 동시대를 향해 '몰카, 여성 혐오, 전쟁 폭력' 등등의 생생한 질문을 던지고 있다. 그리고 그것은 서양과 남성, 혹은 또다른 여성 권력 중심으로 이루어진 현실 세계의 이면에 감춰져 있거나 배제되어온 오래된 진실의 목소리를 간접적으로나마 의미화하고 있다는 점에서 중요한 작업에 해당한다.

(웹진 『문화다』, 2018. 5.)

'미래의 백지'에 새길 '궁극의 한 문장' 찾기

— 구병모의 「오토포이에시스」론

1. 하나의 궁극적 문장 찾기

태초에 하나의 문장이 있었다. 그 궁극의 문장을 찾는 미래 소설이 '단 하나의 문장'을 탐색하는 구병모의 「오토포이에시스」이다. 2016년 3월 알파고와 이세돌 9단의 바둑 대전 이후 인공지능의 미래에 대한 예측을 중심으로 제4차 산업혁명의 음양에 대한 백가쟁명의 논의가 활발히 진행되고 있다. 컴퓨터가 아무리 발달한다 하더라도 신성불가침의 영역이라 여겨지던 바둑마저 인공지능에게 패배한 이후 인간과 인공지능의 관계는 선순환될 것인가 악화를 구축할 것인가에 대한 다양한 논의가 현재진행형이다.

구병모의 단편소설집 『단 하나의 문장』(2018)은 '여성-양육자-작가'라는 3중의 입장에서 테러리즘과 공동체, 말에 대한 천착을 주목하는 "고뇌하는 키마이라의 명함"(신샛별)을 제시한다. 작가의 '지금 현재-근 미래'에 대한 관심은 동시대의 문화사회학적 천착으로 이어진다. 그리하여 '데이터 플레이어' 이야기를 통해 현실세계와 가상세계를 연결하는 「웨이큰」에서부터 남성이 여성화되는 '변이체'의 이야기를 다룬 「미러리즘」, "대필 작가이자 기획 작가이며 짜깁기 전문 이야기꾼으로서의 집필 노동자"를 다룬 「사연 없는 사람」, "곰삭은 언어"에 대한 자의식적 작가의 고뇌를 담은 「곰에 대해 생각하지 말 것」 등이 그것이다. 특히 근미래적 관심의 착종(錯綜)은 「오토포이에시스」에서 정점을 찍는다. 이 글은 「오토포이에시스」를 중심으로 '백지'에 써내려가고 싶은 '텅 빈 충만'으로서의 "단 하나의 문장"을 탐색하는 작가의 결기를 추적하고자 한다.

　　작가는 「곰에 대해 생각하지 말 것」에서 이미 "이름을 제거하거나 바꾸는 것은 의미에서 해방되는 간결하면서도 효율적인 수단이며, 의미의 소멸이야말로 가장 안전한 탈출의 방식"으로, "말과 함께 이어졌던 존재에 결락이 생기고, 모든 세계가 무너질 것"(251쪽)을 예감하면서 이름과 의미, 의미의 생성과 소멸, 말과 존재, 존재의 결락과 세계의 붕괴 등에 대해 에피그램식 문제제기를 진행한 바 있다. 이러한 문제의식이 집적된 작품이 「오토포이에시스」이다. 자기생성의 시스템론을 의미하는 '오토포이에시스'는 향후 50~100년 사이의 어느 한 시공간을 배경으로 묵시록적 인공지능인 '백지'가 세상의 진리를 함축한 '단 하나의 궁극적 문장'을 찾아가는 이야기를 다룬다.

2. 궁극의 문장은 있지만 알 수 없다

　　'궁극의 문장'을 탐색하는 구병모의 「오토포이에시스」는 왕과 현자에 대한 우화로부터 시작한다. 즉 왕이 "세상의 진리"를 구해 달라고 부탁하자 현자가 10권의 책으로 정리해 왔지만 너무 길어서 다시 한 권의 책으로 요약했는데도 난독을 피력하자, 결국 '단 하나의 문장'을 적은 종이만을 가져왔지만 왕이 그 진리의 문장을 확인했는지는 알 수 없다는 내용이 그것이다. 결국 이 우화는 '절대적 진리'를 둘러싼 인간의 욕망을 상징적으로 보여준다. 즉 지적 존재로서의 인간의 지식욕을 맹아로 하여 진리의 요약 가능성과 진리의 대표성, 절대적 진리의 문자화 가능성을 중심으로 '문자 권력'에 대한 인문학적 탐색을 진행하는 것이다.

「오토포이에시스」는 '백지'라는 자신의 이름 외에는 기억하지 못하는 '어떤 존재'를 끄집어낸다. '백지'라는 작명부터가 '타블라 라사(tabla rasa, 텅 빈 서판(書板))'로서의 무한 가능성을 암시하면서 이 작가의 패러독스적 세계인식을 보여준다. 작품 속에서 영화 〈터미네이터〉나 〈어벤져스〉 류의 디스토피아적 미래의 쓰레기더미에서 눈을 뜬 '백지'는 그곳이 "세상의 모든 오염 물질이 집적된 채 누구도 손대지 못하고 버려진 땅"임을 인식한다. 백지 스스로 자신의 데이터베이스를 뒤지자 마지막 메모리가 2076년 12월 24일에서 끝나 있고, 가까운 곳에 버려진 부품의 생산 연도는 2086년이다. 유통기한이 2121년까지인 합성 페미컨 깡통이 시야에 포착되면서 적어도 60년 이상 근 100년 내외의 세계를 상상하며 빚어진 소설임이 확인된다.

백지는 자신의 메모리를 역순으로 열람하고 분석하면서 자신이 멀티태스킹이 가능한 존재임을 확인하지만, 구멍과 절단으로 인해 메모리의 빈곳이 대부분이라는 사실을 알게 된다. 사막을 거쳐 인간의 마을에 도착한 백지는 환경오염, 온난화, 빙하 용해, 전염병, 전쟁 등을 거쳐 몇 세대 이전의 문화와 문명, 지식이 남아 있지 않음을 알게 된다. 더구나 글을 쓰는 사람이 없으며, 말과 글이 섞이고 변형되면서 문자의 정확한 형태를 기억하는 이들이 많지 않고, 이 세상에 이야기를 지어내는 창작 행위가 더 이상 존재하지 않는다는 결론에 도달하게 된다.

백지의 이름은 원래 '미스'였다. '미스'는 우주적인 규모의 데이터베이스를 갖춘 "스토리 메이킹 시스템의 이름"이다. 초기에 세계 각지의 신화와 민담과 전설을 뒤섞어 이야기의 화소를 반복 습득하면서 조합과 변형을 통해 또다른 이야기를 생성해낸 존재였다. 그리하여 결국 미스는 "하늘 아래 새로운 것은 없다."(구약성경의 코헬렛(전도서))라는 서사적 인식을 확증시켜주는 존재가 된다. 이후 미스에게 인간의 형태가 장착되어 외모와 몸짓, 성격, 목소리의 업그레이드 및 5차 패치가 완료되었을 즈음, '스토리 메이킹 시스템'은 '미스' 대신 '백지'라는 이름으로 재탄생한다. 백지는 만들어낸 이야기를 빠른 속도로 영상에 바로 띄워 전송하는 방식을 기본으로 하고, 머리에 떠올린 문장을 육안으로 확인 가능하도록 디스플레이에 즉각 전송하는 집필 환경을 널리 활용한다. 백지는 드라마와 소설의 마감을 어기는 법이 없었으므로 선호 대상이 되어 전성기를 맞이한다. 백지는 24시간 풀가동을 해도 회로가 타지 않는 '연비가 좋은 존재'이기 때문이다.

하지만 무한 학습과 생산을 이어나가던 백지의 능력이 어느 날 "자신이 왜 글을 쓰고 있는 것인지"를 자문하는 데에까지 이르면서 회의(懷疑)가 시작된다. 백지의 질문은 글쓰기의 본질 목적이자 창작의 목적, 창작의 이유 등과 연관되면서 '서사 혹은 내러티브란 무엇인가'라는 인과적 서사의 기원에 대한 질문과 연결된다. 백지는 자기 존재에 대한 본질적 질문 이후 이야기가 아닌 다른 것에 천착한다. 이야기의 무한 반복 노동을 수행하는 것에 대한 거부감 속에 "이 세상의 모든 이야기를 하지 않아도 되는, 반대로 이 세상 모든 이야기의 주제를 압축하는, 나아가 그 모든 이야기와 무관한 궁극의 문장이 있지 않을까 하는 모색 행위를 담은 리포트를 개발진에 제출"(272쪽)한 것이다. 모든 이야기의 주제를 '압축'하면서도 그 모든 이야기와 '무관'한 문장을 찾겠다는 역설을 내장한 '궁극의 한 문장' 찾기가 시작된 것이다.

백지는 줄거리나 인물의 감정, 역사 같은 흐름을 무시하고 오로지 하나의 문장을 찾아다니는 학습을 시작한다. 백지의 문장은 아포리즘의 성격을 띠기는커녕 유기적인 맥락 없이 아무런 정보 값을 담지 않게 된다. "예외적인 삶은 예언적인 삶을 포함한다, 규명되지 않은 진실이야말로 우리에게 주어진 이유의 전부이다" 등의 뜻 모를 문장을 내놓으면서, 백지가 쓰는 문장은 언어의 분비에 가까워진다. 이제 백지는 번거로운 존재가 되어, "지난 세상의 잔여물"로서 '사치품으로서의 글'과 목적성이 배제된 '잉여적 문장'을 생성하게 된다.

백지는 왕과 현자의 이야기 속 결말인 단 한 문장을 쓰는 일을 반복적으로 진행한다. '세상에 한계가 없음'을 증명해온 백지가 이제 "한계의 범위와 종수"를 늘려가면서, "포기를 통한 솎아내기"를 통해 날마다 수많은 한 문장을 쓰고 버리는 것이다.

> 호기심이 고양이를 죽였다. 꿈은 이 세계 바깥의 현실이다. 모든 것을 의심하거나 모든 것을 기억하라. 미로에서 빠져나가는 가장 좋은 방법은 솟아오르는 것이다. 모든 것을 관조하라. 우아함은 정열의 독이다. 이 같은 문장들 사이사이에는 아무런 서사적 인과관계가 없었으나, 한 문장 한 문장은 저마다 자꾸만 무언가 의미를 담아내고 있었다. 그것이 무엇인지 알지 못하면서도 백지가 그토록 버리려고 했던 의미를.(279쪽.)

그러나 백지가 만들어낸 문장들은 서사적 인과성이 배제된 문장들로서 저마다 다른 '어떤 의미'를 생성한다. 의미를 배제한 문장이 또 다른 의미를 함축하는 역설이 자동생성되는 것이다. 결과적으로 백지에게는 두 개의 문장 후보가 남는다. 하나는 "허무로다, 허무, 모든 것이 허무로다"(코헬렛 1장 2절)이고, 다른 하나는 "이 또한 지나가리라"(미드라시에 나오는 다윗 왕의 반지에 새겨진 문구)이다. 그러나 백지가 잠들고 난 후 여인은 백지의 책상에서 종이에 끄적인 수많은 글자들을 본다. 거기에는 글씨를 모르는 여인이 처음에 부정확하게 적었던 글자가 몇 번이고 적혀 있다. "작은 그림을 그려나가듯 천천히, 비틀거리는 선으로, 백지 자신의 데이터베이스에 없던 글자를 써내려간 흔적"이다. 여인이 쓴 부정확한 글자를 백지가 성실히 연습한 것이다. 글자를 모르는 여인이 "어쩌면 이것이야말로 백지가 쓰고자 했던, 이 세상의 어떤 언어로도 번역될 수 없는 단 하나의 문장일지 모른다는 생각"을 하면서 작품은 마무리된다.

결국 「오토포이에시스」는 세 가지 가능성으로서의 '단 하나의 문장'을 제시하며 서사를 마무리한다. 두 가지는 백지가 솎아낸 두 문장으로, 첫째 "모든 것이 허무로다"라는 니힐리즘적 관점이며, 둘째 "이 또한 지나가리라"면서 현실적 성패에 대한 즉각적 만족이나 불만을 유보하는 평정심의 유지이고, 셋째는 글자를 모르는 여인이 써낸 '알 수 없는 글씨'이다. 결국 '니힐리즘적 허무주의, 관조적 거리두기, 의미를 모르는 글씨' 등이 '단 하나의 문장'을 위한 세 가지 '충분조건'이 된다. '단 하나의 문장'에 대한 서사적 추리와 결말은 독자에게 맡겨진 채, 독자 역시 자신만의 '단 하나의 문장'을 찾아 또 다른 서사의 세계를 배회할 수밖에 없는 운명의 도정에 놓이게 된다. 그것이 독자를 향해 작가가 제시한 미래 서사의 자기생성 증식 방편이다.

3. '단 하나의 서사'를 탐색하는 궁극의 작가

모든 작가는 '단 하나의 문장'을 궁극적으로 확보하기 위하여 필사의 노력을 기울인다. 그러나 그런 문장은 없다. 하나의 문장만으로 자기완결적 서사를 내장할 수는 없기 때문이다. 하나의 문장은 반드시 하나 이상의 의미를 내포하면서 다른 의미를 유도하거나 연상시키기 마련이다. 하지만 작가 구병모에게 '단 하나의 문장'은 흐릿한 실체로나마 어렴풋이 존재한다. 그러나 역설적이게도 그 문장을 찾을 수는 없다. 에드거 앨런 포우의 「도둑 맞은 편지」를 활용한 라캉의 기표처럼 다의적 실재로서의 기의를 찾아 기표는 계속해서 미끄러지고 있기 때문이다. 결국 요령부득으로 그 최초이자 최후의 문장일, 인간 숙명의 비의를 벗길 알파요 오메가일 그 하나의 문장은 결과적으로 찾아지지 않은 채 베일 속에 숨겨져 작가 앞에 놓여 있을 뿐이다.

지적 존재로서의 인간의 욕망은 하나다. 알 수 없는 것을 알아내기 위해 생 전체를 갖다 바치는 것이다.

> 그것을 뒤집는 순간 조금도 위협적이지 않은 무생물이 된다. 전복된 말에서는 비밀스러운 힘이 빠져나가고 말이 구현하던 세계는 실재의 선로에서 이탈한다. 모든 말에는 그것과 본질적으로 무관한 사물 및 사태가, 대체로 과잉과 혼동이라는 두 가지 특성을 담보로 부여되므로, 말이 지닌 힘과 더불어 기왕에 펼쳐진 현실을 축소하고 접어 가두기 위해 필요한 것은 압축과 생략 그리고 전복이다.(219쪽) – 「곰에 대해 생각하지 말 것」 도입부

모든 말과 글은 실재의 선로에서 이탈하기 십상이다. 그리고 오히려 궤도에서 이탈한 언어가 외연을 확장하면서 무미건조했던 사전적 의미의 한계를 넘어 다의적 실재성을 확충한다. 그러므로 말과 글의 압축과 생략, 전복이라는 레토릭을 통해 '곰'과 '문'을 동의어로 상상할 수 있는 역설적 독법이 전복된 현실 세계를 제대로 읽어내는 서사적 언어 전략이 된다.

자기 서사를 갱신하는 구병모의 작가적 문제제기는 동시대와 근미래를 향해 지속 전개될 공산이 크다. 『위저드 베이커리』(2009)라는 청소년소설로 탯줄을 끊어낸 작가는 여성, 공동체, 언어에 대한 다양한 탐색을 거치면서 다차원-다장르 작가로 거듭나고 있다. 「오토포이에시스」는 인공지능의 '스토리 메이킹 시스템'에서 드러나듯 미래의 서사적 가능성에 대한 작가의

집적된 고민을 보여준다. 자기생성과 자기증식의 서사적 원리는 결국 '작가란 무엇인가'라는 서사적 자기정체성에 대한 질문으로 이어진다. 그리고 작품 속에서 던져진 '미스'는 무엇이고, '백지'는 누구이며, '단 하나의 문장'으로 어떤 것이 가능한가, 작가는 과연 어떤 존재인가라는 질문은 작품 안팎에서 21세기의 우리 시대에도 여전히 유효하게 제기된다. 디지털과 스마트폰으로 무장한 현대인이 이미 모두 자기서사를 장착한 '오토포이에시스'로서 스토리텔러가 되고 있는 현상이 제4차 산업혁명시대의 서사적 징후이기 때문이다.

구병모의 「오토포이에시스」는 과학환상소설이자 근미래소설이자 사회소설로 기능한다. 언어에 대한 탐색은 유려한 문장에 천착하는 작가들의 치열한 문제의식을 보여주는 고유성의 영역에 해당한다. 그리고 언어에 대한 자의식이 문장과 서사에 대한 깊이 있는 천착으로 이어진 사례를 1920년대 사소설류의 자기기술로서의 소설가 소설 등으로부터 1970년대에 발표된 이청준의 「자서전들 쓰십시다」 등의 '언어사회학서설' 연작소설들에 이르기까지 다양하게 확인할 수 있다. 최근에는 김애란의 「침묵의 미래」(2012)와 정용준의 『바벨』(2014) 등이 젊은 작가들이 지니고 있는 '언어의 미래 혹은 과거'에 대한 작가적 자의식의 수준을 보여주고 있다. 구병모의 「오토포이에시스」(2018)는 이들의 계보학적 연장선 상에서 '단 하나의 문장'에 대한 미래 우화를 통해 '언어의 기원과 미래'를 동시에 탐색하며 '문장의 궁극'을 추적한 서사적 걸작에 해당한다.

(웹진 『문화다』, 2019. 1.)

사랑의 생장소멸, 모성과 동성의 존재론적 이중주

– 박상영의 「우럭 한 점 우주의 맛」론

1. 사랑의 이중주

결국 인간에겐 외로움이 문제다. 외로움을 벗어나기 위해 우연인 듯 필연처럼 타인이라는 우주를 만나지만, 우주적 타인이 기대하지도 않았던 지독한 외로움을 다시 선사하기 때문이다. 결국 존재 자체의 외로운 본성을 숙명처럼 받아들이는 것만이 인간의 유일한 선택지가 될 수밖에 없는지도 모른다. 외로움을 벗어나려는 노력이 타인과의 관계에 대한 애착을 낳고, 애착은 다시 집착으로 변질되면서 결국 관계의 파국을 낳기도 하기 때문이다. 애인과의 섹스나 사랑도, 부모 자식 사이의 관계도 그렇다. 그러나 과연 우리는 타인이라는 우주와 단절된 채 생활할 수 있을까? 2019년 제10회 젊은 작가상 대상 수상작인 박상영의 「우럭 한 점 우주의 맛」은 존재의 외로움을 기저에 깔고 게이의 사랑 이야기를 표면화한다. 그리고 그 서사의 진폭 안에서 모성의 그릇된 집착과 동성애의 힘겨운 과정이 펼쳐지면서 결국 '한 인간'의 사랑과 실존에 대한 서사적 우화를 보여준다.

2010년대 퀴어문학이 새로운 화두로 떠오른 한국문학에서 동성애를 떠올리면 다양한 성애의 하나로 자연스럽게 서사화되면서도 서글프고 애틋한 느낌을 지우기 어렵다. 이성애가 정상적 사랑으로 인정받고 강요되는 현실 사회에서 다른 성애의 가능성은 비정상적인 광기나 병리적 존재로 낙인찍히며 여전히 완강하게 위험의 표지가 되기 때문이다. 그러나 역설적이게도 금기는 위반의 충동을 낳는다. 독실한 기독교 신자인 엄마의 구심력으로부터 멀어지려는 동성애 화자의 원심력은 고교 시절 동성애적 정체성의 자각 이후 더욱 강화된다. 폐암 재발 이후 임종을 앞두고 있는 엄마와 게이인 화자의 관계는 '엄마의 죽음'이라는 파국을 예비한다. 그리고 그러한 파국의 근간에는 엄마의 기독교적 이성애가 '정답'이라는 진단이 전제되어 있으며, '우주의 맛'을 알려준 동성애의 대상 '그'가 '오답의 하나'로 자리한다. 하지만 엄마와 '그'를 통해 화자는 모성애의 실체와 동성애의 실체를 어렴풋이 확인하며 사랑의 생장소멸을 경험한다. 그리하여 존재의 아름다움이 사랑의 아름다움보다 우선한다는 성찰적 깨달음을 획득하게 된다. 그러므로 화자의 성장통은 31세가 되어서야 마무리된다.

이렇듯 박상영의 「우럭 한 점 우주의 맛」은 모자지간의 서로 다른 사랑 방정식의 위계적 어긋남을 한 축으로 하고, 동성애 관계의 서로 다른 수평적 사랑의 감각을 한 축으로 다루면서 과거와 현재를 뒤섞어 '남성 호모섹슈얼 인간'의 성장통을 그려낸다. 이제 '외로운 인간'이면 누구나 경험할 수도 있는 우럭에서 우주로 이어진 사랑의 감정과 관계의 소멸에 대한 서사적 진정성을 확인할 때다.

2. 우럭에서 우주로, 다시 관계의 소멸로

1) 사랑의 점화

화자인 '나'는 5년 전 자신이 '사랑'했던 12살 연상의 '그'에게 건넨 자신의 일기를 우편으로 되돌려받으면서 과거를 회상한다. 엄마의 몸에서 처음 암이 발견된 6년 전 퇴사한 25세의 화자는 인권단체 아카데미의 인문학 교양강좌에서 〈감정의 철학〉을 수강하면서 37세의 '그'를 만나게 된다. "중도 좌파에 남성 호모섹슈얼"인 화자는 자신을 '창작하는 사람'이라고 소개한 그에게서 '불길한 관종'의 기운을 느끼지만 자신이 좋아하는 스타일의 남자이기에 그에게 매료된다. 수업이 끝난 뒤 함께 밥을 먹는 사이가 된 화자는 그와 함께 있을 때면 평소보다 말수가 적어지고 밥을 적게 먹으면서, 그를 관찰하는 데에 온 신경을 집중한다. 점차 그를 보면서 생각이 많아지고, 생전 느껴보지 못했던 에너지를 어떻게 처리할지 고민하게 되자, 그의 일상과 자신의 감정을 대학노트에 기록하며 탐구하기 시작한다. 기록의 양이 늘어날수록 그를 더 알고 싶어지는데, 그때 그가 '외로운 사람'이라고 판단을 하게 된다. 자신도 '외로운 마음의 온도와 냄새'를 잘 아는 사람이기 때문이다. 결국 '그'를 향한 화자의 사랑이 '보편적 인간의 외로움'이라는 공통 분모를 공유하면서 시작된 셈이다.

〈감정의 철학〉 네 번째 강의의 주제는 '무언가에 한없이 열중하는 마음'이다. 횟집에서 자신을 철학서 만드는 출판사 편집자라고 소개한 그는 '우주의 원리'에 관심이 많다면서, 인간이란 존재가 얼마나 하찮은가를 생각하면 한없이 외로워진다고 말한다. 그러자 인간의 비루함에 동의하는 화자는 무력감에 젖으면서 광어와 우럭을 집어먹는다. 그는 화자가 먹는 것이 우럭이지만, "혀 끝에 감도는 건 우주의 맛"이기도 하다고 말한다. '우럭이나 인간이나 우주의 일부'라면서 "우주가 우주를 맛보는 과정"이라고 덧붙이면서, 그는 살점이 더 투명한 쪽이 광어, 더 쫄깃한 쪽이 우럭이라고 전한다. 그때 화자가 자신을 "쫄깃하게" '우럭'이라고 부르라면서 유혹한다. 그러자 그는 화자의 속이 다 보인다면서 '광어'라고 부르겠다며 화답한다. '쫄깃한 우럭'이자 '투명한 광어'가 된 화자는 이제 그처럼 '그'를 우주의 일부로 인식하며 우주적 동질감을 공유하게 된다. 두 사람은 '우주의 일부'라는 점에서 비슷한 종으로 등가화되고 '하찮은 인간의 외로운 삶'에서 서로 동류의식을 느끼게 되는 것이다.

　-좋아하는 거 같습니다.

　-저도 좋아해요. 꽁치 맛있죠.

　-꽁치 말고. 당신이라는 우주를요.

　용암을 뒤집어쓴 폼페이의 연인들이 이런 기분이었을까. 아주 뜨거운 것이 나를 덮쳤고 순식간에 세상이 멈춰버렸다. 스피노자가 구별했던 감정의 종류는 마흔여덟 가지. 그중 지금 내가 느끼는 것은 무엇일까. 욕망일까, 기쁨일까, 경탄일까, 당황일까. 그가 나에게 느끼는 감정은? 호기심에 기초한 경멸일까, 아니면 나와 같은 종류의 것일까. 나는 '감정의 철학' 수업에서 배웠던 몇 개의 키워드를 떠올리며 정신없이 뛰는 심장을 진정시키려 노력했지만 실패했다. 수족관의 푸른 조명 탓인지 그의 얼굴이 더 창백하게 보였다. 그늘진 그의 얼굴이 누구보다도 쓸쓸해 보인다는 생각을 했을 때는 이미 모든 게 늦어버린 뒤였다. 그의 얼굴이 점점 더 크게 다가왔고, 나는 그만 그의 입술에 키스를 해버렸다.

　그의 입술에서 이전까지 한 번도 느껴보지 못한 맛이 났다. 비릿하고 쫄깃한 우럭의 맛. 어쩌면, 우주의 맛.(37쪽)

　한걸음 더 나아가 그가 화자에게 꽁치 살을 발라주면서 '당신이라는 우주'를 좋아하는 것 같다고 말하자, 이제 화자는 "용암을 뒤집어쓴 폼페이의 연인들"의 기분처럼 "아주 뜨거운 것"이 화자를 덮치고 순식간에 세상이 멈춰버린 감정을 느낀다. 그야말로 열병과도 같은 사랑의 쓰나미를 경험하게 된 것이다. 화자는 스피노자가 말한 감정의 종류 48가지 중 자신의 느낌이 '욕망, 기쁨, 경탄, 당황'일지 혹은 '호기심 어린 경멸'일지 고민한다. 고민 끝에 화자는 그의 입술에 키스를 하면서, 이전까지 한 번도 느껴보지 못한 "비릿하고 쫄깃한 우럭의 맛"을 느끼는데, 그것은 "어쩌면, 우주의 맛"이기도 하다. 화자는 욕망의 기쁨에 젖어 경이로운 떨림이라는 사랑의 절정을 체험한 것이다.

화자와 그는 이성애자와 다름없이 서로의 외로움을 공유하면서 자연스런 사랑의 감정을 확인하게 된다. 결국 자기가 좋아하는 스타일의 매력남과 외로움의 실체를 공유하고, 키스를 나누면서 서로에게 육체적 일체감을 느낀 화자의 '우주적 사랑'이 우럭처럼 쫄깃하게 시작된 것이다. 그날 밤 그의 집으로 함께 향한 뒤 불 꺼진 방에서 그를 안고 누워 우주를 안은 것처럼 느끼던 화자는 그의 피부와 체온과 호흡에 집중하면서 자신을 잊는다. 상대에 대한 몰입으로 화자는 '자신이 아닌 존재'로, "아무것도 아닌 채로 순식간에 그라는 세상의 일부"가 되어 몰아지경에 젖어드는 것이다. 화자는 "꼰대 디나이얼 게이" 같은 그에게 정신없이 빠져들면서 그 여름 내내 완전히 미쳐 있었고, 돌았으며, 사로잡혀 있게 된다. K대학교 95학번으로 76년생 용띠인 그와 불을 끄고 함께 방에 있으면 '우주에 우리 둘만 남겨져 있는 기분' 속에 사랑이 제대로 점화된 것이다.

2) 권태와 이별

12주 수업이 끝난 후에도 둘의 관계는 지속된다. 그러던 어느 날 둘의 관계에서 파국의 징조가 생긴다. 화자가 성조기가 그려진 커플 티셔츠를 사가자 그는 '미제의 모든 것들이 불편하다'면서 티셔츠가 싫다고 말한다. 그날 처음으로 섹스 없는 밤을 보내면서 그는 해가 뜰 때까지 미국이 세계에 끼친 해악에 대해 시시콜콜 알려준다. 그는 화자인 '영'에게 자신이 어떤 세상을 살아왔는지 상상도 못할 거라고 말한다. 그러다 길에서 예전 화자의 직장 동료와 만난 화자가 그를 '선배'라고 소개한 일이나 산책 중에 그의 운동권 선배 부부를 만난 일 등을 거치면서 둘의 관계는 어긋나기 시작한다.

특히 그의 선배들을 만난 이후 화자가 그들을 무시하는 말을 하자 그는 "그딴 식으로 말하지 마."라면서 처음으로 화자에게 반말을 한다. 그는 문과대 학생회장이었고, 한총련 사태를 겪은 마지막 운동권 세대이며, 졸업 후 잠시 노동운동에도 몸담은 적이 있고, 72시간 정도 구치소에 머물렀다가 나오면서 만성질환을 얻은 '진보적 대학생'이었던 것이다. 학생운동 시절의 무용담을 들으면서 화자는 80년대 후일담소설 같은 느낌을 받는다. 가을의 끝자락에 둘의 관계에 균열이 생기기 시작한 것이다.

그해 겨울 어느새 두 사람은 서로를 일상의 권태로 여기기 시작한다. 권태의 끝자락에 마지막으로 향한 그의 방 컴퓨터에서 '동성애' 목록을 화자가 보게 된다. 그 내용을 확인한 이후 화자는 뭔가 끈적끈적한 것을 뒤집어쓴 것 같은 느낌이 든다. 그날 동 트기 전에 '미제의 문물, 자본주의의 산물'이 된 채로 화자는 그의 집을 나선다.

　　이남 사회에는 갈수록 복잡한 문제들이 발생되고 있습니다. 외국인노동자문제, 국제결혼, 영어 만능적 사고의 팽배, 동성애와 트랜스젠더, 유학과 이민자의 급증, 극단적 이기주의의 만연, 종교의 포화상태, 외래 자본의 예속성 심화, 서구문화의 침투 등 불과 몇 년 전만 해도 상상할 수 없는 문제들이 나타나고 있습니다. -『민족의 진로』, 2007년 3월호.

인용문에서처럼 그가 접한 텍스트에 의하면, "상상할 수 없는 문제들"이 출현한 '이남 사회'에서 다양한 문제들 중 하나로 그가 '동성애'를 인식하고 있었음을 보여주는 대목이 드러난 것이다. 둘이 싸운 뒤에 완벽히 연락이 끊기자 화자는 그의 철저한 외면 속에 입술이 마르고 심장이 타들어간다. 이별의 고통이 현실화되면서, "자신에 대한 열망" 속에 화자는 과연 '사랑은 정말 아름다운 것인가'를 반문하게 된다.

더구나 1주일 만에 다시 만난 그는 화자에게 '이제 좋은 남자 혹은 좋은 여자를 만나야지요'라고 말한다. 급기야는 '두 사람의 관계'에 대해 "'사랑'이라고 생각했던 건 아니지요.'라고 덧붙인다. 동성애 관계를 부정당한 화자는 그의 뺨을 후려치고 그의 목을 조르며 폭력을 휘두른다. 그날 이후 헤어졌던 화자는 그의 집 우편함에 화자의 "과잉된 감정"이 담긴 "날것의 마음"을 담은 일기책을 던져놓는다. 하지만 일기를 본 그가 화자에게 '작가가 돼보는 게 어떻겠냐'는 이별 통보 같은 문자를 보내자, 화자는 농약을 마시고 자살을 기도한다. 기대했던 사랑의 좌절에 절망한 나머지 죽음충동을 현실화시킨 것이다.

하지만 중환자실에서 깨어난 화자를 보며, 엄마는 '너무 애쓰지 말라면서 어차피 인간은 다 죽는다'고 전한다. 화자는 "사랑은 정말 아름다운가."라고 다시 반문한다. 화자는 사랑이 "한껏 달아올라 제어할 수 없이 사로잡혔다가 비로소 대상에서 벗어났을 때 가장 추악하게 변질되어버리고야 마는 찰나의 상태에 불과"한 감정임을 체감하게 된 것이다. 어찌 보면 '꼰대 디나이얼 게이'로서의 그는 화자를 '외로움의 대상'으로 인식했지만, '남성 호모섹슈얼 게이'로서의 화자는 그를 '사랑의 대상'으로 수용했던 셈이다. 두 사람이 서로 다른 눈높이의 사랑 방정식을 선호했던 관계의 진실이 드러난 것이다.

3) 존재에 대한 깨달음

그와 헤어지고 5년 뒤 31세가 된 현재의 화자는 암이 재발한 엄마와 산책을 나간다. 엄마는 화자의 마음과는 무관하게 화자에게 "네가 너를 바라듯 주도 너를 바라고 있다."라는 『성경』 말씀을 적은 쪽지를 보낸다. 그러나 화자는 기독교인 엄마의 기대와는 다르게 그와 헤어지고 나서 숱하게 많은 남자들을 만난다. 하지만 그가 화자의 "가장 뜨거운 조각들을 가져가버렸다는 사실"과 화자의 "어떤 부분이 통째로 바뀌어버렸다는 것"을 알게 된다. 20대 중반에 뜨겁고 쫄깃하게 사랑과 외로움을 함께 나눈 '그'는 대체불가능한 우주였던 것이다.

산책 끝에 엄마는 '지는 태양'을 보면서 "아름답구나. 저무는 것들은."이라고 말한다. 소멸되어가는 존재의 아름다움은 생을 견뎌낸 과정이 있었기 때문에 비로소 사후적으로 가능한 인식이다. 엄마가 차를 몰다 사망한 몸 위로 푸른 곰팡이꽃이 피어오르는 꿈을 꾸면서, 이제 화자는 엄마가 화자의 삶을 지연시키는 존재가 아니라 누구보다 성실히 자신의 삶을 살아낸 '하나의 인간'이라는 사실을 알게 된다. 그리고 화자 역시 자신으로 존재하기 위해 안간힘을 쓰고 있는 똑같은 '또 하나의 인간'이라고 생각하게 된다. 다만 엄마나 화자나 모두 운이 나빴을 뿐이었던 것이다. 엄마는 이혼한 기독교인의 방식으로 한부모 가정의 삶을 견뎌낸 '인간'이며, 화자는 정신병원에 입원할 정도로 큰 전쟁 후유증 이상의 고통을 겪으면서도 '남성 호모섹슈얼'의 정체성으로 생을 견뎌온 '인간'인 것이다.

그러나 엄마가 감상에 젖은 목소리로 "너를 안고 있으면 세상을 다 가진 것 같았는데."라고 전하자, 화자는 엄마가 자신에게 사과를 해줬으면 좋겠다고 생각한다. 그런 점에서 화자는 엄마를 아마도 영영 용서할 수 없을 것 같다고 생각한다. 이어서 화장실로 달려간 화자는 그가 보내온 서류뭉치를 꺼내 좌변기에 낱낱이 찢어 집어넣으면서, "그를 안고 있는 동안은 세상 모든 것을 다 가진 것 같았는데. / 마치 우주를 안고 있는 것처럼."이라고 생각한다. 이렇게 본다면 엄마에게 세상 모든 것이었던 '화자의 의미'는 화자에게 세상 모든 것이었던 '그의 우주적 의미'와 유사하다. 과거에 한쪽은 다른 한쪽에게 '세상의 전부였던 존재'이기 때문이다. 하지만 이미 그는 화자 곁을 떠났고, 이제 곧 엄마도 화자 곁을 떠날 것이다. 좋든 싫든 화자는 엄마로부터 '그'에 이르는 수직적이고 수평적인 사랑의 생장소멸적 관계를 경험하면서 '단독자적 개인'으로 성장해온 셈이다. 두 사람은 화자에게 '세상의 진실'을 알게 해준 존재들인 것이다.

나라는 존재로 말미암아 인생이 예상처럼, 차트의 숫자처럼 차곡차곡 정리되지는 않으며, 오히려 가장 그러지 말았으면 하는 방향으로 흘러가버릴 수도 있다는 것을. 핏줄이 연결된 것처럼 누구보다도 잘 알고 있다고 믿었던 존재가, 실은 커다란 미지의 존재일 수도 있다는 것을. 그래서 인생의 어떤 시점에는 포기해야 하는 때가 온다는 것을. 그러니 지금 내가 할 수 있는 것은 모든 생각을 멈추고, 고작 지고 뜨는 태양 따위에 의미를 부여하며 미소 짓는 그녀를 그저 바라보는 일. 그녀의 죽음을 기다리는 일. 그녀가 아무것도 모른 채 죽어버리기를 바라는 일뿐이다.(90~91쪽.)

인용문에서 드러나듯 인생은 누구에게나 기대와 다른 방향으로 흘러가기 마련이다. 핏줄 역시 예외는 아니다. 화자에게 엄마는 트라우마의 기원으로서 부정과 거부의 대상이었지만, 결과적으로는 자식이 제대로 알 수 없었던 '미지의 대상'이었던 셈이다. 사실 화자는 엄마를 너무도 몰랐으며, '그' 역시 너무도 몰랐던 것이다. 알면 알수록 모르는 존재가 바로 '우주'라는 타인임을 작품 말미에 가서야 화자는 깨닫게 된다. 결국 화자는 '알 수 없는 미지의 존재'를 인정하고 수용하고 이해하고 소멸을 기다리는 역할이 자신의 최종적 책무임을 깨닫는다.

3. 사랑은 성장통이다

박상영의 「우럭 한 점 우주의 맛」은 결국 '중도좌파 남성 호모섹슈얼'의 성장소설에 해당한다. 엄마로부터 받은 기독교적 편애가 과도한 집착으로 변질되면서 화자는 전쟁 후유증 이상의 고통을 앓는 트라우마 덩어리가 되고, 동성애가 부정되는 현실 속에서 이성애적 관계를 거부하는 정체성으로 인해 다시 지독한 외로움을 껴안게 된다. 그 외로움을 나눌 '꼰대 디나이얼 게이'인 '그'를 발견하고 사랑을 발명하고 유지하려 하지만, 그는 '동성애적 사랑'이 아니라 '관계의 일종'으로 화자를 접촉한 존재였음이 드러난다.

엄마의 생과 그와의 만남을 통해 화자가 확인한 사랑은 결국 존재에 대한 이해에 다름 아니다. 하지만 기대와 다른 엄마의 기독교적 집착, 눈높이가 다른 그와의 사랑의 실패를 통해 그는 새로운 단독자로 거듭 태어난다. 사랑은 우럭 한 점에서 우주의 맛을 느끼는 경이를 제공하기도 하지만, 알면 알수록 더욱 흐릿해지는 모호한 속성을 보여준다. 그렇다면 과연 사랑은 정말 아름다운 것인가. 혹은 사랑은 참되고 선한 것인가. 진선미에 대한 어리석은 인간의 존재론적 질문이 사랑의 근처에서 배회한다. 그리고 우리는 생장소멸의 과정에서 찰나적으로 사랑을 소비하는 존재들에 불과함을 깨닫게 된다.

'감정 철학'의 시대인 21세기에 사랑은 다양한 이름으로 소비된다. 그리고 그 근저에는 17세기 합리주의자인 스피노자의 '윤리학'과 '정념론'이 자리한다. 그리고 그 주요 개념들이 '권력에의 의지(=니체), 리비도적 충동(=프로이트), 생의 에네르기(=베르그송), 욕망(=들뢰즈, 라캉)' 등으로 서로 다르게 호명되면서 의미를 확장하거나 다양한 표정으로 새로이 거듭나고 있다. 스피노자에 의하면 '욕망'은 "자신의 의식을 동반한 충동"이며, '사랑'은 "외부 원인의 관념을 동반하는 기쁨"으로 정의되지만, 결과적으로 두 개념은 동전의 양면과도 같다. 사실 우리는 욕망의 대상을 사랑하고 충동적 기쁨에 놓이기를 갈망하는 '불완전하고 어설픈 인간'들에 불과하다. 그러나 그럼에도 불구하고 인간은 사랑의 대상을 통해 성장통을 경험하며 새로운 '존재'로 거듭나는 변양태로서 개체의 존엄을 유지하고자 한다. 그리고 그것이 사랑을 잃고 존재를 잃는 호모 사피엔스의 숙명임을 박상영의 『우리 한 점 우주의 맛』은 보여준다.

(웹진 『문화다』, 2019. 8.)

공명(共鳴)하는 마음들

1판 1쇄 인쇄 2020년 11월 13일
1판 1쇄 발행 2020년 11월 20일

—

지은이 오태호

발행처 문학의숲
발행인 이은주

신고번호 제2005-000308호
신고일자 2005년 10월 14일

주소 (121-896) 서울특별시 마포구 양화로7길 84
전화 02-325-5676
팩스 02-333-5980

저작권자 ⓒ 2020 오태호
이 책의 저작권자는 위와 같습니다. 저작권자의 동의 없이
내용의 일부를 인용하거나 발췌하는 것을 금합니다.

값은 표지에 있습니다.
ISBN 979-11-87904-31-1 (93810)
ⓒ Getty Images Bank